Für Gypsy und Loki, und für jedes andere Haustier,
das seinem Besitzer unendlich viel Freude bereitet.
Durch euch ist die Welt so viel besser.

Prolog

Ian

»Warum warte ich eigentlich darauf, dass mich Draculas Braut mit ihrer Anwesenheit beehrt, wenn ich eigentlich nach meiner davongelaufenen Frau suchen sollte?«

Ian beobachtete, wie sich sein bester Kumpel Crispin umsah und sich davon überzeugte, dass Vlad nicht in der Nähe war und sie belauschte. Ian war das egal. Vlad schuldete ihm … etwas. Ian wusste zwar nicht mehr, was, weil die Erinnerung irgendwie mit dem vorigen Monat zusammenhing, der beinahe komplett aus seinem Gedächtnis verschwunden war, aber es war wichtig. Das wusste er. Sollte sein Gastgeber doch ruhig einen Tobsuchtsanfall bekommen, wenn er hörte, dass Ian ihn bei seinem verhassten Spitznamen Dracula genannt hatte.

»Genau deshalb sind wir hier. Weil du dich nicht daran erinnern kannst, warum du neuerdings … gebunden bist«, sagte Crispin. »Vlads Frau weiß etwas, was du vor uns anderen verborgen hast. Wenn das der Grund ist, warum du unter Erinnerungslücken leidest, müssen wir das zuallererst herausfinden.«

Gebunden. Ian schürzte die Lippen. Crispin konnte sich immer noch nicht dazu überwinden »verheiratet« zu sagen. Ian würde sich auch mit jeder Faser gegen dieses Wort sträuben. Stattdessen wurde er von dem verrückten Verlangen getrieben, Veritas zu finden, auch bekannt als die kleine scharfe Braut, die er geheiratet hatte.

Zugegeben, er konnte sich nicht mehr daran erinnern, *warum* er Veritas geheiratet hatte. Welcher Vorgang auch immer dazu geführt hatte, dass ein Großteil seiner Erinnerungen an die letzten Wochen gelöscht worden war, dieser Teil gehörte dazu. Doch die Erinnerung an ihre Bindungszeremonie war äußerst lebendig, auch wenn der Gedanke, dass er überhaupt geheiratet hatte, noch dazu eine Gesetzeshüterin, lachhaft war. Crispin hatte Veritas sicher geglaubt, als sie die Ehe vor ein paar Tagen geleugnet hatte, Ian mit Crispin sitzenließ und mit einer recht vagen Warnung vor einem wütenden Dämon verschwunden war.

An diesen Teil konnte Ian sich auch nicht mehr erinnern. Er war bewusstlos gewesen, was bei der Fähigkeit eines Vampirs zur Sofortheilung eigentlich unmöglich war. Was immer ihn seiner Erinnerungen beraubt hatte, hatte ihn – zumindest kurz – so verletzlich wie einen Menschen gemacht, und die einzige Person, die beides erklären konnte, war zufällig geflohen.

Manchmal war Ian so wütend darüber, dass er sich kaum auf etwas anderes konzentrieren konnte. Aber den Rest der Zeit hatte sein Bedürfnis, Veritas zu finden, nichts mit Wut, sondern ausschließlich mit einem deutlich stärkeren brennenden Verlangen zu tun.

»Ian.« Er sah auf; im Eingang stand eine Frau mit rabenschwarzem Haar, direkt dahinter mit finsterer Miene ihr Ehemann. »Sorry, dass wir euch haben warten lassen«, fuhr Leila fort und drehte sich zu Vlad um. »Wir haben uns verspätet, weil wir uns gestritten haben.«

»Meinetwegen?« Ian setzte ein durchtriebenes Grinsen auf. Er hätte sich sowieso über Vlad lustig gemacht – er konnte nicht anders –, aber aus irgendeinem Grund verspürte er ein noch stärkeres Bedürfnis als sonst, seinen Gastgeber zu ärgern. »Habe ich etwa noch etwas Wichtiges vergessen, was in den letzten Wochen passiert ist?«

Als Vlad bei seiner Anspielung gereizt knurrte, warf Leila ihrem Mann einen strengen Blick zu. »Wegen deines berüchtigten Temperaments wartest du besser draußen, solange wir uns unterhalten«, erklärte sie Vlad. »Ich traue dir nicht zu, dass du dein Feuer zügeln kannst, wenn Ian sich mal wieder wie Ian verhält. Und du …« Jetzt wandte sich Leila wieder an ihn. »Kannst du nicht mal *fünf Minuten* auf eine anzügliche Bemerkung verzichten?«

Ian schenkte ihr sein harmlosestes Lächeln. »Ich? Bin unschuldig wie ein Lamm.«

»Ja, wenn dieses Lamm mit einem Werwolffluch belegt wurde«, murmelte Leila. Dann trat ein mitfühlender Ausdruck in ihre Augen.

Ian verspannte sich, lächelte jedoch unvermindert weiter. Was für ein Geheimnis über ihn Leila auch immer hütete, es war nichts Gutes.

»Du gehst ebenfalls, Bones«, sagte Leila und nannte Crispin bei seinem Vampir- statt bei seinem Geburtsnamen. »Was ich zu sagen habe, geht nur Ian etwas an.«

Crispin verzog das Gesicht, bis er genauso mürrisch aussah wie Vlad. »Ich verstehe nicht, was das soll.«

Vlad lachte scharf und durchdringend. »Denkst du etwa, wenn ich sie nicht umstimmen konnte, hättest du eine Chance?«

Crispin erweckte den Eindruck, als habe er genau das gedacht. Doch ehe er den Mund aufmachen konnte, schob Ian ihn in Richtung Tür. »Mach jetzt keinen Aufstand, Mann. Ich erzähle dir hinterher, was sie gesagt hat.«

»Das hast du bislang auch nie getan.« Crispin klang angespannt. »Du hast dich strikt geweigert, obwohl du dadurch dein Leben in Gefahr gebracht hast.«

Phantomschmerzen schossen wie Pfeile durch Ians Hinterkopf, doch er schaffte es, nicht zusammenzuzucken. Er hatte Crispin fast alles erzählt, was er aus den letzten Wochen noch wusste, das jedoch nicht.

»Die Lage hat sich verändert«, erwiderte Ian. Was Crispin nicht wusste, konnte ihn auch nicht beunruhigen. »Los. Je eher du gehst, desto schneller bekommen wir Antworten.«

Crispin sah zu Leila. Sie setzte eine harte Miene auf, die sagte: »Du hast keine Chance.« Er seufzte resigniert, dann folgte er Vlad, als der Pfähler nach einem letzten Blick auf seine Frau ebenfalls den Raum verließ.

»Machen wir einen Abstecher in die Kerker«, hörte Ian Vlad sagen. »Ich habe das Bedürfnis, etwas mit einem heißen Schürhaken zu durchbohren.«

Leila schloss die Türen, sodass er nicht mehr hörte, was Crispin antwortete. Ian wartete, bis er sicher war, dass Crispin und Vlad weit genug entfernt waren, dann wandte er sich an die hinreißende Brünette. »Schieß los.«

»Was ist das Letzte, woran du dich aus der Zeit erinnerst, in der du Vlad und mir geholfen hast?«, fragte Leila.

»Dass ich weggefahren bin, obwohl ich deinen Mann eigentlich umbringen wollte«, erwiderte Ian schulterzuckend. »Keine Ahnung, warum. An den Monat danach kann ich mich kaum erinnern, nur noch an ein paar Fetzen. Die hat mir vor ein paar Tagen irgendein Wesen ins Hirn gepflanzt; ziemlich sicher war es der Sensenmann. Es sind allerdings überwiegend Erinnerungen an die Frau, die mich geheiratet hat und dann geflohen ist.«

Und die in den drei Nächten und vier Tagen, die seither vergangen waren, weder auf seine wiederholten Anrufe noch auf seine Textnachrichten reagiert hatte. Warum? Er konnte sich noch sehr deutlich daran erinnern, wie Veritas ihm »Warte, geh nicht!« zugeschrien hatte, und zwar mit derselben Leidenschaft, die er für sie empfand. Dennoch hatte sie ihn verlassen, als er am schwächsten gewesen war, und er hatte keine Ahnung, warum.

»Wenn du noch etwas zu sagen hast, mach schnell«, fuhr Ian fort. »Weil du auf einem persönlichen Treffen bestanden hast, habe ich bei der Suche nach ihr schon zwei Tage verloren.«

»Diese Art von Nachrichten überbringt man nicht per Textnachricht oder Telefon«, sagte Leila sanft.

»Hat es mit Dagon zu tun?« Als Leila große Augen bekam, knurrte Ian. »Crispin hat mir erzählt, Veritas habe ihn gewarnt, dass ein Dämon namens Dagon hinter mir her sei. Weißt du zufällig, warum er sauer auf mich ist?«

Leila wandte den Blick ab. »Nein. Aber Dagon hat dich wirklich gehasst, und du bist ihm mithilfe eines Schutzzaubers aus dem Weg gegangen, bis du gedacht hast, Mencheres sei umgebracht worden …«

»Umgebracht? Von wem?«

Die Härte in seinem Ton ließ Leila zurückschrecken. Dann schoss eine weiße Funkenspur aus ihrer rechten Hand – eine Erinnerung an den Strom, der durch ihren Körper floss. Die Lampen im Raum verdunkelten sich kurz, als sie sich Energie von ihnen lieh. Sie bereitete sich auf einen möglichen Angriff von ihm vor.

Es mussten wirklich ziemlich schlechte Nachrichten sein.

»Eine Gruppe von Nekromanten hatte die Macht, mich zu töten«, erwiderte sie mit fester Stimme. »Sie haben Vlad gedroht, mich umzubringen, wenn er nicht Mencheres für sie umbringen würde. Daraufhin hat Vlad Mencheres' Tod vorgetäuscht, um Zeit zu schinden und sie zu suchen. Du warst dabei, als Vlad das gefälschte Tötungsvideo gemacht hat, und wusstest nicht, dass die Person, die Vlad hingerichtet hat, aufgrund eines Glamourzaubers nur wie Mencheres aussah. Als du dann das gesehen hast, was du für Mencheres' Leiche hieltest, hast du … deinen Schutzzauber aufgehoben, um Dagon anzulocken. Er kam, und du hast ihm deine Seele verkauft, um Mencheres zurückzubekommen.« Bei diesen Worten brach ihre Stimme. »Ich habe es gesehen, konnte dich aber nicht aufhalten. Es tut mir so leid, Ian. So unendlich leid.«

Sie sprach weiter, entschuldigte sich immer wieder aufs Neue, drückte ihr Bedauern aus und äußerte andere Plattitüden, die er nicht weiter beachtete. Er war zu fassungslos über die Worte *deine Seele verkauft*. Er hätte schwören können, dass sie log, nur gehörte sein Sire Mencheres zu den wenigen Personen auf der Welt, für die er tatsächlich seine Seele verkauft hätte. Und wenn er Leila glauben sollte, hatte er offenbar genau das getan.

Darum schmeckte sein Blut vermutlich so komisch. Davon

hatte er Crispin auch nichts erzählt, aber seit er vor vier Tagen in diesem Bordell aufgewacht war, war sein Blut irgendwie anders. Er hatte gehofft, dass es dafür eine andere Erklärung gab außer der, dass er von einem Dämonen gezeichnet worden war, dem jetzt seine Seele gehörte. Offenbar nicht.

Nach allem, was er in seinem Leben überstanden hatte, hatte man ihn mit einem einfachen Glamourzauber geschlagen? Er wurde von heftigem Lachen geschüttelt. Leila wich zurück, und ihre elektrische Peitsche wuchs, bis sie sich zu ihren Füßen zusammenrollte.

»Nicht nötig«, stieß er schließlich hervor. »Ich habe noch niemandem etwas angetan, nur weil er mir schlechte Nachrichten überbracht hat.«

»Und Vlad?«, fragte sie vorsichtig.

Erneut brach bitteres Lachen aus ihm hervor, dann fasste er sich. Oh, er *würde* Vlad gern töten, aber er konnte es nicht. Seine eigene Schuld in dieser Angelegenheit war viel zu klar. »Ich hätte den Glamourzauber spüren müssen, mit dem Vlad den armen Kerl, den er umgebracht hat, belegt hatte. Ich hätte auch erst überprüfen müssen, ob Mencheres wirklich tot ist, ehe ich meine Seele verschachert habe. Das habe ich nicht getan, das ist meine Schuld, nicht Vlads.«

Leilas Peitsche verschwand in ihrer Hand. Dann trat sie vor und nahm seine Hände. »Ich sage es noch einmal: Es tut mir ehrlich leid.«

Ihr Mitleid ließ Ian zurückschrecken. Leila keuchte verblüfft, kniff dann die Augen zu schmalen Schlitzen zusammen und versuchte, mit der rechten Hand über jeden Zentimeter seiner Haut zu streichen, die nicht von Kleidung bedeckt war.

»Lass das.« Was sollte dieses mitleidige Betatschen?

»Es ist weg«, sagte Leila erschrocken. Sie wischte noch ein paarmal, dann hielt er sie an den Handgelenken fest. Sie rieb mit den Fingern über seine Hände und wiederholte: »Es ist weg.«

»Was ist weg?« Ganz eindeutig ihr Verstand.

»Alles! Zieh deine Hose aus. Ich muss sehen, ob es noch irgendwo ist.«

Ian verdrehte die Augen. »Das ist es, und obwohl ich es noch vor Kurzem äußerst amüsant gefunden hätte, Dracula unter seinem eigenen Dach mit seiner Frau zu betrügen, habe ich jetzt kein Interesse …«

»Ich auch nicht«, unterbrach ihn Leila. »Aber ich *habe* ein Interesse zu sehen, ob du noch Dagons dämonisches Brandzeichen auf deinem Gemächt hast, denn deine Haut ist völlig verändert.«

Ian ließ ihre Handgelenke los. »Erklär mir das.«

»Erinnerst du dich, dass ich mir einen Eindruck von der Seele eines Menschen mache, indem ich ihn mit der rechten Hand berühre?« Als er ungeduldig nickte, fuhr sie fort. »Als ich dich vor Monaten berührt habe, habe ich deine schlimmste Sünde gesehen, genau wie bei allen anderen, die ich zum ersten Mal berühre. Deine Haut war außerdem voll von emotionalen Abdrücken anderer, und jetzt sind sie alle weg.« Um ihre Worte zu unterstreichen, tippte sie ihn mit der rechten Hand an. »Jetzt fragst du dich, was sonst noch weg sein könnte, stimmt's?«

War er irgendwie dem Seelenhandel entronnen? Ian ließ sie los und öffnete den Reißverschluss seiner Hose. Leila ging auf die Knie und schob seinen Hemdsaum zur Seite. Im selben

Moment gingen die Wohnzimmertüren auf, und Vlad und Crispin kamen herein.

Ian begann zu lachen. »Ausnahmsweise kann ich ehrlich sagen, dass das nicht ist, wonach es aussieht.«

»Davon gehe ich aus«, entgegnete Vlad kühl. »Willst du auf einmal ins Geschäft für erotische Piercings einsteigen, Liebling? Wenn, würde ich mich als Modell zur Verfügung stellen, ich eigne mich wesentlich besser dazu.«

Ian schnaubte verächtlich, während Leila losplapperte: »Ich habe nach dem *Dämonenzeichen* gesucht, nicht danach!«

»Also bitte, könnte jemand anders unter meinem Schwanz nachsehen oder mir einen Spiegel reichen?«, schaltete sich Ian ein. »Ich bin zwar gelenkig, aber so weit komme auch ich nicht runter.«

Leila wich verlegen zurück. Crispin schritt zu ihm und beugte sich mit gerunzelter Stirn hinunter. »Kein Zeichen irgendeiner Art«, erklärte er nach einem Moment.

»Ich sage euch, es *war* da«, beharrte Leila. »Ich habe gesehen, wie Dagon es dort hinterlassen hat, als sie ihren Seelenhandel besiegelt haben!«

Crispin richtete sich auf und warf Ian einen schockierten Blick zu. »Du hast deine Seele an einen Dämon verschachert? *Warum?*«

»Was denkst du wohl – für mehr Macht«, antwortete Ian und warf Leila einen warnenden Blick zu. Er durfte nicht riskieren, dass Mencheres den wahren Grund erfuhr. Einen solchen Schmerz hatte sein Sire nicht verdient.

»Und jetzt ist das Brandzeichen weg«, sagte Leila. »Ebenso wie die ursprüngliche Erinnerung an Ians schlimmste Sünde und ein Haufen anderer Kram. Ich muss den Rest seines Körpers überprüfen, um festzustellen, was sonst noch fehlt. Zieh deine Klamotten aus, Ian.«

Ian zog das Hemd aus und stieg aus seiner zerknitterten Hose. Dann konnte er nicht anders – er zwinkerte Vlad über Leilas Schulter hinweg zu, als sie die rechte Hand über seinen nackten Körper gleiten ließ. Vlad starrte ihn wütend an, doch es war kein Hinweis auf Rauch oder Feuer zu sehen. Offenbar war ihre Beziehung gefestigt.

Leila arbeitete zügig, aber sorgfältig. Schließlich war sie fertig. »Das Dämonenzeichen ist nicht nur verschwunden, es gibt auch keinen körperlichen Beweis, dass es jemals da war. Vielmehr liest sich dein ganzer Körper wie neu«, stellte sie fest.

»Ich bin über zweihundertfünfzig Jahre alt«, erinnerte Ian sie.

»Deine Haut nicht«, erklärte Leila geradeheraus. »Die ist so neu, dass nur vier Wesen Spuren von ihrer Essenz auf dir hinterlassen haben. Eine ist von dir, Bones, als du dir Sorgen um ihn gemacht hast. Cat ist ebenfalls voll Sorge, und Veritas' Essenz schreit praktisch vor Sorge und Trauer. Als Letztes hat ein furchteinflößendes Wesen Spuren auf deinem Kopf hinterlassen, aber abgesehen davon, bist du ein unbeschriebenes Blatt. Wenn du nicht kürzlich gehäutet worden bist oder dir irgendwie ein ganz neuer Körper gewachsen ist, habe ich keine Ahnung, warum.«

Wieder trieben diese Phantomschmerzen Pfeile durch seinen Kopf. Einen schrecklichen Moment lang hatte er das Gefühl, in der Dunkelheit zu ertrinken. Dann kehrte seine Sicht zurück, und er bemerkte, dass Crispin wegsah, als wüsste er etwas, das er nicht zugeben wollte.

»Mein Freund«, sagte Ian gedehnt. »Willst du der Geschichte, die du mir über meinen letzten Monat erzählt hast, noch etwas hinzufügen?«

»Vielleicht habe ich ein paar Details ausgelassen«, hob Crispin an.

Ian hatte Crispin schon am Kragen gepackt, ehe Leila wieder Luft holen konnte: »Heilige Scheiße, du kannst dich ja *teleportieren*!«

»Was?«, stieß Ian hervor.

»Sie sagte, es wäre sicherer, wenn du es nicht wüsstest«, antwortete Crispin ausweichend.

Hatte Crispin ihm verschwiegen, warum Veritas ihn verlassen hatte? »Wenn ich *was* nicht weiß?«

Jetzt war Crispins Blick ganz fest. »Vor vier Tagen hat Veritas Cat und mich angerufen, damit wir deinen fast ganz verdörrten Leichnam aus einem verlassenen Vergnügungspark holen. Du warst von einem Dutzend Dämonenleichen umgeben. Keine Ahnung, wie ihr so einen Angriff überlebt habt, aber Veritas sagte, ihr hättet nur zum Schein geheiratet, du hättest das Gedächtnis verloren, und mächtige Dämonen seien hinter dir her. Wir mussten ihr versprechen, dir Lügen darüber zu erzählen, wo du dich im letzten Monat aufgehalten hast. Sie sagte, du wärst nur sicher, wenn du dich von ihr fernhieltest.«

Sie war gegangen, um ihn zu schützen? Und Crispin, der es eindeutig besser wissen müsste, hatte zugelassen, dass sich Veritas dieser Gefahr allein stellte und Ians Versuche, sie zu finden, torpediert? Er würde Crispins Hintern grillen und ihm die verbrannten Teile in den Rachen stopfen! Aber zuerst würde er …

Ian schob Crispin beiseite und wandte sich an Leila. »Du kannst doch Personen mithilfe der Spuren finden, die ihre Essenz hinterlässt, oder?«

Sie seufzte. »Ja. Komm her.«

Leila legte ihre rechte Hand auf Ians Wange. Die Voltzahl, die von ihr ausging, bereitete ihm Kieferschmerzen, aber er zuckte nicht. Nach einigen Minuten ließ Leila die Hand sinken. »Ich kann Veritas spüren, aber ich kann sie nicht sehen.«

Natürlich nicht. Nachdem Dämonen hinter ihr her waren, hatte sich Veritas gegen jeden möglichen Findezauber geschützt. Er hatte doch keine Idiotin geheiratet.

Wortlos teleportierte er sich hinaus und ließ Crispin und die beiden anderen zurück. Scheiß auf die Versuche seines Freundes, ihn zu schützen. Scheiß auf Veritas' Angst um seine Sicherheit. Er würde sie nicht verlieren, nur um sich selbst in Sicherheit zu wiegen.

Warte, geh nicht! Wieder hörte er im Geiste ihren gequälten Schrei.

»Mach dir keine Sorgen«, murmelte Ian. »Ich komme.«

I

Drei Wochen später

Ich fiel aus dem dunklen ägyptischen Himmel und landete neben einem Jeep, der wie eine Neonreklame aus der Sandwüste herausstach. Anders als das berühmte Tal der Könige war dieser Abschnitt am westlichen Rand weniger bei Architekten oder Touristen beliebt, sondern eher bei Verbrechern.

Gut für mich, denn mein Job war es, Verbrecher zu jagen.

In dem Jeep war niemand, doch er war vollgepackt mit Gegenständen, die nach antiker ägyptischer Grabkunst aussahen. Ich ging um den Wagen herum nach hinten und sah eine kleine Steinplatte, die halb von einem Loch im Boden gezogen war. Ah, ein verstecktes Grab. Von unten ertönten zwei Stimmen sowie ziemlich merkwürdige Zischlaute.

Grabräuber. Ich hasste Grabräuber.

Ich zog ein scharfes Silbermesser und einen Zweizack aus Dämonenknochen hervor. Jetzt war ich gerüstet, um zwei der drei übernatürlichen Arten zu bekämpfen, die es gab. Kurz bevor ich in das Loch sprang, hellte sich mein Sichtfeld mit Vampirgrün auf.

Zwei Männer blickten überrascht zu mir hoch. Auf den ersten Blick sahen sie wie normale Männer aus dem mittleren Osten aus, doch dann begannen ihre Augen rot zu leuchten.. Dämonen. Und der Boden unter ihnen bewegte sich in alle möglichen Richtungen.

Schlangen. Die verabscheute ich sogar noch mehr als Grabräuber.

Ich stürzte mich auf den ersten Dämon und schlug ihn nieder, indem ich ihm die beiden Enden meiner Knochenwaffe in die Augen rammte. Seine Augen gingen in Flammen auf, und er schrie kurz auf, bevor ihn der Tod verstummen ließ. Ich riss den Zweizack wieder heraus und flog blitzschnell nach oben, sodass der andere Dämon gegen die Wand krachte statt gegen mich. Bevor ich ihm ebenfalls die Augen ausstechen konnte, teleportierte er sich.

Mit erhobener Faust erschien er zu meiner Rechten. Ich duckte mich und wich dem Schlag aus, erhielt jedoch einen Haken von links, woraufhin mein Schädel vor Schmerz explodierte. Diese verfluchten Dämonen mit ihrem Teleportieren.

»Du wirst dafür bezahlen, dass du Malfeous ermordet hast«, zischte er, dann schleuderte er diverse Kobras auf mich.

Mistkerl!

Ich unterdrückte den Drang, die Schlangen abzuschütteln. Ihre Bisse konnten mich nicht umbringen, er allerdings schon. Ich hielt beide Waffen bereit und wirbelte im Kreis, sodass er sich nicht noch einmal an mich heranschleichen konnte. Wieder erschien er vor mir und schwang eine der antiken Äxte aus dem Grab. Ich warf mich zurück, allerdings zu spät. Mein Hals brannte, und aus einem tiefen Schnitt, den die Axt hinterlassen hatte, spritzte Blut in sein Gesicht. Als ich auf dem Boden aufschlug, ließ der Aufprall neuen Schmerz in meinem Hinterkopf aufflammen.

Gut. Mehr Schmerz bedeutete, die Axt war nicht ganz durchgegangen, sonst würde ich jetzt nichts mehr fühlen. Wenn man tot war, spürte man keinen Schmerz mehr, zumindest behaupteten das alle Geister, die ich kannte.

Der Dämon grinste und leckte sich mein Blut von den Lippen. Als er den Geschmack wahrnahm, wich sein höhnisches Grinsen Entsetzen. »Was …?«

Ich schleuderte mein Silbermesser in seinen offenen Mund und nagelte seinen Kopf an die Mauer. Dann stürzte ich mich auf ihn und rammte ihm den Knochenzweizack in die Augen, bis ich spürte, wie die Spitzen auf die Wand trafen.

Seine Augen explodierten, Rauch und Blut flossen heraus. Der Schwefelgestank raubte mir den Atem, aber ich stieß den Zweizack noch fester hinein. Als er begann, zu einem Skelett zusammenzuschrumpfen, und schließlich endgültig tot war, wich die Anspannung des Kampfes Erleichterung.

Ich riss die Waffen heraus und wirbelte herum, falls sich noch andere Dämonen hierher teleportierten. Nach einer Viertelstunde steckte ich das Silbermesser in den Gürtel. Damit konnte man keine Dämonen töten, das gelang nur mit Knochen ihrer eigenen Brüder, und jetzt hatte ich jede Menge Material, um neue Waffen herzustellen.

Ich riss den zwei Dämonen die Arme aus, dann erkundete ich das Grab. Zeit und Staub hatten die Gemälde und Hieroglyphen an den Wanden verblassen lassen, doch in einer Szene erkannte ich den Gott Horus mit dem Falkenkopf und in einer anderen den grünhäutigen Gott Osiris. Weitere Gemälde zeigten Szenen aus dem Leben der Verstorbenen. Es hätten auch persönliche Kostbarkeiten, Statuen, Schätze und Prunkgegenstände da sein müssen, doch der Innenraum des Grabs war leergeräumt worden. Das erklärte den überladenen Jeep.

Die Siegel an der inneren Grabkammer waren ebenfalls aufgebrochen. Ich ging hinein und stellte wütend, aber nicht überrascht fest, dass die beiden kunstvoll bemalten Särge, in denen sich die Mumien befanden, zerstört worden waren. Nur die Tongefäße, in denen sich die Organe der Mumien befanden, waren noch da. Dann roch ich etwas, das mich überraschte. Frisches Blut.

Ich schob einen Haufen Kobras zur Seite, und gegenüber dem Sarkophag kam die Leiche einer jungen Frau zum Vorschein. Ihre Haut hatte den gleichen goldfarbenen Bronzeton wie meine, das Gesicht war von ihrem langen schwarzen Haar verdeckt. Als ich es zurückstrich, fluchte ich.

Ich war ihr gefolgt, seit ich mich mit dem Programm eines befreundeten Hackers in alle neueren Krankenakten gehackt hatte, die digital vorhanden waren. Ich suchte nach einer besonderen Art psychischer Störung: nach Leuten, die behaupteten, aus einer anderen Zeit zu stammen, und über die keine neueren Akten existierten, die etwas anderes bewiesen.

Beim Anblick ihrer Leiche verzog ich das Gesicht. Ihr Oberkörper war von riesigen Schnittwunden überzogen, die nicht zufällig wirkten. Sie waren ganz präzise gesetzt worden und hatten lebenswichtige Organe oder Arterien ausgelassen, um ihr keinen schnellen Tod zu gewähren. Unter dem Blut entdeckte ich auf ihrem Körper Zeichen. Ich drehte sie um und fand weitere auf ihrem Rücken. Sofort kroch schwarze Magie über meine Haut, als würde ein Dutzend Spinnen auf mir herumkrabbeln.

Plötzlich bäumte sich in der Nähe eine Kobra auf und stürzte sich auf mein Gesicht. Gereizt schleuderte ich sie zur Seite, aber dafür biss mich eine andere ins Bein. Schluss jetzt! Ich packte so viele ich konnte und floh aus dem Grab. Draußen ließ ich sie los. Ich musste noch ein paarmal hinein- und hinaussteigen, bis ich fertig war, aber ich war froh, sie endlich entsorgt zu haben. Man musste sie hergebracht haben, um die arme Frau noch stärker zu verängstigen. Angst war eine mächtige Zutat für schwarze Magie, und jemand hatte an der Frau ein schreckliches Ritual durchgeführt.

Ich ging zurück zu ihrer Leiche und wischte mit meinen Kleidern das Blut von den Symbolen. Einige erkannte ich wieder, andere nicht, dabei war ich äußerst bewandert, was Magie anging. Ich holte mein Handy heraus und machte Bilder von den Symbolen. Dann beugte ich mich zu der Frau hinunter, schloss ihre Augen und ließ meine tiefsten Sinne frei.

Die Magie, die man zur Durchführung des Rituals verwandt hatte, traf mich zuerst und raubte mir mit ihrem widerlichen Gestank, der mir wohlvertraut war, den Atem. *Dagon*. Blut, Angst und der Schwefelgestank der Dämonen hatten den Geruch meines ärgsten Feindes bislang überlagert, doch jetzt roch ich Dagons Magie und konnte mich gerade noch beherrschen, mich nicht zu übergeben.

Ich schluckte heftig und schob mich an dem Gestank vorbei, um festzustellen, ob es noch andere magische Spuren auf ihr gab. Der Tod hatte fast nichts zurückgelassen, doch dann nahm ich erneut den bitteren Geschmack von Dagons Magie wahr, diesmal allerdings deutlich schwächer.

Tief in der Frau steckte etwas von Dagons Kraft. Dafür konnte es nur eine Erklärung geben. Sie hatte in der Psychiatrie, aus der sie geflohen war, die Wahrheit gesagt. Sie stammte nicht aus der heutigen Zeit, sondern aus einer weit zurückliegenden Epoche.

Vielleicht war sie deshalb in diesem trostlosen Teil der Wüste herumgelaufen. Heute herrschte hier Einöde, doch vor einigen Jahrtausenden hatte sich hier eine blühende Stadt befunden, und wer Angst hatte, lief nach Hause.

Ich setzte mich zurück und stieß einen frustrierten Seufzer aus. Hatte Dagon sie umgebracht, weil sie eine jener Seelen war, die Dagon in sich gehortet hatte und die nach ihrer Befreiung wiederauferstanden waren? Dagon *war* bösartig, aber es gab etwas, das Dämonen noch mehr schätzten als Rache: Macht.

Wieder strich ich über die Zeichen. Bei ihrem grausamen Tod war reichlich Kraft aus dieser Frau gesaugt worden. Dem Aussehen und dem Geruch ihrer Leiche nach zu urteilen, war ich nur Stunden zu spät zu ihrer Rettung gekommen. Dagon könnte sich früher am Abend genau dort befunden haben, wo ich jetzt kniete – geschwächt und unvorbereitet und leicht zu töten. Wäre ich doch nur schneller hier gewesen …

Aber Dagon war entkommen. Die anderen Dämonen, die bei ihm gewesen waren, beinahe auch. Wenn ich beim Überfliegen der Wüste heute Nacht nicht den Jeep entdeckt hätte, hätte ich sie niemals gefunden, und ich hatte die Aufgabe, alle frisch wiederauferstandenen Seelen zu finden … bis auf die, nach der ich mich am meisten sehnte.

Vertrauter, erbarmungsloser Schmerz durchströmte mich. Er brannte so sehr, dass ich die ermordete Frau mit finsterem Neid betrachtete. Ihr konnte der Schmerz, dem ich nicht entfliehen konnte, nichts mehr anhaben. Ich war tatsächlich dankbar, dass ich jetzt genauso sterblich war wie jeder andere Vampir. Das bedeutete, dass dieser schreckliche Schmerz vorbei war, wenn sich eines Tages ein Silberdolch in mein Herz bohrte und mich tötete.

Doch bis dahin musste ich einen Schwur erfüllen.

Diese Frau hatte ich nicht retten können, aber ich würde sie nicht dort zurücklassen, wo sie umgebracht worden war. Ich hob sie hoch und flog sie aus dem Grab. Dann schaufelte ich mit meinen Händen ein neues Grab, denn ich hatte zwar Waffen dabei, aber keinen Spaten. Bei dem weichen Sand und dank meiner übernatürlichen Kraft dauerte es allerdings nicht lang.

Sobald sie anständig begraben war, sprach ich ein Gebet und bat die Götter, ihr gnädig zu sein. Dann starrte ich auf das behelfsmäßige Grab, und der leidende Teil in mir fragte sich, ob es mir bald wie ihr ergehen würde. Ob ich irgendwo tot in einem anonymen Grab verrotten würde.

Wenn dem so war, hoffte ich, dass meine letzten Gedanken Ian galten. Ich wollte mich an sein freches Grinsen erinnern, an seinen schnellen Verstand, seine tiefe Loyalität und seinen unendlichen Mut. Vor allem wollte ich noch einmal durchleben, was ich in seinen Armen empfunden hatte. Noch nie hatte ich mich so ganz und gar ausgeliefert und zugleich vollkommen angenommen gefühlt. Geschätzt. Vielleicht sogar geliebt, wenn wir mehr Zeit gehabt hätten …

Energisch wischte ich die Tränen fort, die über meine Wangen liefen. Ich durfte nicht länger an Ian denken. Sonst würde ich zu ihm zurücklaufen, ganz gleich, ob ich dadurch alle Dämonen zu ihm führte. Ich hatte Ian schon einmal umgebracht, noch einmal wollte ich das nicht zulassen.

Ja, vielleicht würde ich tot in einem anonymen Grab enden, bevor das vorbei war, aber viereinhalbtausend Jahre alt zu sein hatte durchaus seine Vorteile. Wenn ich nicht wie früher explodierte, wenn ich getötet wurde, war ich immerhin so alt, dass meine Leiche vermutlich sofort zu Staub zerfiel. Ich würde nicht in einem Grab vor mich hin rotten.

Ich musste die positiven Aspekte sehen, wie man heute sagte.

2

Die Nacht verbrachte ich, für den unwahrscheinlichen Fall, dass Dagon zu dem Grab zurückkehren sollte, in der Wüste. Er konnte nicht mehr teleportieren. Diese Fähigkeit hatte ihm mein Vater, der ehemalige Wächter vom Tor zum Jenseits, genommen, sodass Dagon wie jeder andere gehen oder fahren musste.

Doch er tauchte nicht auf. Am Ende fuhr ich den Jeep weit weg von dem Grab und informierte das ägyptische Ministerium für Altertümer durch einen anonymen Anruf über den Fund. Sie würden sich um die Reliquien kümmern. Der Sonnenaufgang sorgte dafür, dass keine Dämonen in der Nähe waren, denn sie vertrugen die Sonne nicht, und so kehrte ich in mein Hotel zurück.

Als ich die Tür öffnete, flog mir sofort ein graues Knäuel entgegen. Ich fing Silver auf und drückte den Simargl an meine Brust. Obwohl er ein übernatürliches Wesen und kein Hund war, winselte er glücklich. Doch wenn man nicht genau hinsah und nicht merkte, dass er statt mit Fell von flaumigen Federn bedeckt war, hatte Silver Ähnlichkeit mit einem grauen Samojeden. Allerdings waren da noch seine alles andere als hündischen Flügel.

»Ich habe dich auch vermisst«, sagte ich zu Silver und drückte ihn erneut an mich, bevor ich ihn auf dem Boden absetzte. Silver sah erwartungsvoll auf die verschlossene Tür hinter mir, und seine Flügel zuckten hoffnungsfroh.

»Nein«, erklärte ich und kämpfte mit meiner neuerdings brüchigen Stimme. Zu sehen, dass Silver noch immer darauf wartete, dass Ian durch die Tür kam, versetzte meinem Herzen einen weiteren Stich.

»Nein«, wiederholte ich, diesmal mit mehr Nachdruck. Mit hängenden Flügeln trottete Silver davon und warf noch einen letzten Blick auf die Tür, erst dann fand er sich damit ab, dass sie geschlossen blieb.

»Hast du Hunger?«, fragte ich, um ihn abzulenken.

Das funktionierte. Er folgte mir und zuckte wieder fröhlich mit den Flügeln. Ich bestellte etwas beim Zimmerservice, zog meine zerrissenen, blutigen Klamotten aus und knüllte sie in eine Plastiktüte. Ich wollte sie irgendwo entsorgen, wo man sie später nicht fand. Vorerst zog ich einen Bademantel über und wartete. Silver war nicht der Einzige, der Hunger hatte.

Zwanzig Minuten später verschlang Silver einen Teller mit gedünstetem Gemüse, und ich wischte mir einen vereinzelten Blutstropfen vom Mund. Der Zimmerkellner würde sich nicht daran erinnern können, dass er mich genährt hatte, nur daran, dass ich ihm ein üppiges Trinkgeld gegeben hatte.

Gerade war ich auf dem Weg in die Dusche, als mein Handy den Eingang einer neuen Nachricht meldete. Ich ignorierte es, begierig den Geruch von Tod, Blut und schwarzer Magie von mir abzuwaschen. Das Telefon läutete noch ein paarmal, doch ich ging weiter zum Bad. Ich hatte mich von meinem Job als Gesetzeshüterin freistellen lassen, daher konnte es nichts mit der Arbeit zu tun haben, und die meisten meiner engeren Freunde waren tot. Positiv betrachtet war ich ein Workaholic auf Urlaub, der fast alle seine Lieben überlebt hatte; ich konnte mich bei dem Absender der Nachricht melden, wann es mir passte.

Ich duschte in aller Ruhe. Anschließend legte ich meinen Glamourzauber ab und mit ihm das Aussehen einer blauäugigen zierlichen Blondine, das ich normalerweise wählte. Als ich in den Spiegel blickte, sah ich meine echte Erscheinung – eine größere, kurvigere Frau Mitte zwanzig mit silberfarbenen Augen und langem, fast weißem Haar, das von goldenen und blauen Strähnen durchzogen war. Ich trocknete es, zog den Bademantel wieder über und ging zurück ins andere Zimmer. Ich würde noch ein paar Stunden im Internet recherchieren und nach der nächsten wiederauferstandenen Seele suchen, bevor ich mir etwas Schlaf gönnte. So sah mein Leben jetzt aus. Es mochte emotional unerfüllt sein, aber zumindest war es produktiv.

Silver lag auf dem Bett und beobachtete mich mit schläfrigem Blick. Er wartete darauf, dass ich vor dem Einschlafen mit ihm kuschelte. Mit Silver zu kuscheln war das Highlight des Tages, doch zuerst nahm ich das Handy zur Hand.

Neun ungelesene Nachrichten. Mein Magen krampfte sich zusammen. Nur Ian hinterließ so viele Nachrichten hintereinander, auch wenn ich sie niemals las. Mein Vater hatte mir versichert, dass alle Erinnerungen, die Ian an mich hatte, aus seinem Gedächtnis gelöscht waren. Darum vermutete ich, dass Ian mich weiterhin anrief und mir schrieb, weil ihm jemand erzählt hatte, dass wir verheiratet waren.

Er musste sich keine Sorgen machen. Ich würde die wenigen Personen, die die Zeremonie bezeugt hatten, dazu bringen, diese zu »vergessen« und die Ehe für ungültig erklären lassen. Bis dahin musste ich mich nicht quälen, indem ich Ians Nachrichten auf meiner Mailbox abhörte oder sie las, allerdings hatte ich gestern zufällig die Worte »Ich warne dich« gesehen, bevor ich auf Löschen gegangen war.

Er konnte mir mit nichts drohen. Selbst wenn er es zu seinem Lebensziel erklärte, konnte Ian mich nicht mehr verletzen, als er es schon getan hatte. Der Anblick seiner Leiche hatte mir das Herz herausgerissen. Wochen später war ich immer noch damit beschäftigt, mich wieder zu fassen.

Doch diese Nachrichten stammten nicht von Ian. *Deinetwegen wurden ernsthafte Klagen gegen den Rat erhoben,* lautete die erste von Xun Guan, meiner ältesten Freundin, ebenfalls Gesetzeshüterin. *Komm sofort her.* Die nächste stammte von Felix, einem anderen Gesetzeshüter. *Du musst umgehend vor dem Rat erscheinen, um zu einer Klage Stellung zu nehmen, die mit dir zu tun hat.*

Was? Ich scrollte zur nächsten, sie stammte von Thonos, dem offiziellen Scharfrichter des Rates. *Deine Anwesenheit ist erforderlich. Dein angeblicher Ehemann weigert sich zu gehen, bis über die Klage, die er deinetwegen gegen den Rat erhebt, gerichtet wurde.*

»Was?«, kreischte ich.

Das erschreckte Silver derart, dass er hochflog und an die Decke stieß. Ich war zu fassungslos, um ihn zu trösten. Ich scrollte durch die übrigen Nachrichten, und die relevanten Teile brannten sich in mein Gehirn.

Ian wirft dem Rat vor, seine Ehefrau zwangsweise von ihm fernzuhalten ...

Er behauptet, der Rat würde gegen das Gesetz verstoßen und dich gegen deinen Willen von ihm trennen ...

Er weigert sich zu gehen, bis du persönlich erscheinst und diese Vorwürfe bestätigst oder widerlegst ...

»Du arroganter, rücksichtsloser Irrer!«, tobte ich und schleuderte das Handy quer durchs Zimmer. Es zerschellte, und ich verfluchte als Nächstes mich selbst. Jetzt musste ich den Rat mit dem Handy von jemand anderem anrufen. Ich musste ihn bitten, Ian nicht umzubringen, ehe er etwas getan hatte, das ein Todesurteil verdiente – wenn er das nicht bereits getan hatte.

»Wie konntest du nur zum *Rat* gehen?«, schäumte ich weiter, während ich mich anzog. »Bones hat dir doch erzählt, dass wir nur zum Schein geheiratet haben! Und das Gesetz hat dich doch noch nie interessiert. Warum solltest du das tun?«

Ich warne dich.

Ians Textnachricht blitzte in meinem Kopf auf. So viel zu dem Gedanken, er könnte mir mit nichts drohen! Aber wie hätte ich auch ahnen können, dass er die höchste herrschende Vampirinstanz verklagte? Da jagte ich um die ganze Welt, um den Schwur zu erfüllen, durch den ich Ian von den Toten zurückgebracht hatte, und er forderte den Sensenmann zu einer Wiederholung heraus!

Nun, ich musste zum Rat gehen und denen ausreden, was auch immer für eine Strafe sie gegen Ian verhängen wollten, dann musste ich ihn noch einmal verlassen. Es wäre weniger schmerzhaft, mir die Eingeweide herauszureißen und auf ihnen herumzutrampeln.

Doch mir blieb keine Wahl. Ich durfte Ian nicht der Gnade des Rates überlassen, und ich durfte eine direkte Vorladung des Rates nicht ignorieren. Wenn ich das tat, konnte ich genauso gut auf der Stelle als Gesetzeshüterin abtreten.

Ich biss derart fest die Zähne zusammen, bis mein Kiefer knackte. Ian wollte ein Treffen, wahrscheinlich, damit ich mich offiziell von unserer Ehe lossagte. Damit keiner daran zweifelte, dass er ein freier Mann war?

Nun gut. Er würde sein Treffen bekommen. Hoffentlich konnte ich den Rat davon überzeugen, ihn lange genug am Leben zu lassen, dass es ihm leidtat.

3

Der Berg Lycabettus ragte mit seinem zerklüfteten Gipfel aus Kalkstein wie ein mächtiger Steinriese über Athen auf. Ich erinnere mich, dass die Leute sagten, dieser Fleck sei entstanden, weil die Göttin Athene schlechte Nachrichten erhalten habe und versehentlich einen Berg habe fallen lassen. Später hieß es, der Berg sei die Heimat ängstlicher Wölfe, daher das Spiel mit dem Wort *lycos* – griechisch für Wölfe. Beide Legenden stimmten nicht. Wie so oft war die Wahrheit wesentlich absonderlicher.

Der Lycabettus war der offizielle Sitz des amtierenden Vampirrats. Oh, der Rat besaß noch andere, weniger bedeutende Gerichte auf anderen Kontinenten, doch nur hier führten alle elf Ratsmitglieder den Vorsitz, wenn das Gericht tagte, und sie kamen nur zusammen, wenn die Klagen wirklich ernst waren.

Zum Beispiel, wenn der gesamte Rat von einem Vampir verklagt wurde, der eher dafür bekannt war, gegen das Gesetz zu verstoßen, als auf seine Einhaltung zu pochen.

Ich stieg die ausgetretenen Steinstufen hinauf, die zu dem modernisierten Amphitheater auf dem Gipfel führten. Die Seilbahn war heute Abend nicht in Betrieb, da keine der berühmten

Sehenswürdigkeiten des Lycabettus geöffnet hatte. In Athen, das am Fuß des Bergs lag, mochte so viel Trubel herrschen wie immer, doch die Stille hier oben war beinahe unheimlich. Normalerweise war dieser Ort mit seiner reichen Geschichte und der beispiellosen Aussicht auf die Stadt ein Touristenmagnet. Jetzt herrschte Grabesstille.

Kein Dämon sollte so dumm sein, das höchste Vampirgericht während einer Sitzung anzugreifen. Dennoch überprüfte ich bei jedem Schritt die Umgebung. War die Nachricht von diesem Verfahren bis zu Dagon durchgedrungen? Vielleicht. Vampire waren genauso anfällig für Tratsch wie jede andere Spezies. Wenn Dagon tatsächlich von den Ereignissen des heutigen Abends gehört hatte und einen Überfall wagte, musste ich unbewaffnet gegen ihn kämpfen, denn als Angeklagte konnte ich wohl kaum bewaffnet vor Gericht erscheinen …

Moment, was war das? Ich verspannte mich, als ich es noch einmal hörte. Ians Stimme, sein britischer Akzent so glatt wie immer. Ihn zu hören, war eine ganz spezielle Form des Überfalls, und ich blieb stehen, um mich einen Moment zu sammeln. *Du kannst das. Komm schon!*

Mit eiligem Schritt setzte ich den Aufstieg fort. Ich war fast auf dem Gipfel des Bergs angekommen, als ich erneut stehen blieb, weil ich etwas noch Unwahrscheinlicheres als eine Horde Dämonen hörte. Große Götter über und unter der Erde, wurde im Rat etwa *gelacht?*

»… dann bin ich neben ihm gelandet, ließ den Kriegsherren zu seinen Füßen fallen und sagte: ›Ist das die Sau, nach der du suchst?‹«, sagte Ian, woraufhin erneut lautes Gelächter losbrach.

Irgendwie hatte Ian es geschafft, dass der normalerweise strenge Rat wie ein Haufen fröhlicher Trunkenbolde in einem Comedy-Club klang! Ich hatte seinen Charme unterschätzt, das war ein Fehler gewesen. Selbst bei unserem ersten Treffen, als ich Ian nur als Köder benutzt hatte, um Dagon anzulocken, hatte er mich mit seinem Charme bezirzt.

Und jetzt musste ich so tun, als würde er mir nichts bedeuten.

Als ich das Amphitheater betrat, zog Ian wie eine unsichtbare Macht meinen Blick auf sich. Das letzte Mal, als ich ihn gesehen hatte, war sein Haar vom Tod weiß gewesen, und sein Gesicht hatte fast nur noch aus Knochen bestanden. Jetzt hatte sein Haar wieder diesen leuchtenden Kastanienton, und sein Profil zeigte seine makellose Alabasterhaut, den Ansatz der hohen Wangenknochen, die Linie seines markanten Kinns und einen Teil einer dunklen, geschwungenen Augenbraue.

Als ob er meinen durchdringenden Blick spürte, drehte er sich zu mir um. Ich sah weg, damit ich ihm nicht in die Augen schauen musste. Dennoch brannte sich der kurze Blick, den ich auf ihn geworfen hatte, in mein Gehirn.

Dem Anlass entsprechend war er in einen schwarzen Anzug gekleidet, der so perfekt saß, dass er maßgeschneidert sein musste. Darunter trug er ein weißes Hemd, und der komplizierte Seidenknoten am Hals wurde von einem Edelstein zusammengehalten, der dunkelrot blitzte, als er sich umdrehte. Als ich ihn so ganz, so umwerfend, so *lebendig* sah, wurde meine Kehle eng, meine Brust schnürte sich zusammen, und meine Augen brannten.

Erschrocken merkte ich, dass ich den Tränen nah war. Ich

hatte getan, was ich konnte, um mich für diesen Moment zu wappnen, doch ein einziger Blick hatte mich bereits umgehauen.

Ich grub die Nägel in meine Handflächen, bis ich Blut spürte. Der leichte Schmerz war nicht stark, aber ich klammerte mich an ihn. Ich würde mich nicht erniedrigen, indem ich vor Ian und dem gesamten Rat heulte! Ich trug mein marineblaues Kostüm, es war elegant und dunkel – die richtige Mischung fürs Gericht. Jetzt kaschierte die dunkle Farbe das Blut in meinen Handflächen, und das Parfum, das ich aufgelegt hatte, um den Geruch meiner Gefühle zu überdecken, verbarg auch den schwachen Blutgeruch.

»Da ist sie ja endlich, meine entlaufene Braut«, sagte Ian. Ich grub die Nägel fester in meine Handflächen und atmete tief durch, um mich zu wappnen.

Großer Fehler. Sein Duft, eine Mischung aus Cognac und Karamell, verführte mich, ihn einzuatmen, bis er mich erfüllte. Ihm so nah zu sein, bedeutete, dass seine Aura mich streifte, als würde er mich mit seiner Macht berühren.

Möge mich doch irgendjemand auf der Stelle töten.

Um mich abzulenken, musterte ich die Umgebung, die ich bislang nicht beachtet hatte. Die Sitzreihen um die Bühne des Amphitheaters lenkten das silberfarbene helle Mondlicht auf uns wie zusätzliche Scheinwerfer. Die Reihen waren leer, denn die einzigen sitzenden Personen hatten auf elf Thronen in der Mitte der kreisförmigen Bühne Platz genommen. Hekima, eine der vier Frauen des Rats, nickte mir zu. Ihr grau meliertes Haar war wie üblich zu einem strengen Knoten zusammengebunden, aber ihre braunen Augen schimmerten warm. Von allen Ratsmitgliedern mochte ich sie am liebsten.

Ich lächelte Hekima an, dann nickte ich etwas förmlicher Haldam zu, dem offiziellen Sprecher des Rats. Anschließend neigte ich den Kopf vor den übrigen neun Ratsmitgliedern, ehe ich mich den anderen Personen auf der Bühne zuwandte.

Mencheres, Ians Sire, war da. Sein langes schwarzes Haar hing wie ein Seidenschal um seine Schultern, während er mich mit vorwurfsvollem Blick aus seinen tiefdunklen Augen musterte. *Mach mir keine Vorwürfe, Bones ist schuld!*, hätte ich gern erwidert. Ich hatte Bones gesagt, er solle auf Ian aufpassen und dafür sorgen, dass er sich unauffällig verhielt. Eine einfache Anweisung, aber mit dieser Klage hatte Ian sich quasi eine Zielscheibe auf den Rücken gemalt, bevor er sich während eines Dämonenfeuerwerks mit einer Kanone abschoss.

Zumindest liebte Mencheres Ian. Das bedeutete, ich konnte auf ihn zählen. Wenn der Rat seinen Tod forderte, würde Ian sich ohne Rücksicht auf Verluste einen Weg hinauskämpfen, aber ich wollte nicht, dass dabei meine hier anwesenden Freunde verletzt wurden. Mencheres' hervorragende Kräfte zusammen mit meinen eigenen Fähigkeiten ermöglichten es, Ian ohne Blutvergießen fortzuschaffen.

Ich wandte den Blick von Mencheres ab und sah zu Xun Guan, meiner langjährigen Freundin und ehemaligen Geliebten. Als sie von mir zu Ian schaute, verschleierte sich ihr Blick. Ich reagierte mit einem leichten Kopfschütteln. *Nein,* sollte diese Geste sagen. *Ich ändere nicht meine Haltung, ich leugne meine Ehe.*

Xun Guan hob das Kinn. *Botschaft angekommen,* sagte diese kaum merkliche Bewegung. Dann wandte sie sich ab und zeigte nur noch ihr hübsches Profil und ihr pechschwarzes hochgestecktes Haar.

Ich ließ den Blick weiter zu Thonos gleiten, dem offiziellen Scharfrichter des Rats. Sein widerspenstiges schwarzes Haar war zu einem Knoten zurückgebunden, offenbar hatte Thonos noch nicht mitbekommen, dass Haarknoten bei Männern nicht mehr angesagt waren. Ich nickte ihm zu, dann zuckte mein Blick zu Julius, Priscilla, Gan und Vachir. Mein unheilvolles Gefühl kehrte zurück. Der Rat hatte gelacht, aber die Dinge konnten sich mit tödlicher Geschwindigkeit ändern. Da sie sechs ihrer stärksten Gesetzeshüter hier hatten, waren sie darauf sicherlich vorbereitet.

»Ehrbare Richter«, begrüßte ich den Rat. »Wie gewünscht stehe ich Euch zur Verfügung.«

Ihre Heiterkeit erstarb. »Veritas«, sagte Haldam und strich sich über den langen weißen Bart, der zu dem schneeweißen Haar auf seinem Rücken passte. »Man hat dich darüber informiert, was uns vorgeworfen wird. Bevor wir fortfahren, müssen wir als Erstes feststellen, ob dieser Mann«, er deutete mit dem Kopf auf Ian, als müsste er mich daran erinnern, wen er meinte, »wirklich dein Ehemann ist.«

Ich wählte meine Worte mit Bedacht. »Nein, obwohl er Grund zu der Annahme hat, dass er es ist …«

»Weil ich mich zum Beispiel an die Trauung erinnere?«, warf Ian ein.

Mein Blick glitt zu Ian, als hätte er ihn auf sich gezogen. *Gott, diese Augen.* Der gefühlvolle Ausdruck darin stand im Widerspruch zu seinem fröhlichen und so provozierend schiefen Grinsen. Ja, es war offensichtlich, dass er mich wiedererkannte. Irgendwie erinnerte sich Ian an mich – und nicht nur an die kaltherzige Schlampe, für die er mich gehalten hatte, bevor wir uns vor Monaten zusammengetan hatten, um Dagon zu besiegen!

Ich wollte mich schon in seine Arme werfen, als mir klar wurde, wie viel fehlte. Ian mochte mich besser kennen als vorher, aber nicht so gut wie das letzte Mal, als wir zusammen gewesen waren. Ich hatte nicht vergessen, wie er mich in den letzten Momenten seines Lebens angesehen hatte. Jetzt war alles, was damals in seinem Blick gelegen hatte, fort.

Meine Hoffnung erlosch. Es hatte sich nichts geändert. Ich war immer noch ein Ziel der Dämonen, und er war nicht derselbe Ian wie der, der in meinen Armen gestorben war.

»Deine Erinnerung ist eine Wahnvorstellung, die durch eine Überdosis Red Dragon in Kombination mit einem feindlichen Zauber entstanden ist«, sagte ich und wies ihn ohne einen weiteren Blick ab. »Eine kurze Zeit, die ich unter demselben Einfluss von Drogen und Zauber stand, habe auch ich geglaubt, dass ich mit ihm verheiratet sei«, fuhr ich fort und wandte meine Aufmerksamkeit wieder dem Rat zu. »Leider hat sich dieser Glaube als falsch erwiesen.«

»Blödsinn«, sagte Ian sanft.

Ich drehte mich nicht um, um ihn noch einmal anzusehen, aber ich war kurz davor. Was bei den sieben Höllen machte er da? Ich bot ihm seine Freiheit und sogar noch eine plausible Ausrede für diese leichtsinnige Klage. Er musste nur die Klappe halten und es schlucken!

»Wir *standen* unter dem Einfluss eines Zaubers«, wiederholte ich in schärferem Ton. »Man hat uns mit ihm belegt, als wir vor einigen Wochen in New York die Letzten ausgeschaltet haben, die mit Rotem Drachen dealten. Darum glaubten wir selbst, verheiratet zu sein, und darum haben wir diese falsche Überzeugung auch vor Xun Guan und ihren Vollstreckern wiederholt.«

»Warum war ich überhaupt mit dir zusammen?«, fragte Ian in diesem verdammt verführerischen Ton.

Ich biss die Zähne aufeinander, dann zwang ich mich, den Kiefer zu entspannen. »Du hast mich über einen möglichen Dealer von Rotem Drachen informiert. Ich habe deinen Verdacht bestätigt, wir wurden angegriffen, und du hast mich notgedrungen unterstützt, obwohl du Zivilist bist.«

»Ich bin zu spät gekommen, um zu helfen«, warf Xun Guan ein. »Als ich Veritas und ihrem Zivilisten begegnet bin, hatte sie den Dealer und die Quelle bereits getötet, ebenso wie einige Partner des Dealers.«

»Aber erst nachdem man mich gezwungen hat, eine große Menge Red Dragon zu trinken, um zu ihnen vorzudringen«, fügte ich hinzu. »Das zusammen mit dem Zauber, mit dem man uns, wie ich später herausfand, belegt hatte, führte zu unserem gefährlichen Geisteszustand und der falschen Annahme, wir wären verheiratet. Dank meiner vermehrten Kraft und meines Alters kehrte meine Erinnerung an die wahren Ereignisse in den nächsten Tagen zurück. Seine Erinnerung«, ich zuckte gleichgültig mit den Schultern, »offenbar nicht.«

»Ian«, sagte Mencheres. »Vielleicht solltest du über diese plausible Version der Ereignisse nachdenken?«

Ian ignorierte seinen Sire. »Eine Frage an Euch, ehrbare Richter.« Er gab sich unbekümmert, doch ich hörte, dass ihm todernst war, was er sagte. »Gibt es einen Präzedenzfall von einer Vampirhochzeit, die annulliert wurde, weil beide Seiten berauscht und auf andere Weise beeinflusst waren, als sie sich das Ja-Wort gaben?«

»Es hat nie eine offizielle Annullierung einer Vampirhochzeit gegeben«, antwortete Haldam, was stimmte, auch wenn es schrecklich altmodisch und ungerecht war.

»Darüber müssen wir uns keine Sorgen machen, denn *wir sind nicht verheiratet*«, knurrte ich.

Er schenkte mir ein breites Grinsen, von dem ich mich nicht blenden ließ. Der Blick aus seinen türkisfarbenen Augen war haiähnlich. »Hast du eine andere Definition dafür, wenn zwei Vampire sich in die Handflächen schneiden und sich vor Zeugen das Ja-Wort geben, von denen einer mir jetzt gerade auf den Rücken starrt?«

»Wie kannst du dich daran erinnern?«, platzte ich heraus und merkte, dass Xun Guan Ian tatsächlich finster anstarrte.

»Relevanter ist, ob er die Wahrheit sagt«, bemerkte Haldam unter zustimmendem Murmeln des restlichen Rats.

Ich gab die einzig mögliche Antwort. »Wie gesagt, wir waren beide stark berauscht und durch die Wirkung des Zaubers verwirrt. Es ist nicht überraschend, dass unsere Erinnerungen differieren.«

Ian deutete auf Xun Guan. »Sie war weder betrunken noch von einem Zauber beeinträchtigt. Fragt sie, ob wir uns in jener Nacht aneinander gebunden haben.«

Wie kannst du dich daran erinnern?, schrie ich diesmal im Stillen. Er konnte sich nicht an alles erinnern. Wenn doch, würde er nicht versuchen, eine Ehe für gültig erklären zu lassen, die er keinesfalls gewollt hatte, als sie geschlossen wurde.

Haldam winkte Xun Guan heran. Sie ging zu ihm, doch ihre gebückte Haltung drückte ihren Widerwillen aus. *Bitte,* versuchte ich ihr mit einem kurzen Blick zu bedeuten, als sie zu mir herübersah. *Bitte bestätige nicht, was er gerade gesagt hat!*

»Xun Guan.« Haldams autoritäre Stimme tönte durch das Amphitheater. »Warst du Zeugin einer Trauung zwischen Veritas und dem Vampir? Oder nicht?«

Xun Guan richtete sich zu ihrer normalen Größe auf. Meine Hoffnung sank. Vielleicht hätte ich sie dazu bringen können zu »vergessen«, was sie gesehen hatte, solange sie nur schweigen musste, aber den Rat anlügen? Das würde sie selbst dann nicht tun, wenn sie glaubte, ich habe einen schrecklichen Fehler begangen, weil ich betrunken war und unter dem Einfluss eines Zaubers stand. Xun Guan liebte mich, aber noch mehr liebte sie das Gesetz. Das war immer schon so gewesen. Darum hatte ich ihr niemals meine Geheimnisse anvertraut.

»Ja«, sagte Xun Guan mit fester, wenn auch angespannter Stimme. »Ja, das war ich, ehrbare Richter.«

Der berühmteste Junggeselle der Vampirwelt hatte gerade erfolgreich vor dem höchsten Gericht der Vampirgesellschaft die Gültigkeit unserer Ehe bewiesen. Jetzt konnte sie nur noch dadurch beendet werden, dass einer von uns starb. Warum hatte ausgerechnet Ian das getan?

4

Ians Stimme durchbrach die Stille. »Nachdem das jetzt geklärt ist, ziehe ich meine Klage offiziell zurück. Meine Braut wurde eindeutig nicht rechtswidrig gegen ihren Willen durch diesen Rat von mir ferngehalten. Das arme Lamm konnte sich nur nicht mehr an das freudige Ereignis erinnern.«

Das riss mich aus meiner stummen Fassungslosigkeit. »Dieses ›arme Lamm‹ schuldet dir immer noch nichts, Heirat hin oder her.«

»Da hat sie recht«, sagte Hekima. »Unsere Gesetze verbieten zwar die Scheidung und lassen den Tod von Personen zu, mit denen ein Vampir Ehebruch begeht. Sie verlangen jedoch nicht, dass die Partner zusammenleben oder miteinander sprechen. Wenn Veritas dich nicht will, hast du hier vor diesem Gericht keine Ansprüche, junger Mann.«

»Einverstanden«, lenkte Ian ein, was mich noch argwöhnischer machte. Er stimmte niemals zu, es sei denn, es kam ihm zupass. »Und ich entschuldige mich aufrichtig dafür, dass ich Eure Zeit verschwendet habe.« Er unterstrich seine Worte mit einer Verneigung, die sowohl anmutig als auch reuevoll wirkte. »Da ich Worte immer als ungenügende Form der Wiedergutmachung erachtet habe, erlaubt mir, Euch ein Angebot als Zeichen meiner Reue zu unterbreiten«, schloss er und pfiff.

Drei Vampire, die ich noch nie zuvor gesehen hatte, eilten in das Amphitheater. Jeder trug drei große aufeinandergestapelte Kisten herein und setzte sie vor dem Rat ab. Ian zog den Deckel von der ersten Kiste, bevor ich dazu kam, eine Entschuldigung zu stottern. Versuchte er etwa, den Rat zu bestechen, damit er seine ehrenrührige Klage vergaß?

»Ian«, zischte ich mit zusammengebissenen Zähnen. »Kann ich dich kurz sprechen?«

»Gleich«, sagte er und entfernte eine Lage Verpackungsmaterial, um alte, von Glas geschützte Pergamente zum Vorschein zu bringen. »Also, die Geschichtswissenschaft betrachtet die Zerstörung der Bibliothek von Alexandria achtundvierzig vor Christus als einen der größten Wissensverluste. Zum Glück täuscht sich die Geschichtswissenschaft wie in vielen anderen Fällen auch in diesem. Nicht die ganze Bibliothek ging verloren. Hier ist das, was von ihr übrig blieb.«

Daraufhin erhob sich Haldam doch tatsächlich von seinem Thron, um einen genaueren Blick darauf zu werfen. Nach einigen Momenten sorgfältiger Betrachtung der ersten Kiste wandte er sich an die anderen Ratsmitglieder.

»Sie scheinen echt zu sein.«

Haldam klang überrascht und schien nicht zu merken, dass er in seine Muttersprache Latein verfallen war. Jetzt erhoben sich alle Ratsmitglieder von ihren Thronen, um sich um die Kisten zu scharen und die von Glas geschützten Dokumente zu studieren.

»Wie sind sie in deinen Besitz gekommen?«, wollte Hekima wissen.

Ian schenkte ihr ein strahlendes Lächeln. »Mark Anton hat Cleopatra die Reste der Bibliothek als Geschenk überreicht. Später hat sie ihre Tochter Patra erhalten. Ihr werdet euch erinnern, dass Patra meinem Sire Mencheres vor einigen Jahren den Krieg erklärt hat? Nachdem Patra getötet wurde, wurde ihr Besitz von jenen geplündert, die an Mencheres' Seite gekämpft haben. Ich beanspruchte diese Bibliothek als meinen Teil der Beute.«

Ich schüttelte den Kopf. Natürlich gab sich Ian nicht mit Patras Gold, Schmuck oder anderen normalen Wertgegenständen zufrieden. Er nahm nur den ausgefallensten Schatz als Preis. Jetzt hatte er den Rat mit seinem Geschenk überwältigt. Bei Geld wären sie beleidigt gewesen, aber die Bibliothek von Alexandria war unbezahlbar wegen der kostbaren Informationen über verloren geglaubte Geschichte. Man erzählte sich auch, dass sie lang vergessene Zaubersprüche enthielt. Bei der unermüdlichen Aufgabe des Rats, die Magie auszurotten, wollte er diese Zaubersprüche in seinen Händen und nicht in denen anderer Vampire wissen.

Das musste ich Ian lassen – der Rat war so hingerissen darüber, welche Schätze die Schriftrollen enthielten, dass sie kaum noch etwas anderes zu bemerken schienen. Ich musste die Ablenkung nutzen, ehe einer von ihnen aus seiner Verzückung über das Wiederauftauchen der berühmten Bibliothek gerissen wurde und Ian wegen seiner Klage zu einer jahrzehntelangen Gefängnisstrafe verurteilte.

»Ich befinde mich derzeit noch im Urlaub, ehrenwerte Richter. Ich werde den Rest der Zeit dazu nutzen, die Situation in Ordnung zu bringen, damit sie euch bei meiner Rückkehr keine weiteren Scherereien macht«, sagte ich.

»Mach das«, murmelte einer von ihnen, zu leise, als dass ich die Stimme zuordnen konnte. Ich fing einige ihrer Blicke auf, als ein paar von ihnen kurz von den Kisten aufsahen. Darin lag eine Mischung aus Tadel, Verachtung und anderem wenig Schmeichelhaftem.

Ians Geschenk mochte sie beeindrucken, aber das änderte nichts an ihrer Meinung über ihn. Nachdem unsere Ehe bestätigt war, wurden die Dinge nicht nur für mich privat komplizierter, es legte mir auch beruflich Steine in den Weg. Ich hatte das bei anderen Gesetzeshüterinnen beobachtet, die Männer geheiratet hatten, von denen der Rat nichts hielt. Männlichen Kollegen hingegen schienen keine beruflichen Nachteile dieser Art zu erwachsen. Die Menschen besaßen eben kein Monopol auf Sexismus.

Doch für dieses Problem hatte ich heute keine Zeit. Mein akutes Problem dagegen schenkte mir ein teuflisches Grinsen. »Wollen wir?«, fragte Ian und streckte mir seinen Arm hin. »Es sei denn, du willst, dass ich dich über die Schwelle trage, meine nicht errötende Braut?«

Mein Blick drohte ihm Rache an, aber wir mussten hier weg. Dennoch ignorierte ich seinen Arm und schob mich an ihm vorbei.

»Veritas.« Xun Guan warf mir einen gequälten Blick zu, als ich zu ihr kam. »Es tut mir so leid.«

»Das ist nicht deine Schuld«, sagte ich schnell. Aber ich meinte es ernst. Ich war für diesen Quatsch verantwortlich, nicht sie.

Sie strich mir über die Wange. »Wenn ich dir das hätte ersparen können …«

»Das hättest du«, schaltete sich Ian ein und trat neben mich. »Du hast dich dagegen entschieden. Ich wusste, dass du das tun würdest. Ich kann mich vielleicht nicht an viel erinnern, aber *daran* schon.«

Ich versuchte das *Ich kann mich vielleicht nicht an viel erinnern* zu verdauen, als Xun Guans dunkle Augen grün wurden und ihre Hand zu ihrem Schwert glitt. Ian sah es und schnaubte. »Wir stehen vor einem Gericht, in dem alle Duelle einen legalen Grund erfordern«, erwiderte er verächtlich. »Du hast keinen. Tja, die Gesetze.«

»Warum verärgerst du sie?«, fragte ich leise.

»Weil sie dich so ansieht«, erwiderte er, ohne den Blick von Xun Guan zu lösen. »Ich will offen zu dir sein, Xun Guan. Ich falle nicht auf deinen Blick herein, ich behandele dich nicht wie ein armes, liebeskrankes Mädchen, sondern wie die gefährliche Kriegerin, die du bist. Und ich werde dir bei der erstbesten Gelegenheit den Kopf abreißen. Ist das klar?«

Jetzt funkelten ihre grünen Augen, und die Knöchel um den Griff ihres Schwertes färbten sich weiß. »Es wird mir ein Vergnügen sein, dich zu töten, wenn deine Zeit reif ist«, sagte sie auf Mandarin.

»Gleichfalls«, entgegnete Ian in derselben Sprache.

Ich schob ihn aus der Tür und zischte: »Hast du nicht schon für genug Ärger gesorgt?«, zugleich dankte ich allen Göttern, dass Mencheres sofort hinter uns trat. So war Xun Guan nicht verführt, Ian nach draußen zu folgen. Ian konnte sie im Kampf schlagen. Das wusste Xun Guan nicht, aber ich, und ich wollte gewiss nicht irgendwie an ihrem Tod beteiligt sein.

Zum Glück kam uns Xun Guan nicht hinterher. Meine Erleichterung war jedoch nur von kurzer Dauer. Sobald wir das Amphitheater verlassen hatten, fuhr Ian zu mir herum. Ich hatte noch die Hände vor mich gestreckt, weil ich ihn hinausgeschoben hatte, und er ergriff sie und riss mich an sich.

Die Zeit schien stehen zu bleiben. Als ich ihm in die Augen sah und Erinnerungen an unsere letzte Umarmung auf mich einstürmten, verstärkte ich unwillkürlich meinen Griff.

Ich strich mit den Lippen über seine Knöchel. »Das würde ich auch tun.« Dann ließ ich seine Hand los, obwohl es wirklich das Letzte war, was ich tun wollte. »Da wir gerade vom Kämpfen sprechen – diese Dämonen, die wegen ihrer Salzwunden herumkreischen, bringen sich nicht von selbst um. Bleib hier. Ich komme zurück, wenn ich mit ihnen fertig bin.«

Als er diesmal grinste, erinnerte er wieder mehr an den Ian, den ich kannte: halb spöttisch, halb verführerisch. »Gib mir einen Moment, dann mache ich mit. Du sollst dich nicht so verausgaben. Wir haben etwas zu feiern …«

Mehr konnte er nicht mehr sagen, dann hatte Dagon Ian das erste Knochenmesser in den Schädel gerammt. Wieder hörte ich meinen Schrei von damals und spürte die reine Panik in mir aufsteigen, als Ians Auge zu rauchen begonnen hatte. *»Nein!«, hatte ich Dagon angeschrien. »Bitte nicht!«*

Doch Dagon hatte nicht vor aufzuhören. Er hatte sich vielmehr Zeit gelassen, um mich zu quälen. Ich riss die Hände von Ian fort und sagte mit all dem Schmerz, den ich damals empfunden hatte: »Fass mich nicht an!«

»Gut.« Ian und trat zurück. »Ich werde dich nicht anfassen, solange du nicht versuchst, wieder zu verschwinden.«

Mich überkam eine neue Art von Panik, und ich zischte: »Du hast gehört, was der Rat gesagt hat. Du darfst mich nicht zwingen, bei dir zu bleiben.«

»Doch, bis du mir die Antworten gibst, die du mir schuldig bist«, antwortete er, und sein Blick verhärtete sich. »Per Textnachricht wolltest du es mir ja nicht verraten, also musst du es mir jetzt ins Gesicht sagen.«

»Ich habe ebenfalls Fragen«, sagte Mencheres kühl.

Zieh eine Nummer und stell dich hinten an, dachte ich. Ian schien meiner Meinung zu sein. »Meine Fragen haben Priorität, aber wir werden sie beide nicht jetzt stellen. Hier hören zu viele Ohren zu.«

Darauf ging ich sofort ein. »Du hast recht, wir müssen hier weg, und ich habe Termine. Schreib mir. Diesmal werde ich antworten, ich *schwöre* ...«

Er lachte laut auf und unterbrach mich. »Eher könntest du mich davon überzeugen, mich zu erdolchen, und das ist kein Witz.«

Aber ich darf nicht in deiner Nähe sein!, wollte ich schreien. *Das bedeutet meinen Tod, und wenn ich nicht bald gehe, auch deinen!*

Ich zwang mich, diese Gefühle zu unterdrücken, und wünschte, ich könnte mein anderes Wesen heraufbeschwören, um sie ganz auszulöschen. Aber wenn ich jener Hälfte die Kontrolle überließ, hatte ich gar keine Gefühle mehr, ja, ich wäre ein massenmordender Soziopath. Das war kaum eine Lösung.

Nein, ich musste da durch. »Gut. Ich komme mit dir, aber zuerst muss ich in meinem Zimmer vorbei, um etwas zu holen.«

»Das können meine Männer erledigen«, sagte Ian und deutete mit dem Kopf auf die drei Vampire, die uns stillschweigend folgten.

»Nein«, erklärte ich mit derartigem Nachdruck, dass seine

Augenbrauen nach oben schossen. »Das kann nur ich holen, keine Diskussion.«

Er zuckte die Schultern. »Wie du willst, aber dann komme ich mit.«

»Ich auch«, erklärte Mencheres.

»Natürlich«, murmelte ich. »Helikopter-Mom.«

Ian lachte. Mencheres warf mir einen finsteren Blick zu, doch ich ignorierte ihn und begann den Abstieg vom Berg, wobei ich dringend benötigten Abstand zwischen Ian und mich brachte. Dennoch spürte ich, wie Ians Aura mich wie eine heimliche Umarmung umfing, während sein Blick wie ein übernatürlicher Anker auf meinem Rücken lastete.

Es schmerzte unendlich, in Ians Nähe zu sein, wenn er nicht ganz Ian war. Er mochte so aussehen, so klingen und sich ähnlich verhalten, aber dieser Ian hatte mir nicht seine größten Geheimnisse anvertraut und mich dazu gebracht, ihm meine zu erzählen. Dieser Ian hatte nicht mit mir gemeinsam gegen Dagon gekämpft. Dieser Ian hatte sich nicht für mich geopfert, was ihn eigentlich das Leben gekostet hätte, weil er sich – fast – in mich verliebt hatte.

Nein, das Interesse, das dieser Ian an mir hatte, erwuchs lediglich aus gekränktem Stolz und der Absicht, etwas zu erfahren. Das würde ihn jedoch noch mehr in Gefahr bringen, als er es ohnehin schon war. Wenn Ian wusste, dass dieser Dämon, von dem er nur nebenbei gehört hatte, ihn *umgebracht* hatte … würde er keine Ruhe geben, bis er mit ihm abgerechnet hatte. Und Ian konnte Dagon nicht schlagen. Ich war mir noch nicht einmal sicher, ob ich es konnte, es sei denn, ich griff auf eine Kraft zurück, die mich in etwas Schlimmeres als Dagon verwandelte.

Darum musste ich so schnell wie möglich von Ian fortkommen, und ich hatte auch schon eine Idee, wie. Vorerst würde ich Ian in dem Glauben lassen, er habe gewonnen. Männer waren deutlich leichter zu manipulieren, wenn sie meinten, sie hätten die Oberhand.

Außerdem mochte dieser Abend für mich zwar außerordentlich schlecht verlaufen sein, für jemand anderen wurde er allerdings deutlich besser.

5

Als ich die Villa betrat, die ich gemietet hatte, wurde ich wie üblich von Silver bestürmt. Dann entdeckte er Ian hinter mir, und vor Freude flogen dem Simargl beinahe die Federn vom Leib.

»Keine Sorge, er tut nichts«, sagte ich, als Silver sich auf Ian stürzte und unkontrolliert jaulte.

Mencheres war nicht verblüfft, ein hundeähnliches Wesen mit Flügeln um Ian herumfliegen zu sehen. Ian schien ebenfalls nicht überrascht zu sein. Er streichelte Silver, während der Simargl in der Luft wilde Runden um ihn drehte, fing ihn auf und umarmte ihn, als Silver sich an Ians Brust schmiegte.

»Na, da ist ja mein Kleiner«, sagte Ian und kicherte, als ein paar Federn durch die Luft flogen, weil Silver daraufhin wie wild mit den Flügeln schlug.

»Du erinnerst dich an ihn?«, fragte ich in neutralem Ton.

Er warf mir einen sarkastischen Blick zu. »Ich erinnere mich daran, einige Vampire getötet zu haben, um ihn zu retten. Bis zu diesem Moment wusste ich nicht, warum. Er war an jenem Abend die Quelle für den Roten Drachen, stimmt's?«

»Woran erinnerst du dich noch?« Es war raus, bevor ich mich beherrschen konnte. Ebenso schnell bedauerte ich es.

Ians Augen leuchteten. »Das wüsstest du wohl gerne. Aber ich bin dran, Fragen zu stellen, und zwar nicht hier. Wahrscheinlich ist uns einer der vielen Lakaien des Rats gefolgt.«

»Wahrscheinlich«, stimmte ich ihm zu und sprach ein paar schnelle Worte zu Silver. Als ich fertig war, sahen seine dichten Federn wie Fell aus, die Flügel waren nicht mehr zu sehen und auf seinem zuvor glatten Hinterteil saß jetzt ein Schwanz. Das Hundehalsband, das er ohnehin bereits trug, vervollständigte seine Verkleidung als »normales Haustier«.

Ian beobachtete mich, und ein leichtes Grinsen umspielte seine Lippen. Erinnerte er sich daran, dass ich den Spruch nur für Mencheres zum Besten gegeben hatte, weil ich eigentlich keine Worte brauchte, um meine Magie anzuwenden? Oder konnte er sich daran nicht mehr erinnern?

Wie dem auch sei. Es war Zeit zu gehen. »Ich kenne einen abgeschiedenen Ort, an dem wir uns unterhalten können«, sagte ich und ging auf die Tür zu. »Kommt.«

Ian stellte sich mir in den Weg – und das schneller, als ich es ihm zugetraut hätte. »Déjà-vu«, sagte er amüsiert. »Es ist nicht das erste Mal, dass du mit mir im selben Befehlston sprichst wie mit deinem Haustier, stimmt's? Hattest du damals damit Erfolg? Wenn ja, wirst du jetzt enttäuscht sein.«

Ich schloss die Augen. Ian war nicht der Einzige, der ein Déjà-vu erlebte, doch meines versetzte mir einen schmerzhaften Stich. Dennoch, er hatte recht. Befehle zu erteilen brachte mir vielleicht den dringend nötigen emotionalen Abstand, aber auf Ian hatten sie keine Wirkung. Das war schon immer so gewesen.

»Gut. Ich möchte, dass ihr mich zu einem Ort begleitet, den

ich kenne und an dem wir uns unterhalten können«, korrigierte ich mich. Hauptsache, wir kamen über die Schwelle.

»Nein.« Ians unbeschwerter Ton stand im Gegensatz zu der neuen Härte in seinem Blick. »Du hast dein Recht verwirkt, einen Ort auszuwählen, als du mich gezwungen hast, den Rat zu verklagen, damit du endlich aufhörst, mich zu ignorieren.«

»Ich wusste nicht, dass du dich an irgendetwas erinnern würdest«, begann ich.

»Hättest du nur *eine* Nachricht von mir gelesen oder abgehört, hättest du es gewusst!«

Sein Fauchen überraschte mich. Dann wurde ich wütend. Zugegeben, ihn zu ignorieren mochte weder mutig noch edel gewesen sein, aber nachdem ich viertausend Jahre Rache geopfert hatte, um ihn ins Leben zurückzuholen, stand mir ein bisschen egoistische Feigheit zu.

»Was glaubst du, mit wem du sprichst?«, fragte ich.

Ian sank auf die Knie. Zuerst dachte ich, er würde sich über mich lustig machen, doch dann erschrak ich, weil er heftig seinen Kopf umklammerte. Das war kein Scherz. Er litt.

Mencheres schob mich zur Seite und kniete sich neben Ian. Blut tropfte aus Ians Nase, aus seinen Ohren und Augen. Ich war vor Schreck wie gelähmt. Das letzte Mal, als Ian aus den Augen geblutet hatte, war er gestorben.

»Was ist los?«, keuchte ich und versuchte, nicht vor Angst zu schreien.

Mencheres blickte nicht auf. »Interessiert dich das überhaupt?«

Nur seine Zuneigung zu Ian hielt mich davon ab, ihm auf der Stelle den Garaus zu machen. »Ja«, sagte ich, unterdrückte meine Panik und kniete mich ebenfalls neben Ian. »Es interessiert mich mehr, als es unsere kurze gemeinsame Zeit rechtfertigt«, gestand ich.

»Seit wann werden Gefühle von so etwas Trivialem wie Zeit bestimmt?«, murmelte Mencheres. Dann durchbohrte er mich mit seinem dunklen Laserblick. »Nach dem, was Bones mir erzählt hat, hat irgendein Wesen das Ian angetan.«

»Ein Wesen?« Was immer es war, ich würde es töten.

»Bones hat vom Todesengel gesprochen«, sagte Mencheres zu meiner Verblüffung. Jetzt wusste ich, wer das »Wesen« war. »Ian sagte, es sei der Sensenmann gewesen. Was auch immer es war, es hat Ian erklärt, es könne einen Teil seiner Erinnerungen wiederherstellen, diese Erinnerungen könnten ihn jedoch um den Verstand bringen. Ian hat nichtsdestotrotz darauf bestanden.«

»Nein«, flüsterte ich, während Ian seinen Kopf umklammerte und mehr Blut aus den Öffnungen floss. Mein Vater, der Wächter des Jenseits, hatte Ian seiner Erinnerungen beraubt, um das Trauma zu lindern, das er und die anderen wiederauferstandenen Seelen in Dagons Körper erlitten hatten … Und damit sie nicht wussten, wie groß die Macht war, die sie erlangt hatten, als sie sich aus dem Dämon herausgekämpft hatten. Warum sollte mein Vater also Ian einige dieser Erinnerungen zurückgeben? Und noch wichtiger, warum hatte er es mir nicht *erzählt*?

Ian ließ seinen Kopf genauso plötzlich wieder los, wie er zuvor auf den Boden gesunken war. Ehe ich etwas sagen konnte, war er aufgesprungen, wischte sich das Blut aus dem Gesicht und musterte mit finsterem Blick die dunkelroten Flecken auf seinem weißen Hemd.

»Keine Ahnung, warum ich überhaupt etwas anderes als Schwarz anziehe.« Dann betrachtete er mit gehobener Braue Mencheres und mich, die wir immer noch auf dem Boden knieten. »Trödelt da nicht so lange herum.«

»Trödeln?«, wiederholte ich. »Hast du eine Ahnung, was gerade mit dir passiert ist?«

Er zuckte die Schultern. »Die Vampirversion einer fiesen Migräne. Nichts, worum man sich Sorgen machen müsste.«

»Nichts, worum man sich Sorgen machen müsste?« Jetzt war Mencheres derjenige, der Ians Worte ungläubig wiederholte. »Das ist eine äußerst ernste Angelegenheit, Ian!«

Er verdrehte die Augen. »Seit wann bekommen zwei mehrere jahrtausendalte Vampire Muffensausen wegen ein bisschen Blut? Wirklich, allmählich schäme ich mich für euch beide.«

»Es reicht.« Mencheres' Stimme klang harsch. »Ich halte deinen ständigen Spott nicht mehr aus.«

»Dann hältst du ihn eben nicht mehr aus«, sagte Ian genauso harsch. »Ich habe dich davor gewarnt, heute mit mir vor dem Rat zu erscheinen. Du bist trotzdem gekommen. Ich habe dir auch gesagt, dass du Veritas und mir nicht hierher folgen sollst, aber du bist da. Mir reicht's auch, Mencheres. Lass mich in Ruhe.«

»Nicht ehe ich herausgefunden habe, ob sie etwas damit zu tun hatte, dass du deine Seele verschachert hast«, erwiderte Mencheres scharf.

Oh, fuck, dachte ich in dem Moment, in dem Mencheres seine Kraft auf mich abfeuerte und mich erstarren ließ. Dieselbe Kraft hielt Ian in einem unsichtbaren Schraubstock gefangen und ließ seine Hände erstarren, die wohl gerade dabei gewesen waren, einen taktilen Zauber zu wirken. Sogar Silver war von Mencheres' Telekinese gefangen.

Wütend starrte ich Mencheres an. Er erwiderte den Blick, und zwar so leidenschaftslos, dass es beunruhigend war. »Ich werde deine Zunge lösen, wenn du versprichst, keinen Zauber auf mich loszulassen. Blinzele einmal für Ja.«

Ich blinzelte einmal. Der Druck auf meinem Mund löste sich. »Du gehst zu weit, Mencheres«, sagte ich mit kalter Wut.

»Du hast keine Ahnung, wie weit ich bereit bin zu gehen, wenn ich dadurch Ians Seele retten kann«, lautete seine gleichermaßen kühle Antwort.

»Ich wäre deutlich wütender auf dich, wenn ich nicht genauso für Ian empfinden würde.« Dann verstummte ich. Warum hatte ich das gesagt? Insbesondere, wenn Ian dabei war und es hören konnte?

Mencheres trat näher. »Hattest du etwas damit zu tun, dass Ian seine Seele an einen Dämon verschachert hat?«

»Nein.« Wer hatte Mencheres davon erzählt? Ian? Ich konnte ihn nicht fragen. Es war klar, dass Mencheres *seinen* Mund noch nicht freigegeben hatte. Er war zu einer schmalen Linie erstarrt, während Ian seinen Sire wütend anstarrte.

Mencheres befand sich jetzt direkt hinter mir. »Weißt du, *warum* Ian sich auf diesen Handel mit Dagon eingelassen hat?«

»Ja«, erwiderte ich und wollte mich sogleich dafür ohrfeigen, hätte ich die Arme bewegen können. Ich hatte geschworen, es Mencheres niemals zu erzählen! Also warum hatte ich gerade zugegeben, es zu wissen?

»Dann nenn mir den Grund«, schnurrte Mencheres mir ins Ohr.

Ich musste fest die Zähne zusammenbeißen, um nicht zu antworten. Trotzdem entfuhren mir unkontrollierte Grunzlaute. Da begriff ich, was er getan hatte. Mencheres hatte mich mit einem Wahrheitszauber belegt. *Schlauer Zug, alter Freund!*

Meinen Schwur würde ich dennoch nicht brechen. *Du hättest etwas genauer auf deine Formulierung achten sollen,* dachte ich grimmig. *Ich muss nicht sprechen, um mich von einem Zauber zu befreien.*

Ich ließ meine verborgenen Kräfte frei und hielt die Zeit im Raum an. In dem Moment, in dem Mencheres erstarrte, verlor er die Macht über mich. Von seinem Zauber befreit, ging ich zur Tür und rief nach Silver.

Der Simargl flog gerade zu mir, als Ian einen Schritt nach vorn machte und stehen blieb, als wäre er überrascht, dass er sich bewegen konnte, dann tat er einen weiteren Schritt, diesmal in meine Richtung.

Ich war ebenfalls überrascht. »Wieso bist du auf einmal immun gegen das Anhalten der Zeit?« Kaum hatte ich es gefragt, wusste ich es. Ian musste diese Immunität von Dagon übernommen haben. Welche anderen Fähigkeiten besaß Ian jetzt?

Er grinste mich kurz an. »Das müssen die Dämonenzeichen sein. Die haben zunächst ihre Vorteile, bevor die Rechnung fällig wird.«

Er dachte immer noch, dass Dagon seine Seele gehörte? Das würde ich später klären. Jetzt musste ich von ihm fortkommen. Ich schnappte mir Silver, öffnete die Tür und trat über die Schwelle der Villa.

Im nächsten Moment stand Ian in der Tür und brachte mich erneut aus der Fassung. Hatte er … hatte er sich etwa gerade teleportiert?

»Was ist das?«, knurrte er, als er die Hand nach mir ausstreckte und nicht über die Schwelle kam.

»Eine Versicherung«, erwiderte ich in gleichgültigem Ton. »Ich habe die Villa mit einem Zauber belegt. Es kann jeder hinein, aber abgesehen von Silver und mir kann sie niemand vor Sonnenaufgang wieder verlassen.«

Er warf mir einen derart verzweifelten Blick zu, dass ich beinahe lächeln musste. Jetzt wusste er, wie ich mich die vergangenen vierundzwanzig Stunden gefühlt hatte. »Darum hast du darauf bestanden, hierher zurückzukommen«, sagte er gepresst.

»Ja. Ich habe sogar schon mein Gepäck im Wagen verstaut«, fügte ich höhnisch hinzu. Wenn ich Glück hatte, machte ich Ian so wütend, dass er mich nie mehr wiedersehen wollte. »Diese Villa ist Privateigentum, daher haben Dämonen nur auf ausdrückliche Einladung Zutritt, aber tu dir selbst einen Gefallen, wenn der Zauber endet. Verlass das Land und *tauch unter*. Du hast dich genug in Gefahr gebracht, indem du durch die Klage deinen Aufenthaltsort preisgegeben hast. Mach es den Dämonen nicht noch leichter, dich zu finden, indem du weitere sensationelle Auftritte inszenierst.«

Etwas in seinen Augen strahlte. Ein erwartungsvolles Leuchten, das nicht zu dem Umstand passte, dass er festsaß. »Wir sind noch nicht annähernd miteinander fertig, meine schlaue, berechnende Ehefrau.«

Bei dem E-Wort zuckte ich zusammen. Als er es bemerkte, verzog er den Mund zu einem Lächeln. Ich zwang mich, sein Lächeln zu erwidern, als hätte ich sonst keine Sorgen. »Wie gesagt, der Zauber, der euch in der Villa festhält, endet bei Sonnenaufgang, aber der Zauber, der die Zeit anhält, erlischt, sobald ich weg bin. Ich bin sicher, Mencheres wird es genießen, die nächsten Stunden deine ungeteilte Aufmerksamkeit zu haben.«

»Schlau, berechnend *und* grausam.« Ian senkte die Stimme zu einem anzüglichen Schnurren. »Kein Wunder, dass ich dich geheiratet habe.«

Scher dich zum Teufel! Ich ertrug es nicht, daran erinnert zu werden, dass ich einen rechtlichen Status hatte, der mir zugleich in jeder Hinsicht verweigert wurde – ein Platz in seinem Leben. Um das zu überspielen, schenkte ich ihm ein künstliches Lächeln.

»Leb wohl, Ian.«

»Vorerst«, sagte er in einem Ton, der mich an samtbezogene Peitschen denken ließ. »Aber nicht lange.«

6

Er blufft, sagte ich mir auf der Fahrt nach Mykene immer wieder. Wie der Teufel es wollte, hatte ich einen Hinweis entdeckt, dass sich eine weitere wiederauferstandene Seele möglicherweise nur zwei Autostunden entfernt aufhielt. Ich fuhr auf direktem Weg dorthin, nachdem ich mit der verheerenden Anhörung vor Gericht schon über einen Tag verloren hatte. Silver musste im Wagen warten, während ich herausfand, ob sich die Spur als richtig oder falsch erwies. So oder so wollte ich anschließend Griechenland so schnell wie möglich verlassen.

Hoffentlich tat Ian das auch, sobald der Zauber nachließ. Er konnte doch nicht etwa so leichtsinnig sein und weiter nach mir suchen, oder? Mein Magen verkrampfte sich. *Doch.* Ian war furchtlos, und er erinnerte sich nicht mehr daran, wie mächtig Dagon war. Oder wie rachsüchtig.

Ich musste dafür sorgen, dass er abreiste. Während ich mit einer Hand lenkte, wühlte ich mit der anderen in meiner Tasche nach meinem Handy. Dann rief ich die Nummer an, die ich vor einigen Wochen einprogrammiert hatte. Anstelle einer männlichen Stimme mit britischem Akzent meldete sich eine weibliche mit amerikanischem.

»Bei Bones. Hier ist Cat. Bones ist beschäftigt.«

»Hi, Cat«, sagte ich mit aufgesetzter Fröhlichkeit. Sie hatte ich zwar nicht sprechen wollen, aber Ian hatte so viel Frust und Angst in mir aufgestaut, dass ich mich auch mit ihr begnügte. »Befindest du dich zufällig in der Nähe von Griechenland? Oder Bones?«

»Veritas? Was ist los?«, fragte Cat jetzt besorgt.

»Was los ist?«, platzte ich derart laut heraus, dass Silver vor Schreck zusammenfuhr. »Du und Bones habt mir versprochen, auf Ian aufzupassen, und kaum *einen Monat* nachdem ich ihn in eurer Obhut gelassen habe, verärgert er das höchste Gericht der Vampirgesellschaft. Er hätte Dagon seinen Aufenthaltsort genauso gut per GPS durchgeben können, denn jeder weiß, wo der Rat seine Sitzungen abhält!«

»Also, hör zu …«, hob Cat an.

»Ich weiß immer noch nicht, warum man ihn nicht zum Tode verurteilt hat. Entweder lag es an Ians beeindruckender Bestechung, oder der Rat war einfach fassungslos darüber, dass jemand die Eier hat, ihn zu verklagen«, tobte ich weiter. »Wie dem auch sei, ich habe Ian zusammen mit Mencheres bis zum Morgengrauen sicher in einer Villa eingesperrt, aber sobald der Zauber nachlässt, muss er aus Griechenland verschwinden. Ganz offensichtlich kann ich mich nicht darauf verlassen, dass Ian sich selbst aus der Gefahrenzone bringt, darum frage ich dich noch mal: Befindet sich einer von euch in der Nähe von Griechenland?«

»Bist du jetzt fertig?«, fragte Cat in scharfem Ton.

»Ja, und ich warte auf deine Antwort.«

»Oh, ich meinte nicht, ob du mit Reden fertig bist«, sagte

sie und klang jetzt gefährlich heiter. »Ich meinte, ob du fertig mit Ausrasten bist. Denn wenn *du* schon nach einer Nacht die Nase von Ian voll hast, verbring mal ein paar Wochen mit ihm. Bones und ich sind ihm um die ganze verfluchte Welt gefolgt und haben versucht, ihn zur Vernunft zu bringen. Danke übrigens, dass du uns erzählt hast, dass Ian jetzt teleportieren kann! Da kann ich ja eher einen Geist verfolgen, und das meine ich *wörtlich.*«

»Ian kann teleportieren?« Ich hatte so gehofft, dass er sich in der Villa einfach nur sehr schnell bewegt hatte …

»Ja, und letzte Woche hat Ian uns mitgeteilt, er habe es satt, dass wir uns als seine Babysitter aufspielen, indem er uns ein paar Zauber dagelassen hat. Einer davon hat mich zwei Tage verstummen lassen, ein anderer hat Bones' Reißzähne schmelzen lassen! Ich wusste gar nicht, dass das überhaupt möglich ist …«

Das war ja ordentlich nach hinten losgegangen. »Äh, tut mir echt leid …«

»… aber seine Reißzähne waren *weg!* Ian hat Glück, sie sind wieder nachgewachsen, sonst hätte ich ihn mir vorgeknöpft. Alles, was dieser Dämon ihm antun könnte, ist nichts verglichen mit dem, was ich mit Ian angestellt hätte, wenn ich ihn in die Finger bekommen hätte.«

»Vielleicht war es keine so gute Idee, dich anzurufen«, murmelte ich.

»Darauf kannst du wetten«, stieß sie hervor. Dann wurde ihr Ton weicher. »Hör zu, ich verstehe, dass du Angst um ihn hast. Ich will auch nicht, dass Ian etwas zustößt. Aber er hat unmissverständlich klargemacht, dass er sich weder von Bones noch von mir oder von irgendjemand sonst etwas sagen lässt. Ich wette, zwei Minuten nachdem dein Zauber vorüber ist, wird er auch Mencheres entwischen. Also, wenn du willst, dass Ian aus Griechenland verschwindet, wirst du selbst dafür sorgen müssen. Er ist ohnehin von dir besessen.«

»Das kann ich nicht.« Trotz meines Bemühens, die Beherrschung nicht zu verlieren, brach mir bei dem letzten Wort die Stimme. »Das ist nicht sicher«, endete ich in festerem Ton.

Cat seufzte. »Ich weiß, du hast gesagt, die Dämonen seien hinter dir her, aber das wird Ian nicht aufhalten. Er ist nicht der Typ, der sich ängstlich davonmacht. Er bleibt und kämpft. Glaub mir, wir haben versucht, ihn umzustimmen, aber wir sind gescheitert.«

Fast hätte ich mein Handy durch die Windschutzscheibe geschleudert, weil sie recht hatte. Verdammt, sie hatte recht! Ian hatte sich nie von einem Kampf abhalten lassen, egal, wie gefährlich er war. Was sollte ich jetzt tun?

Als ob ich diese Frage laut gestellt hätte, sagte Cat: »Ich an deiner Stelle würde mich darauf konzentrieren, den zu töten, der Ian bedroht. Ich weiß, dass das so gut wie unmöglich ist, aber ich denke trotzdem, die Chancen, dass du einen Haufen angepisster Dämonen fertigmachst, sind besser, als dass Ian plötzlich häuslich wird und zu stricken beginnt.«

Wahrscheinlich hatte sie auch damit recht, aber ich hatte noch einen anderen Eid geschworen. Nichtsdestotrotz, das war ein Grund mehr, warum ich Dagon tot sehen wollte, und um ihn zu töten, musste ich meinen Eid nicht brechen, die anderen wiederauferstandenen Seelen zu suchen. Ich beherrschte Multitasking.

»Entschuldige, dass ich meine Wut an euch ausgelassen habe«, sagte ich.

Cat grunzte. »Keine Sorge. Die Liebe treibt uns alle in den Wahnsinn …«

Ich legte so schnell auf, dass ich den Rest ihrer Antwort nicht mehr hörte. War es so offensichtlich, was ich für Ian empfand? Silver jaulte und legte den Kopf auf die Konsole zwischen uns. Er spürte immer, wenn ich Trost brauchte, und ja, den brauchte ich jetzt unbedingt.

Aber ich hatte auch einen Job zu erledigen. Darum tätschelte ich ihm nur einmal kurz den Kopf und richtete meine Aufmerksamkeit dann wieder auf die Straße.

Vorgestern war ein Mann festgenommen worden, weil er am Löwentor der antiken Stadt Mykene für Aufruhr gesorgt hatte. Daran war nichts Außergewöhnliches bis auf die Tatsache, dass ein Handyvideo zeigte, wie der Mann in einem griechischen Dialekt aus dem sechsten Jahrhundert vor Christus sprach. Hinzu kam, dass der Typ nicht weniger als fünf Sicherheitsbeamten entkommen war. Diese Spur hätte ich sofort verfolgt, wenn ich nicht dringend zum Gericht gemusst hätte.

Wenn es sich um eine weitere wiederauferstandene Seele handelte und Dagon mir Ians Klage wegen zuvorgekommen war, würde ich unbeschreiblich wütend werden.

Ich beschleunigte. In der nächsten Stunde wichen die Straßenlaternen dem schwachen Schein der Sterne. Als ich Mykene erreichte, waren nirgends moderne Gebäude zu sehen. Es gab nur die sanften Hügel von Argos und die Ruinen der einst riesigen Festung.

»Das goldreiche Mykene«, hatte Homer in seinem berühmten Epos geschrieben, in dem er die Eroberung Trojas durch die Griechen nacherzählte. Der Reichtum von Mykene lag lange zurück, aber Hinweise auf die Pracht der ehemaligen Festung waren geblieben, zum Beispiel ein Teil der Festungsmauer auf dem höchsten Hügel, der hohe Eingang zu dem sagenumwobenen Grab von König Agamemnon und das bereits erwähnte Löwentor am Eingang zur Stadt.

Tagsüber war die Gegend von Touristen bevölkert, um halb fünf Uhr morgens war sie verlassen. Oder hätte es sein sollen. Als ich auf dem Gelände parkte, das für Reisebusse reserviert war, hörte ich einen leisen erstickten Schrei.

Ich war fürs Gericht gekleidet, nicht für einen Kampf, darum hatte ich keine Waffen an mir. Ich schnappte mir eine Umhängetasche, in die ich ein paar Messer aus Silber und einige aus Dämonenknochen gepackt hatte, dann flog ich in Richtung des Schreis und ließ Silver im Auto zurück. Auf dem Flug betete ich zu irgendwelchen Göttern, die mich womöglich erhörten. *Bitte lasst mich nicht zu spät kommen, bitte lasst mich nicht zu spät kommen …*

In der Festung herrschte jetzt Stille. Ich spürte auch keine Bewegung zwischen den hellen Steinruinen. Ich flog tiefer und verzichtete auf meinen Sichtvorteil, um einen anderen Sinn zu benutzen. Ja, da. Am Eingang zur unterirdischen Zisterne roch ich Blut.

Ich landete und duckte mich tief, um den Tunnel zu betreten, in dem sich der ehemalige Wasserspeicher der antiken Stadt befand. Jetzt war er trocken. Leider. Aus dem Wasser hätte ich Energie ziehen können, um meine Kräfte zu stärken, doch die einzige Flüssigkeit, die ich in der Zisterne ausmachen konnte, war Blut. Als ich die groben, unebenen Stufen des steilen Gangs hinunterstieg, raubte mir der Geruch beinahe den Atem. Doch ich roch keinen Dämon. Nur Blut und das abstoßende Aroma von Angst.

Dann vernahm ich weiter vor mir einen verängstigten Laut. Ich ließ jede Vorsicht fahren und flog den Rest des Wegs. Ich kannte das Geräusch. Jemand litt Todesqualen.

Nach zwei Biegungen kam das Ende des schmalen Korridors in Sicht. Ein weißhaariger, dunkelhäutiger Mann mit faltenfreiem Gesicht hob den Kopf. Er kauerte über dem aufgerissenen Bauch eines anderen Mannes, dessen Augen glasig wurden, als er in den Tod hinüberglitt.

Die Wucht des Aufpralls schlug dem Mörder das geronnene Blut aus dem Mund.

Die Enge des Raums bedeutete, dass die Wucht meiner Ankunft uns beide an die Wand schleuderte. Der weißhaarige Mann verfluchte mich in altem Griechisch und versuchte, mich mit einem Mund zu beißen, der jetzt zu unmöglicher Breite erweitert war. Ich machte einen Satz nach hinten und wich seinem Kiefer aus, mit dem er nach mir schnappte.

Kein Dämon oder Vampir. Ein Ghul, um das moderne Wort zu benutzen. Normalerweise ernährten sie sich von Toten, doch dem Zustand der vier Leichen nach zu urteilen, die wie Abfall in dem Stollen herumlagen, waren diese Opfer bei lebendigem Leib gefressen worden. Und ich war zu spät gekommen, um sie zu retten.

»Mörder«, stieß ich in demselben altgriechischen Dialekt hervor.

»Todeswandler«, fauchte er zurück.

Ein alter beleidigender Ausdruck für Vampire. Ein weiterer Hinweis, dass er nicht aus diesem Zeitalter stammte. »Auf der

Welt herrscht kein Mangel an Toten, um deinesgleichen zu ernähren. Aber du hast diese Menschen bei lebendigem Leib verschlungen. Warum?«

Er grinste, und zwischen seinen Zähnen hingen noch Fetzen von ihren Eingeweiden. Mir drehte sich der Magen um. »Die Toten machen nicht so schöne Melodien mit ihren Schreien.«

Einige der Seelen, die befreit wurden, sind sehr düster, hatte mein Vater mich vor jenen gewarnt, die Dagon in sich gefangen gehalten hatte. Das war kein Quatsch. Sollte dieser Ghul einer der Wiederauferstandenen sein, war er grausam genug, um Dagons bester Freund zu sein.

Das musste ich herausfinden.

»Bist du aufgewacht und hast festgestellt, dass sich die Welt extrem verändert hat, seit du sie das letzte Mal gesehen hast?«, fragte ich und wich seinem nächsten Angriff aus. Da der Stollen ziemlich eng war, musste ich mich dazu gegen die Mauern werfen. Der Ghul grinste und genoss den Anblick meines Schmerzes.

»Alles, was ich kenne, ist verschwunden.« In seinen Worten klangen Wut und Verwirrung an. »Jetzt bringen Metallpferde Eindringlinge her, die eine merkwürdige Sprache sprechen und die Trümmer meiner Stadt begaffen, darum labe ich mich an ihnen!«

Also gut, er gehörte zu den Leuten, nach denen ich suchte, und er hatte beschlossen, sein zweites Leben dazu zu nutzen, unschuldige Touristen zu verspeisen. Ich hatte nur Messer in meine Tasche gepackt, und für Ghuls brauchte ich ein Schwert. In meinem Wagen war eins. Konnte ich es holen und wiederkommen, bevor der Ghul floh?

Ghuls konnten nicht fliegen. Ich hatte eine Chance.

»Geh nicht weg«, sagte ich und flog aus dem Tunnel.

Silver knurrte, als ich zum Auto zurückkam. Wahrscheinlich roch er das Blut von meinem Kontakt mit dem Fleischfresser. Ich hatte keine Zeit, ihn zu beruhigen. Ich schnappte mir das Schwert, schlug die Tür zu und flog zurück zur Zisterne.

Der Ghul trat gerade aus dem Tunnel. Als er mein Schwert bemerkte, wich sein höhnisches Grinsen einem finsteren Blick. Das kannte er, obwohl er einige Jahrtausende verpasst hatte. Schwerter waren sogar älter als ich.

»Ich verurteile dich für den Mord an Unschuldigen zum Tode«, sagte ich und flog zu ihm.

Doch bevor ich ihn erreichte, krachten zwei riesige Gestalten von zwei Seiten in mich. Knochen knirschten, und mein Kopf dröhnte, als sie mich zwischen sich zerquetschten. Der Aufprall machte mich ganz benommen, und ich brauchte einige Sekunden, um davonzufliegen. Diese Sekunden brachten mir tiefe, schmerzende Risse in den Schultern ein, und fast hätte der Ghul mich zu Boden geworfen. Gerade noch rechtzeitig flog ich davon. Dann sah ich von einem höhergelegenen sicheren Standort aus, was mich getroffen hatte.

»Ach, komm!«, sagte ich stöhnend.

Zwei riesige hellgraue Löwen liefen neben dem Ghul unter mir auf und ab. Das allein war erschreckend genug, denn Löwen gab es in Griechenland schon lange nicht mehr, doch diese Löwen bestanden noch dazu aus Stein. Ich konnte die Magie schmecken, die aus einfachem Stein herumschleichende, tödliche Wildkatzen gemacht hatte, und sie schmeckte so eklig, dass ich würgen wollte.

Die ältesten regenerieren am langsamsten, hatte mein Vater gesagt, *aber wenn es so weit ist … wird sie die Energie, die sie aus Dagons Essenz gezogen haben, sehr mächtig machen.*

Wieder hatte er nicht gelogen. Wie sollte ich mich gegen Wesen verteidigen, die aus verzauberten Steinen bestanden?

7

»Vermutlich hat es keinen Zweck, dich zu bitten, dir das mit den Löwen noch mal zu überlegen und fair zu kämpfen?«, sagte ich, nur um selbst nachdenken zu können, nicht weil ich meinte, den Ghul umstimmen zu können.

»Fair kämpfen?«, wiederholte er, als habe er von diesem Konzept noch nie gehört.

»Dachte ich mir.« Seufzend taxierte ich die Löwen.

Gegen festen Stein konnte mein Schwert nicht viel ausrichten, und Stein enthielt auch kein Wasser, das ich abziehen konnte, um die Löwen lahmzulegen. Klar, die meisten Zauber lösten sich mit der Zeit auf, oder wenn die Person, die sie gewirkt hatte, starb. Um den Ghul zu töten, musste ich mich allerdings auf den Boden zu ihm – und den Löwen – begeben.

Wenn ich doch nur die Zeit anhalten könnte, um den Ghul abzuschlachten! Aber diese Fähigkeit hatte ich gerade erst benutzt, und es würde Tage dauern, bis ich sie wieder einsetzen konnte. Nein, das hier musste ich auf die harte Tour regeln. Ich schoss auf den Ghul zu und versuchte ihn zu überraschen. Er rannte schneller als erwartet und suchte im Zisterneneingang Schutz. Ich bremste in letzter Sekunde ab, um nicht gegen die Felswand zu krachen, dann stürzte ich mich erneut auf den Ghul.

Noch ehe ich ihn erreichte, rissen die Löwen an meinem Rücken.

Ich fuhr herum, und mein Schwert sprühte Funken, so heftig schlug es gegen ihre Steinleiber. Es konnte ihnen nichts anhaben, ihre Zähne mir aber sehr wohl. Diese langen Steinzähne mochten stumpfer sein als die echten Reißzähne eines Löwen, aber sie rissen an meinem Fleisch, als wären sie die Raubtiere, die ihre verzauberten Körper vorgaben zu sein.

Etwas schlug gegen meinen Kopf, und ich sah Sterne. Halb taumelte ich, halb flog ich davon und wich dem nächsten Schlag des Ghuls aus. Er jagte mich, aber nicht weit genug. Er war zu klug, um sich weit vom schützenden Eingang der Zisterne zu entfernen.

Wenn ich ihn nicht von der Zisterne weglocken konnte, um ihn von oben zu überfallen, musste ich den Ort für mich arbeiten lassen.

Schmerz bringt dich nicht um, erinnerte ich mich, als ich auf die bemerkenswert beweglichen Steinlöwen unter mir sah. *Dazu ist nur eine Enthauptung oder ein Silberdolch in deinem Herzen in der Lage. Also Zeit für Kauspielzeug.*

Ich tat, als würde ich mich erneut auf den Ghul stürzen. Er wich in den Tunnel zurück, und die Löwen sprangen auf mich, kaum dass meine Füße den Boden berührten. Diesmal ließ ich mich ein kurzes Stück von ihnen mitschleifen, ehe ich sie zurückstieß und entkam. Mein Trick kostete mich zwei Stücke aus meinen Beinen und ein klaffendes Loch in der Seite, bevor die

Wunden mit Vampirgeschwindigkeit heilten, doch jetzt befand sich der Ghul am Tunneleingang anstatt im Inneren.

Ich griff ihn an, und die Löwen malträtierten mich aufs Neue. Diesmal ließ ich mein Schwert fallen, als könnte ich es nicht länger halten, während ich mit den riesigen Bestien kämpfte. Der Ghul sagte, er höre gern die Schreie seiner Opfer, bevor er sie umbrachte …

Mein Spiel ging auf. Der Ghul ignorierte die gefallene Waffe und kam stattdessen weiter auf mich zu. Ich taumelte nach hinten, während die Löwen mich zum Eingang der Zisterne zerrten, zum Ghul. Als ich bei ihm war, hechtete ich an ihm vorbei und tat, als würde ich auf den Stufen stolpern. Die Löwen fielen sogleich über mich her. Ihr Gewicht war erdrückend, aber zwischen dem steilen Treppenhaus und den großen Steinbestien war ich für den Ghul jetzt unsichtbar.

Ich ignorierte den Schmerz und nutzte meine gesamte Magie, um eine undurchdringliche Mauer um meinen Körper zu errichten. Das Brüllen der Löwen klang wie aufeinanderstoßende Steine, als ihre Reißzähne gegen meinen Widerstand stießen, anstatt sich in mein Fleisch und meine Knochen zu bohren. Doch der Zauber würde nicht lange halten. Magie gegen Magie war instabil.

Komm schon, du Mörder. Komm und krieg mich …

Der Ghul befahl den Löwen, ihn vorbeizulassen. Sie gehorchten, und er quetschte sich an ihnen vorbei, um den schmalen Tunnel zu betreten, in dem ich lag. Ich wartete, bis er nah genug war, damit ich deutlich sein Grinsen sehen konnte. Dann lächelte ich zurück – und sprang auf seinen Kopf.

Ich klammerte mich mit aller Kraft an ihn und ignorierte

seine Schreie und die brutalen Schläge, die er meinem ungeschützten Körper verpasste. Wieder brüllten die Löwen und kamen zu seiner Verteidigung. Ich schleuderte mich mit dem Ghul die steilen Stufen hinunter und musste weitere Schläge einstecken, während wir in die tiefe Dunkelheit stürzten. Die ganze Zeit klammerte ich mich an den Kopf des Ghuls, nutzte jeden knochenzermahlenden Stoß unseres Sturzes, um zusätzlich Schwung zu bekommen, klemmte den Arm unter sein Kinn und riss ihn herum.

Als wir den ersten Treppenabsatz erreichten, hatte ich seinen Kopf in der Hand.

Einen Moment lang war ich so erschöpft, dass ich mich setzte und ihn im Schoß hielt. Dann schleuderte ich ihn zur Seite und hörte, wie er den Rest des steilen Treppenhauses hinunterpolterte. Die Löwen waren zusammengebrochen, sobald der Ghul den Kopf verloren hatte. Anstatt der tödlichen Kreaturen lagen nur noch Steine auf den Stufen verstreut.

Ich stieg darüber hinweg die Stufen wieder nach oben. Fast war ich am Eingang des Tunnels angelangt, als ich ungefähr zwanzig Meter vor mir einen Mann kauern sah. Er balancierte einen langen, rohrartigen Gegenstand auf der Schulter, der direkt auf mich gerichtet war.

Oh, *Mist!*

Ich zog mich in den Tunnel zurück, dann wurde ich von einer enormen Explosion nach hinten geschleudert.

Alles. Tat. Weh.

Ich öffnete die Augen und schloss sie sofort wieder, als sie sich sogleich mit Schotter füllten. Ich wollte ihn fortwischen, doch meine Arme steckten fest. Ebenso meine Beine. Ich konnte nicht einmal zucken.

Panik stieg in mir auf. Ich versuchte, sie zu unterdrücken und mich zu erinnern, was geschehen war. Genau, der Mann vor dem Tunnel hatte eine Art Raketenwerfer oder Panzerfaust auf mich gerichtet. Um nicht erschossen zu werden, war ich zurück in den Tunnel geflohen, aber dem Geschmack von Blut und Schotter in meinem Mund nach zu urteilen, war der Tunnel über mir eingestürzt.

Wenn ich mich nur ein bisschen bewegen könnte, könnte ich mich mit meinen eindrucksvollen Kräften nach draußen graben. Aber meine Arme und Beine steckten unter diversen schweren Steinen fest. Wie lange würde es dauern, bis jemand anfing, die Trümmer wegzuräumen? Mykene gehörte nicht gerade zu Griechenlands touristischen Topattraktionen. Schlimmer noch, der Wasserspeicher war wohl kaum der bekannteste Teil der Ruinen.

Was, wenn sich wochenlang keiner darum scherte, die Steine wegzuräumen? Oder noch länger?

Und was, wenn der Mann, der den Tunnel in die Luft gejagt hatte, sichergehen wollte, dass ich nicht überlebt hatte? Vermutlich musste er nur Brandbeschleuniger auf die Steine kippen, damit er zu mir nach unten gelangt. Dann genügte ein Streichholz, um mein Gefängnis in ein Inferno zu verwandeln …

Keine Panik!, dachte ich und spürte, wie sie erneut in mir aufstieg. *Du kannst dich nicht bewegen, aber deshalb bist du nicht hilflos.*

Ich konzentrierte mich auf die Magie in mir und ignorierte den fortwährenden Schmerz der schweren Steine. Als ich genug Magie gesammelt hatte, ließ ich sie frei, damit sie sich um die

Steine legte. Anschließend flüsterte ich einen Zauber, um eine Grenze rings um sie zu bilden. Als ich fertig war, schwindelte mir, aber die Magie war jetzt wie eine geladene Waffe bereit.

Ich betätigte den Abzug. Die Steine um mich herum explodierten derart heftig, dass sie sich zu Sand auflösten. Die Steinschicht darüber fiel daraufhin nicht in die leere Höhle, die sich nun um mich gebildet hatte, sondern wurde von der Grenze, die ich gebildet hatte, aufgehalten.

Langsam erhob ich mich und verzog das Gesicht ob der vielen Splitter, die mein Körper während der Heilung abstieß. Meine Ohren klingelten noch von der Explosion, aber auch das ließ schnell nach. Es würde meine gesamte Kraft erfordern, aber ich konnte diesen Prozess wiederholen, bis ich ganz nach oben gelangt war. Zum Glück war das nicht allzu weit … Doch was war das?

Ich lauschte und fing gedämpfte Fetzen eines Streits auf, der einige Meter über mir stattfand.

»… diese Explosion gespürt? Ich habe dir doch gesagt, sie ist nicht tot, verdammt«, zischte eine Männerstimme.

»… kann nicht mehr bleiben. Die Sonne geht auf!«, sagte eine andere Männerstimme.

Die Sonne ging auf? Dann war ich über eine Stunde bewusstlos gewesen. Mein Kopf musste bei dem Einsturz heftig gequetscht worden sein.

»… wir gehen ohne sie zurück … sowieso tot«, sagte der erste Mann.

»Dann bleibst *du* hier und verbrennst!«

Es gab nur eine Spezies, die im Sonnenlicht verbrannte – Dämonen. Dankbar musterte ich mit finsterem Blick mein Steingefängnis. All diese Steine, die mich unter sich begraben hatten, waren auch meine Rettung gewesen. Solange um mich kein Platz war, konnten sich die Dämonen nicht zu mir teleportieren.

Doch jetzt *war* Platz. Ich suchte in dem zentimeterhohen Schotter auf dem Boden nach meiner Umhängetasche mit den Waffen. Sie war mir vom Hals gerissen worden, doch ich fand sie nicht, und bei Dämonen funktionierte meine Magie nicht.

Ich zog mich an die Steinwand zurück und bereitete mich auf einen Angriff vor. Es war nicht das erste Mal, dass ich ohne Waffen gegen Dämonen kämpfte. Ich musste ihnen nur mit ihren eigenen Knochen die Augen ausstechen …

Ein großer Mann teleportierte sich und landete mit dem Rücken zu mir. Ich stürzte mich auf ihn, zog jedoch sogleich die Fäuste zurück, als ich die Gestalt mit dem schulterlangen kastanienbraunen Haar erkannte, das nach hinten schwang, als er sich zu mir umdrehte. Meine Bewegung konnte ich allerdings nicht mehr stoppen, und als ich gegen ihn krachte, fing er mich lachend auf.

»Wirfst du dich mir in die Arme? Dir gefällt es wohl überhaupt nicht hier unten.«

Mir musste ein weiterer Stein auf den Kopf gefallen sein, und jetzt halluzinierte ich. Das war die einzig logische Erklärung dafür, dass *Ian* derjenige war, der mich jetzt in den Armen hielt.

»Was machst du hier?«, fragte ich ungläubig.

Zur Antwort verstärkte er den Griff um mich. Einen schwindelerregenden Moment später befanden wir uns am Eingang des Tunnels, anstatt darin gefangen zu sein. Cat hatte nicht übertrieben, was Ians Teleportierfähigkeiten anging. Kein Wunder, dass sie und Bones nicht auf ihn hatten aufpassen können.

»Na, das ist angesichts deiner Lage doch wohl klar«, erwiderte er. »Diese Dreckskerle«, er deutete mit dem Kopf auf die Leichen zweier Männer mit rauchenden Augenhöhlen, »haben darüber diskutiert, wer von ihnen sich zu dir nach unten teleportiert, um dich zu töten und sich dabei eventuell der Sonne auszusetzen. Ich habe ihnen die Augen ausgestochen, bevor sie überhaupt gemerkt haben, dass sich ein Vampir und keiner ihresgleichen zwischen sie teleportiert hat. Fast zu leicht...«

»Aber woher wusstest du, dass ich in *Mykene* bin?«, unterbrach ich ihn.

Seine Augen leuchteten smaragdgrün. »Denkst du, ich wusste nicht, dass du bei der erstbesten Gelegenheit fliehen würdest? Mit der von einem Zauber belegten Villa habe ich nicht gerechnet, aber da hatte ich den Peilsender schon installiert.«

Ich hatte zwar das Gefühl, dass das nicht real sein konnte, dennoch suchte ich in meinen Jackentaschen nach dem Peilsender.

Er zwinkerte nur. »Wenn wir heiß und kalt spielen würden, würde ich jetzt eiskalt sagen.«

»Wo ist er dann?«, fragte ich noch immer verwirrt.

»Hast du keine anderen Sorgen? Zum Beispiel, wie es zwei Dämonen geschafft haben, dich so eindrucksvoll in einen Hinterhalt zu locken?«

Dazu hatte ich bereits eine Theorie. »Dagon ist hinter den Leuten her, die ich suche. Er muss dasselbe Video gesehen haben, das mich hergeführt hat. Daraufhin hat er zwei seiner Dämonen geschickt, um den Ort zu überwachen, falls ich auftauche.«

Offenbar wollte mir Dagon noch nicht selbst begegnen. Vermutlich war er bislang zu schwach, aber das würde nicht so bleiben. Jemand, der so entschlossen war wie Dagon, fand Wege, jedes Fitzelchen Macht zu aktivieren, zu dem er Zugriff hatte. Sicher war er immer noch stinkwütend. Diese Dämonen hatten nicht zufällig eine Waffe dabei gehabt, die stark genug war, einen Panzer in die Luft zu jagen, als sie auf mich trafen.

Ian grunzte. »Ein echter Wichser, dieser Dagon.«

»Du hast ja keine Ahnung«, murmelte ich, und eine plötzliche Erinnerung ließ mich zurückweichen.

»Vorsichtig«, warnte Ian, weil ich so in Gedanken war, dass ich nicht auf die Trümmer zu meinen Füßen achtete. Fast wäre ich gestolpert, fing mich jedoch gerade noch und blickte dann auf den Haufen Steine, wo sich zuvor die antike Mauer mit dem Eingang zum Wasserspeicher befunden hatte.

Diese Ruinen hatten einige Tausend Jahre überstanden, aber sie waren nicht der einzige unermessliche Verlust des heutigen Tages. Unter den Trümmern waren vier Tote begraben. Vier unschuldige Leben, die ich vielleicht hätte retten können, wenn ich schneller, klüger, geschickter gewesen wäre … einfach *besser!*

Jetzt konnte ich ihnen nur noch etwas Würde zurückgeben, indem ich ihre Leichen bergen ließ. Ich würde später mit einem anonymen Anruf die griechischen Behörden informieren. Es fühlte sich so völlig unzureichend an, aber mehr als ihre Mörder zu beseitigen, konnte ich nicht für sie tun.

Um meine Enttäuschung und meine Schuldgefühle zu überspielen, trat ich gegen eine der Dämonenleichen. »Das ist dafür, dass du mich mit einer Panzerabwehrrakete beschossen hast«, murmelte ich. »Bei den Göttern, ich hasse Dämonen!«

»Und ich steh nicht auf Polizisten, Anwesende ausgeschlossen«, erwiderte Ian. »Eine der Explosionen hat den Museumsalarm ausgelöst, darum wird es hier schon bald von Polizei wimmeln.«

Ja, das mechanische Jaulen von dem einzig modernen Gebäude innerhalb der Ruinen hatte ich ebenfalls gehört. Ehe ich antworten konnte, war Ian verschwunden. Er tauchte jedoch beinahe sofort wieder auf, Silver unter einem Arm und über der Schulter meine Tasche.

Dann packte er mich, und wieder verschwamm alles um mich herum. Als es aufhörte, bot sich mir ein beeindruckender Anblick: Die hohen Steinsäulen des Tempels der Göttin Athene glänzten im frühen Morgenlicht.

»Da wären wir«, sagte Ian, als sei es nichts Besonderes, dass er uns hundert Kilometer weit zum Parthenon teleportiert hatte. Silver schien der rapide Ortswechsel nicht zu überraschen. Als Ian ihn losließ, tollte der Simargl davon, um die neue Umgebung zu erkunden.

Dann lächelte Ian mich verführerisch an, was äußerst gefährlich für mein noch verletzliches Herz war. »Endlich allein.«

8

Ich löste mich aus Ians Griff, woraufhin er spöttisch grinste. Wut siegte über den Teil von mir, der sich viel zu sehr darauf konzentriert hatte, wie gut sich seine Umarmung angefühlt hatte.

»Lass dir deine beeindruckenden neuen Fähigkeiten nicht zu Kopf steigen«, sagte ich möglichst kühl. Ich durfte Ian nicht wissen lassen, was ich für ihn empfand. Das würde er nur gegen mich verwenden. »Vielleicht bin ich nicht schneller als du, jetzt, wo du dich teleportieren kannst, aber ich habe noch viele andere Möglichkeiten, dir zu entkommen.«

»Zweifellos sind alle mit heftigen Schmerzen für mich verbunden.« Er klang amüsiert. »So verlockend das klingt, solche Maßnahmen werden nicht nötig sein. Vorhin warst du bereit, mit mir irgendwo zu reden, wo uns der Rat nicht belauschen und Mencheres uns nicht unterbrechen kann. Dieser Ort hier erfüllt beides.«

Das hatte ich nur gesagt, um über die Schwelle der Villa zu gelangen, damit ich meine Falle zuschnappen lassen konnte! Ich hatte nicht wirklich vorgehabt, mit ihm zu sprechen. Es war sinnlos. Ich durfte ihm nicht die Wahrheit sagen, und er war viel zu schlau, um nicht zu merken, wenn ich ihn anlog.

Um Zeit zu schinden, tat ich etwas, was ich mir sonst nie gestattete: Ich gab mich Erinnerungen an den Parthenon hin, als er neu gewesen war und seine Säulen unversehrt in der griechischen Sonne geleuchtet hatten, keine Ruine, die von künstlichem Licht angestrahlt wurde.

Dann ging ich noch einige Jahrhunderte zurück zu dem kleineren, deutlich weniger beeindruckenden Tempel, der vorher dort gestanden hatte. Ich ging noch weitere Jahrtausende zurück, als dieser Berg leer gewesen war und die Stadt nur aus ein paar vereinzelten Holzhütten bestanden hatte.

Als ich blinzelte, führte der Anblick der alten Ruinen des Parthenons dazu, dass meine Vergangenheit über mich hereinbrach. Während ich zwischen *damals* und *heute* rang, ging mir die oft wiederholte Warnung meines Sire durch den Kopf. *Du darfst dich nie von der Vergangenheit überwältigen lassen. Viele Alte unserer Spezies sind auf diese Weise verrückt geworden. Konzentriere dich stets auf die Gegenwart. Sprich die moderne Sprache. Trage moderne Kleidung. Denke modern. Das ist der einzige Weg, wie du überleben wirst, Veritas …*

Ich war Tenochs Rat in jeder Hinsicht gefolgt, bis auf eine. Ich konnte meine vielen Qualen und Exekutionen nicht in dem Sand begraben lassen, der heute zum Irak gehörte. Stattdessen hatte ich geschworen, dass Dagon eines Tages für all die Opfer zahlen würde, die er gefoltert und ermordet hatte, einschließlich meiner selbst. Mehr als viertausend Jahre später hatte ich immer noch mit den Auswirkungen dieses Versprechens zu tun.

Und Ian ebenso.

»Es gibt nichts Grausameres als die Zeit«, murmelte ich. »Wenn man Schmerzen hat, zieht sie sich in die Länge, wenn man glücklich ist, vergeht sie wie im Flug, und sie erdrückt dich, wenn du daran denkst, wie viele Jahre schon vergangen sind.«

Ian schien dieser Themenwechsel zu überraschen. Dann wurde sein Blick nachdenklich. »Stimmt. Und hin und wieder wird dir die Zeit gestohlen. So ging es mir, und ich werde nicht nachgeben, bis ich jedes Stück zurückhabe.«

Ich lachte kurz auf. »Dann wird diese ›Migräne‹, die du so verachtest, das geringste deiner Probleme sein. Du willst nicht alles wissen, was du vergessen hast, aber eins verrate ich dir: Dagon hat keinen Anspruch mehr auf deine Seele. Sie gehört wieder dir.«

Er hob die Brauen. »Dämonenhandel kann man nur rückgängig machen, wenn der Dämon stirbt. Sagst du etwa, dass Dagon tot ist?«

»Ich *wünschte* es«, sagte ich sehnsüchtig. Dann zog ich mich in die eiskalte Persönlichkeit der Gesetzeshüterin zurück. »Dagons Handel mit dir wurde für nichtig erklärt. Die Details sind unwichtig. Wichtig ist, dass du frei bist, also nimm deine Freiheit und geh.«

In seinen Augen schimmerten grüne Reflexe. »Es gibt viele Worte, mit denen ich die Ehe beschreiben würde. ›Frei‹ gehört nicht dazu.«

»Wessen Schuld ist das?«, schnappte ich, bevor ich die Fassung zurückerlangte. »Ich habe nicht vor, auf meinem Recht in Bezug auf dich zu bestehen. Ich bin mir sicher, dir geht es umgekehrt genauso. Damit ist unsere Ehe nichts als eine lästige Formalität.«

Er tippte sich nachdenklich ans Kinn. »Da bin ich mir nicht so sicher. Ich wollte Xun Guan den Kopf abreißen, weil sie dich unablässig mit Blicken gevögelt hat. Je mehr, desto besser, sage ich normalerweise bei Geliebten, aber anscheinend bin ich bei dir eifersüchtig und besitzergreifend.«

Ich überspielte meinen Schrecken über seine Worte mit einer noch eisigeren Abfuhr. »Wie kommst du darauf, dass wir Geliebte wären?«

Er zeigte dieses Grinsen, das Ian so unvergesslich machte. »Oh, von *diesen* Erinnerungen habe ich eine Menge.« Dann wurde seine Stimme tiefer. »Wobei ich mich manchmal frage, ob sie real sind.«

»Warum?« Das hätte ich nicht fragen sollen. Warum hatte ich es getan? Vielleicht war der Wahrheitszauber, mit dem Mencheres mich vorhin belegt hatte, noch nicht ganz verflogen.

Ian kam näher, strich federleicht über meine Arme und jagte mir Schauer durch den Leib. »Weil so etwas Gutes unmöglich real sein kann«, murmelte er und neigte den Kopf.

Ich wandte mich ab, bevor sein Mund meine Lippen berührte, und schob ihn von mir. Beides erforderte meine gesamte Kraft.

»Deine Erinnerungen täuschen dich«, sagte ich und bewies, dass Mencheres' Zauber mich nicht länger gefangen hielt, denn das war gelogen. Ebenso das, was ich als Nächstes sagte. »Während unserer kurzen Verbindung … ja, wir hatten Sex. Wir haben uns die Langeweile vertrieben, nachdem wir Dagon unsere Falle gestellt hatten, aber es war nichts Besonderes. Sobald wir hatten, was wir von Dagon wollten, waren wir froh, getrennter Wege zu gehen.«

Ian hatte zu Beginn meiner herzlosen Worte die Brauen gehoben. Als ich fertig war, hingen sie fast unter seinem Haaransatz. Dann brach er in schallendes Gelächter aus.

»Was ist so lustig?«, fragte ich in eiskaltem Ton.

»Du«, sagte er noch immer feixend. »Ich wusste, dass du scharf auf mich bist. Du hast Crispin dazu gebracht zu lügen, dass sich die Balken biegen, um mich vor einem Dämon zu schützen, an den ich mich gar nicht erinnern kann. Aber *das* war mir nicht klar.«

»Was war dir nicht klar?«

Er schenkte mir ein strahlendes Lächeln. »Du bist total in mich verliebt.«

»Wie bitte?«

Er tat meine Fassungslosigkeit mit einer Geste ab. »Nichts, wofür du dich schämen musst. In mich sind viele Frauen verliebt, wobei es keine von *denen* geschafft hat, mich so wie du vor den sprichwörtlichen Altar zu schleifen. Habe ich schon erwähnt, wie beeindruckend das war? Verdammt, das nennt man Unmögliches möglich machen.«

Vor lauter Empörung haspelte ich: »Du bist so ein Arsch…«

»Ich kann es auch nicht auf den Roten Drachen schieben«, fuhr er fort, als hätte ich nichts gesagt. »Davon war ich schon oft high, aber ich bin noch nie mit einer Ehefrau wieder aufgewacht. Das heißt, ich wollte dich offenbar auch heiraten, so erschreckend der Gedanke auch sein mag.«

»Deine Arroganz ist *verblüffend*…«

»Ich wusste allerdings, dass du zu mir gehörst«, fuhr er nun mit glänzenden Augen fort. »Habe ich dir schon erzählt, dass ich manchmal Dinge spüre, bevor sie passieren? Ah, an deinem Gesicht sehe ich, dass ich es dir erzählt habe. Stell dir meine Überraschung vor, als ich bei unserer ersten Begegnung gespürt habe, dass du zu mir gehörst. Mit jeder Erinnerung, die ich an dich hatte, habe ich es wieder gespürt. Auch als du vor dem Rat gelogen hast, dass die Schwarte krachte. Und ganz besonders, als ich in dein Hotelzimmer spaziert bin und deinen Duft gerochen habe.« Er kam näher und atmete erneut meinen Duft ein. »Der hat mich umgehauen«, murmelte er. »Klar, das hätte auch die neue Erinnerung sein können, die entstanden ist, aber wie dem auch sei, ich weiß, du gehörst zu mir. Und du weißt es auch.«

»Blödsinn«, sagte ich mit gespielter Überzeugung.

Ian lächelte nur. »Dann tu weiter so. Von mir aus musst du nicht zugeben, was du empfindest, um mir zu dem zu verhelfen, was ich verloren habe. Du kannst es mir zeigen.«

Ich erlangte die Fassung so weit zurück, dass ich fragen konnte: »Wie soll ich dir das *zeigen*?«

»In deiner Nähe zu sein, hat bereits eine neue Erinnerung erzeugt. Ich rechne damit, dass weitere folgen werden, je länger wir zusammen sind.« Er musterte mich mit wissendem Blick. »War dir das klar? Ist das der andere Grund, aus dem du mir so entschieden aus dem Weg gegangen bist?«

»Nein.« Aber nachdem ich das nun wusste, *war* es ein weiterer Grund.

Wenn Ian sich an alles erinnerte, würde er mich den Preis für seine Wiederauferstehung niemals allein zahlen lassen. Sein Ehrgefühl erforderte, dass er die anderen Seelen mit mir zusammen aufspürte, ungeachtet der Gefahr. Ich musste fort von ihm, bevor das passierte. Aber wie sollte ich ihm entkommen, nachdem er sich jetzt teleportieren konnte?

Natürlich. Ian *war* beeindruckend, aber er hatte eine große Schwäche.

Ich ging auf ihn zu und ließ meinen Glamourzauber fallen. Mein Kostüm war von dem Kampf mit dem Ghul und davon zerrissen, dass man mich lebendig begraben hatte, darum quollen meine echten Kurven fast aus dem zerrissenen, jetzt zu engen Stoff. Ian musterte mich von meinem gesträhnten silberweißen Haar bis hinunter zu den Füßen und blähte die Nasenflügel, als er meinen echten Duft in sich aufnahm.

»Da bist du ja«, sagte er mit heiserer Stimme.

»Hier bin ich«, stimmte ich leise zu.

Dann legte ich die Arme um ihn und wappnete mich, um mich nicht in dem Gefühl zu verlieren. Er zog mich an sich und presste seinen Körper an mich. Jeder meiner Nerven fing Feuer. So viel zum Thema Kontrolle. Aber ich konnte doch jetzt nicht aufhören. Ich legte den Kopf in den Nacken und lud ihn mit leicht geöffneten Lippen ein, mich zu küssen.

Als er meine Einladung annahm, leuchteten seine Augen smaragdgrün.

9

Sein Mund senkte sich auf meinen. Meine Nägel gruben sich in seine Schultern, während seine Zunge meinen Mund auf eine sinnliche Weise eroberte, die Verlangen und Lust in mir weckte. Ich schob die Finger in sein Haar, um ihn dichter an mich zu ziehen, woraufhin er meine Hände an seinen Kopf presste, als wollte er mich auffordern, noch fester zuzupacken. Ich musste ihn ablenken, darum stöhnte ich, riss an seinem Haar und presste seine Lippen auf meine.

Als Reaktion darauf hob er mich hoch. Ich erwiderte jede tiefe, besitzergreifende Berührung seiner Zunge, während ich mich an sein Haar klammerte, als würden mich nicht seine Arme in der Luft halten. Ich sollte mich darauf konzentrieren, meinen Zauber anzuwenden, aber sein Geschmack, seine Berührung, das Gefühl seines Körpers … oh, wie ich das brauchte. Dringender als Blut.

Er zog meinen Schenkel nach oben, sodass sich die Wölbung in seiner Hose sinnlich an meiner Mitte rieb. Die Empfindungen überwältigten mich, und ich stieß ein ersticktes Keuchen aus. Als er sich erneut gegen mich drängte, dämpfte er den Laut mit einem Kuss. Der Reiz an meinen inneren Nervenenden fühlte sich derart berauschend an, dass ich beinahe kam.

Ich wusste nicht mehr, warum ich damit angefangen hatte. Ich wusste nur noch, wie er roch, wie er schmeckte, wie fest er mich hielt und welche Laute er machte, wenn ich mich an ihm rieb. Sein Griff um meine Hüften verstärkte sich, und plötzlich schmeckte unser Kuss nach Kupfer. Einer von uns hatte unsere Zungen mit einem Reißzahn durchbohrt. Als Ian bei dem Geschmack überrascht innehielt, wusste ich, dass es mein Blut war. Verdammt! Ich konnte nicht erklären, warum mein Blut nicht normal war, ohne ihn tiefer in das Chaos hineinzuziehen, aus dem ich ihn gerade herauszuhalten versuchte. Ich musste wohl endlich den Zauber anwenden …

Er griff sich an den Kopf und sackte in sich zusammen. Angst durchfuhr mich, und ich fing ihn auf, bevor er auf den Boden aufschlug. Was war passiert? Ich hatte noch keinen Zauber ausgesprochen!

Als Blut aus seinen Augen rann, verstand ich. Ihm war eine neue Erinnerung gekommen. Ich hatte ihn mit einem K.-o.-Zauber ausschalten wollen, damit ich gehen konnte, aber ich hatte nicht vorgehabt, ihn auf *diese* Weise unfähig zu machen. Aus seinen Ohren floss noch mehr Blut, und meine Lust wich Panik. Würde diese neue Erinnerung ihn den Verstand kosten? Mein Vater hatte Ian davor gewarnt, dass das passieren konnte … und warum klebten meine Hände noch an seinem Kopf?

Ich versuchte, sie fortzuziehen, doch es ging nicht. Was? Ich versuchte es energischer. Ich konnte ihm noch nicht einmal ein Haar ausreißen. Wie war das möglich …?

»Du hast mich verzaubert.« Ich stöhnte und erinnerte mich,

wie er meine Hände gedrückt hatte. Ian hatte mich nicht ermuntern wollen, meine Hemmungen fahren zu lassen. Er hatte einen taktilen Zauber angewandt. Ich hatte ihn mit Lust ablenken wollen, um ihn mit einem Zauber zu belegen, und dieser Mistkerl war mir zuvorgekommen!

Als ich ein Frauenlachen hörte, riss ich den Kopf hoch. Der trübe Körper eines Geistes in einem biederen Kleid glitt über mich hinweg, ihr schelmisches Grinsen stand im Gegensatz zu der Strenge ihrer trostlosen, übermäßig bescheidenen Kleidung.

»Er manipuliert dich«, sagte Leah noch immer lachend. »Mit welchem Zauber hat er dich belegt? Was glaubst du?«

»Samsons Kraft wahrscheinlich. Der ist unzerstörbar.« Warum hatte ich nicht darauf geachtet, was er mit seinen Händen anstellte? Ich wusste, dass taktile Zauber seine Stärke waren. Jetzt konnte ich ihm noch nicht einmal helfen, während sein Verstand von einer neuen Erinnerung zerschmettert wurde!

Leah musterte das Blut, das aus Ians Augen und Nase sickerte, mit sorglosem Blick. »Keine Angst – das ist schon mal passiert. Es scheint keine dauerhaften Schäden bei ihm zu hinterlassen.«

Ich war zwar erleichtert, reagierte vor lauter Anspannung aber dennoch schnippisch. »Das hättest du ja mal früher sagen können, *und* du hättest erwähnen können, dass Ian sich an mich erinnert.«

Leah warf mir einen erschöpften Blick zu. »Du hast gesagt, ich solle nicht von seiner Seite weichen. Wie hätte ich dir irgendetwas sagen sollen, ohne von seiner Seite zu weichen? Es war anstrengend genug, ihm zu folgen, nachdem er sich teleportieren kann, und wie du weißt, besitzen Tote keine Handys.«

»Hättest du nicht einen anderen Geist mit einer Nachricht schicken können?«

Sie zuckte die Schultern. »Hätte er mich entdeckt, hätte er sich vermutlich noch nichts dabei gedacht. Aber bei zwei Geistern, von denen der eine dem anderen eine Botschaft über ihn mitgibt?«

»Du hast recht«, gab ich seufzend zu. »Ich habe dich nur gebeten, Ian notfalls zu beschützen. Ich habe dich nicht darum gebeten, ihn für mich auszuspionieren.«

Leah war die perfekte Aufpasserin gewesen. Vampire achteten meist nicht auf Geister, weil sie geistlose Energieschnipsel waren, die immer die gleichen Aktivitäten wiederholten. Aber Leah war nicht nur besonders, weil sie Empfindungen hatte. Sie konnte erschreckende Halluzinationen hervorrufen und nutzte diese Fähigkeit als Waffe.

Ian war zäh, klug und geschickt, aber wenn er von einer ausreichend großen Gruppe Dämonen überfallen wurde, brauchte er einen Vorteil. Dieser Vorteil war Leah. Nachdem sie so gute Arbeit geleistet und ihn beschattet hatte, hatte sie beobachtet, wie ich ihm in die Falle gegangen war. Kein Wunder, dass sie sich amüsierte. Vielleicht würde ich mich auch amüsieren, wenn die Sorge um Ian nicht wäre. Und wenn ich mich nicht dafür verfluchen würde, dass ich über meine Hingabe an den Kuss nicht gemerkt hatte, wie er die magischen Handschellen zuschnappen ließ.

Leah sah mich forschend an. »Er wird nicht aufgeben, nach Antworten zu suchen, weißt du?«

Ich wedelte mit meinen magisch gefesselten Händen. »Diesen Eindruck habe ich allmählich auch, danke.«

Wieder lachte sie. »Ich verstehe, warum du ihn magst. Er ist immer für eine Überraschung gut, stimmt's?«

»Was du nicht sagst«, entgegnete ich trocken. »Ich …«

Ich verstummte, als Leah unvermittelt verschwand. Momente später setzte Ian sich auf, schüttelte sich, als wollte er einen klaren Kopf bekommen, und wischte sich das Blut aus dem Gesicht. Dann grinste er, als er sah, dass meine Hände noch immer an seinem Kopf klebten.

»Ah, der Zauber hat funktioniert.«

»Du hast mich ausgetrickst.«

Ich versuchte, meine Wut darüber heraufzubeschwören, doch sie hatte sich aufgelöst. Zu groß war meine Erleichterung darüber, dass die neue Erinnerung ihn nicht um den Verstand gebracht hatte.

Er wedelte mit dem Finger vor meiner Nase. »*Du* hast zuerst versucht, mich auszutricksen. Oder soll ich etwa glauben, dass dein plötzlicher Drang, mich zu küssen, nichts mit dem Versuch zu tun hatte, mich mit einem K.-o.-Zauber auszuschalten?«

Arroganter Arsch. »Vielleicht *wollte* ich dich küssen.«

Sein Grinsen erstarb und wich einem derart leidenschaftlichen Ausdruck, dass ich wegsehen musste. »Dann beweis es. Küss mich noch mal.«

Plötzlich merkte ich, dass meine Beine gegen seine gepresst waren und sein Mund nur Zentimeter über meinem schwebte. Schlimmer war, ich konnte ihn noch immer auf meinen Lippen schmecken, sein Geruch haftete an meinem Körper, und ich spürte noch jedes Zucken seiner Muskeln. Ich schloss die Augen und versuchte, mich auf alles zu konzentrieren, nur nicht auf den überwältigenden Drang, jegliche Kontrolle fahren zu lassen, bis wir einen Großteil der antiken Ruinen um uns herum mit unserer Leidenschaft zerstört hätten.

»Lass mich gehen, Ian.« Die Worte waren mehr als eine Bitte. Sie waren praktisch ein Gebet.

Er löste den Zauber, und meine Hände fielen von seinem Kopf. Sofort stand ich auf und entfernte mich, doch er war schneller.

»Du weißt, dass du nicht vor mir weglaufen kannst. Außerdem schuldest du mir ein Date.«

Fassungslos blieb ich stehen. »Wie bitte?«

»Ein Date«, wiederholte er, und ein schelmisches Lächeln umspielte seine Lippen. »Ein platonisches, wobei ich mir nicht vorstellen kann, wie du mich dazu bekommen hast, mich *darauf* einzulassen. Trotzdem, versprochen ist versprochen. Und du hast versprochen, dich mit mir zu amüsieren, wenn wir beide überleben.«

Ich starrte ihn an. Eine neue Erinnerung hatte ihm fast den Kopf gesprengt, und er redete von einem *Date?* »Das kann nicht dein Ernst sein.«

Seine Augen leuchteten in einem intensiveren Türkiston. »Mir war es nie ernster. Aber wenn du zu deinem Wort stehst …«

»Ich stehe immer zu meinem Wort«, unterbrach ich ihn, dann stoppte ich, weil ich Leah über Ians Schulter entdeckte. Sie krümmte sich vor Lachen. *Wieder reingefallen!*, sagte sie tonlos.

Sie hatte recht, aber Ian konnte mich nur in eine Falle locken, weil ich es im Grunde nicht anders wollte. Das war die einfache, brutale Wahrheit.

Und wie konnte ich ihn überhaupt allein lassen? Er hatte gezeigt, dass er keinerlei Interesse hatte, sich vor der Gefahr zu schützen. Vielleicht konnte ihn die Aussicht auf ein Date dazu bewegen, Griechenland endlich zu verlassen. Dennoch durfte ich nicht zu leicht nachgeben. Er würde die Falle riechen.

»Komm schon, Ian, ich schäme mich ja fast für dich«, sagte ich. »Früher haben Tausende bei dir Schlange gestanden. Und jetzt bestehst du darauf, dass ich dir irgendwann mal ein Date versprochen habe?«

Grinsend kam er auf mich zu. »Das wäre wesentlich beleidigender, wenn der Geruch von deinem Verlangen nicht noch an mir haften würde.«

»Ich habe dich geküsst, um dich abzulenken«, konterte ich. »Du bist von einer Erinnerung übermannt worden, bevor ich einen Zauber anwenden konnte.«

»Oh, du hast mich mit einem Zauber belegt, täusch dich nicht.« Auf einmal klang seine Stimme tief und sinnlich heiser. »Einem, der umso stärker ist, weil Magie dabei keine Rolle spielt. Ich mag mich nicht an alles aus unserer gemeinsamen Zeit erinnern, aber das, woran ich mich erinnere, ist der Grund, warum ich auf dem Date bestehe.«

Ich musste mich beherrschen, damit mein Körper nicht auf das neue, tiefe Timbre in seiner Stimme reagierte. So klang er im Bett, und das machte mich gefährlich schwach.

»Woran erinnerst du dich denn?«, fragte ich und klang heiserer als beabsichtigt.

Er beugte sich zu mir herab und brachte seinen Mund an mein Ohr, sodass seine Worte ein warmes Streicheln waren. »Das wirst du nur erfahren, wenn du heute Abend mit mir ausgehst.«

Ich sollte ablehnen. Ich *sollte* ablehnen, aber … andererseits konnte ich nicht darauf vertrauen, dass er sich allein nicht in Schwierigkeiten brachte. Wenn ich bei Ian blieb, konnte ich zumindest Schadensbegrenzung betreiben. Sollte das nicht funktionieren, konnte ich ihn immer noch bewusstlos schlagen und ihn anschließend in einem passenden, fluchtsicheren Kerker festsetzen. Vlad hatte so einen. Darin war bestimmt noch Platz für Ian …

»Ein Date«, sagte ich.

Sein Lächeln war eine mit Seide ausgeschlagene Falle, die nun zuschnappte. »Du wirst es nicht bereuen.«

Das bezweifelte ich. Ich wusste nur nicht, ob ich es eher früher als später bereuen würde.

10

Ian war derart zuversichtlich gewesen, dass ich diesem Date zustimmen würde, dass er bereits Flüge nach Paris gebucht hatte. Er hatte zwar vergessen, für Silver mitzubuchen, doch er verzauberte die Stewardess, die daraufhin akzeptierte, dass ich Silver zur »emotionalen Unterstützung« brauchte.

Nachdem er die Anmeldeformalitäten im Hotel Plaza Athenee erledigt hatte, ließ er mich allein. Unsere Suite verfügte über zwei Schlafzimmer, ließ mir Privatsphäre und stellte zugleich sicher, dass Ian und ich uns weiterhin unter einem Dach befanden. Derartige Maßnahmen waren überflüssig. Ich würde mich nicht davonstehlen. Heute Abend setzte ich auf eine neue Strategie.

Es war Nachmittag – dämonenfreie Zeit –, darum ging ich in der Avenue Montaigne shoppen. Die malerische, von Bäumen gesäumte Straße war berühmt für ihre Haute-Couture-Läden. In der schönsten Boutique erstand ich ein Outfit und nahm einen Happen von einer Verkäuferin, dann ging ich ins Hotel zurück und verbrachte eine ganze Stunde damit, mich zu stylen.

Als ich fertig war, bestand mein Haar aus drahtartigen Locken, ich war stark geschminkt, Parfum überdeckte meinen natürlichen

Geruch, und um meinen Hals und an meinen Ohren hing protziger Schmuck. Mein Kleid war eine überaus teure Kreation, die nur gut an extrem untergewichtigen Frauen aussah. Selbst in meiner üblichen schlanken Glamour-Erscheinung würde es mir nicht schmeicheln. In meiner wahren Gestalt traten meine Kurven überall an den falschen Stellen hervor, und es war so eng, dass ich nur affektierte Tippelschritte machen konnte.

Ian hatte sich in eine Kriegerin verliebt. Jetzt sah ich wie ein verwöhntes Modeopfer aus, das schon Hilfe brauchte, um nur in ein Taxi zu steigen. Wenn ich beim Anblick mutmaßlicher Gefahr eine Ohnmacht heraufbeschwören konnte, sollte ich ihn genügend abstoßen.

Um Punkt sieben klopfte es an meiner Schlafzimmertür. Ich öffnete und unterdrückte ein Lächeln, als Ian mich überrascht musterte. Dann setzte ich ein Lächeln auf, das meinem Mund einen zurückhaltend erwartungsvollen Ausdruck verlieh, so wie manche Frauen, wenn sie darauf warten, ein Kompliment zu erhalten und zugleich schüchtern tun.

»Ich weiß, es ist nicht der letzte Schrei, aber ich konnte *kaum* etwas anderes zum Anziehen finden«, sagte ich in dem geistlosen Tonfall eines besonders nervigen Fernsehstars.

Er ließ eine Art Lachen ertönen, dann sagte er: »Unsinn, du bist hinreißend.« Und das mit einer solchen Glätte, dass ich dachte, ich hätte mich getäuscht und er hätte nicht gelacht.

Er trat ins Zimmer und brachte einen Strauß zum Vorschein, den er hinter dem Rücken versteckt hatte. Ein Dutzend roter Rosen, deren Blütenblätter zu dick waren, um natürlich zu sein, und wie fein geschliffenes Kristall funkelten.

Ich berührte eine der glänzenden Blumen. Sie fühlte sich kühl und hart wie Kristall an, doch die Blütenblätter ließen sich wie bei einer echten Blume biegen. »Was ist das?«

»Man nennt sie Feenkönigin Purpur.«

Ich warf ihm über den funkelnden Strauß einen Blick zu. »Du schenkst einer Gesetzeshüterin illegal verzauberte Blumen?«

Sein Lächeln erinnerte mich an die kristallenen Rosen – gefährlich schön, denn es war mit nichts zu vergleichen. »Nein, ich mache *meiner Frau* ein Geschenk, weil ich dachte, dass sie sich darüber freut.«

Ich schob die Blumen zurück, als hätte ich mich plötzlich an ihnen verbrannt. »Ich bin nicht deine Frau.«

»Eine Gesetzeshüterin, die dem höchsten Gericht der Vampirgesellschaft widerspricht?« Er schnalzte mit der Zunge. »Was ist aus der Welt geworden?«

»Das Gesetz ist dir doch ganz egal«, zischte ich, und meine alberne Fassade bröckelte.

Er grinste. »Und du hasst dein Haar, dieses Kleid und diese lächerlichen Stöckelschuhe, aber du trägst sie trotzdem.«

Er stellte die Blumen auf einem Beistelltisch ab. Die Rosen standen aufrecht, als würden ihre langen Stiele von einer unsichtbaren Vase gehalten. Als das Deckenlicht auf sie fiel, glitzerten sie so hell, dass sie eine Myriade Farbschattierungen in den Raum warfen. Sie waren überwältigend und so offensichtlich verzaubert, dass ich sie mir nie selbst besorgt hätte. Das Risiko wäre mir zu groß und mein Glück zu … unwichtig. Wie üblich.

Erinnerte sich Ian an diese Seite von mir? Ich wusste es nicht zu sagen, aber es war offensichtlich, dass ich ihn mit meiner

Aufmachung als seichtes Date nicht täuschen konnte. Entweder hatte er es gleich durchschaut, oder er erinnerte sich an die Wahrheit.

»Diese Schuhe *sind* lächerlich«, stimmte ich ihm zu und schleuderte sie von den Füßen. Warum quälten moderne Frauen sich mit solchen Geräten? »Ich finde auch meine steifen Haare schrecklich, den Gestank von dem Parfum und dieses gotterbärmliche Kleid, in dem ich mich kaum bewegen kann. Scheiß drauf, ich dusche und fange noch mal neu an.«

Ians Lachen folgte mir ins Bad. »Ich warte hier.«

Nachdem ich schnell geduscht, mich geföhnt und normal geschminkt hatte, stieg ich in einen schwarzen Hosenanzug aus Seide. Er war schick genug für ein Date, zugleich verfügte er über Taschen, um meine Waffen unterzubringen. Nachdem ich nur knapp aus den Ruinen von Mykene entkommen war, würde ich nie wieder ohne sie weggehen, insbesondere nicht nachts, wenn die Dämonen ausschwärmen konnten.

Ian trug eine schwarze Hose, ein schwarzes Sakko und ein Hemd in tiefem Umbra, das sich eigentlich mit seinen Haaren hätte beißen müssen. Stattdessen wirkten das rotbraune Haar und das Hemd jedoch wie verschiedene Schattierungen einer dunklen Flamme. Ich versuchte, mich nicht darauf zu konzentrieren, sondern überlegte, was er wohl vorhatte. Die zahlreichen Sehenswürdigkeiten, Clubs, Opernhäuser und Restaurants von Paris boten eine große Auswahl. Doch nach einer halben Stunde parkte Ian vor dem letzten Ort, den ich erwartet hatte – einem Freizeitpark.

Ich erstarrte. »Warum sind wir hier?«

»Jemand, der so lange lebt wie du, hat schon in den vornehmsten Restaurants gegessen, die besten Weine getrunken, alle Museen und unzählige Opern besucht. Und du warst schon in derart vielen Clubs, dass sie alle gleich aussehen«, entgegnete er. »Aber ich wette, so etwas hast du noch nie besucht, um dich einen Abend zu amüsieren.«

Mir entfuhr ein ersticktes Lachen. »Du hast recht. In dem letzten Freizeitpark, in dem ich war, habe ich mich überhaupt nicht amüsiert.«

Er schaltete den Motor aus. »Hier wirst du es tun.«

Fast hätte ich mich geweigert auszusteigen. Dann begriff ich, dass es keine bessere Erinnerung daran geben konnte, warum ich von Ian fortkommen musste. Dagon hatte Ian in einem Freizeitpark ermordet. Er konnte sich vermutlich nicht mehr daran erinnern, aber ich.

»Ich kann es kaum erwarten«, sagte ich steif.

Die nächste Stunde hielt sich meine steife Haltung. Dann begann das Eis zu schmelzen. Dieser Park hätte sich nicht krasser von dem unterscheiden können, in dem wir gegen Dagon gekämpft hatten. Das eine war eine heruntergekommene, verlassene Hülle gewesen, in der entsprechende Stille herrschte. Dies hier war ein aufwendiges Zauberland mit Fahrgeschäften, Läden und aufsehenerregenden Attraktionen, wie das märchenhafte Schloss, das über dem Hauptpark aufragte.

Zugegeben, zuerst hatte mich das aufgeregte Kreischen der Kinder an die Todesschreie der Dämonen von jenem Tag erinnert, aber in der zweiten Stunde lächelte ich über die Kreischerei. Wann war ich das letzte Mal von *Freuden*schreien umgeben gewesen?

In der dritten Stunde überredete Ian mich, mit ihm eine der vielen Attraktionen des Parks zu erproben. Er genoss es mit der üblichen Hingabe, was mich allerdings überraschte, war, dass ich es genauso genoss. Einen Moment lang verhielt ich mich wie die Kinder um mich herum und ließ den ständigen Stress, die Versagensangst und die Traurigkeit, die mich in den letzten Wochen beherrscht hatten, von mir abfallen. Woher hatte Ian gewusst, dass ich das brauchte? Ich hatte es ja noch nicht einmal selbst gewusst.

In der vierten Stunde grinste ich, als ich mich von der Achterbahn mit einer solchen Kraft herumschleudern ließ, wie ich sie sonst nur aus tödlichen Kämpfen kannte. Ich riss sogar die Arme hoch und ließ den Wind mit meinen Händen spielen, während die Wagen mit uns nach unten sausten. Als die Fahrt zu Ende war, sagte ich mit derselben gierigen Freude »Noch mal!«, wie ich sie heute Abend bei unzähligen Kindern gehört hatte.

Ja, ich war Tausende von Jahren zu alt für das hier, na und? Ich konnte mich noch den Rest meines Lebens altersgerecht verhalten.

Ian lachte und richtete seine leuchtenden Augen auf den Angestellten. »Noch mal für uns beide.«

Aus »Noch mal« wurden dreimal, bis mir schwindelig von den G-Kräften war und von der puren Freude, den Moment zu genießen. Als über dem Schloss ein Feuerwerk losging und die Schließung des Parks ankündigte, war ich glücklicher, als ich es zu Beginn des Abends für möglich gehalten hatte.

»Das war nett«, sagte ich und beobachtete, wie die Farben am Himmel über uns explodierten.

Er lachte. »Normalerweise würde ich ein so schwaches Lob als Versagen deuten, aber aus deinem Mund bedeutet es, dass der heutige Abend ein überwältigender Erfolg war.«

»Ja, dein Ruf, dass man sich als Date mit dir gut amüsiert, hat nicht gelitten«, versicherte ich ihm.

»Ich habe in der Tat einen Ruf zu verteidigen«, sagte er mit schiefem Grinsen. Dann verblasste das Grinsen, und seine Miene wurde ernst. »Ehrlich gesagt, wollte ich deine schreckliche Erinnerung von uns beiden in dem anderen Freizeitpark durch eine gute ersetzen.«

Mir gefror das Blut in den Adern. Daran konnte Ian sich *erinnern?*

»Und? Was waren meine letzten Worte?«, fragte er locker.

Ich war so schockiert, dass ich stotterte. »W…was?«

»Meine letzten Worte, bevor ich gestorben bin. Was habe ich gesagt?«

Ich wich ein paar Schritte zurück, dann stieß ich gegen ein Metalltor. Ein kurzer Blick verriet mir, dass Ian einen verlassenen Ort ohne Ausgang ausgewählt hatte, um mich damit zu konfrontieren. Ich konnte auch nicht vor ihm fliehen. In dem hell erleuchteten Park gab es zu viele Überwachungskameras.

»Ich habe herausgefunden, warum mein Körper auf Leila wie neu wirkte«, fuhr Ian in diesem täuschend beiläufigen Ton fort. »Warum ich Dämonenfähigkeiten ohne Dämonenzeichen besitze und warum meine Seele nicht länger Dagon gehört. Ich bin gestorben, trotzdem stehe ich hier. Würdest du mir erklären, wieso?«

»Ian…« Ich konnte ihm nicht sagen, dass ich ihn gerettet hatte. Ich weigerte mich, ihn damit zu belasten. Er würde sich verpflichtet fühlen, das wiedergutzumachen.

»Ich glaube, ich weiß es«, sagte er leichthin. »Zugegeben, mein erster Blick auf den Sensenmann war so erschreckend, dass es leicht war, seine wahre Erscheinung zu vergessen, aber sein Haar ist ziemlich einmalig.« Er hielt inne und strich mit einer Hand durch *mein* Haar. »Ebenso seine Augen, und dein Blut ist weder das eines Vampirs noch das eines Dämons oder Ghuls. Ich wusste, dass du mehr als ein Vampir bist, aber ich konnte mich nicht mehr erinnern, was das ›mehr‹ ist. Jetzt weiß ich es. Du bist zur Hälfte das, was er ist, was auch immer er ist. Also haben entweder er oder du mich aus der Hölle zurückgeholt.«

Verdammt, er wusste zu viel! Ich musste ihm etwas erzählen.

»Es war nicht die Hölle.« Ich sah ihm in die Augen und fasste mich. »Dagon hatte Seelen in sich gehortet, um die er gefeilscht hatte. Das wussten wir nicht, bis wir ihn getötet hatten und eine von ihnen durchbrannte, um wiederaufzuerstehen. Dann tötete er dich und verschluckte deine Seele. Die Dunkelheit, an die du dich erinnerst, stammt daher, dass du in ihm gefangen warst. So hast du auch etwas von seiner Kraft in dich aufgenommen. Ich habe meinen Vater gebeten, dich herauszuholen, weil du mir vorher an jenem Abend das Leben gerettet hattest, so waren wir quitt.«

Du schuldest mir nichts, stand unausgesprochen zwischen uns. Ich hätte es gern noch mehr betont, aber das würde ihn nur misstrauisch machen. Nein, ich musste mich locker verhalten.

Ian starrte mich mit schonungslosem Blick an. »An diesen Teil der Geschichte habe ich eine etwas andere Erinnerung. Dagon hat mir nicht das Leben genommen – ich habe mir das letzte Knochenmesser selbst ins Auge gebohrt.«

Diese Erinnerung erschütterte mich derart tief, dass ich ihn zurückstieß. Ehe ich blinzeln konnte, packte er mich. Alles um mich verschwamm, und als es aufhörte, befanden wir uns auf einem verlassenen Parkplatz, der Lärm des jetzt weit entfernten Freizeitparks verblasste in der Ferne.

»Warum habe ich das getan?«, fuhr er fort. »Ich muss es dir erklärt haben.«

»Ich erinnere mich nicht«, log ich.

Er strich mir zärtlich über die Wange, während er zugleich mit eisernem Griff meinen Arm festhielt. »Meine letzte Erinnerung ist der Blick in dein Gesicht. Das kannst du nicht vergessen haben.«

Nein, auch wenn ich noch weitere viereinhalbtausend Jahre leben sollte. Aber ich durfte es ihm nicht sagen. Es schmerzte zu sehr …

Zwei Personen materialisierten sich hinter Ian. Für einen Sekundenbruchteil dachte ich, ich hätte eine posttraumatische Belastungsstörung mit lebhaften Halluzinationen, denn ich erkannte eine von ihnen, und das war einfach unmöglich. Nicht schon wieder.

Der jungenhafte, attraktive blonde Dämon grinste genauso wie vor einigen Wochen, als er Ian das Knochenmesser ins Auge gerammt hatte. Nur dass das Messer in Dagons Hand, mit dem er grinsend auf Ians Rücken zielte, diesmal aus Silber war.

11

Meine andere Natur riss sich los, als hätte ich nie die Macht besessen, sie zu unterdrücken. Mein Blickfeld färbte sich schwarz, meine Gefühle froren ein, und meine Haut brach auf von der Kraft, die aus mir herausbrach. Ich konnte nicht sehen, wie Dagon auf die Knie fiel, aber ich spürte es. Ich konnte ihn auch hören. Er schrie, als litte er unglaubliche Schmerzen.

Wie merkwürdig. Dabei hatte ich doch noch nicht einmal angefangen, ihn in Stücke zu reißen – und was machte Ian da überhaupt? Schob er mich etwa zur Seite?

»Stell dich hinter mich«, hörte ich Ian zischen. »Ein Dutzend weitere Dämonen haben sich gerade herteleportiert!«

Ich spürte das Knochenmesser, das Ian aus seiner Jacke zog. Spürte das Wasser, das in ihm pulsierte, seine Kraft, die nach mir rief. Dann klärte sich mein Blick, und ich sah die neuen Dämonen. Sie befanden sich hinter Dagon, der sich genauso auf dem Boden wand wie Ian, wenn eine neue Erinnerung in ihm aufstieg.

Ach ja, mein Vater hatte dafür gesorgt, dass Dagon sich nur unter lähmenden Schmerzen in Ians Nähe aufhalten konnte. Das musste er Dagon verschwiegen haben. Wie vorausschauend von ihm. Jetzt war Dagon hilflos und konnte sich nicht teleportieren, um sich zu retten …

Ian schwang sein Messer und bohrte es Dagon ins Auge. Als Ian nach der nächsten Waffe griff, schlug ich sie ihm aus der Hand. Ich wollte Dagon umbringen, er gehörte mir! Dann zog ich alle Flüssigkeit aus Dagons Körper und lächelte über die blutige Flut, die die verblüfften Dämonen neben ihm umspülte. Auch ihnen entzog ich den Großteil ihrer Körperflüssigkeit und sammelte sie, um sie wie eine rote Welle gegen Ian zu schleudern. Sie bedeckte Ian, während sie mich kaum durchnässte, weil ich noch immer hinter seinem Rücken stand.

Das würde Ian daran erinnern, dass ich auf mich selbst aufpassen konnte.

Ich wollte das blutige Wasser gerade zu Eismessern gefrieren lassen, als Dagon keuchte: »Bring mich hier weg!« Dann waren Dagon und der Dämon, der ihm am nächsten war, plötzlich verschwunden – jener Dämon hatte sie beide teleportiert.

»Nein!«, schrie meine Vampirseite.

Ihre Wut ließ sie wieder die Oberhand gewinnen. Die anderen Dämonen versuchten, sich ebenfalls fortzuteleportieren, aber die meisten waren zu ausgetrocknet, um die nötige Kraft aufzubringen. Ian teleportierte sich zwischen sie und rammte ihnen das Messer in die Augen, bevor sie ausreichend wiederhergestellt waren, um zu verschwinden. Dennoch teleportierten sich einige, bevor Ian sie erreichte.

»Lass mich helfen«, sagte ich zu meinem Vampir-Ich. »Ich kann das zu Ende bringen.« Ich musste nur noch etwas mehr Flüssigkeit aus den anderen Dämonen ziehen, um für ihr sicheres Verderben zu sorgen …

»Du hast Dagon entkommen lassen!«, schrie mein Vampir-Ich. »Jetzt halt die Klappe und bleib hier!«

Ian unterbrach seine Schlacht, um mir einen verwunderten Blick zuzuwerfen. »Brauchst du einen Moment für dich, damit ihr zwei das ausdiskutieren könnt?«

Einer der zurückgebliebenen Dämonen nutzte es aus, dass Ian abgelenkt war. Er murmelte einen Zauber, und ein leuchtend roter Strahl schoss auf Ian zu. Ian teleportierte sich, doch der Strahl folgte ihm wie ein wärmesuchendes Geschoss. Ian streckte die Hände aus, und seine Finger verschwammen, während er einen Blockadezauber heraufbeschwor.

Mein himmlisches Wesen gewann erneut die Oberhand und schickte eine Eiswand aus blutigem Wasser, um den Strahl abzufangen. Doch der Strahl durchbrach sie, als wäre sie gar nicht da. Ian beschwor immer noch seinen Blockadezauber, doch es war zu spät. Als der rote Strahl ihn traf, riss der Vampir in mir wieder die Kontrolle an sich.

Ich hielt die Luft an und stieß sie erleichtert wieder aus, weil der Strahl von Ian abprallte, ohne ihn zu verletzen. Stattdessen schoss er zurück und zielte nun auf den Dämon, der ihn losgeschickt hatte. Der versuchte davonzulaufen, doch der Flüssigkeitsverlust hatte ihn zu sehr geschwächt. Ich holte den Knochen-Zweizack aus der Jacke und schleuderte ihn in sein Gesicht. Das eine Ende verfehlte sein Auge, doch die andere Spitze traf.

Ich flog zu ihm, doch Ian teleportierte sich und rammte ihm die zweite Spitze ins Auge, bevor ich den Dämon erreichte. Das Gesicht des Dämons explodierte und löste sich in einer Wolke aus Rauch und Schwefel auf.

Plötzlich sauste Leah an mir vorbei. Die restlichen Dämonen begannen zu schreien und rissen sich entsetzt die Haut vom Gesicht, weil sie irgendwelche Halluzinationen in ihren Köpfen projizierte. So konnten Ian und ich sie mit einer Leichtigkeit abschlachten, die grausam erschien, hätten sie uns nicht mit Dagon zusammen töten wollen.

Als Ian sein Messer gerade dem letzten Dämon in die Augen rammen wollte, schrie ich. »Nicht, einen brauche ich lebend!«

Er stach dem Dämon nur ein Auge aus und murmelte: »Tut weh, was? *Das* habe ich ganz sicher nicht vergessen.«

»Ich sondiere das Gelände, aber ihr solltet euch beeilen«, sagte Leah, dann flitzte sie zum anderen Ende des Parkplatzes.

Ian blickte zu ihr, dann wieder zu mir. »Der Zauber, den der Dämon auf mich geschleudert hat, ist von mir abgeprallt. Wie?«

»Ich habe dich mit einem Abwehrzauber belegt, ehe ich dich verlassen habe. Er schützt dich vor jedem Zauber, der nicht von mir kommt, aber er funktioniert nur einmal.« Und es hatte mich *viel* Kraft gekostet, diesen Zauber anzuwenden, aber das verschwieg ich.

Ian schnaubte. »Du hast einen Geist als Babysitter für mich angeheuert *und* mich mit einem Abwehrzauber belegt? Donnerlittchen, gegen dich ist Mencheres ja ein Amateur, dabei ist der schon übervorsichtig! Wenn er das hört, wird er sich überschlagen und dich in der Familie willkommen heißen.«

»Ich gehöre nicht zur Familie«, sagte ich und ignorierte seine provokant nach oben gezogene Augenbraue.

»Doch, und wer war dieser blonde Mistkerl, den du schreiend in die Knie gezwungen hast, bevor er sich davongemacht hat?«

Mein Schock hielt nur eine Sekunde an. Natürlich erkannte Ian Dagon nicht. Der Dämon war der Ausgangspunkt von allem gewesen, was mein Vater aus Ians Gedächtnis gelöscht hatte.

»Das war Dagon. Wenn du nicht wusstest, wer er war, warum hast du ihm dann dein Messer ins Auge gestoßen?«

Ian zuckte die Schultern. »Du hast ihn zuerst angegriffen, darum habe ich vermutet, dass er als Erstes umgebracht werden muss.«

Dagon musste getötet werden, ganz genau. Es war jedoch der Zauber meines Vaters, der Dagon schreiend in die Knie gezwungen hatte, nicht ich. »Du«, sagte ich, um das Thema zu wechseln, und schob meinen Zweizack unter das noch verbliebene Auge des Dämons. »Rede. Was wollte Dagon heute Abend hier?«

»Ihn … töten«, sagte der Dämon und deutete mit dem Blick auf Ian. Dann lachte er – ein trockenes, krächzendes Geräusch. »Du solltest nicht hier sein … Halbling. Wir haben gehört … dass du ihn verlassen hast.«

»Halbling. Das kratzt mich nicht«, sagte ich spöttisch. »Gib dir aber keine Mühe, dir was Besseres auszudenken. Du brauchst deinen Grips, um mir alles zu erzählen, was Dagon im Schilde führt.«

»Ihn … töten«, wiederholte der Dämon und starrte Ian mit seinem einen Auge wütend an.

Meine andere Natur schlug so heftig gegen die Gitterstäbe ihres Käfigs, dass mir kurz schwarz vor Augen wurde. Ich hielt sie im Zaum, doch ich bebte. Würde das jetzt immer so sein? Dass ich meine andere Hälfte bekämpfen musste, wenn ich unter Stress stand?

»Ich könnte dir die letzte Flüssigkeit abgraben und dich damit ersticken«, sagte ich leidenschaftslos. Ich würde nicht zulassen, dass meine andere Natur noch einmal die Kontrolle über mich erlangte, aber ich konnte so tun, als täte sie es. »Oder, du könntest mir erzählen, was ich wissen will.«

»Dagon ist … geschwächt.« Der Dämon krächzte noch mehr. Mit den ausgedörrten Stimmbändern musste das Sprechen anstrengend sein. »Muss die Seelen … abschlachten … die entkommen sind … um die Kraft zurückzubekommen, die sie ihm geraubt haben. Darum hat Dagon … die Frau in Ägypten … und die anderen … umgebracht. Aber eigentlich will er … ihn.« Empathisches Nicken zu Ian. »Hat das Blut … das er in einem alten … Freizeitpark von ihm gesammelt hat, genutzt … um ihn mit einem Findezauber zu suchen.«

Ich schob die Klinge durch sein Auge. Entweder das, oder meine andere Natur würde wieder Oberwasser bekommen. Zu hören, wie sorgfältig Dagon Ians Tod geplant hatte, kostete mich die Beherrschung.

»Das war unreif«, bemerkte Ian und riss seine Klinge aus dem anderen Auge des jetzt toten Dämons. »Vielleicht hätte er noch mehr Informationen gehabt.«

»Vielleicht ist dir das nicht klar«, sagte ich mit zusammengebissenen Zähnen. »Aber ich habe momentan ein Problem.«

»Hat das Problem Augen, die Silberstrahlen abfeuern, während die Dunkelheit sie wie ein Umhang umweht?« Er grinste. »Der Anblick hat mich hart gemacht.«

Meine übernatürliche Soziopathin hatte ihn erregt? »Shit. Du …«, stieß ich hervor.

Er nickte. »Plane solide.«

Er schnappte mich, zog mich an sich und murmelte: »Nicht«, als ich versuchte, ihn fortzuschieben. »Deine andere Hälfte kämpft nie um die Kontrolle, wenn du in meinen Armen bist, oder?«

Verflucht sei seine selektive Erinnerung! Ja, wenn ich in Ians Armen war, empfand ich zu viel. Diese Gefühle mochten zwar die Stäbe ihres Käfigs verschließen, aber … wie sie jetzt an meinem Herzen rissen.

Eine Krise zur Zeit.

Mit diesem Gedanken – und ja, einiger persönlicher Motivation – legte ich die Arme um Ian und küsste ihn mit aller Leidenschaft, die ich zuvor zurückgehalten hatte.

Sein überraschtes Grunzen verwandelte sich in ein Stöhnen purer Lust. Als ich mich von ihm löste, blutete seine Lippe. Er packte mein Haar, sah mir durchdringend in die Augen und küsste mich dann mit derart wildem Verlangen, dass mein ganzer Körper vor Lust vibrierte.

»Veritas!«, hörte ich schwach. Ich kämpfte mich aus dem erotischen Nebel und hörte Leah noch einmal »Veritas!« rufen, diesmal lauter.

»Verpiss dich, Geist«, knurrte Ian.

Ich rückte von seinen Lippen ab und sah Leah über Ians Schulter schweben. »Du lässt dich hinreißen«, sagte sie in einem Ton, der mich daran erinnerte, dass sie Puritanerin gewesen war, als sie noch gelebt hatte. »Ich habe schon zu viel von euch beiden gesehen.«

Ich blickte zu Ian … und Leah hatte nicht übertrieben. Sein umbrabraunes Hemd hing in Fetzen von seinem Körper, weil ich es in dem blinden Verlangen, seine Haut zu berühren, zerrissen hatte. Sein Sakko sah auch nicht viel besser aus; noch ein Zerren an seiner Taille, und er stünde ohne Hose da.

Tatsächlich sah es so aus, als würde die Hose mehr von Ians Erektion gehalten als von dem übrigen Stoff. Das zusammen mit dem Blut von der roten Welle, mit der ich ihn überzogen hatte … Ich hatte Leute gesehen, die von Berglöwen zerfleischt worden waren und besser ausgesehen hatten.

»Oh«, stieß ich etwas verlegen hervor. Der Vorteil war, dass ich meine andere Seite *gar* nicht mehr spürte.

»Genau«, sagte Leah in bitterem Ton. »Ich wage es jetzt aber nicht mehr, euch allein zu lassen. Vorhin bin ich gegangen, um eure Intimsphäre nicht zu verletzen. Darum war ich auch nicht da, als die Dämonen euch angegriffen haben. Aber es ist auch ziemlich unklug, euer Schäferstündchen an genau demselben Ort fortzusetzen, an dem die Dämonen euch gefunden haben, meint ihr nicht?«

Doch, und wenn ich mit dem Hirn statt mit dem Unterleib gedacht hätte, wäre ich auch selbst darauf gekommen.

»Da hat sie recht«, sagte Ian. »Warte.«

Ich kam nicht dazu, noch etwas zu sagen. Ians Griff verstärkte sich, und erneut verschwamm alles um mich.

12

Als ich wieder klar sehen konnte, waren wir zurück im Hotel, wo Silver aus Freude über unser plötzliches Erscheinen um uns herumflog. Ich nahm mir jedoch nicht die Zeit, ihn zu streicheln, sondern verließ das Zimmer und ging geradewegs auf die Tür des Nachbarzimmers zu. Ian folgte mir, was nicht überraschend war.

»Was machst du?«

»Ich blockiere Dagons Findezauber auf dir.« Nachdem ich ein paarmal energisch geklopft hatte, ging die Tür auf, und ein zerzauster Mann in den Fünfzigern erschien.

»Was?«, begann er auf Französisch und starrte dann entsetzt auf Ian.

Ehe er schreien konnte, bannte ich ihn mit der Kraft meines Blicks. »Du bist ganz ruhig«, erklärte ich ihm auf Französisch und schob ihn zur Seite, um sein Zimmer zu betreten. »Du machst dir keine Sorgen über irgendetwas, was wir hier tun.«

Sobald wir drin waren, schnappte ich mir eine der Kaffeetassen im Zimmer und holte mein Silbermesser heraus.

»Du empfindest keinen Schmerz«, sagte ich, schnitt in sein Handgelenk und hielt die Kaffeetasse darunter. Als die Tasse voll war, riss ich mir meinen Finger an einem Reißzahn auf und rieb mein Blut über den Schnitt auf dem Handgelenk des Mannes – er heilte innerhalb von Sekunden.

»Sobald wir weg sind, wirst du dich weder an uns erinnern, noch an irgendetwas, das wir getan haben«, sagte ich. »Geh jetzt wieder schlafen.«

Er ging zurück ins Bett. Als Ian und ich das Zimmer verließen, hatte er bereits die Augen geschlossen.

»Dagon hat diese Frau vor vier Nächten umgebracht, also hat er seitdem die Macht, dich zu verfolgen«, sagte ich, sobald wir zurück in unserem Zimmer waren. »Deine Fähigkeit zu teleportieren mag ihn anfangs verwirrt haben, aber warum hat er bis heute Nacht gewartet, um dich anzugreifen?«

Ian zuckte die Schultern. »Wahrscheinlich, weil ich die Hälfte der Zeit mit dem gesamten Vampirrat verbracht habe.«

Ich starrte ihn an. »Du hast recht.«

Dagon wollte Ian tot sehen, aber der Dämon war kein Idiot. Wenn er Ian umbrachte, solange er unter dem Schutz des höchsten Vampirgerichts stand, war das eine Kriegserklärung. Vampire und Dämonen verabscheuten sich zwar, aber keine Seite wollte Krieg. Ians umstrittener Auftritt vor Gericht hatte ihm wahrscheinlich das Leben gerettet.

Er schenkte mir ein fröhliches Grinsen. »Noch ein Beweis, dass verheiratete Männer länger leben als Singles.«

»Wie bist du so gut im Teleportieren geworden?«, fragte ich, ohne darauf einzugehen. Dann ließ ich Wasser ins Waschbecken laufen, bis es voll war. »Du hast diese Fähigkeit doch erst wie lange? Drei Wochen?«

»Vier«, antwortete er mit gehobener Braue, als ich wieder zu ihm sah. »Ich hatte viel Ansporn zu üben, als Crispin und Cat auf mich aufgepasst haben. Was meinst du, wie ich sie schließlich losgeworden bin? Ich habe es satt, dass Leute meinen zu wissen, was das Beste für mich sei.«

Das zielte auf mich, und ich war hin- und hergerissen. An Ians Stelle würde ich mich auch nicht damit abfinden, dass mir Teile meiner Vergangenheit vorenthalten wurden. Ich fasste seine Hand und hielt sie über das Waschbecken. Dann tauchte ich einen Finger in das Blut unseres Hotelnachbarn und begann den Blockadezauber mit Kraft aufzuladen.

Als ich die Kraft von dem Wasser im Waschbecken aufgebraucht hatte, sandte ich meine Sinne aus und nutzte die Kraft des Wassers aus dem übrigen Hotel. Natürlich reagierte meine andere Hälfte darauf. Meine Affinität zu Wasser verdankte ich ihr, nicht meiner Vampirseite.

Als der Zauber vollendet war, ließ ich blitzschnell etwas von dem Wasser zu einer Eisscheibe gefrieren. Dann kratzte ich mit der Scherbe über Ians Handfläche. Sein Blut färbte das Wasser dunkel, und zugleich begann das Blut des anderen Mannes in der Tasse zu brodeln.

Ich zog meinen Finger aus der brodelnden Tasse und zeichnete ein Blockadezeichen auf Ians Stirn. Sobald ich fertig war, zersprang die Tasse, doch auf den Fliesen war kein Blut zu sehen. Alles war verdampft, als der Zauber auf Ians Haut aktiviert worden war.

»So«, sagte ich zufrieden. »Jetzt kann Dagon dich nicht länger mithilfe deines Bluts finden.«

Ein laszives Lächeln spielte um Ians Lippen. »Habe ich dir schon mal gesagt, dass du unwiderstehlich bist, wenn du verbotene Magie anwendest?«

»Ja«, sagte ich und hätte mich dafür in den Hintern treten können. Jetzt loderte eine grüne Flamme in seinen Augen.

»Nicht«, sagte ich, als er die Hand nach mir ausstreckte.

Der Ausdruck in seinen Augen ließ mich erschauern. »Du willst mich, und ich will dich mehr, als ich jemals etwas in meinem Leben gewollt habe.«

Ich musste den Blick abwenden. Wenn nicht, würde ich auf jedes dekadente Angebot, das sein Blick versprach, eingehen. »Ja, ich will dich. Aber Verlangen ist ein Gefühl, keine Entscheidung, und ich sage immer noch Nein.«

Die grüne Flamme erlosch, und seine Augen verwandelten sich in harte türkisfarbene Edelsteine. »Nun gut, ich respektiere deine Entscheidung. Respektier du also auch meine und erzähl mir alles, was du mir verschweigst.«

»Du merkst, dass dir jedes Mal Blut aus Augen, Ohren und Nase läuft, wenn sich eine neue Erinnerung einstellt? Das ist eine massive Gehirnblutung; dein Körper sagt dir, dass du das lassen sollst. Hat dich der Sensenmann nicht auch davor gewarnt, dass es dich den Verstand kosten kann, deinen Erinnerungen nachzuspüren?«

»Doch«, sagte Ian, ohne zu zögern. »Ich habe ihm erklärt, dass ich meine Erinnerungen trotzdem wiederhaben will, und er, ein Wesen, das keine Beziehung zu mir hat, hat meine Entscheidung akzeptiert. Warum kannst du das nicht?«

Ich hatte versucht auszuweichen, Halbwahrheiten und Lügen erzählt und mich verstellt. Nichts hatte funktioniert. Ich konnte genauso gut die Wahrheit sagen.

»Weil du recht hast! Ja, der Sex mit dir war fantastisch. Ja, ich weiß, warum du dich umgebracht hast, und *ja*, ich erinnere mich an deine letzten Worte. Darum ertrage ich es nicht, darüber zu sprechen. Damals habe ich Gefühle für dich gehabt, die ich seit Tausenden von Jahren bei niemandem mehr zugelassen hatte. Und ich *habe* deine Wünsche respektiert. Darum habe ich dich nicht aufgehalten, als du darauf bestanden hast, dich mit mir zusammen Dagon zu stellen, und was ist passiert? Du bist *gestorben,* verdammt.«

Ich keuchte, als würden die Schluchzer, die ich unterdrückte, aus meinem Körper auszubrechen versuchen.

»Leute sterben, Veritas.« Ians Stimme war leise und mitfühlend. »Das heißt nicht, dass es falsch von dir war, meine Wünsche zu respektieren. Es heißt einfach nur, dass niemand unsterblich ist.«

»Ich war es früher«, murmelte ich.

»Was?«, fragte er scharf.

Verdammt, was brachte mich nur immer wieder dazu, vor Ian meine Geheimnisse auszuplaudern! »Vergiss es. Wichtig ist, wenn du dich an alles erinnerst, könntest du mit der Vampirversion eines Hirntods enden. Du verbirgst deinen Scharfsinn, um deine Feinde zu manipulieren, alle machen den Fehler, dich zu unterschätzen. Willst du dieses ganze Wissen für ein paar Details aufs Spiel setzen, die keine Bedeutung für dein jetziges Leben haben?«

»Ja.«

Ich schlug mir so fest mit den Fäusten gegen die Beine, dass mir fast die Knochen brachen. Sorge verfinsterte Ians Blick. Daran klammerte ich mich wie eine Ertrinkende an einen Rettungsring.

»Gut, dir ist die Gefahr egal, in die du dich begibst? Was ist mit der Gefahr für mich?«

Jetzt hatte ich seine ganze Aufmerksamkeit. »Welche Gefahr?«

Das war mehr, als ich preisgeben wollte, aber wenn ihn das davon abhielt, den Rest herauszufinden, nahm ich das in Kauf.

»Weißt du, seit wann ich das Problem mit meiner gespaltenen Persönlichkeit habe? Seit du vor meinen Augen gestorben bist. Ich wusste bislang noch nicht einmal, dass meine andere Natur ausbrechen kann, aber das kann sie. Nun«, ich deutete mit einer verzweifelten Geste auf mich, »wenn ich nicht aufpasse, übernimmt sie dauerhaft die Kontrolle. Wenn du mir also in irgendeiner Form dankbar dafür bist, dass ich dich von den Toten zurückgeholt habe, bring mich nicht dadurch in Gefahr, dass du bleibst. Oder indem du auf Details bestehst, die dich in Gefahr bringen, denn falls es dir noch nicht aufgefallen ist, meine andere Natur gewinnt jedes Mal die Oberhand, wenn du in Gefahr bist.«

Er hatte mir mit tief gefurchter Stirn zugehört, doch am Schluss meines Berichts, der ihn dazu bringen sollte, sofort zu verschwinden, glättete sich seine Stirn.

»Ah, verstehe das Problem.« Er klang unbeschwert, fast fröhlich. »Du bist stark, es ist ewig her, dass du eine Niederlage erlitten hast. Und du bist mutig; es muss noch länger her sein, seit du das letzte Mal Angst empfunden hast. Ich hatte in letzter Zeit öfter mit beidem zu tun, darum möchte ich dich an Folgendes erinnern: Wenn du hinfällst, stehst du wieder auf, und wenn du Angst hast, machst du trotzdem weiter. Wie es in dem Song heißt, manchmal musst du dich durch die dunkle Nacht kämpfen, bis du das Morgenlicht wieder siehst. Außerdem kann Angst etwas Gutes sein. Es erinnert dich daran, nicht für selbstverständlich zu halten, was dir wichtig ist.«

»Für selbstverständlich zu halten?«, wiederholte ich ungläubig. »Hast du mir überhaupt zugehört?«

»Ich habe alles gehört, und wir wissen beide, dass sich ein Problem nicht dadurch erledigt, dass man es ignoriert. Auch«, er lächelte mich charmant an, »wenn dein Blockadezauber Dagon jetzt erst mal fernhält, er wird ihn nicht für immer abwehren. Willst du wirklich, dass ich nur noch mit einem Aufpasser da draußen herumlaufen kann?«

Er hatte gerade alles in Worte gefasst, worum ich mir Sorgen machte. »Du nutzt meine Angst, um mich zu manipulieren. Was ist aus meiner Fähigkeit geworden, meine Ängste zu überwinden?«

Er bleckte die Zähne, doch nicht weil er lächelte, es war eine Warnung. »Hast du gedacht, ich würde fair spielen? Nein, und da du ehrlich warst, werde ich ebenfalls ehrlich sein: Mich interessiert nicht, ob Dämonen hinter dir her sind. Ob du eine Kämpfernatur unbekannten übernatürlichen Ursprungs hast und ob du Angst vor deinen Gefühlen für mich hast. Mich interessiert nur, *was* du für mich empfindest, und weil du das zugegeben hast, verrate ich dir noch ein Geheimnis.«

Plötzlich packte er mich an den Schultern, hielt mich aber eigentlich mit seinem Blick gefangen.

»Ich mag mich nicht an meine letzten Worte erinnern, aber ich erinnere mich schon die ganze Zeit daran, was ich empfunden habe, als ich sie ausgesprochen habe.«

13

Sein Geständnis erschütterte meinen Körper wie ein heftiger Schlag. Seine letzten Worte waren gewesen: *Ich hätte dich lieben können.* Seither hatte ich geglaubt, dass alles, was Ian für mich empfunden hatte, mit seinen Erinnerungen verloren sei.

»Wie?«, fragte ich so ruhig wie möglich.

Er hob eine Braue. »Ich bin mit heftigen Kopfschmerzen in diesem Bordell aufgewacht und war davon überzeugt, dass ich eigentlich woanders sein sollte. Mit *jemand* anderem. Keine von Crispins Lügen konnte mich davon abbringen. Irgendwann habe ich gesagt: ›Wo ist sie?‹ Dann tauchte dein Vater auf. Crispin ist fast ohnmächtig geworden, aber ich erklärte Crispin, dass er nur sieht, was er auf dieser Seite des Vorhangs fürchtet.«

»Wie?«, stieß ich diesmal alles andere als ruhig hervor. »Der Wächter erklärte mir, dass er meine ganze Erinnerung an die Zeit mit dir gelöscht hat!«

Ians Griff um meine Schultern wurde sanft. »Er sagte, er habe das getan, um deinen Schmerz zu lindern, falls ich nichts mehr für dich empfinde. Doch wenn Gefühle sehr tief seien, könne man sie nie ganz auslöschen.«

Die Worte trafen mich mit voller Wucht und machten mich

so empfindlich und verletzlich wie einen freiliegenden Nerv. Ich hatte mich mein ganzes Leben lang von anderen ferngehalten, weil mein Überleben davon abhing, dass niemand in meine Nähe gelangte und meine Geheimnisse herausfand. Jetzt fühlte ich alles und hatte keine Ahnung, wie ich damit umgehen sollte.

»Ich brauche weitere Klärung«, hörte ich mich sagen. Dann stöhnte ich. Über viertausend Jahre eiskalter Überlebensmentalität ließen mich wie einen Beamten der Finanzbehörde klingen, der einen Steuerzahler wegen einer zweifelhaften Abrechnung verhörte!

Er schnaubte. »Zur *Klärung:* Ich wusste vielleicht nicht mehr deinen Namen, wie wir zusammengekommen sind oder warum du mich verlassen hast, aber *du* warst nicht ausgelöscht. Darum war ich entschlossen, dich zu finden und sogar bis zum gehassten Vampirrat zu gehen, um unsere Ehe zu beweisen. Und darum werde ich jetzt auch nirgendwo hingehen. Ich lasse mich nicht von einer kleinen Gefahr davon abhalten, um das zu kämpfen, was ich haben will.«

Ich gab einen erstickten Laut von mir, halb belustigt, halb verzweifelt. »Das ist mehr als nur eine ›kleine Gefahr‹, und das weißt du.«

»Meine liebste Sorte also«, sagte er mit finsterem Lachen.

»Du denkst, ich wollte wieder etwas mit dir anfangen.« Meine Stimme war nur mehr ein Flüstern. »Was, wenn ich das gar nicht will?«

Er lächelte sinnlich und ganz und gar rücksichtslos. »Wenn du deine Gefühle für mich abschalten könntest, hättest du es schon getan, also verschwende deine Energie nicht in einer aussichtslosen Schlacht.«

Ein kurzes Lachen löste sich aus meiner Kehle. »Wenn ich nicht wüsste, wie gern du Schmerzen magst, würde ich dich für eine derart arrogante Bemerkung ohrfeigen.«

Sein Kichern klang durch und durch verrucht. »Androhung von Gewalt? Jetzt willst du mich aber anmachen, oder?«

Lust durchströmte mich. Seine Hände lagen noch immer auf meinen Schultern, und seine Kleidung war dermaßen zerrissen, dass ein kurzes Ziehen genügen dürfte, um sie auf den Boden zu befördern. Ich sehnte mich so sehr danach, dass meine Hände schmerzten. Doch als Ian näher kam, drehte ich mich weg.

»Wir müssen zuerst Regeln festlegen.«

»Nein, müssen wir nicht«, knurrte er. »Mach mit mir, was du willst. Ich werde alles wundervoll finden, versprochen.«

Tausend anzügliche Gedanken schossen mir durch den Kopf und ließen mich einen Schritt zurückweichen. »Nicht so«, zwang ich mich zu sagen. »Regeln, wie du deine Erinnerungen zurückbekommst.«

Seine Augen leuchteten smaragdgrün. »Denk du dir was aus.«

Ich holte tief Luft und bedauerte es sofort, als sein Duft mich erfüllte. Er roch intensiv nach Verlangen – eine weitere Abrissbirne für meine Willenskraft.

»Du willst deine verlorenen Erinnerungen trotz des Risikos zurückhaben. Du hast recht, das ist deine Entscheidung, nicht meine. Also, frag mich irgendetwas, und ich schwöre dir, die Wahrheit zu sagen. Aber dann wirst du gehen und dich verstecken, bis ich mich um Dagon gekümmert habe.«

Seine Nasenflügel blähten sich. Ob vor Wut oder Erregung, konnte ich nicht sagen. »Das ist dein Angebot?«

»Ja.«

»Ich halte dagegen.« Also Wut. »Du sagst mir nichts, aber ich bleibe und helfe dir, Dagon zu erledigen, und wir lassen das Schicksal darüber entscheiden, woran ich mich erinnere oder nicht erinnere.«

Ich schloss die Augen. »Ian …«

»Ja, ich weiß. Gefahr, Selbstverstümmelung und gefährliche Dämonen erwarten mich.« Jetzt klang er amüsiert. »Das Gleiche erwartet mich, wenn ich dich verlasse und Dagon mich findet, also frage ich dich. Wann habe ich bessere Überlebenschancen? Mit dir oder ohne dich?«

Ich verfluchte ihn dafür, dass er genau wusste, wie er mich kriegen konnte. Nicht dass ich es ihm schwer machte. Nein, ich hatte ihm meinen wunden Punkt gezeigt, und als rücksichtsloser Kämpfer hatte Ian genau darauf gezielt.

Nun, ich kannte auch einen Schwachpunkt von ihm. »Kein Sex«, sagte ich und öffnete die Augen. »Wenn du bleibst, behältst du deinen Schwanz bei dir.«

Er verschränkte die Hände über seinem Glied, als würde er einen ernsten Eid schwören. »Sehr gut. Bis du etwas anderes verlangst – und das *wirst* du –, ist er eingesperrt.«

»Das ist nicht alles«, sagte ich und kaschierte meine zarteren Gefühle mit Entschlossenheit. »Wenn meine andere Natur die Oberhand gewinnt, teleportierst du dich, denn sie ist gefährlich.«

Er hob die Brauen. »›Sie‹ ist du, weißt du das?«

»Nein, ist sie nicht, und denk nicht, dass du ihr so viel bedeutest wie mir. Das stimmt nämlich nicht.«

Er öffnete die Lippen, als wollte er widersprechen. Dann zuckte er mit den Schultern. »Na gut.«

Das war zu einfach. Ian musste etwas im Schilde führen.

»Ich habe auch Pflichten, die erfordern, dass ich von jetzt auf gleich verschwinde, und nein, du kannst nicht mitkommen. Abgemacht?«

»Mein Kompliment zu deinem Ego«, erwiderte er grinsend. »Ich bin beeindruckt, dass du dachtest, ich bestehe darauf, jede Minute an deiner Seite zu kleben.«

»Gut«, sagte ich frustriert. »Nachdem das geklärt ist, müssen wir aufbrechen. Vielleicht kann Dagon dich nicht mehr durch dein Blut finden, aber er sucht weiter nach dir, also müssen wir hier weg. Und zwar schnell.«

Ian streckte die Arme aus und bog den Rücken durch, als wollte er eine Verspannung lösen. Durch die Bewegung verrutschten seine zerrissenen Kleider und entblößten seinen festen Bauch sowie einen Großteil seiner Lenden. Ich sah weg, und mir war klar, dass nichts davon zufällig geschah. Als ich mich wieder umdrehte, hoben sich seine Mundwinkel in einem schwachen Lächeln.

Nein, überhaupt kein Zufall.

»Vielleicht willst du dich umziehen«, sagte ich, als hätte er mich nicht dabei erwischt, wie ich die Darbietung bewunderte. »Halb nackt und mit Dämonenblut besudelt erregst du womöglich ungewollte Aufmerksamkeit.«

»Mm, ja. Ich muss auch duschen, damit Dagon keine Chance hat, mich durch das Blut von *seinen* Leuten zu finden, falls er schlau genug ist, daran zu denken …«

Ian verstummte und spannte die Muskeln an. Sofort sah ich mich nach einer möglichen Gefahr um. »Was ist?«

»Blut ist der normalste Weg, jemanden zu suchen.« Ian

sprach, als würde sich der Gedanke erst in seinem Kopf formen. »Das Nächste sind Spuren von Essenz, wenn man ein Medium kennt, das stark genug ist. Beides kann man jedoch blockieren. Was man nicht blockieren kann, ist Kraft, und die Kraft eines Dämons ist so einmalig wie sein Blut.«

»Kann sein«, sagte ich und dachte jetzt ebenfalls über die Möglichkeiten nach. »Aber Spuren von Kraft verblassen schnell. Ich weiß, wo etwas von Dagons Kraft vor einigen Nächten war, aber ich bezweifle, dass die Spuren konzentriert genug sind, um sie für einen Findezauber zu nutzen. Vorausgesetzt, ich finde überhaupt heraus, wie man einen Findezauber schafft, der einen Dämon nur aufgrund seiner Kraft findet«, fügte ich hinzu.

»Wir haben eine konzentriertere Dosis seiner Kraft hier.«

Verwirrt schaute ich ihn an, dann verstand ich.

Ian hatte eine Menge von Dagons Kraft aufgesogen, als er sich aus dem Dämon herausgearbeitet hatte. Was, wenn ich die Kraft in Ian nutzen konnte, um Dagon zu finden? Wenn das stimmte, konnte ich sie auch nutzen, um die anderen wiederauferstandenen Seele zu finden! Aber …

Was, wenn Dagon sie bereits auf diese Weise suchte? Er war weitaus erfahrener in schwarzer Magie als ich. Außerdem hatte Dagon ein eigennütziges Interesse, die anderen Wiederauferstandenen umzubringen, um die Kraft zurückzuerlangen, die sie ihm geraubt hatten. Der Dämon hatte auch gesagt, Dagon habe aus diesem Grund die Frau in Ägypten umgebracht »und noch weitere«. Wie viele weitere?

Ich hatte meinem Vater etwas versprochen, aber ich konnte dieses Versprechen nicht halten, wenn Dagon die Leute umbrachte, die ich finden sollte. Nein, ich musste zuerst Dagon finden und ihn aufhalten.

Ich sah Ian fest in die Augen. »Ich weiß nicht, wie man so einen Zauber anwendet, aber wir werden es jedenfalls probieren.«

Er grinste anzüglich. »Weißt du, was der Vorteil ist, wenn man mit einem gesetzesbrecherischen Draufgänger verheiratet ist, der Freunde an den richtigen Stellen hat? Ich *kenne* jemanden, der so einen Zauber anwenden können sollte.«

14

Zwei Tage später fuhr Ian mit mir an den Stadtrand von Centralia in Pennsylvania. Die Gegend wirkte einigermaßen harmlos, wenn auch verlassen und verwildert. Ich brauchte allerdings nur einmal Luft zu holen und wusste, dass mir nicht gefiel, was immer Ian als Nächstes vorhatte.

»Warum riecht es hier nach Dämonen?«

Ian grinste unbekümmert. »Wer sollte sonst die Kraft haben, einen solchen Zauber anzuwenden, wie wir ihn brauchen?«

»Ich, sobald ich herausgefunden habe, wie. Keiner, der bei Verstand ist, würde Dämonen benutzen, um einen anderen Dämon zu fangen«, erklärte ich.

Er warf mir einen nachsichtigen Blick zu. »Nicht alle Dämonen sind schlecht.«

Theoretisch nicht. Nechtan, ein dämonischer Troll, mit dem ich mich vor ein paar Tausend Jahren angefreundet hatte, war ein niedliches Wesen, das von seinem grausameren Bruder misshandelt worden war. Aber er war die Ausnahme, nicht die Regel.

»Selbst wenn du hier zufällig einen nicht bösen Dämon kennst, in dieser Stadt riecht es nach vielen Dämonen. Nicht nach einem.«

»Hier leben ein paar«, bestätigte Ian. »Seit die Menschen den Ort vor Jahrzehnten verlassen haben, als in den unterirdischen Kohleminen Feuer ausbrach und nicht gelöscht werden konnte, sind einige Dämonen der unteren Kategorie hergezogen. Die meisten lehnen es aber ab, in oder neben einer Kohlemine zu wohnen.«

Das glaubte ich ihm. Dämonen lebten gern auf großem Fuß, was nicht schwierig war für Wesen mit übernatürlichen Fähigkeiten, die unendlich lange lebten und keine Moral besaßen.

»Dämonen haben unter anderem einen geheimen Unterschlupf, um abtrünnige Dämonen zu verstecken«, fuhr Ian fort. »Ich kenne den Besitzer einer solchen Einrichtung. Er hat genug Macht, um unseren Zauber auszuführen. Ich weiß zwar nicht, wo er ist, aber ich kenne einen Dämon, der es wissen sollte.«

»Was verstößt dermaßen gegen die Kultur von *Dämonen,* dass jemand dafür in den Untergrund gehen muss?« Andererseits wollte ich das wahrscheinlich gar nicht wissen. Ich hatte so schon genügend Stoff für Albträume.

»Normalerweise einfach Andersartigkeit«, erwiderte Ian und fügte erschöpft hinzu: »Du musst doch wissen, dass die meisten Arten *das* gern für ein Verbrechen halten.«

Ja. Vampire schlachteten Mischwesen wie mich für gewöhnlich ab, sobald sie von ihrer Existenz erfuhren. Panikmache hatte auch dazu geführt, dass Magie verboten worden war. Vor langer Zeit hatten viele Vampire behauptet, dass jene, die Magie anwenden konnten, ihre Genossen, die diese Fähigkeit nicht besaßen, versklavten. Sie hatten keine Beweise, doch das spielte keine Rolle. Magie wurde für illegal erklärt, und alle Vampire, die bei der Anwendung erwischt wurden, brachte man um. Aus dieser brutalen Säuberung waren der Rat, Gesetzeshüter und Vollstrecker hervorgegangen. Ich hatte mich ihren Reihen nur angeschlossen, um durch meinen Job heimlich jenen zu helfen, denen diese Gesetze schadeten. Erinnerte sich Ian daran noch?

Auch wenn nicht, ich hatte eingewilligt, dem Schicksal zu überlassen, woran er sich erinnerte, darum sagte ich nur: »Vertraust du dem Dämon, den du hier besuchen willst?«

»Ich vertraue darauf, dass er es bedauern wird, wenn er mich betrügt«, erwiderte er mit bedrohlicher Lässigkeit. »Er weiß nicht, wie viel Kraft ich besitze. Du solltest deine auch besser nicht verraten. Darum bleibst du beim Wagen, während ich in die Stadt gehe.«

»Na, klar«, sagte ich. »Ich habe gerade gedacht, dass ich mir unbedingt die Nägel lackieren sollte.«

Mein Sarkasmus brachte ihn nur zum Grinsen. »Manchmal muss ich aufgrund meiner persönlichen Geschäfte von jetzt auf gleich verschwinden, und du kannst nicht erwarten, dass du ständig an mir kleben kannst.«

Ohhh, er war so scheißnachtragend! Ich würde ihm heimzahlen, dass er mich mit meinen eigenen Worten schlug. Aber erst …

»Genieß so viel Zeit für dich, wie du willst, *nachdem* ich mit dir bei diesem Dämon war.«

»Auf keinen Fall, Süße. Dieser Dämon kann sehen, woher die Magie der Leute stammt. Wenn du mitkommst, wird er deine halbgöttliche Natur erkennen, ehe du Hallo sagen kannst.«

Und man redete bereits über mich. Tenoch hatte mich gewarnt, dass genau das passieren würde, falls jemand sah, wozu ich fähig war, und es überlebte. Dass es sich dann herumsprechen werde. Dagons Überleben fiel noch auf andere Weise auf mich zurück. Aber ich würde Ian nicht allein in die Stadt voller Dämonen gehen lassen, nur damit nicht noch jemand von meinem Geheimnis erfuhr.

»Dann halte ich mich im Hintergrund, sodass er mich nicht sieht.«

»Ja, und zwar indem du hierbleibst«, erwiderte Ian in eisernem Ton. »Wenn es Probleme gibt, mit denen ich nicht klarkomme, schicke ich eine magische Leuchtfackel. Du bist nah genug, um sie zu sehen und zu kommen.«

Er ließ sich nicht davon abbringen. Gut. Ich würde mich nicht weiter streiten. »Also, dann.«

Mit einem fröhlichen Lächeln stieg er aus dem Wagen. »Es sollte nur ein paar Stunden dauern.«

Ich beobachtete, wie er die Straße hinunterlief, in der derart große Risse waren, dass braunes Unkraut aus dem Asphalt wuchs. Dann bog er dort, wo sich vermutlich früher die Hauptstraße der Stadt befunden hatte, rechts ab. Als er außer Sicht war, blieb ich im Wagen … für fünf Minuten.

Dann stieg ich aus und schlich ihm hinterher. Er musste zusammen mit seinem Gedächtnis den Verstand verloren haben, wenn er dachte, ich würde mich die *ganze* Zeit im Hintergrund halten.

Trotz des Schwefelgestanks und des schwachen Geruchs nach verbrannter Kohle, konnte ich Ians Duft leicht folgen. Ich hielt mich auf der windabgewandten Seite, sodass er *meinen* nicht wahrnahm, und flog, sodass meine Füße nicht wie seine knisternde Geräusche auf dem trockenen Laub machten. Nach einigen Minuten tauchte Ian in ein höhlenartiges Bauwerk ab. Es musste sich um den Eingang zur Mine handeln.

Ich hielt auf meinem Aussichtspunkt hinter dem Dach einer ehemaligen Tankstelle inne. Bevor ich weiter vorrücken konnte, musste ich mich tarnen. Gut, dass ich genau wusste, wie ich mich verstecken konnte. Ich brauchte nur ein bisschen Hilfe.

Ich schnitt mir in den Finger und malte mit dem Blut einige Symbole auf das Dach. Dann ließ ich ein kleines bisschen Kraft hineinfließen. Ich wollte nicht, dass die Dämonen in der Stadt meine Magie spürten.

»Ich beschwöre den Geist von Leah herauf, der Tochter von Siobhan«, flüsterte ich den Symbolen zu. »Leah, hör meinen Ruf.«

Kurz darauf erschien der Umriss eines streng geschnittenen schwarz-weißen Kleids, dann tauchte Leah selbst auf.

»Ich begreife nicht, warum er glaubt, du würdest im Wagen bleiben«, waren ihre ersten Worte. »Weiß er *nichts* mehr von dir?«

Ich unterdrückte ein Lachen. »Ians Gedächtnis ist vielleicht etwas unzuverlässig, aber seine Sturheit ist noch dieselbe. Darum musst du mir noch einen Gefallen tun.«

Sie lächelte voller Vorfreude. »Tarnung?«

»Bitte.«

Leah streckte die Arme aus. Ich trat dazwischen und spürte die Kälte der Macht statt der körperlichen Gestalt einer Frau. Doch Leahs Kraft war größer als Haut und Knochen. Sie war auch ironisch. Leah war erst zur Hexe geworden, nachdem man sie in den noch neuen amerikanischen Kolonien als eine solche hingerichtet hatte.

Leahs Kraft umfing mich weiter, bis ich das Gefühl hatte, in eiskaltes Wasser getaucht zu werden. Dann beobachtete ich, wie mein Körper wie der ihre verschleiert wurde und schließlich ganz verschwand. Anschließend verschwand auch Leahs Körper. So von ihrer Kraft durchtränkt, konnte sie mich hochheben und uns beide im Handumdrehen in die Mine schaffen.

Zunächst sah die Umgebung aus, wie ich mir eine verlassene Mine vorstellte, mit eingestürzten Stützbalken und halb im Steinboden vergrabenen Werkzeugen. Doch die Gleise der Kohlenbahn, die in die Dunkelheit führten, waren in makellosem Zustand. Leah folgte ihnen, und Minuten später tauchte in der Ferne ein goldener Schein auf, und ich hörte Lachen und Musik, ausgerechnet. Nach einer Biegung nach rechts verschwand die Fassade der verfallenen Mine.

Was ich sah, wäre überall als Jazzclub durchgegangen. In der Luft hing Zigarrenrauch, und auf einer Bühne spielte ein begabtes Quartett gefühlvolle Musik. Sofas, Sessel und Tische standen vor einer aus Stein gemeißelten Bar im Hauptraum. In einem Nebenraum hinter der Tanzfläche waren zwei kleinere Bars aus Holz und Stahl zu sehen. Schwebende Himmelskörper sorgten für warmes Licht und ließen in den dunkleren Ecken Platz für Gefahr oder Romantik, je nach Stimmung des Gastes. Wegen der intimen Atmosphäre, dem Fehlen von Menschen und der hervorragenden Musik hätte ich zum Stammgast werden können, wenn der Club nicht auch voller Dämonen gewesen wäre.

Mindestens ein Dutzend von ihnen räkelte sich auf den Sofas im Hauptraum. Andere schoben sich über die Tanzfläche, und ein weiteres Teufelsdutzend saß auf Hockern an den drei Tresen. »Ein paar« Dämonen in der Stadt, von wegen!

Und Ian lag auf einem der Sofas, als wäre er nur ein weiterer Dämon, der die Musik genoss, anstatt ein Vampir inmitten von Feinden, die sich jeden Moment auf ihn stürzen konnten.

15

Eine rothaarige Dämonin mit miserablem Selbstbräuner, in Lederhose und Ledermieder, ging auf Ian zu. Ich spannte die Muskeln an, doch sie fragte nur: »Was willst du trinken?«

Eine Kellnerin. Kein Wunder, dass es bei Dämonen nichts umsonst gab, selbst in einem geheimen Untergrund-Jazzclub. Als ich sah, welches Lächeln Ian der Kellnerin zuwarf, war ich froh, dass ich noch unsichtbar war. Andernfalls hätte er gesehen, dass ich mit meinen Blicken Löcher in ihn brannte, weil er auf das Dekolleté der kurvigen Dämonin starrte, das diese ihm bewusst vor die Nase hielt.

»Kommt auf meine Stimmung an«, erwiderte er in schwelgerischem Ton. »An manchen Abenden ist mir nach einem weichen Brandy, an anderen nach einem Single Malt Bourbon. Aber heute Abend brauche ich einen harten Whisky, ohne Eis.«

Ihr Blick glitt über ihn und musterte seine muskulöse Brust. Seit ich ihn zuletzt gesehen hatte, hatte er ein paar Knöpfe an seinem Hemd geöffnet. Sie streckte sogar die Hand aus, um zu tasten, ob sich seine Brust genauso sinnlich anfühlte, wie sie aussah. Ich wusste, dass dem so war, und an der erotischen Art, wie sie sich in die Lippe biss, fand sie das offenbar auch.

Schlag ihr auf die Finger und sag ihr, dass sie sich verpissen soll!, zischte ich. Ian tat weder das eine noch das andere. Er lächelte nur noch breiter.

Ich würde ihn umbringen. Und sie auch, aber mit ihr wollte ich milde sein, denn sie war nicht diejenige, die mich ständig daran erinnerte, dass wir verheiratet waren. Darum würde sie es kaum bemerken, wenn ich sie erledigte. Aber Ian? Oh, ja, der würde es merken.

»Harter Whisky, kommt sofort«, sagte sie mit schnurrender Schlafzimmerstimme, dann wandte sie sich um und ging zur Bar.

Ein schwarzhaariger Dämon, der genauso blass war wie Ian, setzte sich zu ihm aufs Sofa. »Michael«, begrüßte Ian ihn. »Ist lange her, Kumpel.«

»Ja«, stimmte der Dämon zu. »Bin überrascht, dich hier zu sehen, insbesondere nach dem, was man so hört.«

Ian lachte milde. »Was hört man denn?«

Michael lächelte, doch das Lächeln erreichte nicht die geröteten Augen. »Dass du zusammen mit irgendeinem Halbling Dutzende meiner Art umgebracht hast.«

Daraufhin drehten sich mehr als nur ein paar Köpfe nach ihm um. Ich erstarrte, aber alle schienen nur zu schauen. Noch.

»Ein Halbling, wie exotisch.« Ian klang gelangweilt. »Erzähl, wie haben dieses merkwürdige Wesen und ich so viele Dämonen abgeschlachtet?«

Die Kellnerin kehrte mit Ians Drink zurück, und Michael zögerte mit seiner Antwort. Ian prostete ihr mit seinem Glas zu, dann drückte er ihr eine Hundert-Dollar-Note in die Hand.

»Behalt den Rest, Süße.«

Sie steckte sich den Schein ins Dekolleté, dann schob sie ihre Brüste nach vorn, als hätte das Geld sie irgendwie plattgedrückt.

Doch kein schmerzloser Tod!

»Einzelheiten sind nicht bekannt«, sagte Michael, sobald sie gegangen war. »Einige sagen, der Halbling sei ein Mischling aus Dämon und Vampir. Andere meinen, sie wäre einer aus Vampir und Hexe. Manche fragen sich, ob die Geschichte einfach nur Quatsch ist, um die anderen Dämonen dazu zu bringen, sich hinter Dagon zu stellen.«

»Ah, Dagon«, sagte Ian, als ob er sich genau an den Dämon erinnerte. »Denkt sich immer wieder was Neues aus.«

Michael hob die Brauen. »Dann sagst du, dass nichts davon stimmt?«

»Ich sag dir, was stimmt: Ich muss mit Ashael sprechen«, erwiderte Ian und hob sein Glas. »Ashael, hier ist Ian. Dir gehört ein Sack voller Edelsteine, wenn du sofort kommst.«

Mit diesem ungewöhnlichen Toast kippte Ian seinen Drink hinunter und bedeutete der aufmerksamen Kellnerin, ihm noch einen zu bringen, was diese sofort tat. Dann wiederholte er den Toast und trank erneut.

Offenbar handelte es sich nicht um einen Toast, sondern um ein alkoholbasiertes Ritual. Ashael war entweder ziemlich mächtig, wenn er Ians Ruf über eine so schwache Leitung hörte, oder er war derart an Alkohol gewöhnt, dass er sofort einen AA-Paten bekommen sollte.

Ashael konnte allerdings auch einfach sehr schlau sein. Indem er den Leuten ein schwaches Ritual zur Heraufbeschwörung anbot, konnte er wählen, ob er kam oder es ignorierte, wohingegen das übliche Ritual mit Blut, speziellen Symbolen und echten Namen einen Dämon zum Erscheinen zwang.

Michael stöhnte. »Du bist mutig, Ashael heraufzubeschwören. Wenn er diesen Gerüchten glaubt, wird er dich sofort abmurksen.«

Also mächtig *und* schlau. Ich biss die Zähne zusammen. *Hör auf, ihn herbeizurufen, Ian! Du steckst schon bis über beide Ohren in Schwierigkeiten.*

»Redest du immer noch von diesem Quatsch?« Ian schnaubte. »Ich hab gedacht, du wärst zu alt, um an Märchen zu glauben.«

»Dann stimmt es also nicht?«, hakte Michael nach.

Ian warf ihm einen nachsichtigen Blick zu. »Kumpel, wenn es wahr wäre, würde ich dann ganz allein in einem Laden wie diesem einen Drink nehmen?«

Ja!, schrie ich stumm. *Weil du versuchst, der erste Vampir zu sein, der einen anderen Vampir durch bloßen Stress tötet!* Gott, es gab Tage, an denen ich meine glückliche Gleichgültigkeit von früher vermisste. Es war anstrengend, so starke Gefühle für jemanden zu haben.

Michael zuckte die Schultern, sein Blick wirkte unvermindert angespannt. »Wir werden es wohl herausfinden.«

Die anderen Dämonen rückten näher an Ians Tisch heran. Noch schlimmer, es klang, als würden jetzt noch mehr Dämonen aus der Mine kommen und sich am einzigen Ausgang des Raumes sammeln. Ich begann, von überallher, wo ich Wasser spürte, Kraft zu ziehen. Viel gab es nach den jahrzehntelangen unterirdischen Kohlefeuern in dieser Stadt nicht. Ich streckte meine Sinne weiter aus. Meine andere Natur erwachte und rüttelte an den Gitterstäben. Als ob ich nicht schon genug zu tun hätte.

»Zierst du dich, Ashael?«, fragte Ian und hob sein Glas, als bemerkte er nicht, dass sich die Falle um ihn schloss. »Ich erhöhe auf *zwei* Säcke mit Edelsteinen, aber nur, wenn du jetzt deinen Hintern herschaffst.«

Klar, versuch nur weiter, noch einen mächtigen Dämon herzuschaffen!, tobte ich still. *Vierzig oder fünfzig Dämonen gegen zwei sind selbstmordverdächtig, aber vierzig oder EINundfünfzig gegen zwei sind eine Party!*

Michael lehnte sich zurück und musterte Ian mit herablassendem Blick, während sich die Dämonen im Raum jetzt um Ians Tisch drängten und weitere den Ausgang versperrten. Selbst die Band hatte inzwischen ihre Instrumente weggelegt, um sich der drohenden Menge anzuschließen.

Ian musterte sie und stellte sein leeres Glas ab. »An eurer Stelle würde ich nicht näher kommen, Leute.«

Michael zog die Augenbrauen nach oben. »Warum nicht?«

Ian lächelte überaus bedrohlich. »Weil euch nicht gefallen wird, was ich tue. Vielmehr erkenne ich an ihrem Geruch, dass meine Frau bereits die Nase voll hat, und wenn sie wütend ist, wollt ihr ihr nicht begegnen.«

An ihrem Geruch … Ian wusste, dass ich da war?

Michael lachte. »Du bist verheiratet? Das ist fast so lustig wie deine Drohung mit jemandem, der nicht da ist.«

»Oh, sie ist hier«, entgegnete Ian und klang jetzt amüsiert. »Es ist gefährlich, ich habe ihr gesagt, sie soll nicht kommen. Und dass sie da ist bedeutet, dass sie nichts abhalten konnte.«

Ich war noch nicht einmal beleidigt. *Du kennst mich also noch*, dachte ich mit finsterer Anerkennung.

Michaels Miene verhärtete sich. »Genug herumgeredet. Wir streichen jetzt dieses Kopfgeld ein, das auf dich …«

»Nicht, bevor ich meine zwei Säcke mit Edelsteinen habe«, schaltete sich eine weiche Stimme ein.

Ich hatte nicht gesehen, dass sich jemand teleportiert hatte, und ich hatte aufgepasst. Nein, der große Mann mit kurz geschorenen Haaren, attraktiven Gesichtszügen, dunkelbrauner Haut und einem Dreitagebart war aufgetaucht, als wären plötzlich alle Schatten im Raum zu einer Person zusammengeschmolzen. Und er strahlte eine Macht aus, die ich normalerweise nur von einem Meistervampir kannte. Als wäre das noch nicht genug, drehte sich der Dämon um und starrte geradewegs in die Ecke, in der Leah und ich schwebten.

Ich rührte mich nicht. Vielleicht kannte der Dämon nur unseren ungefähren Aufenthaltsort, weil er mich riechen konnte, so wie Ian. Aber da er mich nicht sehen konnte, konnte er nicht wirklich sicher sein, wo ich war …

»Du kannst die schlaue Tarnung fallen lassen«, sagte der Dämon und verneigte sich in unsere Richtung. »Ich werde nicht zulassen, dass dir hier jemand etwas antut.«

»Ashael?« Michael sah sich verwirrt um. »Mit wem sprichst du?«

»Der Person, die bereit ist, euch alle abzuschlachten, solltet ihr Ian noch näher kommen«, erwiderte Ashael mit seidiger Stimme.

Dieser Dämon kann erkennen, woher die Magie der Leute stammt, hatte Ian gesagt. Konnte Ashael mich deshalb »sehen«, auch wenn ich unsichtbar war? Wenn dem so war, erklärte dies auch Ians andere Bemerkung. *Wenn du mitkommst, wird er deine halbgöttliche Natur erkennen, ehe du Hallo sagen kannst.*

»Hallo«, sagte ich und fiel aus Leahs Armen. Sofort wurde

ich sichtbar. Alle Dämonen starrten mich fassungslos an, bis auf Ashael, der mich mit unergründlicher Miene musterte.

»Meine reizende Braut«, sagte Ian gedehnt. »Nett, dass du dich zu uns gesellst.«

16

»Ach, *jetzt* erinnerst du dich, dass wir verheiratet sind? Als du vorhin die Brüste der Kellnerin angestarrt hast, als wolltest du mit bloßem Auge eine Mammographie durchführen, schienst du dich nicht mehr daran zu erinnern!« Dass ich eine derart zickige Antwort gab, lag vermutlich an der etwas angespannten Lage.

Ians Lachen riss an meinen Nerven, als wäre es mit Dornen gespickt. »Eifersüchtig? Gut, das war meine Absicht. Jetzt siehst du unsere Ehe nicht mehr als ›lästige Formalität‹, oder?«

Ich würde ihn blutig prügeln und zwar so heftig, dass selbst er es nicht mehr genießen würde. Aber nicht, solange wir von Dämonen umgeben waren, von denen der gefährlichste unseren Schlagabtausch aufmerksam verfolgte.

»Wenn du sie absichtlich ärgerst, kannst du keine Ahnung haben, was sie ist«, stellte Ashael fest.

»Ich weiß genau, was sie ist«, erwiderte Ian und sah mir durchdringend in die Augen. »Aber noch wichtiger ist: Ich weiß, dass sie zu mir gehört.«

Wären wir allein, wäre diese Aussage wohl romantisch gewesen. In einem Raum voller Dämonen roch sie nach männlichem Besitzanspruch. Andererseits hatte ich ihn gerade dafür angemacht, dass er eine andere Frau nur *angesehen* hatte, darum durfte ich mich vermutlich nicht beschweren. Doch ich zog eine Augenbraue nach oben und sah ihn herausfordernd an, mein Blick sagte mehr als tausend Worte. *Ach, ja?*

Ians sinnliches Grinsen, das sofort darauf folgte, sagte: *Ja, genau.*

Dann warf er Ashael zwei Samtbeutel zu. Der Dämon prüfte ihr Gewicht, dann steckte er sie mit anerkennendem Grunzen in die Tasche. »Was auch immer du noch bist, geizig bist du nicht. Das reicht, um dir eine ganze Stunde meiner Zeit zu gewähren.«

»Nicht hier«, sagte Ian und sah sich lässig im Raum um. »Die Gastfreundschaft scheint nachgelassen zu haben.«

Ich ging auf Ian zu. Ein einziger Blick von Ashael genügte, und die Dämonen machten den Weg für mich frei. Er musste wirklich mächtig sein, wenn er sie ohne ein einziges Wort dazu brachte, ihm sofort zu gehorchen.

»Ich komme mit euch«, sagte ich herausfordernd zu Ian.

Er legte nur einen Arm um mich und streckte Ashael die andere Hand hin. »Wollen wir?«

»Ja«, sagte Ashael, ergriff Ians Hand und legte seine andere locker auf meinen Rücken.

Sobald er das tat, verschwamm alles um mich. Es wäre ein Wunder, wenn ich mich von dieser ganzen Teleportiererei nicht übergeben musste. Kurz darauf blinzelte ich, weil mir die Sonne hell in die Augen schien.

Wir befanden uns auf einem Balkon, der auf eine geschäftige Stadt hinunterblickte. Ich hatte keine Ahnung, um welche es sich handelte, bis ich den schneebedeckten Gipfel eines sehr hohen, sehr besonderen Bergs in der Ferne entdeckte. Moment … das war doch unmöglich. Doch die charakteristisch geschwungenen, oben spitz zulaufenden Dächer der meisten Gebäude der Stadt bestätigten es.

»Der Fuji«, murmelte ich erstaunt. Ashael hatte uns in Sekundenschnelle von Pennsylvania nach Japan teleportiert.

Der Balkon verfügte über eine Shoji, die offen stand. Ich schob die Tür aus Papier und Holz zur Seite. Dahinter befand sich ein traditioneller japanischer Teesalon mit niedriger Decke und ohne Möbel, zur Dekoration hing in einem Erker eine Schriftrolle mit Kalligraphie. Ashael setzte sich auf den Boden, wo die Sonnenstrahlen ihn nicht erreichten.

»Kommt«, sagte er. »Setzt euch zu mir.«

Mir fielen tausend Gründe ein, aus denen eine Teegesellschaft mit einem Dämon keine gute Idee war, aber ich zog meine Schuhe aus und stieß Ian an, damit er das Gleiche tat. Eine weitere Shoji öffnete sich, und eine reizende Asiatin mit langem schwarzem Haar brachte Schlappen herein. »Danke«, sagte Ian auf Japanisch. Nachdem wir die Schlappen angezogen hatten, setzten wir uns zu Ashael auf den Boden.

»Können wir hier frei sprechen?«, fragte Ian und wechselte ins Englische.

Ashael lächelte der Frau zu, die ein Tablett mit dampfenden Teetassen vor ihm abstellte. Das wich von dem förmlichen Teeritual ab, aber vielleicht legte Ashael keinen Wert auf Förmlichkeiten. »Ja. Mao und ihre Familie halten mir seit sieben Generationen die Treue.«

»Das sollte genügen«, sagte Ian. »Ich muss Yonah treffen.«

Ashaels Teetasse war bereits auf halbem Weg zu seinem Mund, doch nun setzte er sie wieder ab und starrte Ian an, bis meine andere Natur so heftig an den Gitterstäben rüttelte, dass sich mein Sichtfeld verdunkelte. Sie erkannte eine Todesgefahr, wenn sie eine sah.

Ian verschränkte die Finger mit meinen. Die schlichte Geste erdete mich. *Ganz ruhig,* befahl ich meiner anderen Hälfte. *Ich habe das im Griff.*

Als sich meine Sicht aufhellte, sah ich, wie Ashael mit dünnem Lächeln unsere verschränkten Hände musterte. »Es war klug von dir, sie mitzubringen. Andernfalls wärst du schon tot, weil du mir gegenüber diesen Namen auch nur ausgesprochen hast.«

»Ich weiß, du musst dich von Yonah distanzieren«, erwiderte Ian kühl. »Es darf sich nicht in der Dämonenwelt herumsprechen, dass du immer noch mit dem meist gesuchten Kerl befreundet bist.«

»Vorsichtig«, antwortete Ashael mit dieser gefährlich glatten Stimme. »Du hast schon fast das ganze Wohlwollen aufgebraucht, das du erworben hast.«

Ian beugte sich vor. »Vielleicht vertraust du mir nicht, aber du siehst, was sie ist, und weißt, dass du ihr trauen kannst. Wenn sie dich wegen Yonah verrät, würdest du sie bei den anderen Vampiren verraten.« Ein freudloses Lächeln umspielte Ians Mund. »Genau wie bei der nuklearen Abschreckung ist keiner scharf auf die gegenseitig angedrohte Vernichtung.«

Ashael lachte kurz auf. »Für jemanden, der angeblich zur Ruhe gekommen ist, bist du immer noch ganz schön kühn.«

»Ich bin verheiratet, nicht zur Ruhe gekommen«, entgegnete

Ian und hob meine Hand, um sie zu küssen. »Vielmehr erlebe ich mit ihr ganz neue Hochs.«

Meine Augen brannten. Ian mochte sich nicht mehr daran erinnern, was wir zusammen gehabt hatten, doch wenn er solche Dinge sagte … fühlte es sich genauso an. Und obwohl ich es besser wusste, hatte mir dieses Gefühl so gefehlt, dass ich mich hineinstürzen wollte, bis ich darin ertrank.

Darum betrachtete ich weiter die Teetasse, die Mao vor mir abstellte. Ashael brauchte nicht in meinen Augen zu lesen, was ich für Ian empfand. Wenn ich Glück hatte, deutete der Dämon meinen gesenkten Blick als Schüchternheit.

»Selbst wenn ich wüsste, wie man Yonah kontaktieren kann«, sagte Ashael nach einer langen Pause, »warum sollte ich das für euch riskieren?«

Als ich aufsah, bemerkte ich, dass Ian lächelte. »Weil du Dagon hasst, ihn aber nicht umbringen kannst. Dämonen werden ziemlich böse, wenn man einen der ihren umbringt, und Dagon ist zu mächtig, als dass du einen normalen Vampir oder Ghul auf ihn hetzen könntest. Sie und ich können ihn allerdings umbringen. Noch mehr wütende Dämonen machen uns keine Angst, auf uns ist bereits ein Kopfgeld ausgesetzt. Und das Beste von allem: Unsere einzige Bedingung ist ein Treffen mit Yonah.«

Jetzt begegnete ich Ashaels Blick, damit er die kalte Entschlossenheit in meinen Augen sah. »Wir werden Dagon umlegen, das verspreche ich dir.«

Ashael verzog die Lippen zu einem dünnen Lächeln. »Ich glaub dir … Ariel.«

Ich erstarrte vor Schreck. Nur zwei Personen wussten, dass

ich mit richtigem Namen Ariel hieß: Tenoch, mein lang verstorbener Sire, und Ian, bevor er das Gedächtnis verloren hatte. Jetzt hatte sich diese Zahl gerade auf drei erhöht.

17

Es erforderte meine ganze Selbstbeherrschung, meine zu einer ausdruckslosen Maske erstarrte Miene beizubehalten. »Gut geraten. Auf einem Jahrmarkt wärst du der Star. Willst du als Nächstes meine Größe und mein Gewicht schätzen? Wie wär's?«

Ashael lachte und erinnerte mich daran, dass mich nur wenig so beunruhigte wie ein Dämon, der mich amüsant fand. Gegen meinen Willen stürmten Erinnerungen auf mich ein. *Meine Haut voller Blut. Vom vielen Schreien war meine Stimme heiser. Aus meinem ausgeweideten Rumpf quollen nass und schwer meine Eingeweide, die sich wie scharlachrote Schlangen neben mir schlängelten ...*

Ich blinzelte und verdrängte die Erinnerung an die Qual und den Mord, ehe Hunderte weitere folgten. Dagon hatte seine gottesgleiche Verehrung auf meiner Fähigkeit zur Wiederauferstehung aufgebaut, indem er behauptete, *er* habe mich von den Toten zurückgeholt. Die ersten zwei Jahrzehnte meines Lebens hatte ich ihm geglaubt. Immer wieder hatte er mich getötet, um seine Macht zu vergrößern, und ich hatte ihn dafür verehrt.

Von allen Grausamkeiten, die Dagon mir angetan hatte, war das diejenige, die ich ihm am wenigsten verzeihen konnte.

»Ich weiß nicht, wie groß du bist oder wie viel du wiegst, weil dieses schmächtige Mädchen mit den blauen Augen und dem blonden Haar nicht deine wahre Erscheinung ist«, schnurrte Ashael geradezu.

Ich ließ meinen Glamourzauber fallen. Das war jetzt das geringste meiner Geheimnisse. Mein langes blau-gold gesträhntes Silberhaar ergoss sich über meinen Rücken, während mein Körper fülliger wurde und die Jeans dehnte, die ich trug. Mein Pullover war wegen der kalten Temperaturen ziemlich weit, sodass wenigstens er noch ganz bequem passte.

Ashael musterte mich derart gründlich mit seinen Blicken, dass sich Ians Geruch vor Wut intensivierte. *Gut,* dachte ich gereizt. Ich war noch nicht über die Nummer hinweg, die er mit der Kellnerin abgezogen hatte.

»Beeindruckend«, sagte der Dämon gedehnt.

»Ungeduldig«, erwiderte ich. »Haben wir jetzt eine Abmachung oder nicht?«

Ashael schickte Mao mit einer Geste fort und wartete, bis sie die mit Papier bezogene Tür hinter sich geschlossen hatte, bevor er sprach. Offenbar hatte sein Vertrauen in sie seine Grenzen. »Wenn ihr euch auf meine Bedingungen einlasst, vielleicht«, antwortete Ashael.

»Gier ist zwar eine natürliche Eigenschaft von Dämonen, aber versuch, dich zu beherrschen«, sagte Ian mild. »Dagons Tod ist alles, was du bekommst.«

Ashael zuckte die Schultern. »Ihr werdet Dagon sowieso töten, das ist also kein Anreiz für mich. Aber es gibt eine antike Reliquie, die mich interessiert. Besorg sie mir, und wir sind im Geschäft.«

Ian musterte ihn mit aller Skepsis, die ich empfand. »Beweis mir erst, dass du uns zu Yonah führen kannst.«

Ashael kippte den Inhalt seiner Teetasse auf die Platte. Dann schlitzte er sich mit dem Fingernagel das Handgelenk auf. Als die Tasse mit seinem Blut gefüllt war, schloss Ashael die Augen. Er sagte nichts, bewegte auch nicht die Hände, sondern ließ die Magie aus sich herausfließen, bis meine Haut kribbelte. Auf dem Höhepunkt öffnete Ashael die Augen.

Sein Blut stieg von der Tasse auf und bildete den Kopf eines glatzköpfigen Mannes mittleren Alters mit einer römischen Nase und tief liegenden Augen. Als der Kopf sich drehte und uns alle drei mit überraschter Miene musterte, begriff ich, dass dieses Wesen nicht bloß eine durch Magie geformte Gestalt war. Dies war eine durch Blut hergestellte Telefonkonferenz.

»Yonah«, sagte Ashael zu dem Kopf auf Aramäisch, als dieser sich wieder zu ihm umdrehte. »Ich schicke dir womöglich zwei Besucher.«

Yonah sah sich erneut nach Ian und mir um. »Sind das die zwei?«

Ashael schickte ein kaltes Grinsen in unsere Richtung. »Wenn sie meinen Test bestehen.«

Ian schob sich direkt vor den Kopf. »Wenn du der wahre Yonah bist«, sagte er ebenfalls auf Aramäisch, »nenne mir den Namen des rothaarigen, von einem Dämon gezeichneten Kerls, der dir vor ein paar Jahren begegnet ist und dich um Asyl gebeten hat.«

»Nathaniel«, erwiderte Yonah sofort.

Ian nickte, als sei er zufrieden. »Erzähl mir von dieser Reliquie«, sagte er zu Ashael.

Der aus Blut geformte Kopf verflüssigte sich wieder und platschte auf die Platte zurück. Das erinnerte mich daran, dass ich Hunger hatte, doch Dämonenblut wollte ich nicht trinken. Abgesehen von meiner Abneigung gegen diese Spezies, wirkte Dämonenblut auf Vampire wie ein Rauschmittel.

»Es handelt sich um ein altes Horn«, erwiderte Ashael. »Natürlich wird es bewacht. Und zwar von Vampiren. Für dich sollte es kein Problem sein, an ihnen vorbeizukommen. Darum wirst du allein gehen, Ian.«

»Auf gar keinen Fall«, widersprach ich sofort.

Ashael seufzte. »Ariel …«

»Veritas«, korrigierte ich ihn scharf. »Ich weiß nicht, wo du den anderen Namen gehört hast, aber ich reagiere nicht auf ihn.«

Ashael neigte den Kopf. »Also, Veritas. Dir mag diese Bedingung nicht gefallen, aber sie ist nicht verhandelbar. Außerdem sollte Ian gestärkt durch Dagons Kraft keine Probleme haben, ein halbes Dutzend Vampirwachen zu überwältigen.«

Ian verzog keine Miene, doch er hielt noch immer meine Hand, sodass ich spürte, wie seine Temperatur eine Stufe anstieg. »Du siehst das, stimmt's?«, fragte er sorglos. »Ich wusste nicht, dass du auch die Fähigkeit besitzt, ein Dämonenzeichen zu erkennen.«

Ashael lächelte. »Du bist nicht mehr von Dagon gezeichnet, aber irgendwie bist du auf anderem Weg an seine Kraft gekommen.«

Ians Temperatur stieg erneut. Etwas, das bei einem normalen Vampir nicht möglich wäre, aber wie Ashael gerade bestätigt hatte, wusste er, dass Ian nicht normal war. Doch was noch bedeutsamer war, Ashael hatte gerade bestätigt, dass die Kraft eines Dämons genauso einzigartig war, wie wir gehofft hatten. Jetzt brauchten wir Yonah wirklich, um diesen Findezauber anzuwenden.

»Warum willst du, dass Veritas hierbleibt?«, fragte Ian, als wäre nichts Ungewöhnliches geschehen.

Ashaels Lächeln verschwand. »Ich traue dir nicht. Nach allem, was ich über Veritas weiß, hat sie allen Grund, mich nicht zu betrügen. Bei dir erwarte ich, dass du das Horn behältst, Yonahs Aufenthaltsort an den Meistbietenden verkaufst und sie den Preis dafür bezahlen lässt.«

Ich stieß ein herablassendes Lachen aus, und Ian blaffte: »Das wird nicht passieren.«

»Beweis es«, bekundete Ashael. »Stiehl ein Artefakt von unschätzbarem Wert und gib es mir, anstatt es für dich zu behalten. Dann weiß ich, dass sie dir wichtiger ist, als deine umfangreiche Raritätensammlung um einen weiteren Schatz zu bereichern.«

»Einverstanden«, erwiderte Ian und ließ meine Hand los.

Ich murmelte einen Fluch auf Sumerisch, dann nahm ich Ashaels Tasse und leerte das restliche Blut des Dämons in einem Schluck.

Ian warf mir einen erstaunten Blick zu. »Was machst du da?«

»Ich betrinke mich«, antwortete ich scharf. »Nüchtern ertrage ich es nicht länger, wie scharf du darauf bist, getötet zu werden.«

Er schnaubte. »Ein paar Vampirwächter werden mich wohl kaum umbringen …«

»Wenn es so einfach wäre, hätte Ashael es selbst getan«, unterbrach ich ihn. Dieses verfluchte Dämonenblut hätte mich umhauen müssen wie eine ganze Flasche Tequila. Stattdessen fühlte es sich nur wie ein paar Gläschen an. »Er lügt, was die Gefahr angeht, und das weißt du.«

»Natürlich«, sagte Ian entnervt. »Aber ich komme trotzdem klar.«

Wahrscheinlich stimmte das. Ich war diejenige, die es nicht aushielt, und ich wusste nicht, wie ich meine ständige irrationale Angst loswerden sollte. Es war schrecklich, in Bezug auf Ian derart durchzudrehen! Wenn ich mir die Gefühle herausreißen und sie umbringen könnte, würde ich es tun.

»Ist das die Stelle, an der du mir sagst, ich solle hierbleiben, nur weil du willst, dass ich dir folge?«, fragte ich in harschem Ton. Besser, ich war wütend auf ihn, als diese grenzwertige Panik in mir zu fühlen.

»Wenn ich dir gesagt hätte, dass Ashael deine wahre Natur kennen muss, bevor er uns zu Yonah führt, hättest du sie ihm gezeigt, ob du wolltest oder nicht«, erwiderte Ian, ohne vor meiner Wut zurückzuschrecken. »Indem ich dir sagte, dass Ashael deine Natur sofort erkennen würde, und dich zugleich aufgefordert habe, *nicht* mitzukommen, habe ich es dir überlassen, ob du dich ihm zeigst oder nicht.«

Ich war hin- und hergerissen. Erst wollte ich Ian ohrfeigen, dann wollte ich ihn küssen, bis keiner von uns mehr denken konnte. Er hatte mich schamlos manipuliert, aber er hatte es getan, um mich zu schützen. Wie konnte ausgerechnet ich das nicht verstehen?

»Sie ist eine echte Schlampe«, murmelte ich.

Ian musterte mich skeptisch. »Wer?«

»Das Schicksal. Es muss eine Frau sein. Nichts ist so gemein, geduldig oder wirkungsvoll.«

Ein Lächeln umspielte Ians Mund. »Wie betrunken bist du, Süße?«

»Nicht annähernd betrunken genug«, antwortete ich finster. »Aber wenn du das allein durchziehst, muss ich dir etwas geben. Vertraulich.«

Ashael stand auf. »Ich lasse euch einen Moment allein…«

»Nicht diese Art von vertraulich«, unterbrach ich ihn, ohne Ian aus den Augen zu lassen. »Bring mich irgendwohin, wo uns niemand sehen oder belauschen kann.«

Ian zog mich in seine Arme und sagte zu Ashael: »Bin gleich zurück. Geh nicht weg.«

Dann teleportierte er uns.

18

Ich hatte den Fuji schon oft gesehen, aber ich war noch nie auf seinem Gipfel gewesen. Der Schnee reichte mir bis zu den Knien, die weißen Wolken verwandelten den Horizont in eine endlose Weite, und die Kälte zerschmetterte mich wie ein Zug jemanden, der an die Gleise gefesselt war. Dennoch, dies erfüllte meine Anforderungen mehr als genug. Hier war *niemand* in unserer Nähe.

Ian stellte sich mit dem Rücken in den eisigen Wind und zog mich fester an sich, sodass sein Körper einen Großteil der kalten Luft abfing. Ich lehnte mich an ihn und spürte sein Kinn auf meinem Kopf. Ich rechnete mit der Frage, warum ich ihn gebeten hatte, uns herzubringen, doch sie kam nicht. Er hielt mich nur, bis Tränen in meinen Augen brannten, was ich nicht auf den eisigen Wind schieben konnte, weil er mich von ihm abschirmte.

Es gab viele Gründe, warum ich nicht so für Ian empfinden sollte, wie ich es tat. Es war zu früh, ich war zu alt für ihn, der Zeitpunkt könnte nicht schlechter sein. Er hatte über die Hälfte seines Gedächtnisses verloren, ich meine Unsterblichkeit. Dagon war entschlossen, uns beide zu töten … doch all das verschwand, als er sich vorbeugte und seine Lippen auf meine legte.

Ich spürte keine Kälte mehr, keinen Wind und keinen Schnee. Alles, was ich fühlte, war, wie fest er mich hielt, wie seine Kraft auf meiner Haut kribbelte, und wie er mich mit zarter Schonungslosigkeit küsste, als ob er meine Unruhe spürte und sie in pures Verlangen verwandeln wollte.

Er hätte Erfolg gehabt. Unsere eisige Umgebung hätte mich nicht abgehalten. Auch nicht mein früherer Entschluss, ihn emotional auf Armlänge von mir fortzuhalten – darin hatte ich bereits versagt. Doch es gab eine Sache, die sogar stärker als meine Sehnsucht nach ihm war.

»Hör auf«, murmelte ich und entzog ihm mein Gesicht. »Ich habe dir gesagt, ich müsste dir etwas Wichtiges zeigen.«

Der Wind trug sein Stöhnen fort. »Was? Wie ich bedauernswerterweise an dicken Eiern sterbe?«

Ich unterdrückte ein Schnauben. »Sexuell enthaltsam zu sein, wird dich nicht umbringen, aber ich traue Ashael zu, dass er dich in eine Falle lockt. Ja, du weißt dir zu helfen, aber ich bin unglaublich paranoid, also beruhige mich. Außerdem könnte dich im falschen Moment eine neue Erinnerung überkommen.«

Er zuckte die Schultern. »Dann lass mich von deiner Geisterfreundin beschatten, wenn es dich beruhigt. Soweit ich weiß, ist sie jetzt da.«

»Leah?«, rief ich und seufzte, als keine Antwort erfolgte. »Wahrscheinlich konnte sie nicht mithalten, als Ashael uns teleportiert hat. Etwas an Dämonen bringt Geister durcheinander, aber das ist ein anderes Thema. Wenn das Besorgen dieser Reliquie eine Falle *ist,* will ich dir zeigen, wie du mich herbeirufen kannst.«

Er starrte mich an, bis ich mich nicht nur vor Kälte und wegen des kräftigen Windes wand. »Willst du sagen, was ich denke, was du sagen willst?«

Ich zuckte die Schultern, als würde ich ihm nicht gerade mein gefährlichstes Geheimnis offenbaren. »Was auch immer meine andere Natur ist, man kann sie genauso heraufbeschwören wie Dämonen. Zum Glück ist das Ritual nicht ganz so komplex und gefährlich, wie meinen Vater zu rufen. Das ist tödlich, aber um mich zu holen, brauchst du nur mein Blut, meinen wahren Namen und diese Symbole.«

Ich stach mir mit einem Reißzahn in die Fingerspitze, dann zeichnete ich mit meinem Blut die Symbole in Ians Handfläche. Die Kälte ließ sie sofort gefrieren, und Ian prägte sich jeden Bogen genau ein. Als ich fertig war, veränderte ich verlegen meine Haltung.

»Du kannst mit dem Handy ein Bild machen, wenn du willst.«

»Nicht nötig.« Seine Stimme klang brüchig. »Ich habe sie mir eingeprägt.«

Jetzt wussten wir beide, dass ich nicht mehr vor ihm weglaufen konnte. Wenn er mich rief, würde ich an seine Seite eilen, egal wo auf der Welt ich gerade war. Doch ich hatte auch vorher nicht entkommen können. Nicht lange. Was mich zu ihm hinzog, war stärker als jedes Ritual.

Ich war nicht bereit, das laut auszusprechen, darum riss ich mir mit einem Reißzahn die Handfläche auf, umgab das herabtropfende Blut mit Eis und formte es zu einem kleinen Zylinder, den ich mit Magie bedeckte. Jetzt würde der mit Blut gefüllte Eiszylinder Wochen anstatt Minuten brauchen, bis er geschmolzen war. Ich reichte ihn Ian, mied dabei jedoch weiter seinen Blick.

»Nimm das mit.«

Er küsste mich leidenschaftlich. Als ich trotz der heftigen Kälte innerlich brannte, ließ er mich los.

»Wenn ich mit dieser Reliquie zurück bin«, sagte er mit angespannter Stimme, »*gehst* du mit mir ins Bett.«

Bis jetzt hatte ich ihn nicht ansehen können. Jetzt konnte ich nicht anders. »Warum? Wir haben doch bis jetzt noch nie ein Bett gebraucht.«

Der Laut, den er von sich gab, war zu rau, um ein Stöhnen zu sein. »Dann wird es höchste Zeit, dass wir eins zertrümmern.«

19

Als wir zurückkehrten, lieh sich Ian Waffen von Ashael. Während Ian die tödlichen Instrumente auswählte, erklärte Ashael ihm, dass sich das Horn in einem Bauwerk unter Wasser jenseits der westlichsten japanischen Insel Yonaguni befinde. Da Ians Teleportierfähigkeit nicht ausreichte, um von unserem jetzigen Aufenthaltsort dorthin zu gelangen, teleportierte Ashael uns in eine Wohnung in Taipeh und brachte Ian so in Reichweite der Ruinen.

Sobald wir dort waren, gab mir Ian einen kurzen, festen Kuss, dann teleportierte er sich, ohne noch ein Wort zu sagen. Normalerweise war ich diejenige, die die Verantwortung übernahm, darum hatte ich immer angenommen, es wäre leichter zurückzubleiben. Falsch. Ich spürte jedes Ticken der Uhr, als würde eine feindliche Klinge meine empfindlichsten Stellen durchbohren.

Um mich abzulenken, schaute ich auf die Stadt hinaus. Ashaels Wohnung bot eine tolle Aussicht auf die vielen Hochhäuser von Taipeh. Hier und dort lugte Grün aus der urbanen Landschaft, aber größere Naturanlagen wie Gärten oder Parks waren rar.

Ich bezweifelte, dass ich jemals meine Abneigung gegen Hochhäuser überwinden würde. Sie kamen mir immer noch … falsch vor. Wahrscheinlich, weil Gebäude den Großteil meines Lebens nicht höher als die Tempeltürme im alten Mesopotamien gewesen waren, als ich noch ein Mensch gewesen war.

Ich hörte auf, über andere Veränderungen zu lamentieren, die die Industrialisierung mit sich gebracht hat, tat jedoch weiter so, als interessiere ich mich für die Stadt. So hatte ich eine Ausrede, in der Sonne zu bleiben. Ashael saß auf einem Sofa in der dunkelsten Ecke der Wohnung, die mit Marmor, glattem Metall und Schmiedeeisen ausgestattet war. Das Einzige, was an frühere lebende Organismen erinnerte, waren die Seidenkissen und -bezüge auf den silbergrauen Sofas.

»Warum sollte eine Gruppe Vampire eine Reliquie unter Wasser in einer Ruine verstecken?«, fragte ich, als ich es nicht länger ertrug, die Minuten seit Ians Verschwinden zu zählen.

»Erstens, sie ist dämonensicher«, antwortete Ashael schmunzelnd. »Wir können uns nicht durch große Mengen Salzwasser teleportieren. Wusstest du das?«

Das wusste ich nicht, aber ich würde es mir ganz sicher merken. »Und aus welchem Grund noch?«

Ein Schulterzucken. »Sie war Tausende von Jahren von der Geschichte vergessen. Taucher haben die Ruine vor einigen Jahren zufällig entdeckt, aber die Menschen konnten sich nicht einigen, ob es sich um eine erbaute oder eine natürliche Formation handelt, darum hat man sie nicht ausgegraben. Sie ist ziemlich abgelegen, außerdem halten starke Strömungen und Haie Menschen weitestgehend fern.«

Kein Wunder, dass eine Gruppe Vampire die Ruine zur Schatzkammer umfunktioniert hatte. Jetzt war auch verständlich, warum Ashael so scharf darauf war, dass Ian die Reliquie barg. Jeder andere Vampir hätte sich durch den dicken Stein arbeiten müssen und die Aufmerksamkeit der Wachen erregt. Ian konnte sich hineinteleportieren, das Horn nehmen und sich wieder hinausteleportieren. Ein schneller Einbruch, wenn Ashael die Wahrheit sagte.

Doch darauf vertraute ich noch immer nicht. Nennt mich überspannt, aber das letzte Mal, als ich einem Dämon vertraut hatte, wurde ich zwei Jahrzehnte lang rituell ermordet.

»Willst du was trinken?«, fragte Ashael und schenkte sich ein Glas Triple Malt Balvenie Scotch ein.

»Nein, danke.«

In Ashaels Hand erschien ein Silbermesser. Ich spannte den Körper an, doch er presste nur die Spitze gegen sein Handgelenk. »Etwas Stärkeres?«

Ich musterte ihn gleichgültig. »Nein.«

Ashael lehnte sich zurück und spielte mit dem Messergriff. »Weißt du, du machst dir umsonst Sorgen um Ian.«

Seinem Tonfall war anzuhören, dass er sich nicht auf Ians Kampfgeschick bezog. Ich stieß ein kurzes Lachen aus. »Dann wärst du nicht überrascht, wenn er plötzlich mit dieser Reliquie auftauchte? Wenn du noch keinen Platz für sie ausgesucht hast, würde ich vorschlagen, dass du sie dir in den Hintern schiebst.«

Anstatt beleidigt zu sein, lachte Ashael. Dann erstarb das Lachen, und er warf mir einen hämischen Blick zu. »Ich habe schon viele Frauen und Männer gesehen, die von Ian bezaubert waren. Alle haben geglaubt, sie wären etwas Besonderes für ihn.

Dafür besitzt er ein Talent. Er muss noch nicht einmal lügen. Sie folgern einfach aus allem, was er *nicht* sagt, das, was sie hören wollen.«

»Sprichst du aus Erfahrung?« Ashael war umwerfend, gefährlich und mächtig – eine Kombination, die Ian verführerisch fand.

Ashael lachte gutmütig. »Nein. Meine Beziehung zu Ian war rein geschäftlicher Natur. Er ist zu schlau, um beides miteinander zu vermischen. Du hättest es auch beim Geschäftlichen mit ihm belassen sollen.«

Warum fühlten sich Männer immer berufen, das Sexleben einer Frau zu kommentieren? »Du musst mich mit jemandem verwechseln, der sich für deine Meinung interessiert.«

Die roten Lichter in Ashaels dunkelbraunen Augen begannen zu leuchten. »Es mag dich nicht interessieren, aber Ian macht dich leichtsinnig. Und du hast viel zu viele Geheimnisse, um dir das leisten zu können, wenn du überleben willst.«

Seit mein Sire Tenoch nicht mehr lebte, hatte mir niemand eine solche Standpauke gehalten. »Noch mal, was geht dich das an?«

Er lächelte nur. »Weißt du, was der eigentliche Fluch an einem langen Leben ist? Langeweile. Die Monotonie macht einen mürbe, stimmt's? Wenn man Glück hat, findet man alle paar Tausend Jahre etwas, das einen interessiert. Wenn das zufällig verboten ist, nun ja, umso aufregender.«

Meinte er, dass Ian das für mich war? Eine Flucht aus der Langeweile? Wenn es mir wichtig gewesen wäre, hätte ich seine falsche Annahme korrigiert, aber sie war mir gleichgültig, darum lachte ich nur. »Wie die Kids sagen, *egal*.«

»Ich habe nicht von dir gesprochen.« Ashaels Ton verschärfte sich. »Sondern von deinem Vater.«

Jetzt hatte er meine Aufmerksamkeit. »Was ist mit meinem Vater?«

Er lächelte; er wusste, dass er einen Treffer gelandet hatte. »Hast du dich nie gefragt, warum sich die Verkörperung des Flusses zwischen Leben und Tod wie ein einfacher Pförtner verhält und die Rolle des Wächters ins Jenseits einnimmt? Oder hast du wirklich geglaubt, dass deine Mutter die Erste war, die ihn gereizt hat, verbotene Gefilde zu betreten?«

Die Verkörperung des Flusses zwischen Leben und Tod …

War mein Vater das? Alte Sumerer hatten ihn als Enki verehrt, den Gott des Wassers. Ägypter als Aken, den Wächter des Bootes, das die Seelen der Toten in die Unterwelt brachte. Griechen hatten ihn Charon genannt, den Bootsmann am Fluss Styx, und jedes Mal, wenn ich meinen Vater gesehen hatte, hatte er ein Boot auf einem Fluss aus purer Dunkelheit gesteuert.

Aber wenn das mein Vater war, was war ich dann? Das übernatürliche Pendant eines Nebenflüsschens ins Jenseits?

Ich maß Ashael mit meinen Blicken. »Woher weißt du so viel über meinen Vater?«

Ashael zog das Messer über sein Handgelenk und füllte das leere Glas, das ich ignoriert hatte, mit seinem Blut. Als es voll war, füllte er noch ein weiteres Kristallglas. Und noch eins.

»Ich habe doch gesagt, dass ich das nicht trinke.«

»Ich dachte, du wolltest nach Ian sehen«, erwiderte er. »Er hat keine Körperkamera dabei, das hier ist das Zweitbeste.«

Mit diesen Worten flammte Ashaels Kraft auf, und sein Blut erhob sich in die Luft. Es dehnte sich aus, bis es den halben Raum füllte, dann bildete es ein blutgetränktes Bild von Ian, der einen schmalen Flur hinunterging. Von den Bewegungen her schien sich Ian nicht unter Wasser zu befinden, dieser Teil des Monolithen musste trocken sein. Anders als bei Yonah schien Ian nicht zu merken, dass wir ihn beobachteten. Mit jedem Schritt veränderte sich das Blut und zeigte ein aktuelles Bild von Ian und seiner direkten Umgebung. Es war atemberaubend – und erschreckend.

Auf diese Weise konnte Ashael jeden ausspionieren. Oder hatte das, was er beobachten konnte, Grenzen? Wie dem auch sei, es erklärte, woher Ashael den Ort der Reliquie kannte und wie viele Vampire sie bewachten.

Plötzlich bildeten sich zwei blutbedeckte Gestalten und stürzten sich auf Ian. »Hä? Noch mehr von euch?«, sagte Ian gereizt, dann wandte er einen taktilen Zauber an. Seine Angreifer wurden zurückgeschleudert und krachten zuckend auf den Boden, als erlitten sie einen heftigen Stromschlag.

Ian stieg über sie hinweg und blieb stehen, um einen von ihnen zu treten, der schwach nach seinem Knöchel griff, dann ging er weiter.

»Er hat sie nicht getötet.« Ashael klang überrascht.

»Warum sollte er?«, fragte ich, ohne wegzusehen.

»Sie haben ihn angegriffen«, führte Ashael aus, als hätte ich das nicht bemerkt.

Musste ich das wirklich erklären? Natürlich, denn Dämonen war das Konzept der Gnade fremd. »Sie verteidigen ihre Schatzkammer. Das nimmt Ian nicht persönlich. Er würde niemanden umbringen, der ihm nichts Böses getan hat, wenn er denjenigen auf andere Weise besiegen kann.«

Wieder bewegten sich Ians Finger und formten einen weiteren taktilen Zauber. Als er um eine Ecke bog, stürzte sich ein anderes Wächterduo auf ihn. Diesmal schlug er sie bewusstlos, bevor sie ihn überhaupt berührten, und hüpfte pfeifend über sie hinweg.

Ich hatte mir umsonst Sorgen gemacht. Ian wurde nicht von einer neuen Erinnerung behindert oder von unerwartet mächtigen Gegnern überwältigt. Bislang hatte er noch nicht einmal die geliehenen Waffen gezückt.

Er überwand fünf weitere Wachen mit Magie, bevor er die heilige Kammer betrat. Ich war auf vielen Altären hingerichtet worden und erkannte einen, wenn ich ihn sah. Dieser befand sich auf einem erhabenen Podium aus Stein, auf dem eine mumifizierte Leiche lag. Ein schwarzes Horn, lang wie ein Säbel, ruhte auf den Überresten. Die Spitze war scharf, der Griff so breit wie mein Unterarm. Das doppelt geschwungene Horn in der Mitte stammte vermutlich von einem Kudu-Bullen. In antiken Kulturen hatte man sie oft als Waffen benutzt.

Ein Quartett weiterer Wachen sprang hinter dem Altar hervor. Sie umzingelten Ian mit der Präzision erfahrener Soldaten. Ian hob die Hand und schwang die Finger, um einen weiteren Zauber anzuwenden, doch sie mussten ahnen, was er vorhatte, denn sie lösten ihre Formation auf, um sich auf ihn zu stürzen.

Ian schleuderte ihnen den Zauber entgegen, dann hielt er inne und schaltete nur drei der vier Wachen aus. Den vierten Mann starrte er mit noch immer erhobener Hand an.

»Timothy?«, fragte er ungläubig.

Alles, was ich sah, war eine muskulöse männliche Gestalt, die ganz und gar mit Ashaels Blut bedeckt war, doch als er sprach, klang es beeindruckend. Und britisch.

»Ian? Bist du das, Kumpel?«

»Die bessere Frage lautet«, sagte Ian und klang jetzt wütend, »warum du mich und den Rest deiner Freunde im Glauben gelassen hast, du wärst tot!«

20

Plötzlich lösten sich Ians und Timothys Gestalten auf, und das Blut, aus dem Ashael sie geformt hatte, fiel platschend auf den Boden der Wohnung.

»Halt!«, rief ich aus.

Ashael winkte beiläufig ab. »Ich werde mich nicht schwächen, indem ich das noch länger aufrechterhalte. Außerdem, wenn das Ians Freund ist, ist er nicht in Gefahr. Allerdings, wenn er Ian sagt, was sie bewachen, wirst du ihn *wirklich* nie mehr wiedersehen.«

»Irritiert nur mich deine Art der Masturbation?«, schnappte ich. »Oder bist du für alle so ein Mistkerl?«

Ashael schenkte mir ein freundliches Lächeln. »Ich bin nett. Wozu ich als Mistkerl fähig bin, willst du gar nicht wissen.«

»Gleichfalls«, sagte ich und benutzte eine von Ians Lieblingsformulierungen.

»Oh, ich weiß, wozu du fähig bist«, sagte Ashael mit seidiger Stimme. »Ich habe es beide Male gespürt, als du deine ganze Kraft freigesetzt hast.«

Was? »Wie kannst du meine andere Natur spüren, geschweige denn, wie oft ich ihr die Kontrolle überlassen habe?«

Ashaels Lächeln wurde breiter. »Hast du es nicht erraten?«

Was erraten? Ashael wusste, wer mein Vater war, und er kannte meinen richtigen Namen. Ersteres konnte er von Dagon erfahren haben, aber ich hatte keine Ahnung, woher er Letzteres wusste. Er konnte auch den Ursprung der Magie einer Person sehen. Ich kannte keinen Dämon, der das konnte, aber was sagte mir das? Verflucht, wenn ich es nur wüsste.

Er konnte spüren, wenn ich die Kraft meiner anderen Natur nutzte. Seltsamerweise konnte ich seine Kraft aber ebenso spüren, in dieser Hinsicht waren wir also gleich. Sein Blut zu trinken, hatte mich nicht so berauscht, wie es eigentlich hätte der Fall sein müssen. Was konnte der Grund dafür sein?

Vielleicht war er ein Mischling. Wenn er ein Vampir-Dämon war, würde das seine kraftvolle Aura erklären und die weniger berauschende Wirkung seines Bluts. Es erklärte jedoch nicht, warum Ashael Blut noch geschickter manipulieren konnte als ich Wasser. Das war keine Vampireigenschaft. Meine Verbundenheit zum Wasser war meiner anderen Natur geschuldet …

Plötzlich kroch es mir eiskalt den Rücken hinauf.

Hast du dich nie gefragt, warum sich die Verkörperung des Flusses zwischen Leben und Tod wie ein einfacher Pförtner verhält und die Rolle des Wächters ins Jenseits einnimmt? Oder hast du wirklich geglaubt, dass deine Mutter die Erste war, die ihn gereizt hat, verbotene Gefilde zu betreten?

Nein. Nein. Das konnte nicht sein. Oder doch?

Ich beugte mich hinunter und tauchte einen Finger in die vielen roten Spritzer, die den Boden bedeckten. Als ich Ashaels Blut probierte, konzentrierte ich mich diesmal nicht darauf, dass die Wirkung weniger berauschend war als erwartet. Das ignorierte ich ebenso wie den widerlichen Dämonengeschmack und suchte nach etwas anderem. Etwas Vertrautem.

Als ich es fand, schloss ich in einer Mischung aus Verzweiflung und Überraschung die Augen. Ich hatte immer gehofft, dass es irgendwo dort draußen noch jemanden wie mich gab. Jetzt wusste ich, dass es ihn gab und dass er ein Dämon war.

Oder, genauer gesagt, ein halber Dämon.

»Bruder«, sagte ich und öffnete die Augen.

Ashael grinste schief. »Kleine Schwester.«

Ich sagte nichts. Oh, ich hatte eine Million Fragen, aber wer wusste, ob er sie beantworten würde … vor allem ehrlich? Dämonen waren nicht vertrauenswürdig. Und wieder verpasste mir das Schicksal einen Tritt in den Hintern. Von allen Arten musste ich ausgerechnet mit *dieser* verwandt sein! Es bewies, dass es sinnlos war, voreingenommen zu sein. Wenn man auf eine Spezies runterschaute, konnte sie irgendwann zur eigenen Verwandtschaft gehören.

»Seit wann wusstest du es?«, fragte ich schließlich. »Seit du mich heute in der Mine gesehen hast? Oder wusstest du wie unser lieber alter Vater mein ganzes Leben lang schon von mir und hast mich einfach ignoriert?«

Er neigte den Kopf. »Als Dagon mir Geschichten von einem Halbling mit silbernen Augen erzählt hat, der den stärksten Soldaten das Blut entzieht, habe ich mich natürlich gewundert. Aber ich wusste es erst sicher, als ich dich vorhin gesehen habe.«

»Ich habe ihnen nicht das Blut, sondern das Wasser entzogen«, korrigierte ich.

Er knurrte. »Blut besteht zu über neunzig Prozent aus Wasser, also hast du ihnen beides entzogen.«

Schon richtig. Ich suchte in seinem Gesicht nach Ähnlichkeiten. Er hatte nicht mein gold-blau gesträhntes silbriges Haar, doch seine pechschwarzen Locken konnten gefärbt sein. Seine Haut war dunkelbraun, wohingegen meine einen goldenen Bronzeton hatte, und seine Augen waren walnussfarben, während meine silbern waren. Doch er besaß die bemerkenswerte Schönheit unseres Vaters, und anders als ich verbarg Ashael sie nicht mit einem Glamourzauber. Nein, Ashael stellte sein Aussehen ebenso offen zur Schau wie Ian seins.

Männer. Sie hatten viele Vorzüge, Zurückhaltung gehörte selten dazu.

»Zeig mir deine wahren Augen«, sagte ich. Alles deutete darauf hin, dass er mein Bruder war, aber ich wollte einen Beweis.

»Misstrauisch«, sagte Ashael mit deutlicher Anerkennung in der Stimme. »Gut zu wissen, dass du zumindest bei *manchen* Männern vorsichtig bist.«

Eine weitere Spitze gegen Ian. Ich wollte ihm gerade sagen, wohin er sich seine Bemerkung schieben konnte, als sich das rote Leuchten in seinen Augen in stechendes Silber verwandelte. Hinter ihm wallte Dunkelheit auf und verdeckte die Einrichtung der Wohnung mit einem Nebel aus unergründlichem Obsidian – genau so hatte Ian meine Transformation beschrieben. Ich hatte es noch nie gesehen, weil ich schließlich nicht vor einem Spiegel stehen blieb, wenn es passierte. Aber es bewies, dass Ashael war, wer – und *was* – er zu sein behauptete.

Dann verschwand der Silberglanz, und seine Augen nahmen wieder ihre natürliche Farbe an, während der überirdische Nebel sich auflöste, und zwar ganz ohne den schizophrenen Kampf, den ich zunächst hätte wagen müssen.

»Wie kannst du diese Hälfte von dir so kampflos wegsperren?«

Seine Brauen gingen nach oben. »Du hast deine andere Natur weggesperrt?« Als ich nickte, lachte Ashael. »Kein Wunder, dass ich es beide Male gespürt habe, als du deine vollen Kräfte genutzt hast! Sie müssen ja geradezu explosionsartig aus dem Käfig ausgebrochen sein, in dem du sie eingeschlossen hast.«

Ich öffnete den Mund, um etwas zu erwidern, doch da teleportierte sich Ian dorthin, wo ich stand, und warf mich um. Schließlich war ich nicht darauf vorbereitet gewesen, dass ein stattlicher Mann plötzlich denselben Platz beanspruchte. Er fing mich mit dem rechten Arm auf, den linken streckte er weit von sich.

»Hier ist dein verfluchtes Horn«, blaffte Ian Ashael an.

Sein Kopf und seine Kleidung waren blutig, das Hemd war von den Schultern bis zum Handgelenk aufgerissen, und das ehemals steife Horn hatte sich mehrfach um Ians linken Unterarm gewickelt. Wie? Ein Kudu-Horn ließ sich nicht verbiegen!

Ashael starrte auf die Reliquie, als könnte auch er nicht glauben, was er sah. Dann lachte er hart und kratzend.

»Ich kann nichts Lustiges sehen«, sagte Ian kühl.

»Ich schon!«, entgegnete Ashael noch immer feixend. »Und der Scherz geht auf meine Kosten. Das Horn hat offenbar ähnliche Gefühle wie Veritas für dich.«

»Ich habe nichts damit zu tun«, protestierte ich.

»Du und das Horn, ihr beide haltet Ian für etwas Besonderes.« Ashael hörte auf zu lachen und warf Ian einen strengen Blick zu. »Ich bin zwar anderer Meinung, aber Magie, die so alt wie die des Horns ist, sucht sich aus, wem sie ihre Macht überlässt. Nur wer sehr seltene, große Kräfte und das Potenzial für mehr besitzt, zieht diese Art von Magie an.«

Sucht sich aus, wem sie ihre Macht überlässt ... Von solchen Gegenständen hatte ich schon gehört, aber noch nie einen gesehen. »Willst du sagen, dass dieses Horn *erschaffen* wurde?«

Ian sah mich an, als hätte ich vor Kurzem einen heftigen Schlag auf den Kopf erlitten. »Es ist ein Widderhorn. Das hat ein verdammter Widder gemacht.«

»Das meint sie nicht.« Ashaels Blick hielt meinen fest und bestätigte meinen Verdacht. Dann wandte er sich an Ian. »Die meisten Waffen sind von Menschen erschaffen worden, aber einige wenige wurden von Göttern gemacht. Du hast schon von so bekannten wie Thors Hammer, Arthurs Schwert, Poseidons Dreizack und Apollos Bogen gehört, aber es gibt weniger bekannte wie den Dolch von Hang Tuah, die Keule von Ninurta, Huitzilopochtlis Lichtstrahl ... und Kains Horn.«

Ian stöhnte. »Erzähl mir nicht, dass du auch glaubst, diese vertrocknete Leiche wäre Kain. Ich fasse es nicht, wie Timothy sich hat blenden lassen und sich diesem verrückten Kult um Kain angeschlossen hat. Andererseits war er immer ein Träumer ...«

»Das Skelett auf dem Altar ist Kain?«, unterbrach ich ihn überrascht.

»Das behauptet jedenfalls mein Freund«, antwortete Ian voller Hohn in der Stimme. »Doch selbst wenn das der sagenumwobene erste Vampir ist, der dazu verdammt war, für immer Blut zu trinken, weil er seinen Bruder Abel umgebracht hat, ist er jetzt so tot wie meine Jungfräulichkeit. Trotzdem, Timothy wollte ihn auch nicht verlassen, nachdem ich das hier hatte«, er schüttelte den Arm, um den das Horn gewickelt war, »und *das* ist offenbar wertvoll.«

Ashael hob eine Braue. »Seine Anhänger glauben, dass Kain

wiederauferstehen wird, wenn er die richtige Mischung an Blut erhält. Ich habe gesehen, wie Vampirskelette wieder auferstanden sind, darum ist das vermutlich möglich.«

Ich schwieg. Ashael brauchte nicht zu wissen, dass Ian zu jenen seltenen Vampiren gehörte, die sich in Skelette verwandeln und dann wiederauferstehen konnten. Er wusste schon zu viel, Bruder hin oder her.

Ian bekam schmale Augen. »Wie meinst du das, die richtige Mischung an Blut?«

Ein Schulterzucken. »Seine Anhänger haben viele Varianten ausprobiert. Das Blut einer Jungfrau, eines Getöteten, Blut von Verdammten, Vampirblut, Blut von einem Ghul, von einem Dämon, von einem Halbgott – das habe ich ihnen verkauft – und unzählige Kombinationen aus allem. Nichts hat funktioniert. Einige glauben, dass nur das Blut von einem Abkömmling von drei Spezies ihn wiederauferstehen lässt, da Kain auch den ersten Ghul erschaffen hat.«

Ich erstarrte, dann zwang ich mich zu entspannen. Gut, dass Ashael nicht in meine Richtung gesehen hatte. Ian hatte noch nicht mal mit einem Muskel gezuckt, obwohl er das Gleiche wie ich gedacht haben musste.

»Ein Abkömmling von drei Spezies?« Ians Stimme klang glatter als Wasser. »Du meinst, zu gleichen Teilen Mensch, Vampir und Ghul wie das kleine Mädchen, das der Vampirrat kürzlich hingerichtet hat?«

Ashael musterte uns mit wissendem Blick. »Sie waren schnell dabei, nicht? Fast als ob jemand im Rat das Gerücht kannte, dass Kain durch das Blut von diesem Kind wiederauferstehen könnte.«

»Warum sollte der Rat nicht wollen, dass ein Vampir mit vermutlich unvergleichlicher Kraft wie Kain wieder unter ihnen weilt?«, entgegnete ich.

Ashael schnaubte. »Aus demselben Grund, aus dem die meisten Leute allen Beteuerungen zum Trotz nicht ihren Gott unter sich haben wollen. Götter weisen ihre Anhänger gern auf ihre Scheinheiligkeit hin, und das wollen die wenigsten.«

Ich protestierte nicht, die Geschichte sprach dagegen. Stattdessen sagte ich: »Dann wollen wir lieber keine schlafenden Götter wecken.«

Ian streckte Ashael den linken Arm hin. »Mir ist egal, was dieses Horn will. Ich habe dir gesagt, ich würde es dir besorgen, also hier ist es. Nimm es.«

Ashael warf einen undurchdringlichen Blick auf das Horn. Dann sah er Ian in die Augen und lächelte, als ob er das Horn überhaupt nie hätte haben wollen. »Wer bin ich denn, mich dem Wunsch einer antiken Reliquie zu widersetzen? Aber du hast deinen Teil der Abmachung erfüllt, darum werde ich meinen auch erfüllen und dich und Veritas jetzt zu Yonah bringen.«

»Warte.« Beide Männer drehten sich um. »Erst müssen wir Silver holen«, sagte ich zu Ian. »Er ist schon viel zu lange allein.«

Ashaels Miene verfinsterte sich. »Ich habe *nicht* gesagt, dass ich noch jemanden mitnehme.«

»Glaub mir«, sagte ich mit trockenem Lachen. »Wenn du Silver siehst, wirst du nichts dagegen haben.«

21

Das kleine Flugzeug hüpfte wie ein Stein, den man über einen Teich springen ließ. Falls wir der Meeresoberfläche noch näher kamen, würden wir auch wie ein Stein darin untergehen. Doch Ashael schien sich mehr Sorgen zu machen, dass wir unter dem Radar blieben, als um den sicheren Abstand zwischen unserem Flugzeug und dem Pazifik.

Da Ashael uns bisher überallhin teleportiert hatte, hatte ich angenommen, dass er uns auch zu Yonah bringen würde. Doch falsch gedacht. Nachdem wir Silver in Pennsylvania abgeholt hatten, teleportierte Ashael uns zu einem kleinen Privatflughafen in Kalifornien. Die Cessna Skyhawk, die er bereitstellte, könnte ihm gehören, er könnte sie aber auch gestohlen haben. Bei Dämonen war beides möglich.

Dann flogen wir über den Pazifik. Bis vor einer Stunde war der Flug ruhig verlaufen. Jetzt erschütterte ein weiteres Luftloch die Cessna derart heftig, dass wir in unseren Sitzen hochhüpften. Silver jaulte. Ich streckte die Hand zu seinem Sitz und tätschelte ihn beruhigend. Ashael schaute sich nach dem Simargl um, und eine Sekunde lang wurde sein Blick weich. Dann bemerkte er, dass ich ihn beobachtete, und seine kühle, arrogante Miene kehrte zurück.

Zu spät, dachte ich amüsiert. *Erwischt.*

Ashaels Vorliebe für von Göttern erschaffene Raritäten wie das Horn schlossen offensichtlich auch Simargls ein. Und Silver, der im Besitz eines Dämons schrecklich gelitten hatte, schien sich in Ashaels Gesellschaft seltsamerweise wohlzufühlen. Vielleicht spürte Silver Ashaels doppelte Abstammung? Schließlich hatte Silver meinen Vater auch sofort gemocht.

»Vielleicht hältst du dein Tier jetzt lieber fest«, sagte Ashael. »Es wird ungemütlich.«

»Noch ungemütlicher, und wir stürzen ab«, murmelte ich, nahm Silver jedoch auf den Schoß.

»Genau«, erwiderte Ashael mild.

Ich wartete auf die Pointe, doch als Ashael nichts weiter sagte, merkte ich, dass es kein Witz war.

»Wie meinst du das?«, fragte Ian gedehnt.

»Wenn es leicht wäre, zu Yonah zu kommen, wäre er jetzt schon tot«, erwiderte Ashael. »Aber wenn einer von euch das Risiko nicht eingehen will, drehen wir um; doch dann habe ich meine Seite des Deals erfüllt.«

Arschloch!

Es gab nicht viel, wodurch Vampire sterben konnten, doch ein Flugzeugabsturz gehörte dazu. Ich konnte noch nicht einmal das viele Meerwasser unter uns nutzen, um Ashael aufzuhalten. Der Dämon konnte sich fortteleportieren, ehe ein Tropfen Salzwasser, an dem Dämonen sich verbrannten, ihn berührt hätte.

Ian zog sein Handy heraus. Er tippte zu schnell, als dass ich sehen konnte, wem er schrieb, dann schaltete er es aus.

»Wenn wir nicht von diesem Flug zurückkehren, haben es die

drei stärksten Vampire der Welt auf dich abgesehen«, sagte Ian kühl. »Allerdings nur, wenn ich dich nicht vorher selbst töte.«

Ashaels Schnauben klang elegant und zugleich herablassend. »Als ob du die Kraft hättest, mich zu töten.«

Ian schlug den Arm gegen Ashaels Hals. Das Horn schoss vor und zog sich in die Länge, sodass sich die Spitze nun knapp vor Ashaels Auge befand.

»Soll das eine Herausforderung sein?«, fragte Ian.

Ashael bewegte keinen einzigen Muskel. Gut so, denn eine falsche Bewegung am Steuerknüppel, und wir stürzten womöglich ins Meer.

»Ian«, sagte ich so ruhig wie möglich. »Bitte erstich den Piloten nicht, solange wir noch *im Flugzeug* sind.«

Ian starrte Ashael weiterhin an, das Widderhorn als deutlich sichtbare Bedrohung zwischen ihnen. Ich wusste nicht, wie es Ian gelungen war, das Horn zu bewegen, geschweige denn auf diese Weise, doch das hatte er, und Ashael verhielt sich, als ob die Spitze des Horns in Dämonengift getaucht wäre.

»Veritas wird nichts passieren«, sagte Ashael schließlich, und der Spott war aus seiner Stimme verschwunden. »Und dir auch nicht«, fügte er etwas widerwillig hinzu. »Ihr werdet beide sicher ankommen. Ich gebe dir mein Wort.«

Ian senkte den Arm. Das Horn verlor seine degenartige Form und drehte sich wieder wie ein 3-D-Armband um Ians Arm. Ashael musterte die magische Reliquie mit undurchdringlicher Miene, dann sagte er: »Übernimm das Steuer«, und ließ den Steuerknüppel der Cessna los.

Ian übernahm, während Ashael die Augen schloss und die Hände hob. Ich hatte keine Zeit zu fragen, was er tat, dann explodierte bereits seine Kraft. Von der plötzlichen Druckveränderung platzte mein Trommelfell. Ian stieß einen Fluch aus, den ich nicht hören konnte, und auch aus seinen Ohren floss Blut. Dennoch hielt er mit eisernem Griff die Steuerung.

Über uns explodierte Licht, es sah aus wie von Regenbogen überzogene Blitze. Inmitten der überwältigenden funkensprühenden Darbietung formte sich ein Tunnel, an dessen anderem Ende etwas Großes, Dunkles zu sehen war. Ashael öffnete die Augen und übernahm mit einer Hand wieder das Steuer von Ian. Die andere hielt er weiterhin in der Luft und ließ noch mehr Kraft in den seltsamen jenseitigen Tunnel fließen. Dann lenkte er uns direkt in das kreisförmige Kaleidoskop.

Das kleine Flugzeug erbebte derart heftig, dass das Metall kreischte. Ich war versucht, ebenfalls zu kreischen. Das Flugzeug konnte nicht noch mehr aushalten, ohne auseinanderzubrechen. Ich musste Silver festhalten, damit er nicht an die Decke schlug, so heftig wurden wir herumgewirbelt. Mein Kopf wurde gegen die Seitenwand des Flugzeugs geschleudert, bis ich Blut sah und schmeckte.

Plötzlich verschwanden die grellen bunten Blitze, und dahinter erschien ein ruhiger Himmel mit einem Mond, dessen silbriges Licht auf das Meer und eine Insel darunter schien. Die Insel wurde fast zur Gänze von einem beeindruckenden Berg eingenommen, den ich vom anderen Ende des Tunnels aus gesehen hatte. Die heftigen Turbulenzen hörten ebenfalls auf, doch mein erleichterter Seufzer wich einem Keuchen, als Ashael uns direkt auf den Berg zu lenkte und die Geschwindigkeit erhöhte.

»Du siehst aber schon den großen Berg da vor uns, oder?«,

fragte ich. Vielleicht war er von all den Blitzlichtern vorübergehend geblendet …

»Ja«, antwortete Ashael und zeigte mir, dass meine Ohren so weit geheilt waren, dass ich wieder hören konnte.

»Warum steuerst du dann direkt darauf zu?«, fragte ich.

»Niemand steht auf nervige Beifahrer«, lautete seine lässige Antwort.

Das war's. Wenn wir überlebten, würde ich einen Brudermord begehen …

Anstatt gegen den Berg zu krachen, flogen wir durch ihn hindurch. Da merkte ich, dass es ein Glamourzauber war, der verhindern sollte, dass jemand die eigentliche Insel dahinter sah. Ein Blick aus dem Fenster offenbarte jetzt einen großzügigen Strand, zahlreiche Bäume und einige Gebäude, die ich nur kurz sah, bevor Ashael in den Sinkflug ging, wendete und auf den Strand zuflog.

Ich unterließ es, ihm zu sagen, dass der Sand zu weich war, um darauf zu landen. Was wusste ich schon, womöglich war es gar kein Sand. Vermutlich war es eine Landebahn, die nur wie ein einfacher Sandstrand aussah.

Das Flugzeug setzte hart auf, und die Räder wurden abgerissen, nachdem sie sich in den weichen Boden gegraben hatten, der, tja, wohl doch aus Sand bestand. Das stellte ich fest, als dieser durch die zerborstenen Fenster hereinwehte, während das Flugzeug sich mehrfach überschlug. Metall und Glas prasselten abwechselnd auf mich ein, und ich stieß mir derart heftig den Kopf, dass ich kurz das Bewusstsein verlor. Als ich wieder zu mir kam, lag ich verkehrt herum und drückte Silver so fest an mich, dass er wimmerte.

Ich ließ Silver los, woraufhin er aus dem nächstbesten kaputten Fenster krabbelte. Plötzlich wurde die Seitentür neben mir aufgerissen, und Ian erschien. Blut rann aus diversen Schnitten, als er sich vorbeugte, um meinen Sicherheitsgurt zu lösen. Er fing mich auf, ehe ich herausfiel, und ignorierte meinen protestierenden Einwand, dass ich laufen könne. Er weigerte sich, mich herunterzulassen, bis wir einige Meter von dem rauchenden Flugzeug entfernt waren, aus dem nun auch Ashael langsam hervorkroch.

»Ist das deine Vorstellung von sicher ankommen?«, fragte Ian in hitzigem Ton.

Nachdem Ashael sich aus dem Wrack befreit hatte, wischte er sich eine Blutspur von der Stirn. Als er antwortete, waren seine Schnitte bereits geheilt: »Uns geht's doch allen gut, oder?«

In diesem Moment fing das Flugzeug Feuer. Ian musterte es mit scharfem Blick, dann erwiderte er mit beißendem Sarkasmus: »Bestens.«

Verdammt, mein Gepäck drohte zu verbrennen! Mein Kopf dröhnte noch, nachdem ich vermutlich einen Schädelbruch erlitten hatte, doch es gelang mir, einen Streifen Wasser aus dem Meer zu ziehen und auf das Flugzeug zu schleudern. Als das Wasser die Flammen erstickte, verwandelte sich das Feuer in Rauch.

»Nicht!«, rief Ashael und klang entsetzt.

»Salzwasser im Motor ist deine geringste Sorge«, erwiderte ich und verstummte, als all das Wasser aus dem Flugzeug zurück ins Meer floss.

Ich kniff die Augen zusammen. *Dieses* Spiel wollte Ashael also spielen? Ich zog mehr Wasser zum Flugzeug, nur damit es gleich wieder schäumend zurück ins Meer geschleudert wurde.

»Hör auf«, schnauzte ich Ashael an.

Er erbleichte. Seltsam. Er raubte mir zwar den letzten Nerv, aber ich würde ihn wohl kaum wegen einer Wasserversion von Tauziehen unter Geschwistern abschlachten … Moment, wohin schaute er?

Ich folgte Ashaels Blick und sah etwas Silbriges im Meer aufblitzen. Es war keine Reflexion des Mondlichts, dazu waren die Bewegungen zu präzise. Es steuerte auf die Küste zu, dahinter schäumte das Meer. Dann bildete sich aus dem Schaum eine große menschenähnliche Gestalt, die aus dem Wasser stieg und vor uns trat.

Oh, Mist, dachte ich und starrte sie an. *Was bist du?*

22

Die Gestalt starrte mich ebenfalls an. Silver knurrte und wich vor ihr zurück. Das Wesen blickte auf den Simargl, dann wieder zu mir. Auf einmal veränderte sich sein Körper, bis er eine genaue Kopie von mir war.

»Was ist das?«, flüsterte ich Ashael zu.

Es erinnerte mich an eine Wassernymphe, aber Wassernymphen waren winzige Wesen, die permanent mit Flüssigkeit in Berührung sein mussten, um zu überleben. Dieses Ding war einen Kopf größer als Ian, bevor es sich in eine wässerige Version von mir verwandelt hatte, und es stand am Strand, ohne in Reichweite der Brandung zu sein.

»Ein Leviathan.« Ashaels Stimme klang heiser. »Sie bewachen diese Küsten, niemand darf ohne ihre Erlaubnis das Wasser berühren.«

»Es wäre hilfreich gewesen, wenn wir diese Information *vorher* gehabt hätten«, stieß ich mit zusammengebissenen Zähnen hervor.

»Wie sollte ich denn wissen, dass du zehn Sekunden nach der Ankunft gegen eine Kardinalregel verstößt?«, schoss Ashael zurück.

»Schluss.« Ian streckte den linken Arm aus. Das Horn streckte sich, bis es einem langen, dunklen Schwert glich. Das Wesen drehte den Kopf zu Ian und lächelte.

Meine Knochen gefroren zu Eis. Wenn ein Grab lächeln konnte, sähe es so aus.

»Ian«, sagte Ashael, ohne das Wesen aus den Augen zu lassen. »Das Horn mag bei allem anderen funktionieren, aber einem Leviathan kann es nichts anhaben. Wenn du einen von ihnen berührst, wirst du für immer ertrinken.«

Okay, das klang schrecklich. »Wie kann ich wiedergutmachen, womit ich ihn verärgert habe?«, fragte ich Ashael leise.

»Versuch, dich zu entschuldigen, und biete ihm ein Opfer an.« Die neue Unsicherheit in Ashaels Ton gefiel mir nicht. Er mochte mich nerven, weil er die meiste Zeit wie ein herrischer Idiot klang, doch wenn der Leviathan Ashael Angst einjagte, sollten wir alle Angst haben.

»Und sei nicht knauserig«, fuhr Ashael fort. »Leviathane haben telepathische Fähigkeiten, darum muss es etwas sein, das dir wirklich etwas bedeutet.«

Ich starrte auf den Leviathan, ging auf das rauchende Flugzeug zu und warnte Ian mit entschiedener Geste, mir zu folgen.

»Es tut mir aufrichtig leid, dass ich in Euer Gebiet eingedrungen bin«, sagte ich, während ich ins Innere des Flugzeugs griff und mit der Hand nach meinem Gepäck tastete. Mein Instinkt sagte mir, dass ich es bedauern würde, wenn ich den Blick von dem Wesen abwandte.

»Es war eine Verletzung Eurer Hoheitsgewalt«, fuhr ich fort. »Ich bitte nur um Vergebung, weil ich meine Tat aus Unwissenheit begangen habe. Bitte«, ich tastete weiter und schnitt mich an verbogenem Metall und an Glasscherben, bis ich die glatten Seiten meines größten Koffers fühlte, »akzeptiert dieses Opfer als Zeichen meines Bedauerns.«

Ich zog den Koffer heraus und ging auf die Knie, um den Reißverschluss zu öffnen. In dieser Bittsteller-Pose verharrte ich, während ich herumsuchte, bis meine Hand auf etwas Großes, Festes stieß. Vorsichtig löste ich die Kleidung um den glitzernden Strauß aus Feenkönigin Purpur, in die ich ihn gewickelt und heimlich eingepackt hatte.

Ian stieß einen kurzen, scharfen Laut aus. Jetzt war ich froh, dass ich den Blick allein auf das Wesen richten musste. Ich wollte nicht Ians Gesicht sehen, wenn ich die magischen Blumen zu Füßen des Leviathans ablegte. Der blutrote Schein der Rosen schien sich im Mondlicht noch zu verstärken, und sie schimmerten, als der Leviathan sie aufhob. Er betrachtete sie auf menschenähnliche Art mit schiefgelegtem Kopf, dann sah er zu mir.

Leviathane haben telepathische Fähigkeiten, darum muss es etwas sein, das dir wirklich etwas bedeutet …

Ich ließ das Gefühl zu, wie schwer es mir fiel, das einzige Geschenk wegzugeben, das Ian mir gemacht hatte. Ich erinnerte mich daran, wie ich die Rosen zum ersten Mal gesehen und bewundernd ihre Blütenblätter berührt hatte. Zugleich hatte ich so getan, als wollte ich sie nicht haben, weil Ian nicht sehen sollte, wie sehr sie mir gefielen. Ich ließ auch das Gefühl zu, wie leichtsinnig es gewesen war, sie mitzunehmen. Wenn die Dinge auf unserer Reise in die falsche Richtung gelaufen wären, hätte man mich mit einem magischen Gegenstand erwischt; dafür konnte man mich umgehend zum Tode verurteilen. Aber ich hatte mich nicht von den Rosen trennen wollen. Sie erinnerten mich zu sehr an Ian – ungewöhnlich, überraschend, gefährlich, und ach, so wunderschön …

Der Leviathan nahm die Blumen in sich auf. Einen Moment schimmerten sie hinter dem wässrigen Schleier seines Körpers, dann verschwanden beide im Meer.

Ashael atmete hörbar aus. »Was immer das war, dank den Göttern, dass du es hattest.«

Das musste heißen, dass mein Opfer akzeptiert worden war. »Gibt es hier sonst noch was, das mich für immer töten oder ertränken könnte?«, fragte ich, während ich versuchte, das Gefühl über den Verlust der Rosen zu verdrängen.

Ashael schenkte mir ein sonniges Lächeln. »Spontan fällt mir nichts ein.«

Ian warf Ashael einen Blick zu, bei dem jeder andere einige Schritte zurückgewichen wäre. Dann ging er zum Flugzeug, holte seinen eigenen Koffer aus den schwelenden Überresten, brachte meinen ebenfalls mit und kehrte zurück, um seine freie Hand auf meinen Rücken zu legen.

»Gehen wir ins Innere der Insel, bevor das Meer uns noch weitere Besucher schickt.«

Ich weiß nicht, was ich von einer von Zauber verhüllten Insel halten sollte, auf der sich nur Leute befanden, die von allen übernatürlichen Arten abgelehnt wurden. Dunkle Höhlen? Steinburgen? Kopien von Supermans Festung der Einsamkeit? Was immer ich erwartet hatte, eine Ferienanlage mit mittelalterlichen Attraktionen war jedenfalls nicht darunter.

Lagerfeuer erleuchteten die Gebäude, die je nach Perspektive

Hotels oder Villen sein konnten. Bunt gedeckte Dächer bildeten lebendige Farbtupfer über den sandfarbenen Mauern, Pflanzen ergossen sich wie grüne Wasserfälle über die zahlreichen Balkone der Häuser. Aufwendige Rutschen endeten an mit Mosaiken gekachelten, von Umkleidekabinen umgebenen Swimmingpools.

Eins war sicher, ich würde dieses Wasser nicht anrühren. Wer wusste, ob diese Pools nicht Kitas für Baby-Leviathane waren.

Und alle Liegebereiche waren leer. In den Fensterreihen der Villen spiegelten sich die Lagerfeuer, sodass wir unmöglich hineinsehen konnten. Von innen hörte ich Laute von Personen, auch wenn nur wenige von ihnen Herzschläge besaßen. Die Bereiche um die Pools mochten leer sein, aber dieser Ort war keineswegs verlassen.

Neuankömmlinge mussten die Inselbewohner ängstigen. Ich konnte es ihnen nicht verübeln. Wenn sie hier waren, wollten ihresgleichen und andere sie tot sehen aus Gründen wie: »Du siehst anders aus, darum machst du mir Angst«. Komisch, dass dieselben Leute selten überlegten, wie beängstigend *sie* waren, indem sie aus ihrer Machtposition oder privilegierten Lage heraus Todesurteile fällten.

»Yonah ist in diesem Haus«, sagte Ashael und schritt vor uns her. »Kommt. Er erwartet uns …«

Ehe ich blinzeln konnte, hatte Ian Ashael in den Schwitzkasten genommen, wobei das Horn nach vorne schoss und einen Blutstropfen unter dem Auge des Dämons hervortreten ließ. Mir war klar, dass es meiner Erschöpfung geschuldet war, dass ich nur noch denken konnte: *Was nun?*

»Was machst du?«, zischte Ashael Ian zu.

»Eine Theorie überprüfen.« Ians Stimme klang wie Seide, die über Dolche glitt. »Vorhin ist mein Kumpel Timothy vor diesem Horn zurückgezuckt, als wäre es aus reinem Silber und würde auf sein Herz zielen. Als es sich im Flugzeug dicht vor deinem Auge befand, hast du dich nicht bewegt, und du rührst dich auch jetzt nicht, obwohl es nicht aus Dämonenknochen besteht. Das bedeutet, dieses Horn ist generell tödlich, stimmt's?«

Ich machte große Augen, als Ashael »Schlauer Junge« hervorstieß.

Das Horn konnte Vampire und Dämonen töten? *Und* verschiedene Formen annehmen, als wüsste es, was sein Besitzer gerade brauchte? Kein Wunder, dass Ashael es darauf abgesehen hatte! Jeder Krieger, den ich kannte, würde seinen rechten Arm für eine solche Waffe opfern, mich eingeschlossen.

»Schade, dass du dich nicht durch Teleportieren befreien kannst«, fuhr Ian fort. »Diese Insel ist mit einem Zauber dagegen geschützt. Das habe ich herausgefunden, als ich versucht habe, Veritas in Sicherheit zu bringen, nachdem du das Flugzeug zerstört hattest. Und noch mehrmals, als dieses Wassermonster sie bedroht hat. Das ist logisch. Wenn sich jeder hierher teleportieren könnte, wüsste man nicht, wer alles hier auftaucht, richtig?«

Ashael konnte Ian immer noch alle Körperflüssigkeit entziehen, und das wusste Ian nicht. »Ian, lass ihn los«, hob ich an.

»Er hat versucht, mich umzubringen.«

Das ließ meinen Protest verstummen. »Was?«, sagte ich. Als ich Ashael vorwurfsvoll anstarrte und dieser den Blick abwandte, stieg Wut in mir hoch.

»Ja, indem er vergessen hat, mir noch etwas anderes Wichtiges über das Horn zu sagen.« Trotz des Ärgers, der seiner Stimme unterschwellig anzuhören war, klang er locker. »Nämlich dass demjenigen, der es seinem Besitzer wegnimmt, der Hinterkopf weggeblasen wird.«

Darum hatte Ashael seine aus Blut erschaffene Überwachungskamera fallen lassen, nachdem Ian das Horn gefunden hatte! Er war nicht erschöpft gewesen. Ashael hatte nicht gewollt, dass ich den Beweis seines Verrats sah, damit er später unwissend tun und es als »Unfall« bezeichnen konnte.

»Du, Mistkerl«, stieß ich mit vor Wut bebender Stimme hervor.

Ian ließ ein dunkles Lachen ertönen. »Genau das hab ich auch gedacht.«

»Vampire können Kopfverletzungen überleben«, zischte Ashael. »Dass du gefangen genommen und verhört wirst, ist das Mindeste, was du dafür verdient hast, dass du Veritas als dein neuestes Spielzeug benutzt hast.«

»Ach, die Kopfverletzung hätte mich nicht umgebracht«, stimmte Ian ihm zu. »Aber solange ich wehrlos war, hätten mich die anderen Wächter erledigt. Zu meinem Glück war eine der Wachen ein alter Freund von mir. Vielmehr bin ich sein Sire, und jeder Vampir weiß, dass es bei unseresgleichen als größte Sünde gilt, den eigenen Sire zu verraten. Darum hat er auf mich aufgepasst, während ich heilte, darum hatte sich das Horn wie ein verdammtes Tier um meinen Arm gewickelt, als ich aufwachte. Nachdem es mich fast geköpft hatte, hat es offenbar beschlossen, mich zu mögen. Ich wusste, dass Ashael mir eine Falle gestellt hatte, als er sich weigerte, mir das Horn vorhin abzunehmen. Er wollte es nicht, weil er wusste, was passieren würde, stimmt's, mein Alter?«

Ashael sah erst zu Ian, dann zu mir. Ein Blick genügte, und ich wusste, dass jedes Wort stimmte.

»Versteh doch!«, sagte Ashael in leidenschaftlichem Ton. »Ich kenne Ian seit Jahrzehnten, er liebt nur sich selbst. Ich werde nicht zulassen, dass dich jemand ausnutzt und dann wegwirft, wie er es schon mit so vielen anderen getan hat …«

Ian schob die Spitze des Horns in Ashaels Auge. Ashael erschauerte, und Rauch floss aus der schwarzen Augenhöhle. Meine Augen brannten, und mein Hals fühlte sich an, als würde ich ersticken. Ich wollte, dass Ashael für das starb, was er getan hatte, aber … ich hatte mir immer einen Bruder oder eine Schwester gewünscht.

Eine Zeit lang war Tenoch meine Familie gewesen, sein Verlust hatte mich tief getroffen, und ich hatte mich noch mehr in meinen Panzer zurückgezogen. Jetzt hatte ich auf einmal einen Bruder. Einen verdorbenen, chauvinistischen Bruder, doch Ashael hatte auf seine Weise geglaubt, mich zu beschützen. Wenn Ian ihn tötete, tötete er auch jede Chance, dass eine echte Familienbindung zwischen Ashael und mir entstehen konnte, die tiefer ging als unsere geheime Blutsverwandtschaft.

»Ian.« Meine Stimme klang angespannt. »Lass ihn gehen.«

Vielleicht merkte Ashael, wie sehr er es verbockt hatte. Das würde erklären, warum er Ian nicht die Körpersäfte entzogen hatte, um ihn aufzuhalten. Nein, Ashael überließ mir das weitere Geschehen. Damit bewies er erneut, dass mehr in ihm steckte; er hatte Ian nicht aus Boshcit festnehmen und einsperren lassen, sondern damit er sich von mir fernhielt.

Ian sah mich überrascht an. »Du willst diesen Mistkerl am Leben lassen? Erzähl mir nicht, dass du sein offensichtliches Interesse erwiderst.«

»Ashael *ist* an mir interessiert, aber nicht so, wie du denkst.« Ich räusperte mich, um die Enge in meinem Hals zu lösen. »Ich bin, äh, seine Schwester.«

»Du bist *was?«* Die Hornspitze erstarrte.

»Seine Schwester.« Es laut auszusprechen, machte Ashaels Verrat nur noch schmerzhafter. Ich holte tief Luft, um auch noch den Rest loszuwerden. »Er hat es gemerkt, als er vorhin aufgrund seiner Fähigkeit die Anteile von meinem Vater in mir gesehen hat. Er … mein Vater ist auch sein Vater.«

Ian ließ das Widderhorn sinken und schob Ashael fort. Der Dämon stolperte, fing sich aber gerade noch und zeigte ein freudloses Lächeln. »Du zeigst dich wieder ehrenhafter, als ich geglaubt hätte. Offenbar bringt sie das Beste in dir zum Vorschein.«

»Oder du hast keine Ahnung, wer Ian wirklich ist«, korrigierte ich ihn umgehend. »Du hast Ian unterschätzt und es nicht geschafft, ihn mit deinem Horntrick ins Gefängnis zu bringen. Stattdessen hätte er dich heute zweimal fast getötet.«

Ashael neigte den Kopf. »Kapiert.«

»Schön, dass das geklärt ist. Aber das hier fehlt noch.« Ich versetzte Ashael einen Tritt in die Leiste, woraufhin er sich zusammenkrümmte. Dann schnellte er zurück, als ich ihm einen Aufwärtshaken versetzte. Knochen krachte, und meine Hand brannte, doch aus Ashaels Mund floss Blut. *Das war es wert!*

»Versuch noch einmal, Ian festnehmen und einsperren zu lassen, und du bist tot«, fauchte ich. »Du lebst nur noch, weil ich immer einen Bruder oder eine Schwester haben wollte, und weil dein irres Dämonenhirn geglaubt hat, du würdest mich beschützen. Aber *du entscheidest nicht darüber,* mit wem ich zusammen bin, darum werde ich dich umbringen, wenn du auch nur daran denkst, Ian ein Haar zu krümmen …«

Meinen nächsten Schlag fing Ian mitten in der Luft ab. »Ich glaube, er hat's verstanden, Süße.«

Ich starrte ihn an. »Vor zwei Minuten wolltest du ihn noch umbringen! Warum beschützt du ihn jetzt?«

Ein grimmiges Lächeln huschte über Ians Mund. »Ich würde ihn immer noch gern umbringen, aber wenn ich eine Schwester hätte, würde ich auch keinen Typen wie mich in ihrer Nähe haben wollen. Ich kann meinen neuen Schwager wohl kaum für etwas töten, das ich selbst tun würde, oder? Außerdem wehrt er sich ja nicht mal.«

Das hatte ich bemerkt, und es machte mich nur noch wütender. »Komm, du sexistischer Dämon, wehr dich! Denkst du, ich bin zu schwach?«

»Ich weiß, dass du das nicht bist, aber auch ich habe mir immer einen Bruder oder eine Schwester gewünscht«, erwiderte Ashael, und seine dunklen Augen leuchteten jetzt rot. »Auf dieser Seite des Vorhangs bist du meine einzige Verwandte. Ich habe mich doppelt so lange wie du verlassen, anormal und allein gefühlt, also sind ein bisschen Blut und Schmerzen nichts, wenn mir meine Schwester dafür vergibt.«

Verdammt, verdammt, verdammt! Wie konnte ich ihn schlagen, nachdem er so etwas gesagt hatte? Und wie konnte ich ablehnen, wenn er die einzige Person war, die wirklich verstand, was ich durchgemacht hatte, denn Ashael lebte schon doppelt so lange wie ich.

Aber er hatte Ian eine Falle gestellt, damit er festgenommen wurde … oder Schlimmeres. Darüber durfte ich nicht hinwegsehen, auch wenn Ashael als großer Bruder aus einem übernatürlichen verrückten Beschützerinstinkt heraus gehandelt hatte.

Ian legte den Arm um meine Schultern. »Familie«, sagte er in beiläufigem Ton. »Man kann nicht ohne sie leben, und man darf sie nicht umbringen, wenn man es nicht *wirklich,* wirklich ernst meint.«

Mir entfuhr ein ersticktes Lachen. Ian sollte es wissen, er hatte seinen leiblichen Vater wegen eines weitaus schrecklicheren Verrats ermordet.

»Ich will, dass du gehst, Ashael«, sagte ich. In seinen Augen flammte Schmerz auf, bis ich hinzufügte: »Ich brauche etwas Zeit, ehe ich dich ansehen kann, ohne dir das Gesicht zertrümmern zu wollen.«

»Meinst du mit Zeit eher Jahrzehnte oder ein Jahrhundert?«, fragte er vorsichtig.

Jetzt lachte ich noch mehr. Ihm erschien wahrscheinlich beides nicht lang. Vermutlich war ich noch zu jung, um Zeit auf diese Weise zu messen. »Ich meinte, ein oder zwei Jahre. Wir werden sehen.«

Bis dahin hatte ich die anderen wiederauferstandenen Seelen gefunden und Dagon getötet, oder ich war tot. Wie auch immer, in meinem Kalender war dann wieder Platz.

Ashaels Blick zuckte zu Ian, dann sah er wieder zu mir. »Wann immer du mich sehen willst, erhebe ein Glas und ruf meinen Namen an all den Orten, die ich besuche. Ian kennt sie alle.«

»Ja, dein alkoholbasiertes Beschwörungsritual ist mir bekannt. Ziemlich tausendjährig von dir«, bemerkte ich.

Daraufhin lachte Ashael. »Bis dann also«, sagte er und ging.

Ich wartete, bis ich Ashael nicht mehr sehen konnte, erst dann drehte ich mich zu Ian. »Ich wollte dir erzählen, dass er mein Bruder ist, aber …« Mit einer Geste versuchte ich alles zu umfassen, was passiert war.

»Es passte nie, bis ich ihn fast vor deinen Augen ermordet hätte?«, half er mir mit einem spöttischen Lächeln in den Mundwinkeln.

»Ja, genau.«

Ians Lächeln verblasste. »Wir hatten ein ziemlich schlechtes Timing, aber das bringen wir wieder in Ordnung.«

Wie gern hätte ich ihm geglaubt, doch ich war nicht sehr optimistisch. Dennoch lächelte ich, als würde der Zweifel nicht wie ein Schwarm gieriger Piranhas an mir nagen.

»Dann lass uns Yonah suchen und loslegen.«

23

So könnte ein Witz beginnen: »Ein Vampir, ein Dämon und ein Ghul betreten den Poolbereich«, doch die Blicke, die uns das Trio zuwarf, verleiteten nicht zu Scherzen. Wir hatten einen überirdischen Tunnel passiert, um dann eine von einem Glamourzauber verborgene Insel zu entdecken, auf der man eine Bruchlandung hinlegen musste und dann an einem mit Leviathanen bewohnten Meer stand. Eigentlich hatte ich gedacht, dass jeder, der im Garten von Yonahs Haus umherlief, bereits den Sicherheitstest bestanden hatte. Die Mienen der drei Wachen ließen allerdings vermuten, dass sie anderer Ansicht waren.

»Namen«, sagte eine Vampirin mit Elfenbeinteint und russischem Akzent. Ich ließ mich nicht von ihrer zarten Statur, dem sarongartigen Kleid oder dem hübschen Muschelkamm in ihrem dicken braunen Haar täuschen. Ihre Erscheinung wirkte *reizend und zerbrechlich,* aber die Kraft, die in ihrer Aura vibrierte, sagte: *Selbst schuld, wenn du dich mit mir anlegst.*

»Ian«, antwortete Ian und sah mich mit leicht gehobener Braue an. »Ariel.« Ich konnte wohl kaum meinen Namen als Gesetzeshüterin der Vampire benutzen. Ich trug auch keinen

Glamourzauber, woraufhin der Blick des blauäugigen blonden Dämons auf mir verweilte.

»Ein Körper wie Beyoncé, Haare wie Daenerys Targaryen«, murmelte er mit unverhohlener Lust.

»Ein Temperament wie der Punisher«, entgegnete ich. Ein anerkennender Blick war eine Sache, aber nach diesem aufdringlichen Augenfick hatte ich das Gefühl, eine Dusche zu brauchen. »Und einen Ehemann, der sich schon zehn Arten überlegt hat, wie er dich umbringt, bevor du auch nur den Blick von meinem Hintern gelöst hast«, fügte ich hinzu, als ich dieses neue tödliche Blitzen in Ians Augen sah.

»Zwanzig«, korrigierte Ian, dabei klang seine Stimme so glatt wie ein gut platzierter Messerstich. »Und so wenige auch nur, weil sie gerade etwas zugegeben hat, das sie wochenlang geleugnet hat.«

Wie bitte? Oh, verdammt, ich hatte das »E«-Wort *gesagt!* Wo war ein Leviathan, um mich für immer zu ertränken, wenn man ihn brauchte?

»Wir sind hier, um Yonah zu besuchen«, sagte ich, als ob das die neue, knisternde Spannung zwischen Ian und mir aus der Welt schaffen könnte. »Ashael hat uns bei Yonah angekündigt, also zeig uns den Weg oder geh zur Seite.«

Ein Lächeln zuckte um die Mundwinkel der russischen Vampirin. »Folgt mir.«

Silver trottete hinter uns her, als wir den Raum betraten, der auf den Pool hinausblickte. Die Einrichtung bestand lediglich aus Pflanzen auf verschiedenen Ständern. Die Kargheit betonte einen großen Steinbrunnen in der Mitte des Raums, in den eine Medusa gehauen war. Sie sah weder hässlich noch abschreckend aus, so wie die Legende es behauptete. Diese Medusa war wunderschön, die Schlangen, die ihren Kopf wie einen Heiligenschein umgaben, wirkten demütig und nicht vermeintlich bedrohlich.

Unsere Wachen führten uns durch das Brunnenzimmer in eine Bibliothek. Deckenhohe Regale säumten die Wände, um einen offenen Kamin aus Stein in der Mitte des Zimmers standen Ledersofas. Erst ein Brunnen, jetzt eine Feuerstelle. Wenn wir im nächsten Raum an einer Kultstätte für Erde vorbeikämen, wären alle Elemente vertreten.

»Wartet hier«, befahl die russische Vampirin und deutete auf eins der großzügigen Sofas. »Ich hole Yonah.«

Ich setzte mich und hätte mich am liebsten lang ausgestreckt, so müde war ich. Obwohl der Sonnenaufgang die Fenster jetzt in goldenes Licht tauchte, widerstand ich der Versuchung. Wenn ich ein neuer Vampir wäre, bliebe mir keine andere Wahl als zu schlafen, aber die betäubende Wirkung der aufgehenden Sonne hatte ich schon seit Tausenden Jahren überwunden.

Silver setzte sich neben mich auf den Boden, während Ian seine lange, schlanke Gestalt in der gegenüberliegenden Sofaecke zusammenfaltete. Er wirkte völlig entspannt, die Arme auf der Rückenlehne, die Beine von sich gestreckt, doch sein Blick sagte etwas anderes. Er überprüfte systematisch und mit großer Sorgfalt die Umgebung auf Gefahren.

Ich wusste nicht, warum ich es ihm nicht gleichtat. Ashael hatte versprochen, wir seien hier sicher, doch sein Wort hatte sich kaum als verlässlich erwiesen. Ich war müde, aber ich war schon früher in höchster Alarmbereitschaft gewesen, obwohl ich mich vor Müdigkeit kaum hatte auf den Beinen halten können. Warum musterte ich also nicht gründlich den Raum, angespannt und zum Angriff bereit, so wie Ian?

Weil du es nicht musst.

Die Wahrheit traf mich so unerwartet wie die Kugel eines Scharfschützen. Tenoch hatte mir beigebracht, mich nur auf mich selbst zu verlassen. Jetzt gab ich nicht alles, weil Ian mich warnen würde, wenn es gefährlich wurde. Bis dahin konnte ich mich einen Moment entspannen und wusste, dass ich sicher war. Er würde nicht zulassen, dass mir jemand etwas antat, solange ich verletzlich war.

Fühlte sich … so Vertrauen an?

Wenn ja, kam es mir vor, wie nach einem schrecklich anstrengenden Tag in ein warmes Bad zu sinken. Ich wollte mich in diesem herrlichen ungewohnten Gefühl suhlen, aber es widersprach allem, was ich getan hatte, seit Ian von den Toten auferstanden war. Ich hatte gedacht, Ian könne die Gefahren nicht überleben, denen ich mich noch immer stellen musste. Er hatte jedoch bewiesen, dass er jeder Herausforderung gewachsen war, die ich befürchtet hatte, und noch weiteren, an die ich gar nicht gedacht hatte. Jetzt war ich diejenige, die sich an ihn lehnte, nicht andersherum.

Ich hatte mein Herz in den letzten Wochen völlig umsonst gequält, oder? Für *nichts!* Wenn es nicht absolut gestört gewirkt hätte, hätte ich mich jetzt geohrfeigt.

Schritte rissen mich aus meinen Gedanken und lenkten meine Aufmerksamkeit auf die andere Ecke des Raums. Unsere drei Wächter kehrten zurück, und plötzlich öffnete sich eins der Bücherregale und brachte eine Tür zum Vorschein. Ein Geheimgang – wie altmodisch. Ein glatzköpfiger mittelgroßer Vampir trat aus der Geheimtür. Er hatte sandfarbene Haut, eine römische Nase, freundliche Gesichtszüge und eine Schwimmerfigur. Ian sprang auf, als er ihn sah. Ich tat es ihm gleich und lächelte, um zu bedeuten, dass ich mit freundlichen Absichten kam, denn ich kannte ihn aus Ashaels gestriger blutdurchtränkter Telefonkonferenz.

»Yonah«, sagte ich. »Freut mich, Sie endlich kennenzulernen.«

Ian bewegte rasch die Hände. Einen Schreckmoment lang dachte ich, er würde einen Zauber anwenden. Dann erschien ein Lächeln auf Yonahs Gesicht, und seine Hände bewegten sich mit ähnlicher Geschwindigkeit.

Zeichensprache. Keine Gebärdensprache oder eine andere Zeichensprache, die ich kannte. Diese war mir fremd. Ian nicht, was mich nicht weiter überraschte.

»Das muss unbedingt unter uns bleiben«, endete Ian laut, während er immer noch gestikulierte. Der verbale Teil war offenbar für mich bestimmt.

Yonah ließ seinen Blick über mich gleiten und musterte mein Haar. Er schien es wiederzuerkennen, was er jedoch sogleich zu überspielen versuchte. Entweder hatte er meinen Vater in seiner wahren Gestalt gesehen, oder jemand hatte ihm von mir erzählt. Was war besser? Keine Ahnung.

»Ihr habt auf eurer Reise offenbar Schwierigkeiten gehabt«, bemerkte Yonah diesmal ebenfalls laut.

Richtig, Ians Kleidung und Haare waren immer noch blutig. Wenigstens war das Horn zwischen seinen Hemdfetzen und dem getrockneten bräunlichen Blut auf Ians blasser Haut nicht so gut zu erkennen.

»Wir hatten auch eine Meinungsverschiedenheit mit unserem Begleiter und haben uns kurz nach unserer Ankunft von Ashael getrennt«, sagte ich noch immer lächelnd, als sei nichts gewesen. »Aber wir sind froh, hier zu sein.«

»Ich freue mich über euren Besuch«, erwiderte Yonah, woraufhin sich die drei Wachen, die an den Ausgängen standen, entspannten. Vermutlich war das Yonahs Art, ihnen zu sagen, dass sie sich zurückhalten sollten. »Ihr werdet euch vor den Festlichkeiten heute Abend frischmachen wollen, darum wird Katsana euch zu eurem Zimmer führen. Unser Ball zu Ehren des neuen Inselmitglieds beginnt in der Dämmerung.«

Ian antwortete in Zeichensprache, und ich hoffte, dass es sich um eine höfliche Absage handelte. Nachdem wir Yonah endlich persönlich gegenüberstanden, wollte ich sehen, ob er Dagons Kraft für einen Findezauber isolieren konnte. Und nicht auf einen Ball gehen …

»Ehrlich?«, unterbrach Yonah laut.

Noch mehr Zeichen von Ian. Yonahs Miene verfinsterte sich, und er antwortete ebenfalls in Gebärdensprache. Dann zuckte er die Schultern, eine Geste, die keine Interpretation erforderte.

»Bis zur Dämmerung also«, sagte Yonah und deutete mir gegenüber ein Nicken an.

Ich nickte zurück. Katsana, die brünette russische Vampirin, hob den Daumen in der universalen Geste für »Folgt mir«.

Sie führte uns zu einem Treppenhaus im hinteren Teil der Villa, doch anstatt hinauf, gingen wir die Treppe hinunter. Unten befanden sich Haustechnik- und Versorgungsräume sowie andere Dinge, die man im Keller einer großen Villa erwartete. Wir liefen weiter, bis auch diese Reste von Komfort verschwanden und nur ein dunkler Flur übrig blieb, der nach Schimmel und Meer roch. Silver presste sich so dicht an mich, dass ich seine Federn an meinen Beinen spürte. Ihm gefiel die neue Umgebung ebenso wenig wie mir.

Wo war ein genialer Ort, um ungebetene Gäste zu ermorden? Unter dem Haus, wo es niemand sah und wo die Leichen angesichts des großen Ofens, an dem wir gerade vorbeigekommen waren, problemlos entsorgt werden konnten.

Während ich widerwillig folgte, waren Ians Schritte lang und schnell, bis Katsana fast in Trab verfallen musste, damit Ian nicht in sie hineinrannte. Ich zuckte im Geiste die Schultern, ich musste Ian wohl auch hier vertrauen. Außerdem, ein Vampir gegen Ian und mich? Das war keine Bedrohung, ganz gleich wie eindrucksvoll Katsanas Aura sein mochte.

»Hier sind wir«, sagte Katsana und blieb vor einer Metalltür stehen.

Ian schob sie auf, und es kam ein kleiner, spärlich beleuchteter Raum mit Betonfußboden, einem leeren Schreibtisch, einem halb gemachten Bett und einer Dusche zum Vorschein, die bei jedem Klaustrophobiker Panikattacken auslösen musste.

»Das reicht«, sagte Ian und überraschte mich. Das entsprach nicht annähernd seinem üblichen Standard. Es sah aus wie ein Ort, an dem Techniker in der Pause ein kleines Nickerchen hielten.

»Bring unser Tier in die Küche, er hat sicher Hunger«, fuhr Ian fort. »Er ist auf eine besondere Diät gesetzt, also nur Gemüse.«

Als Katsana sich gerade hinunterbeugte, um Silver hochzuheben, trat ich dazwischen. »Er bleibt hier.« Auf keinen Fall würde ich Silver einer fremden Vampirin überlassen, nachdem in seinen Adern eine Art Rauschgift für Vampire floss.

Ian stöhnte. »Dies ist der letzte Ort, an dem ihm jemand etwas antun würde, aber okay. Dann bring ihm einen Teller Gemüse her.«

Katsana zog die Nase kraus. »Ich schicke jemanden, der das erledigt.«

»Auch gut.« Ich war sprachlos, als Ian mich nur ins Zimmer schob, »Bleib« zu Silver sagte und den Simargl im Flur sitzenließ.

»Was zum Teufel?«, fragte ich.

Ian drehte sich um, und in seinen Augen funkelte eine stürmische Dunkelheit. »Teuflisch ist, was du mir angetan hast, aber damit ist jetzt Schluss.«

24

Ich gab mir keine Mühe, meine Verwirrung zu verbergen. »Was ist passiert? Warum bist du auf einmal so wütend auf mich?«

Sein Lachen klang wie Messerschleifen. »Was passiert ist? Du hast mich nackt im Bordell zurückgelassen.«

Nun, das war allerdings schon eine Weile her. »Und?«

Ians Augen leuchteten smaragdgrün, er packte das Horn und riss es sich vom Oberarm. Es landete auf dem Boden und richtete sich sofort wie ein Schwert auf einem unsichtbaren Fuß auf. Ich wich vor ihm zurück, weil ich die magische Reliquie auch nicht aus Versehen berühren wollte.

Ian schritt in dem kleinen Raum auf mich zu und schloss rasch den Abstand zwischen uns. »Weißt du, was dieses kleine Biest noch getan hat, abgesehen davon, dass es mich als seinen neuen Besitzer ›auserkoren‹ hat? Es hat mir all meine Erinnerungen zurückgegeben.«

Vor lauter Schreck stotterte ich. »Was? *Wie?*«

Er packte mich an den Schultern. Das Grün in seinen Augen leuchtete, und seine Aura sprühte so vor wütender Energie, dass es sich anfühlte, als würde ich von einem Bienenschwarm angegriffen. »Was auch immer es sonst noch ist, das Horn verstärkt auch die Kraft. Ich habe es sofort gespürt, als ich mit ihm aufgewacht bin. Dann hat es die Wände in meinem Kopf eingerissen. Erst dachte ich, mein Kopf würde explodieren, als all die Erinnerungen auf mich einstürmten, aber vielleicht hat das Horn mich geschützt. Wie auch immer, in den letzten Stunden habe ich mich an jedes Geheimnis erinnert, das wir geteilt haben. An jeden Moment, den wir uns in den Armen gelegen haben, an all die Versprechen, die wir uns gegeben haben, und an die letzten Worte, die ich gesagt habe. Und die ganze Zeit wusste ich, dass *du mich nackt in einem verdammten Bordell zurückgelassen hast!*«

Scham überkam mich, doch seine Wut machte mich ebenfalls wütend. »Ich wollte dich nicht zurücklassen, aber was sollte ich denn tun? Sollte ich sagen: ›Hey, Ian, du erinnerst dich zwar nicht an mich, aber eigentlich sind wir verheiratet, und weißt du was? Ich habe dem Rat *nicht* geholfen, das Kind deiner Freunde hinzurichten! Ich habe es gerettet, weil ich eine heimliche Kreuzung aus zwei Arten bin. Ich bin zwar Gesetzeshüterin, aber eigentlich bin ich eine Doppelagentin! Und klar, du bist schon mal umgebracht worden, als du mit mir zusammen warst, aber vielleicht willst du ja riskieren, noch mal umgebracht zu werden, um zu sehen, ob aller guten Dinge zwei sind?‹«

»Ja.« Sein Ton war heißer als ein Schwall kochenden Wassers. »Genau das hättest du sagen sollen. Dann hätte ich dir erzählt, dass ich mich an dich *erinnere*. Vielleicht nicht an alle Einzelheiten, aber immerhin genug, um dir zu folgen, obwohl du mich wie Abfall behandelt hast.«

Als ich den Schmerz in seinen Augen aufflammen sah, verflüchtigte sich meine Wut. An diesem Schmerz war ich schuld. Ich und niemand anders. Ich hatte einen Kloß im Hals, und meine Brust schnürte sich zu, bis ich das Gefühl hatte, erdrückt zu werden. Ich war dankbar für den plötzlichen Tränenschleier vor meinen Augen, denn ich konnte Ians Blick nicht länger ertragen. Bis zu diesem Moment hatte ich nicht gewusst, dass man Bedauern auch als körperlichen Schmerz empfinden konnte.

»Ian …« Was sollte ich sagen? Ich konnte nicht mehr rückgängig machen, was ich getan hatte, und was noch schlimmer war, jetzt wusste ich, dass das alles gar nicht nötig gewesen wäre. Aber ich musste es ihm erklären, diesmal ohne Wut, ohne Sarkasmus oder Rechtfertigungen. Das war ich ihm schuldig.

Ich sah Ian in die Augen und hoffte, dass er die Angst in meinen sah, als ich meinen Schutzwall fallen ließ. »Ich habe gedacht, dass ich niemals größeren Schmerz empfinden könnte als bei dem Verlust von Tenoch. Dann bist du gestorben und … ich bin zerbrochen. Buchstäblich, wie sich herausgestellt hat. Ich wusste nicht, dass ich tun konnte, was ich getan habe, nachdem du dir dieses Knochenmesser in die Augen gerammt hattest. Wenn ich es gewusst hätte, hätte ich es früher getan, um dich zu retten.«

Ich stieß ein bitteres Lachen aus und wischte die Tränen fort, die mir über die Wangen liefen.

»Nachdem du gestorben bist, hätte ich dieser anderen Hälfte die Kontrolle überlassen sollen. Sie registriert einen Verlust, aber sie *fühlt* ihn nicht. Sie ist kühl und sachlich. Dann sagte Dagon, er könne dich zurückholen, und ich musste sehen, ob er recht hatte. Darum habe *ich* wieder die Kontrolle übernommen. Ausnahmsweise hat Dagon nicht gelogen. Mein Vater hat dich zurückgeholt, und vor lauter Glück war es mir ganz egal, dass dadurch auch Dagon weiterlebte. Doch dann wurde mir erklärt, dass du dich nicht mehr an mich erinnern würdest.«

Ich stieß zitternd die Luft aus. Ian ballte die Hände, als habe er mich berühren wollen und es sich dann anders überlegt.

»Ich habe dich noch einmal verloren«, fasste ich mit brüchiger Stimme zusammen. »Nur diesmal hatte nicht meine andere Hälfte die Kontrolle, um mich vor dem Schmerz zu schützen. Ich habe *tatsächlich* gedacht, es wäre das Beste, dich zu verlassen, damit du nicht noch einmal getötet wirst, aber ich ... ich habe mich auch selbst geschützt. Wie jemand, der in Flammen steht, bin ich davongerannt, obwohl das alles nur noch schlimmer machte. Ich weiß genau, warum ich nicht für dich empfinden sollte, was ich empfinde«, fügte ich schneller hinzu und bemühte mich, halbwegs die Beherrschung zu bewahren. »Aber ich kann nicht anders. Ich liebe dich ...«

Er riss mich an sich und presste seine Lippen auf meine, und ich erwiderte den Kuss. Er schmeckte nach Salz von all meinen Tränen, aber ich konnte sie nicht zurückhalten. Ich konnte gar nichts mehr zurückhalten. Alles, was ich unterdrückt hatte, brach jetzt aus mir heraus.

Ich ließ seinen Kopf nur los, um ihm das Hemd vom Leib zu reißen. Dann gruben sich die Nägel meiner einen Hand einen Pfad über seinen Rücken, während meine andere durch sein vom Blut steifes Haar fuhr. Er erschauerte vor Lust und suchte sinnlich und grob gleichzeitig mit seiner Zunge die meine.

Ich stöhnte, als er mit einer heftigen Bewegung den Pullover von meinem Hals bis zur Hüfte hinunterriss und seine nackte Brust an meine Haut presste. Ich wollte alles von ihm spüren, aber mein verdammter BH hinderte mich daran, und ich verfluchte meine Jeans ebenso wie seine Hose. Wäre ich pyrokinetisch, wären all unsere Kleider augenblicklich zu Asche verbrannt. Ich musste seinen nackten Körper an meinem spüren, und zwar sofort.

Ich griff nach dem Bund seiner Hose und riss daran.

Er gab einen lustvollen Laut von sich, woraufhin ich an meinem Slip zerrte, bis er meine Hände packte und sie an den Seiten festhielt. Er wanderte mit dem Mund von meinem Hals zu meiner Brust und löste dann mit einem scharfen Biss meinen BH-Verschluss, der daraufhin aufsprang und meine Brüste entblößte.

Als sich sein Mund um meinen Nippel schloss, mit der Zunge um die Spitze strich und dann fest daran sog, rang ich um Atem. Lust schoss in meinen Schoß und verstärkte sich, bis ich nass und begierig war. Ich versuchte, meine Hände zu befreien, damit ich uns die restliche Kleidung runterreißen konnte, doch Ian ließ mich nicht los. Er bewegte sich zu meiner anderen Brust und leckte an ihr, bevor er fester und länger an der Knospe sog, bis sich meine Haut zu eng anfühlte, ich in Hitze badete und nur noch daran dachte, ihn in mir zu spüren.

»Vergiss das Vorspiel, ich brauche dich jetzt«, keuchte ich.

Sein Atem traf auf meinen überempfindlichen Nippel, als sein tiefes Lachen ertönte. »Das nennst du brauchen? Du bettelst ja noch nicht mal.«

Betteln? Das würde zu lange dauern!

Ich schlang meine Beine um seine und zog sie ihm weg. Er fiel, ich landete auf ihm und riss ihm mit einer triumphierenden Geste den Slip herunter. Er rollte herum und klemmte mich mit einem gemeinen Grinsen unter sich ein. Sofort umklammerte ich ihn mit meinen Schenkeln, bog mich ihm entgegen und schrie auf, als er sich fest an mir rieb, wo ich es am meisten ersehnte.

Seine Augen waren geschlossen, und ein gutturaler Laut entfuhr ihm. Dann öffnete er die Augen, die so hell strahlten, dass es schmerzte.

»Später wirst du betteln.« Diese Drohung erregte mich ebenso stark wie die heftige Bewegung, mit der er meine Jeans von der Taille bis zum Knöchel aufriss. »Jetzt aber gehörst du mir.«

Alle Nervenenden standen unter Strom, als er sich zwischen meine Beine schob. Ich krümmte mich ihm entgegen und sehnte mich so verzweifelt nach ihm, dass mir ein Wimmern entfuhr. Er erstickte es mit seinen Lippen und trieb mit einem festen Stoß die Lust durch meinen ganzen Körper. Sein Silberpiercing brannte auf wundervolle Weise, denn die Reibung verstärkte die Gefühle, die mich unter ihm auch so schon erschauern ließen. Bei seinem nächsten Stoß kratzte ich mit den Nägeln über seinen Rücken, und als er sich an meiner Klitoris rieb, während er tief in mir war, schrie ich vor Lust auf.

Er dämpfte den Laut mit seinem Kuss. Der nächste Stoß war genauso fest, aber langsamer, er zögerte die Lust hinaus, bis ich das Gefühl hatte, sie nicht mehr aufhalten zu können. Ich packte seine Hüften und schrie erneut auf, als sich bei einem weiteren langsamen tiefen Stoß meine inneren Muskeln um ihn zusammenzogen. Sein fester Körper, die besitzergreifenden Küsse, seine Haut auf meiner und diese entschiedenen, geschmeidigen Stöße … Ich war fast verdurstet, jetzt ertrank ich.

Es brauchte nur noch einen Stoß, dann kam ich mit einem Schrei, den er mit seinen Lippen nicht ganz ersticken konnte. Er wand die Hüften und verlängerte den Rausch, der mich mit sich riss, während meine Glieder sich zugleich träge und schwer anfühlten. Er murmelte etwas, das ich nicht verstand, dann waren sein Mund und das himmlische Gewicht seines Körpers verschwunden.

Ich hatte keine Zeit zu protestieren, schon war er nach unten zwischen meine Beine geglitten. Ich keuchte, als seine Zunge über meine Haut strich, die noch vom Höhepunkt pulsierte. Ich versuchte, mich aufzusetzen, doch er stieß mich zurück und packte fest meine Hüften, um mich unten zu halten.

Ich konnte kaum denken, während seine Zunge mich liebkoste und bewies, dass seine Erinnerung tatsächlich zurückgekehrt war, denn er fand mit grausamer Sicherheit meine empfindlichsten Stellen. Meine Hüften wanden sich unter dem erotischen Trommelfeuer, und bald keuchte ich, bis es sich anhörte, als würde ich hyperventilieren.

»Du *willst* mich zum Betteln bringen, stimmt's?«, stöhnte ich.

Ein dunkles Lachen reizte mein bebendes Fleisch: »Das habe ich doch gesagt. Außerdem habe ich deinen Geschmack vermisst.«

»Ich habe alles vermisst«, hauchte ich atemlos.

Als er noch einmal die Zunge kreisen ließ, bäumte ich mich auf, als habe er mich plötzlich hochgerissen. »So schnell, wie du kommst, glaube ich dir das«, hörte ich ihn murmeln.

Noch nicht einmal die explosiven Gefühle, die sein Mund in mir auslöste, konnten mich davon abhalten, ihm zu sagen, dass er mich missverstanden hatte. »So toll der Sex mit dir auch ist«, meine Stimme klang heiser vor Lust, »es ist das Letzte, was ich an dir vermisst habe, Ian.«

Er hielt inne, in seinen Augen lag kaum verhohlenes Verlangen. Ich setzte mich auf, und diesmal hielt er mich nicht zurück. Ich fasste sein Haar und zog ihn nach oben, bis sein Körper auf meinem lag. Dann spreizte ich die Beine und genoss den Stoß, der in mir eine unvergleichliche Ekstase auslöste. Ich küsste ihn, bis ich die salzige Honignote meiner Lust nicht länger auf seinen Lippen schmeckte.

»Ich hätte dich niemals verlassen sollen«, platzte die Wahrheit aus mir heraus, als ich mich endlich von ihm löste. »Es tut mir so, so leid.«

War sein Griff zuvor fest gewesen, erdrückte er mich bei diesen Worten fast. Seine neue Grobheit machte die Lust nur noch intensiver. Ich rollte uns herum, setzte mich auf ihn und gab mich ihm hin, zeigte ihm mit meinen scharfen Nägeln und meinen Reißzähnen, die ich in seiner Schulter versenkte, dass ich mehr wollte.

Und er gab mir mehr, bis ich mich in Gefühlen verlor, die zwischen unglaublicher Lust und quecksilbrigem Schmerz oszillierten. Meine Nägel und Lippen waren rot von seinem Blut, ebenso wie sein Mund von meinem. »Ich werde dich nie mehr verlassen«, schwor ich und ließ ein lang gezogenes Stöhnen ertönen.

Er packte mein Haar und hielt so abrupt inne, als habe er sich plötzlich in eine Statue verwandelt. »Schwöre, dass du das nicht nur jetzt so sagst.«

Mein Korper pulsierte, und ich war leicht benommen, weil ich sein Blut mit Dämonenanteilen getrunken hatte, aber bei diesen Worten war ich so klar, als hätte er mir einen Eimer eiskaltes Wasser über den Kopf geschüttet. Er wollte ein Versprechen, damit ich später nicht behaupten konnte, ich sei gezwungen worden, oder es als rein theoretisch abtun konnte. Was immer ich als Nächstes sagte, sollte ich besser auch so meinen.

Ich sah ihm durchdringend in die Augen, riss mir die Handfläche an einem Reißzahn auf und ließ das Blut auf uns beide herabtropfen, denn ich saß immer noch rittlings auf seinem Schoß.

»Ich schwöre bei meinem Blut, Ian, dass ich dich nie wieder verlassen werde.«

In seinen Augen blitzte wilde Entschlossenheit auf. »Ich komme darauf zurück. Aber jetzt«, er bog sich nach hinten, woraufhin eine Lustwelle wie Feuer durch mich toste, »werde ich dich laut zum Schreien bringen und testen, ob dieser schallisolierte Raum so weit von allem anderen entfernt ist, wie Yonah versprochen hat.«

Ich lachte gluckernd. Hatte man uns deshalb in dieses Rattenloch gesteckt statt in eins der hübscheren Zimmer der Villa?

Ich verstärkte den Griff um ihn. »Okay«, sagte ich und fügte heiser hinzu: »Schließlich hast du mir ein zerbrochenes Bett versprochen.«

25

Wir kamen zu spät zum Ball. Nicht nur, weil wir Sex gehabt hatten, wobei tatsächlich das Bett zu Bruch gegangen war und wir in den Wänden mehrere körpergroße Abdrücke hinterlassen hatten. Nein, wir kamen zu spät, weil ich erst begriffen hatte, wie erschöpft ich war, als ich in Ians Armen eingeschlafen und ganze acht Stunden später wieder aufgewacht war.

Irgendwann während meines Schlummers hatte Ian Silver hereingelassen. Ich hätte ein schrecklich schlechtes Gewissen gehabt, wenn der Simargl die ganze Zeit im Flur hätte sitzen müssen. Als Ian und ich uns anzogen, schlief er in der Ecke des Raums, die am weitesten von dem Horn und dem zertrümmerten Bett entfernt lag.

Ich hatte vieles auf diese Reise mitgenommen, aber an ein Ballkleid hatte ich nicht gedacht. Doch wie sich herausstellte, war das kein Problem. Katsana brachte mir vier zur Auswahl. Ich wählte ein trägerloses Kleid mit einem engen Mieder und einem weit schwingenden Rock, dessen üppiger Stoff sich wie Schwanenflügel in der Mitte übereinanderlegte. Vom Mieder bis zur Mitte des Oberschenkels war das Kleid in einem tiefen Indigoblau gehalten und ging dann in ein schimmerndes Silber über. Es erinnerte mich an das in Mondschein getauchte Meer, das in diesen Gefilden zwar gefährlich, aber nichtsdestotrotz schön war.

Ian hatte einen Smoking eingepackt und musste sich dank seiner Weitsicht keinen leihen. Er war schwarz mit weißer Krawatte, Farbtupfer bildeten nur sein rotbraunes Haar und die rubinroten Manschettenknöpfe. In diesem eleganten Ensemble sah er unnahbar und umwerfend aus. Nur ich wusste, dass die Manschettenknöpfe zu seinem neuen Schwanzpiercing aus Silber und Rubinen passten. Ian war nicht zu zähmen, auch nicht an den raffiniertesten Stellen.

»Ich würde lieber den Rest des Abends mit dir hier verbringen, aber Yonah hat betont, wie wichtig ihm unsere Teilnahme am Ball ist«, bemerkte Ian, als ich meiner Erscheinung den letzten Schliff verlieh. »Er sagte, sie würden die Ankunft eines Neuankömmlings auf der Insel feiern. Vermutlich fühlen sich die Neuen so weniger abgelehnt und haben mehr das Gefühl, ein neues Zuhause gefunden zu haben, als in einem Gefängnis gelandet zu sein. Wir sind ein paar Stunden nett zu allen, dann umzingeln wir Yonah und überzeugen ihn, den Zauber anzuwenden.«

Dem Anlass entsprechend drehte ich mein Haar zu einem förmlichen Knoten. Außerdem konnte ich so einen dünnen, scharfen Silberstab mit auf den Ball schmuggeln. Nur wenige Leute achteten auf die Haarnadel einer Frau, auch wenn sie als Waffe dienen konnte. »Du bist zuversichtlich, dass Yonah den Zauber anwenden kann, aber du hast mir nie erzählt, warum.«

»Yonah ist ein ehemaliger Dämonenprinz«, sagte Ian in lockerem Ton, als würde er mit mir darüber sprechen, ob ich das Haar offen oder hochgesteckt tragen solle. »Darum ist eine enorme Prämie auf seinen Kopf ausgesetzt. Dämonen werden nicht gern von ihren eigenen Leuten verraten, und Yonah hat seine Blutsbrüder so ruhmreich verlassen und hintergangen, dass sie jeden getötet haben, der ihn kannte, um die Demütigung in Grenzen zu halten.«

Das erklärte, warum ich noch nie von Yonah gehört hatte! Und wow, wie ich mich getäuscht hatte, als ich dachte, Yonah wäre ein Vampir. Wie hatte er es geschafft, seine wahre Spezies so zu verschleiern, dass er sich wie eine andere anfühlte? Diesen Trick musste ich lernen.

»Natürlich ist es unmöglich, jemanden ganz auszuradieren, solange er noch lebt«, fuhr Ian fort. »Trotz des Massenmords machten noch immer Gerüchte über Yonah die Runde. Ebenso wie Geschichten darüber, dass er an einem geheimen Zufluchtsort lebt. Eine meiner ehemaligen Geliebten hat mir diese Geschichten erzählt. Und auch anderen Leuten, woraufhin ihr die Augen ausgestochen wurden«, fügte er hinzu. »Dämonen reagieren immer noch gereizt, wenn Yonahs Name fällt.«

Kein Wunder, dass Ashael so emotional reagiert hatte, als Ian Yonah zum ersten Mal erwähnt hatte. Alles andere hätte ihn verdächtig gemacht, falls Ian von einem anderen Dämon geschickt worden wäre, um Ashael zu testen. *Ich weiß, du musst dich von Yonah distanzieren,* hatte Ian gesagt. *Es darf sich nicht in der Dämonenwelt herumsprechen, dass du immer noch mit dem meist gesuchten Kerl befreundet bist.*

Doch mein Halbbruder *hatte* sich mit dem meist gesuchten Kerl angefreundet. Darüber hinaus musste Ashael schon andere zu Yonahs Insel begleitet haben, da Yonah es Ashael so problemlos erlaubt hatte, Ian und mich herzubringen. Obwohl wir sehr unterschiedlich aufgewachsen waren und trotz der tausend Jahre, die uns trennten, waren wir beide bei derselben Aufgabe gelandet: Wir kümmerten uns um solche, die von Gesetzen benachteiligt wurden, die für die andere Hälfte unserer Spezies maßgeblich waren.

Vielleicht würden Ashael und ich eines Tages auch Freunde sein. Überrascht stellte ich fest, dass ich das hoffte. Doch bis dahin …

»Was meinst du? Saphire oder Perlohrringe?«, fragte ich und hielt je einen Ohrring an meine Ohren.

»Weder noch«, erwiderte Ian und holte eine schmale rechteckige Schachtel aus seinem Koffer. »Ich rate dir zu diesen.«

Er öffnete die Schachtel. Das Licht fing sich in dreiteiligen Ohrgehängen aus Diamanten. Jeder der makellosen Steine war in Platin gefasst, der größte befand sich ganz unten, dann verjüngten sie sich bis hin zu einer Ansammlung kleiner Splitter an der Spitze. Plötzlich wurde mein Mund trocken. Die Schmuckschachtel sah neu aus, und sie roch auch so. Die hatte nicht zufällig noch bei Ian herumgelegen.

»Wann … wann hast du die besorgt?«

»Vor ein paar Wochen«, erwiderte er mit einem Glanz in den Augen, den ich nicht deuten konnte.

Wieder empfand ich Scham. Er hatte mir Feenkönigin Purpur besorgt *und* diese Ohrringe, während ich mich geweigert hatte, auch nur seine Textnachrichten zu lesen. Wie sollte ich das nur wiedergutmachen?

Ich würde einen Weg finden. »Die sind umwerfend, Ian. Danke«, sagte ich und packte die anderen Ohrringe zurück in meine Reisekiste.

Ian legte mir den Ohrschmuck eigenhändig an, und als er fertig war, blickte ich in den Spiegel. Mein hochgestecktes Haar brachte die Gehänge bestens zur Geltung, und sie waren so hinreißend, dass ich mich gegen eine Halskette entschied. Dagegen konnte alles andere nur verlieren.

»Wenn du Katsana dieses Kleid nicht in Fetzen zurückgeben willst«, sagte Ian beiläufig, »zieh es aus, sobald wir das Geschäftliche erledigt haben. Als ich die gekauft habe, habe ich mir vorgestellt, dass du nur sie trägst und sonst nichts. Dieses Bild will ich heute Nacht vor Augen haben.«

Fast hätte ich das Kleid ausgezogen, damit sich sein Wunsch sofort erfüllte, aber es war schon eine Stunde nach Sonnenuntergang. Wenn wir noch länger trödelten, wäre unser Zuspätkommen nicht mehr »schick«, sondern eine Beleidigung für den Gastgeber, der uns einen großen Gefallen tun sollte.

Dennoch war ich versucht, mir das Kleid vom Leib zu reißen.

Ian beugte sich herunter, holte tief Luft und strich dann mit den Lippen über meinen Hals. »Was immer du denkst, merk es dir«, murmelte er. »Die Lust verstärkt deinen Geruch, bis es sich anfühlt, als würde man mitten in einem Sturm stehen, der Regen prasselt auf mich herunter, während überall um mich Blitze niedergehen ...«

»Hör auf«, keuchte ich mit vor Verlangen heiserer Stimme. »Oder wir verpassen den Ball, verärgern Yonah und verspielen unsere Chance, Dagon und die anderen wiedererweckten Seelen zu finden.«

Er wich zurück, doch die Lust in seinen Augen machte es mir unmöglich, mich vom Fleck zu bewegen. Seile hätten mich nicht sicherer festhalten können.

»Eine Stunde.« Seine Stimme klang angespannt. »Dann suchen wir die nächstbeste Toilette auf. Dort treffen wir uns.«

Ich nickte, dann stellte ich den Alarm auf meinem Handy auf sechzig Minuten. Die Lust glomm noch in seinen Augen, als er mir wie ein vollkommener Gentleman die Tür aufhielt.

»Na, dann, auf zum Ball.«

26

Ich lernte schnell, dass »Ball« ein dehnbarer Begriff war. »Spektakel« beschrieb treffender den Anblick, der uns erwartete, als wir uns zurück auf die Hauptebene der Villa begaben. Die Lagerfeuer draußen brannten noch, aber sonst war kaum etwas wie vorher.

Die Badehäuschen und Rutschen waren verschwunden und ließen reichlich Platz für offene Zelte aus aufgespannten Seidenstoffen, die um den Pool arrangiert waren. Champagner- und Blutbrunnen sprudelten aus dem Boden, gegrilltes Fleisch, Nudeln, Käse, Gemüse, Obst und Desserts waren zu Türmen dekoriert, die nicht in sich zusammenfielen, egal wie viele Leute sich an ihnen bedienten. Und es waren eine Menge Leute da. Hunderte.

Dies war nur die eine Ebene der Party. Wir folgten einer Reihe elegant gekleideter Personen in die zweite Etage, wo ein Orchester eine der bekannten Musicalmelodien aus *Phantom der Oper* spielte. Das wäre nicht ungewöhnlich gewesen, hätten die Instrumente nicht unter der Decke geschwebt und von allein gespielt. Vampire, Ghuls, Dämonen und Menschen tanzten und lachten unter den Instrumenten und gingen so locker miteinander um, wie ich es bei so vielen unterschiedlichen Spezies noch nie erlebt hatte.

Doch es gab noch andere übernatürliche Wesen hier. Ich wusste nicht, was die Leute mit der blauen Haut und den winzigen weißen Lichtern in den Haaren waren. Oder die großen Gestalten mit Flügeln, die mich an die Schnitzereien von sumerischen Anunnaki-Göttern aus meiner Kindheit erinnerten. Doch auch sie unterhielten sich mit den anderen, als wäre es nichts Besonderes, dass sich verschiedene übernatürliche Wesen gut verstanden.

Aufbrandender Applaus lenkte unsere Aufmerksamkeit auf das Ende des Ballsaals, wo sich ein weiter Balkon zum Meer hin öffnete. Dort hatte sich eine Menge versammelt und beobachtete etwas, das außerhalb unseres Sichtfeldes lag. Ian und ich gingen hinüber, um herauszufinden, was dort los war.

Sobald wir auf den Balkon traten, sahen wir Leviathane über die Wellen tanzen. Ihre wässerigen Körper bewegten sich in perfektem Einklang mit der Musik und wurden von Scheinwerfern angestrahlt. Sie sprangen hoch und drehten sich, während weitere Leviathane sich in andere Meereswesen verwandelten und mühelos zwischen ihnen hindurchglitten. Noch nie hatte ich etwas so Anmutiges gesehen. Es war, als würde sich die Musik in den wunderschönen, fließenden Gestalten der Leviathane manifestieren. Ich sah gebannt zu, bis der Song »The Music of the Night« verstummte und die Leviathane sich in den Wellen auflösten und verschwanden.

Die Zuschauer applaudierten, und ich schloss mich ihnen an. Neben der faszinierenden Vorstellung der Leviathane fiel die Statue der Medusa, die herumlief und an einem der vielen sprudelnden Brunnen ihr Champagnerglas füllte, gar nicht weiter auf.

Auch ich fiel nicht auf. Mit meiner halbgöttlichen Natur wurde ich hier weder verabscheut noch bewundert, eigentlich wurde ich gar nicht bemerkt. Ich war schlicht eins von vielen ungewöhnlichen Wesen, interessanter als einige und deutlich weniger bemerkenswert als andere.

»Du zitterst«, sagte Ian und zog mich aus der Menge auf den Balkon.

»Mein ganzes Leben lang musste ich verbergen, was ich bin, und plötzlich bin ich ganz normal.« Die Verwunderung in meiner Stimme war nicht zu überhören. »Selbst wenn ich ganz in den Modus der Tochter aus der Unterwelt schalten würde, glaube ich kaum, dass diese Leute Angst vor mir hätten. Einige würden vielleicht sogar gähnen!«

Ian schnaubte. »Das bezweifle ich, aber ich verstehe, was du meinst. Das muss sich befreiend anfühlen.«

»Ja«, sagte ich mit solchem Überschwang, dass er die Brauen hob.

»Willst du sagen, dass du gern für immer hierbleiben würdest?«

Ich öffnete den Mund, um zu verneinen … und hielt inne.

Wollte ich das? Es war möglich. Um Zugang zur Insel zu erhalten, musste man von seiner eigenen Spezies abgewiesen worden sein. Diese Bedingung hatte ich erfüllt, als ich Yonah meine beiden Naturen gezeigt hatte. Ian ebenfalls, nachdem er jetzt ein Vampir mit Dämonenkräften war. Soweit ich wusste, dachte Yonah, wir wären beide hergekommen, um Asyl zu suchen. Ashael hatte Yonah gesagt, er bringe zwei Gäste. Er hatte nicht gesagt, dass die zwei nur wollten, dass Yonah einen Zauber für sie anwandte, um dann schnell wieder zu verschwinden.

Was, wenn Ian, Silver und ich hierblieben, sicher vor Dagon und allen anderen, die versuchten, uns umzubringen? Was, wenn wir ein Leben führten, in dem keiner von uns jemals wieder verheimlichen musste, was er war?

»Die Vorstellung gefällt dir«, stellte Ian fest und wirkte nicht überrascht.

Ich seufzte aus tiefster Seele. »Es wäre wundervoll, aber ich kann nicht. Ich habe es meinem Vater versprochen. Und Dagon wird auf jeden Fall versuchen, die anderen wiederauferstandenen Seelen zu töten, um die Macht zurückzuerlangen, die sie ihm genommen haben. Vielleicht sind einige von ihnen genauso unschuldig, wie du es warst.«

»Ich war nicht unschuldig«, sagte Ian und lächelte ironisch. »Aber man hat mich hereingelegt, und ich darf nicht zulassen, dass diesen Leuten die Chance auf ein Leben genommen wird, sollte Dagon sie ebenfalls hereingelegt haben. Außerdem«, er sah mich wissend an, »du warst den Großteil deines Lebens in einer Machtposition, in der du den Machtlosen helfen konntest. Du wirst diese Position nicht aufgeben, nur um dich hier zu verstecken.«

»Wahrscheinlich nicht«, stimmte ich ihm zu, dann lächelte ich schief. »Aber ein Mädchen darf doch träumen, oder?«

Sein Lachen umfing mich wie eine verführerische Umarmung, und er geleitete mich auf die Tanzfläche. Die schwebenden Instrumente hatten von Opernliedern zu Walzer gewechselt. Und natürlich bewegte sich Ian, als wäre er zum Walzertanzen geboren.

»Gibt es eigentlich irgendetwas, das du nicht perfekt beherrschst?«, fragte ich neckisch.

»Zölibat«, erwiderte er und schüttelte sich. »In den letzten Wochen dachte ich, mein Teil würde verrotten.«

Ich verdrehte die Augen, doch zugleich breitete sich ein warmes Gefühl in meinem Körper aus. Ich hatte nicht gefragt, ob er sich mit einer anderen getröstet hatte, solange wir getrennt gewesen waren. Irgendwie war ich davon ausgegangen, dass die Antwort positiv sein würde. Nicht dass ich ihm das hätte vorwerfen dürfen. Man verlässt nicht jemanden und fordert zugleich, dass er einem treu bleibt.

»Ein paar Wochen ohne Sex sind nichts«, sagte ich, um meine tieferen Gefühle zu überspielen. Es war meiner Aufmerksamkeit nicht entgangen, dass ich ihm vorhin meine Liebe gestanden und er darauf nichts erwidert hatte. Ja, Ian mochte mich, aber seine Gefühle waren nicht mit meinen zu vergleichen, und daran musste ich ihn erinnern.

»Ich hatte mal jahrelang keinen Sex«, fügte ich hinzu, nur um seine Reaktion zu testen. »Manchmal sogar Jahrzehnte.«

Ein entsetzter Ausdruck erschien auf seinem Gesicht. Dann verblasste er, und etwas Raubtierhaftes trat in seine Augen. »Hoffentlich hast du deine sexuellen Fastenzeiten genossen, denn die sind vorbei. Schon in zehn Minuten.«

Ich überprüfte mit übertriebener Geste den Alarm auf meinem Handy. »Tut mir leid, aber ich muss mich noch sechsundzwanzig Minuten lang in Enthaltsamkeit üben.«

Er beugte sich herunter und ließ den Mund über meinen Hals gleiten, bis er die zarte Kuhle erreichte, in der mein Puls gewesen wäre. »Nein, musst du nicht.« Zärtlich strich er mit den Reißzähnen über die Stelle, und Schauer schossen durch meinen Körper. »Ich habe auf dieser Etage zwei Toiletten gesichtet«, fuhr er fort und bewegte sich weiter nach oben, bis er federleicht mein Ohr berührte. »Such dir eine aus. Ich bin direkt hinter dir.«

»Wir könnten auch in unser Zimmer zurückgehen«, sagte ich und unterdrückte ein Keuchen, als seine Zunge über die empfindliche Haut hinter meinem Ohr strich.

»Zu weit.« Ein Knurren, das Lust durch meinen Leib spülte.

Ohne ein weiteres Wort ließ ich seine Arme los und ging zum nächsten Waschraum. Ian war nicht der Einzige, der sich die Lage beim Betreten des Ballsaals gemerkt hatte.

Drinnen waren zwei Menschenfrauen, eine trug Lippenstift auf, die andere spielte mit ihrem Haar. »Ihr seht beide fantastisch aus«, sagte ich zu ihnen, um Geduld bemüht, und ließ meinen Blick grün leuchten. »Geht jetzt und habt einen wundervollen Abend.«

Sie machten auf dem Absatz kehrt und gingen hinaus, wobei die eine sagte: »Du siehst wirklich fantastisch aus«, und die andere voller Selbstvertrauen erwiderte: »Ich weiß, du aber auch!« Ich hörte keine weiteren Herzschläge, doch ich beugte mich hinunter, um unter der Kabinenwand hindurch nach weiteren Personen zu sehen. Leer.

Als ich mich aufrichtete, war Ian hinter mir und verschloss bereits die Tür.

Ich sah ihn durchdringend an und griff unter den weiten Rock meines Kleids, um mir den Slip auszuziehen. Er knöpfte sich Jackett und Hose auf, und in seinen Augen loderte Feuer, als mein Höschen neben seinen Füßen landete.

»Nur ausnahmsweise«, murmelte er, hob mich hoch und setzte mich auf die Ablage. »Verlier nicht die Kontrolle.«

Bereits nass vor freudiger Erregung schlang ich die Beine um seine Taille. »Warten wir es ab.«

27

Ich hatte mich noch nie im halböffentlichen Waschraum von einem Fremden frischgemacht, nachdem ich spontan Sex gehabt hatte. Niemand hatte mich jemals derart erregt, dass ich es nicht mehr in einen abgeschiedenen Raum geschafft hatte. In den meisten Kulturen müsste ich mich dafür schämen, insbesondere da eine draußen wartende Frau zweifelsohne wusste, wieso die Tür verschlossen gewesen war, als Ian mit zufriedenem Grinsen herauskam. Aber ich schämte mich nicht. Ich verbeugte mich und schlüpfte dann in die erstbeste Kabine, um mich zu säubern.

Ian war so hinreißend, diese Frauen mussten mich einfach verstehen. Und wenn nicht, war das nicht mein Problem. Wir hatten die Einrichtung nicht beschädigt, nur die Mamorablage hatte einen kleinen Riss abbekommen. Die ahnten ja nicht, wie viel Beherrschung mich das gekostet hatte. Wir hätten uns nicht mehr zusammenreißen können, wenn wir beide an Händen und Füßen gefesselt gewesen wären.

Und es war überwältigend gewesen. Vor seinem Gedächtnisverlust hatte Ian Fesselspiele mit mir ausprobieren wollen, doch das hatten die Schatten meiner Vergangenheit nicht zugelassen.

Jetzt konnte ich es nicht erwarten, dass Ian die magischen Fesseln hervorholte. Ich wollte liebend gern gefesselt sein, während alles in mir außer Kontrolle geriet, und er hatte mich fesseln *müssen,* damit dieser Raum in seinem makellosen Zustand blieb.

Ich sortierte mich, dann trat ich aus der Kabine und wusch mir die Hände. Der Waschraum war jetzt leer, die andere Frau hatte weniger Zeit benötigt als ich. Ich hatte mich gerade nachgeschminkt und meine Haare wieder zum Knoten hochgesteckt, als die Tür aufging und eine schöne schwarzhaarige Frau in einem dunkelvioletten Ballkleid hereinkam.

Sie lächelte mir höflich zu, dann verschwand sie in einer Kabine. Ich erwiderte ihr Lächeln, doch als mein beiläufiger Blick sie zu erkennen glaubte und mein Gehirn in Alarmbereitschaft versetzte, gefroren meine Gesichtszüge.

Selbst nach all dieser Zeit erkannte ich das seidige lange schwarze Haar, die klaren braunen Augen und die Haut, die denselben goldenen Bronzeton hatte wie meine. Doch das war unmöglich. Ereshki war vor Tausenden von Jahren gestorben, und die Frau in der Kabine war ziemlich sicher ein Mensch. Das bewies ihr Herzschlag ebenso wie das Geräusch beim Urinieren.

Dennoch stürmten Erinnerungen auf mich ein, die zu unterdrücken ich mir alle Mühe gegeben hatte. *Ereshkis zurückhaltendes Lächeln, als sie in meinen Käfig geschoben wurde. Ich war schon oft mit schiefem Grinsen, anzüglichen Blicken und Feixen gelockt worden, doch vor ihr hatte mich noch nie jemand so freundlich angelächelt.*

Die Spülung rauschte, dann kam die Frau aus der Kabine. Sie schien überrascht, mich zwischen Waschbecken und Tür stehen zu sehen, von wo ich sie wie paralysiert anstarrte. Doch dann begann sie, sich die Hände zu waschen, als wäre alles normal.

»Kenne ich Sie?«, zwang ich mich, sie mit ruhiger Stimme zu fragen.

Sie sah auf und lächelte wieder, diesmal etwas unsicher. Ihr Herzschlag beschleunigte sich und deutete auf wachsende Nervosität hin. Nicht dass ich ihr das verübeln konnte. Ein Vampir versperrte ihr den Weg zur Tür und starrte sie durchdringend an. Wenn sie das nicht nervös machte, hätte sie nicht überlebt, was auch immer sie gezwungen hatte, auf dieser Insel Zuflucht zu suchen.

»Ich glaube nicht«, erwiderte sie, dann schrie sie.

Ich konnte mich nicht erinnern, bewusst den Raum durchquert und sie bei den Schultern gepackt, geschweige denn, sie hochgehoben zu haben. Aber ich hielt sie fest, und sie schrie und trat mit ihren hochhackigen Schuhen ins Leere.

Diese *Stimme*. Höher als meine, aber auf grausame Weise vertraut und mit demselben Dialekt, den Ian nicht zu deuten gewusst hatte, als wir uns zum ersten Mal begegnet waren. Nur wenige Leute kannten ihn. Altsumerisch war als Sprache vor Tausenden von Jahren ausgestorben.

»Wer bist du?«, fauchte ich, als die Tür zum Waschraum aufgestoßen wurde. Das tödliche Horn hatte bereits Ians Ärmel zerfetzt und sich aufgebäumt, doch als er sah, dass ich nicht in Gefahr war, zog es sich wieder zurück.

»Veritas«, sagte er wachsam. »Was ist los?«

»Bitte halten Sie sie auf!«, flehte die Frau Ian an. Und mir schrie sie zu: »Lass mich runter, ich habe dir nichts getan!«

Sie verstummte und sah mich erschrocken an, als ich sie in der ersten Sprache verfluchte, die ich je gelernt hatte. Und so wie sich ihre Augen weiteten, verstand sie, was ich sagte.

»Wer bist du?«, keuchte sie jetzt ebenfalls auf Sumerisch.

Ich hatte keine Zeit zu antworten, denn sie schlug auf meine Arme ein und trat jetzt mit den Schuhen nach mir.

»Wer bist du?«, rief sie erneut, das hübsche Gesicht vor Wut und Verzweiflung verzerrt. »Weißt du, wer mir das angetan hat? Warst du das? Ja?«, brüllte sie.

Ian fuhr herum, und wieder schoss das Horn hervor, als jemand krachend die Tür zum Waschraum aufstieß. Yonah kam herein, und in seinen moosgrünen Augen leuchteten rote stecknadelgroße Punkte.

»Wer wagt es, meine Gastfreundschaft zu missbrauchen?«, donnerte er, und die Luft im Raum wurde dichter, bis sie sich wie ein spürbares Gewicht anfühlte.

Ich ließ die Frau fallen, aber nur weil ich nicht garantieren konnte, sie nicht vor Yonahs Augen zu erwürgen. »Diese Frau«, sagte ich durch zusammengebissene Zähne, »ist nicht die, die sie behauptet zu sein.«

»Ereshki ist unser Ehrengast. Dieser Ball findet statt, um sie als unser neuestes Mitglied hier zu feiern.« Yonahs Ton durchschnitt die Luft wie ein tödlicher Schlag. Hinter ihm öffneten sich schwarze Flügel, die so breit waren, dass sie die Decke berührten und auf beiden Seiten gegen die Flurwand stießen, ehe sie wieder verschwanden.

Der Anblick hätte mich eingeschüchtert, doch noch viel mehr überwältigte es mich, zum ersten Mal, seit ich kein Mensch mehr war, ihren Namen aus dem Mund eines anderen zu hören. Für einen Moment wurde ich so von der Vergangenheit eingeholt, dass ich nicht mehr Veritas, Gesetzeshüterin beim Vampirrat war. Ich war auch nicht Ariel, die geliebte Adoptivtochter von Tenoch und die heimliche leibliche Tochter des Wächters am Tor zum Jenseits.

Ich hatte keinen Namen. Ich war eines Namens nicht wert. Ich war es noch nicht einmal wert zu leiden und für meinen Gott, Dagon, zu sterben. Dennoch ließ er es zu, damit andere sehen konnten, wie großartig er war, wenn er mich von den Toten auferstehen ließ. Anschließend mussten sie für Dagon sterben. Wenn sie wirklich an ihn glaubten, würde Dagon sie ebenfalls wieder zum Leben erwecken. Das hatte er bewiesen, indem er Ereshki wiederauferstehen ließ und sie mir schenkte, damit ich nicht länger allein in meinem Käfig war. Wenn Dagon seine anderen Opfer nicht wieder ins Leben zurückgeholt hatte, dann hatten sie nicht wirklich an ihn geglaubt. Vielleicht würden die Leute in der nächsten Stadt an ihn glauben …

»Ereshki?« Ians harscher Ton holte mich in die Realität zurück. »Diese Schlampe, die dich betrogen hat, damit du weiter an Dagon glaubst. Damit er dich weiter quälen und umbringen konnte?«

»Wie bitte?«, fragte Yonah.

Zugleich kreischte Ereshki: »So etwas habe ich nicht getan! Ich kenne dich nicht! Warum sagst du sowas?«

Wut und Bedauern über all die Leben, die ich Dagon auszulöschen geholfen hatte, weil er mich einer Gehirnwäsche unterzogen hatte, ließen meine Stimme heiser klingen. »Wenn du nicht dieselbe bist, die Dagon geholfen hat, Tausende umzubringen. Wenn du nicht vorgegeben hast, sein Opfer zu sein, obwohl du die ganze Zeit über seine Verbündete warst, hast du *kein* Muttermal in Form eines Halbmonds auf deiner Hüfte.«

Ich hätte zufrieden sein müssen, weil sie erbleichte, als ich den Saum ihres violetten Ballkleids hochriss, damit Yonah das Muttermal auf ihrer Hüfte sehen konnte. Doch ich war nicht zufrieden. Dass sie mich verraten hatte, als ich ganz und gar hilflos gewesen war, schnürte mir die Kehle zu. Mein Hals fühlte sich an, als wäre er voller Rasierklingen.

»Ich hatte nie die Chance, dich zu fragen, warum«, keuchte ich. »Warum hast du dich überhaupt mit mir angefreundet? Du hättest mich von Dagons Göttlichkeit überzeugen können, auch ohne zu heucheln, dass du mich wie eine Schwester liebst. Das war so grausam, dass ich es dir nicht vergeben, geschweige denn verstehen kann.«

Sie hatte sich so weit in die Ecke des Raums zurückgezogen, dass ihr Herzschlag klang, als würde ein Trommler auf Eisendeckel einschlagen.

»Ich kenne dich nicht«, flüsterte sie ängstlich und blickte wie verrückt zwischen Yonah und mir hin und her. »Ich habe dich noch nie gesehen. Ich habe auch keine Ahnung, wer Dagon ist. Und das weißt du!«, heulte sie seltsamerweise an Yonah gewandt. »Ich kann mich an fast nichts erinnern, das geschehen ist, bevor ich vor fünf Wochen in diesem Graben aufgewacht bin!«

Ich spürte, wie die Farbe aus meinem Gesicht wich, während mir der Magen in die Kniekehlen rutschte, als würde ich nach einem langen Sturz plötzlich aufprallen. Sie hatte fast keine Erinnerung, die über diese fünf Wochen hinausging? Nein. Nein. Sie konnte doch keine der auferstandenen Seelen sein … oder?

Doch. Ereshki hatte ihre Seele an Dagon verkauft, bevor wir uns begegnet waren. Das hatte ich an dem Tag gehört, an dem ich von ihrem Verrat erfuhr und Tenoch mich rettete. Natürlich hatte Dagon Ereshkis Schuld vor langer Zeit eingelöst, und es sah ihm ähnlich, ihre Seele als Energiequelle für seine eigene

Wiederauferstehung zu nutzen, anstatt sie ihrer eigentlichen Bestimmung zuzuführen.

Das bedeutete, wahrscheinlich sagte sie die Wahrheit. Sie *kannte* mich nicht, weil meine Zeit mit Ereshki mit Dagon verbunden war, und mein Vater hatte diese Erinnerungen gelöscht, als er sie, Ian und die anderen Seelen zurück ins Leben geholt hatte. Für sie gab es auch, anders als für Ian, keinen Grund, diese Erinnerungen zu behalten. Ich bedeutete ihr nichts.

»Scheiße«, sagte Ian und bestätigte meinen Verdacht.

Ich zwang mich, eine neutrale Miene aufzusetzen, obwohl ich kurz davor war, über diese grausame Wendung des Schicksals zu schreien.

»Yonah«, sagte ich in erstaunlich beherrschtem Ton. »Wir müssen uns unterhalten.«

28

Yonah, Ereshki, Ian und ich standen in gegenüberliegenden Ecken des eleganten Wohnzimmers im dritten Stock der Villa, eine Etage über der, auf der die Feierlichkeiten stattfanden. Natürlich war alles nicht mehr ganz so feierlich, nachdem der Ehrengast des Balls von Yonahs Wachen die Treppe hinaufgeschafft worden war. Yonah hatte sie gerufen, weil er fürchtete, dass Ereshki bei Ian und mir nicht sicher war.

Klug von ihm. Trotz ihres Gedächtnisverlustes wollte ein Teil von mir Ereshki immer noch am liebsten töten. Den wütenden Blicken nach zu urteilen, die Ian ihr zuwarf, ging es ihm genauso. Der einzige Grund, warum Ian Ereshki wahrscheinlich noch nicht abgeschlachtet hatte, war, dass er es mir überlassen wollte.

»Wir scheinen in einer Zwickmühle zu stecken«, sagte Yonah und begann mit dem Offensichtlichen. »Ereshki wurde mir vor drei Wochen von einem treuen Verbündeten gebracht, der sie auf einem Marktplatz im Irak gefunden hat, wo sie vor Angst vor den Flugzeugen über ihrem Kopf und den Fahrzeugen um sie herum geschrien hat.«

Ehe ich es verhindern konnte, entfuhr mir ein harsches

Schnauben. Das musste erschreckend sein, wenn das letzte Transportmittel, an das Ereshki sich erinnerte, Kamele waren.

»Dieser Verbündete merkte schnell, dass Ereshki nicht unter einer normalen Geisteskrankheit litt«, fuhr Yonah fort. »Ihre letzten Erinnerungen stammten aus dem antiken Mesopotamien. Ereshki verfügte auch über leichte übernatürliche Fähigkeiten und verändertes Blut. All das bedeutete, dass sie durch Gesetzeshüter, Dämonen und Rote-Drachen-Dealer gefährdet war. Darum schickte dieser Verbündete sie zu mir, und sie war absolut reizend und dankbar ...«

»Oh, diese Rolle beherrscht sie gut«, unterbrach ich ihn, die Bitterkeit strömte wie Gift durch meine Adern. »Ich bin auch darauf hereingefallen, auch wenn ich wiederholt gefoltert und ermordet worden bin.«

Yonah starrte mich einen langen Moment an. Dann seufzte er. »Im Laufe der Jahrhunderte sind viele Flüchtlinge mit derselben Geschichte zu mir gekommen: eine schöne Vampirhexe namens Ariel mit silberfarbenen Augen und blau-goldenen Strähnen im weißblonden Haar habe sie gerettet. Wenn es irgendeinen Zweifel gab, dass du das bist, heute Abend auf dem Ball haben dich nicht weniger als sechs erkannt. Für alles, was du für die, die jetzt meine Leute sind, getan hast, Ariel, danke ich dir. Aber«, jetzt klang seine Stimme härter, »meine Dankbarkeit geht nicht so weit, dass ich dir Ereshki als Opfer für deine Rache überlasse. Wer auch immer sie war, als sie dich getäuscht hat, sie ist jetzt eine andere.«

Meine Vernunft stimmte seiner Logik zu. Der Rest schrie: *Das ist MEINE* Entscheidung! Dieses Recht hatte ich mit meinem Blut erkauft, und ich war das einzige von Ereshkis Opfern, das noch übrig war. Die anderen verdienten ebenfalls, dass sie endlich bestraft wurde.

Darum konnte ich Yonahs arroganter Erklärung nicht zustimmen, ich hätte bei Ereshkis Schicksal kein Wort mitzureden. Schlimmer noch, meine Wut weckte meine andere Hälfte. Es fehlte nicht mehr viel, und diese Hälfte würde wieder die Kontrolle übernehmen. Sie suchte jetzt ständig nach einer Schwachstelle, die sie ausnutzen konnte.

Ian sah mich an, dann lehnte er sich auf einem antiken hohen Lehnstuhl zurück und machte es sich bequem. »Du bist erschreckend naiv«, sagte er in vertraulichem Ton zu Yonah. »Kein Wunder, dass du es in deiner vorherigen Welt nicht mehr ausgehalten hast. Es muss die Hölle gewesen sein.«

So, wie sich Yonahs Miene verfinsterte, schien er die Stichelei nicht zu schätzen. »Ich weiß auch, wer du bist, Junge«, erwiderte er kühl. »Aber im Gegensatz zu Ariel habe ich über dich nichts Gutes gehört.«

Ian grinste. »Das war genau meine Absicht. Niemand verdächtigt einen Schurken, sich für eine gerechte Sache einzusetzen, darum mache ich nicht die falschen Personen auf mich aufmerksam. Ich sag dir etwas, was du nicht weißt: Dagon sucht nach diesem Mädchen. Solange sie hier ist, gefährdest du alle anderen auf dieser Insel.«

Yonah machte eine zurückhaltende Geste. »Irgendjemand ist immer hinter meinen Bewohnern her. Wenn nicht, bräuchten sie nicht hier zu sein.«

»Nicht so wie Dagon.« Das Grinsen auf Ians Gesicht blieb, obwohl sich seine Augen zu türkisfarbenen Diamanten verhärteten. »Er frisst Seelen, um sie bei Bedarf als Energiequelle zu verbrennen. Frag Ereshki, ob sie Albträume hat, dass sie in der Dunkelheit ertrinkt. Das kommt daher, dass sie eine von Dagons ehemaligen Seelenbatterien ist.«

Ereshki schlug sich die Hand vor den Mund. »Solche Träume habe ich!«, keuchte sie.

»Natürlich«, sagte Ian und bleckte die Zähne wie ein Tiger, bevor er zubiss. »Ich war genauso in Dagon gefangen. Dann hat Ariel dafür gesorgt, dass wir ihm alle entrissen wurden und wiederauferstehen ...«

»Wie?«, unterbrach Yonah.

Ich hatte nichts dagegen, Yonah mein Geheimnis zu verraten, aber Ereshki würde ich es nicht anvertrauen. »Weißt du, was Ashael ist?«

Yonahs Miene wirkte verschlossen wie ein sturmsicheres Haus. »Angenommen, ich wüsste, wovon du sprichst ... was davon?«

Yonah mochte Ereshki beschützen, aber er war vorsichtig, was er vor ihr preisgab. Gut. Und er wusste ganz genau, was Ashael war. Sonst hätte er anders reagiert.

»Ashael und ich haben viel gemeinsam«, sagte ich und zog ein paar Tropfen blutiges Wasser aus Yonahs Hand. Nachdem meine andere Natur so dicht unter der Oberfläche lauerte, war das ein Leichtes, und das machte mir entsprechend Sorge.

Yonah bekam große Augen, als er spürte, wie ihm das Wasser aus der Haut gezogen wurde. Er blickte jedoch nicht nach unten und schloss die Faust, sodass Ereshki es nicht sehen konnte. Ian hatte es jedoch bemerkt. Er blähte die Nasenflügel, als er es roch.

»Ah«, lautete Yonahs Antwort.

Ereshki wirkte noch verwirrter, doch das war egal.

»Wie gesagt«, fuhr Ian fort, »Dagon wird nach Ereshki suchen, weil er die Macht zurückhaben will, die sie ihm genommen hat, als sie freigelassen und wiedergeboren wurde. Er sucht auch nach mir, darum werde ich dir einen Gefallen tun und uns beide von hier fortbringen – wenn du mir einen klitzekleinen Gefallen tust. Du hast recht: Ein normaler Dämon ist nicht weiter beunruhigend, aber einer, der durch Seelen zu zusätzlicher Kraft gelangt ist?« Ian schnalzte mit der Zunge. »Das ist nicht lustig, oder?«

»Angenommen, ich stimme dir zu«, sagte Yonah und hob eine Hand, als Ereshki ängstlich wimmerte. »Was für einen Gefallen?«

Ians Lächeln war charmant und tödlich zugleich. »Wie schön, dass du fragst.«

29

Ereshki war nicht mehr im Wohnzimmer, nur noch Ian, Yonah und ich. Die Flügel des ehemaligen Dämonenprinzen waren jetzt deutlich zu sehen, obsidianfarbene Schwingen, die weder aus Schatten noch aus Nacht bestanden, sondern aus irgendeiner Dunkelheit weit vor deren Existenz. Die Flügel wuchsen, während Yonah die stärkste Energie, die ich bislang auf dieser Seite des Vorhangs gefühlt hatte, in die Symbole aus Blut vor ihm fließen ließ.

Das Blut stammte von Ian, es war direkt aus seinem Herzen gepumpt worden. Das hatte ich selbst übernommen, nachdem Ian Smokingjacke und -hemd ausgezogen hatte, sodass nur sein glänzender, nackter Oberkörper befleckt wurde. Auch das Horn hatte er abgelegt. Wie beim letzten Mal, als er es abgenommen hatte, stand es aufrecht in der Zimmerecke, diesmal wiegte es sich allerdings hin und her, als würde es Yonahs Macht gutheißen.

Auf ein Nicken von Yonah hin zog ich einen weiteren Blutstrom aus Ians Herz, damit er damit das letzte Symbol übermalen konnte. »Jetzt«, sagte Yonah, ohne aufzusehen, »nutze etwas von der Kraft, die du Dagon geraubt hast, Ian.«

Wie? Er konnte sich hier nicht teleportieren und … oh!

Nicht ein Muskel an Ian bewegte sich, aber sein gesamter Körper begann zu schimmern, bis er aussah, als wäre er von einem silbernen Schleier überzogen. Neue Magie füllte den Raum und legte sich um Yonahs Kraft, bis es mir vorkam, als würde ich einem unsichtbaren Tanz zusehen. An Ian rührte sich nichts, es war also kein taktiler Zauber. Er sprach auch nicht. Nicht einmal Atem kam über Ians Lippen. Dennoch wuchs die Kraft, bis sie über meine Haut strich. Fast rechnete ich damit, dass ihr Gewicht Dellen im Boden hinterlassen würde.

Voller Ehrfurcht bemerkte ich, dass Ian jetzt allein durch seine Kraft Zauber anwenden konnte. Oder, genauer gesagt, indem er sich an der von Dagon geraubten Kraft in sich bediente.

Yonah warf Ian einen überraschten, aber zufriedenen Blick zu. Dann stimmte er einen Sprechgesang in einer mir fremden Sprache an.

Mit einem Fingerschnippen fingen alle blutdurchtränkten Symbole auf einmal Feuer. Dann erhoben sie sich in die Luft, ihre Umrisse bestanden jetzt nicht mehr aus Blut, sondern aus Feuer. Das Feuer leuchtete heller und verschmolz mit Ians und Yonahs Kraft, bis ein Wirbel entstand, der sich plötzlich so heftig in Ians Brust rammte, dass er einen Meter über die Holzdielen des Dämons flog.

»Ian!«, keuchte ich und wollte zu ihm laufen, doch einer der langen Flügel blockierte mir den Weg. Sein Gewicht stand im Widerspruch zu seiner nicht körperlichen Erscheinung, und die Berührung fühlte sich an, als würde mein Arm direkt in die Hölle getaucht.

»Nicht«, stieß Yonah hervor. »Noch nicht.«

Ian krümmte sich zusammen, seine Muskeln dehnten und streckten sich, als versuchten sie etwas festzuhalten, das aus ihm herauswollte. Der schimmernde Glanz verwandelte sich in Feuer, und Ian schrie auf, woraufhin ich auf Yonahs erschreckend unbeweglichen Flügel einschlug, obwohl er mir die Haut verbrannte.

»Hör auf, hör auf!«

»Zu spät«, sagte Yonah in mitleidlosem Ton. »Entweder nimmt Ian den Zauber auf, oder er bringt ihn um.«

Warum hatte er *jemals* einem Dämon vertraut? Das war das zweite Mal, dass einer Ians Leben in Gefahr brachte!

Wieder brüllte Ian, und plötzlich bedeckte Blut seinen gesamten Körper, als wären seine Kapillaren geplatzt und brächen durch seine Haut. Dann wurde er so brutal erschüttert, dass ich hören und sehen konnte, wie seine Knochen brachen.

Ich ließ meine andere Hälfte frei, mein Sichtfeld verdunkelte sich, und auch meine Haut fühlte sich an, als würde sie platzen. Ausnahmsweise war ich mir mit meiner anderen Hälfte ganz einig: Wenn Ian starb, würde Yonah mit ihm sterben.

Ich ließ die mich umgebende Dunkelheit ausschwärmen, bis ich spürte, wie sie die eigentümlichen Flügel des Dämons überwand. Dann suchte meine Kraft die Energie im Wasser, das die Insel umgab. Sobald sie es gefunden hatte, spürte ich die Leviathane – ihre geschmeidigen Körper durchschnitten das Meer wie gefährliche, lebendige Wellen. Doch plötzlich ließ etwas meine Kraft wie eine aufgerollte Peitsche zurückschnellen.

Aha, die Leviathane hatten einen Herrscher. Einer, der sich auch an Land bewegte. Interessant, momentan aber unwichtig. Auf dieser Insel gab es mehr als genug Wasser, um meine Kraft zu verstärken, und… hatte meine Vampirhälfte aufgehört zu schreien? Gut. Das Geräusch war schrill gewesen.

Ich öffnete die Augen. Der Dämon war in seiner Ecke geblieben, die Flügel lagen jetzt dicht an seinem Körper, als wollte er mich angreifen anstatt wegzulaufen. Ein würdiger Gegner also. War ich ihm den Tod schuldig?

Ich blickte zu Ian. Mein Vampir erschauerte nicht länger vor Schmerz, und seine Knochen waren geheilt. Er lag still mit geschlossenen Augen da, und der ehemals silberne Schein und das Feuer waren nicht mehr zu sehen.

»Lebst du?«, fragte ich und stieß Ian mit dem Fuß an. Keine Antwort, aber er schrumpfte nicht wie ein Toter zusammen. Andererseits war seine Leiche vielleicht konserviert, wenn er durch Magie gestorben war. Das hatte ich schon gesehen. Aus meinem leichten Stupsen wurde ein Treten.

»Hör auf«, murmelte Ian und öffnete ein Auge. Dann riss er beide weit auf. »Hallo, du reizende Halbgöttin«, sagte er vorsichtig, während er sich langsam aufsetzte. »Wir sind uns noch gar nicht richtig vorgestellt worden. Ich bin Ian.«

Hielt er mich für dumm? »Ich weiß, wer du bist«, sagte ich und warf ihm einen forschenden Blick zu. »Und du solltest davonlaufen. Hast du *ihr* nicht versprochen zu fliehen, wenn du mich siehst?«

Ian machte eine Geste zu Yonah, der mich wie ein Raubtier umkreiste. »Ich schaff das«, erklärte Yonah in knappem Ton.

Sein Selbstvertrauen war amüsant, wenn auch unangemessen.

»Wenn sie ausbricht und irgendjemanden von meinen Leuten bedroht…«, hob Yonah an und hielt inne, als ich herumfuhr, um ihm ein eisiges Lächeln zu schenken.

»Das wird sie nicht«, sagte Ian mit ebenso viel Selbstvertrauen.

Mein Blick sprang zurück zu ihm. »Du glaubst, du könntest mich aufhalten?«

Ian lächelte und schob sich mit überraschender Eleganz aus dem Loch im Boden. Dann wischte er Scherben und Splitter von seinem blutigen Oberkörper wie Fussel von einem Anzug.

»Das wird nicht nötig sein.« Wieder ein Lächeln, diesmal gerissen und zugleich charmant. »Darum habe ich auch gelogen, als ich versprochen habe wegzulaufen, wann immer ich dich sehe. Das ist nicht nötig. Du magst mich sehr.«

Unverschämt. Vielleicht sollte ich ihm das Blut aus dem Körper ziehen und ihn damit peitschen. »Ach ja?«

Er kam näher, und das Lächeln ließ nicht nach. »Oh ja. Du brichst aus, wann immer ich in Gefahr bin, und ich sehe dich auch hinter Veritas' Augen lauern, wenn sie auf andere Art die Kontrolle verliert.«

Sein schmeichelnder Ton ließ keinen Zweifel, was er meinte. Dann strich er mit der Hand über meinen Arm. Es fühlte sich nicht unangenehm an, also ließ ich es zu.

»Sie glaubt, du bist nicht sie, aber das stimmt nicht, oder?« Beinahe summte er, als er weiter meinen Arm streichelte, als würde er ein wildes Tier besänftigen. »Du bist nur eine andere Seite von ihr. Wir haben alle verschiedene Seiten. Deine ist einfach nur … klar definiert.«

»Sie hält mich für böse.« Es auszusprechen fühlte sich an, als hätte mir jemand einen heftigen Stich versetzt. Bitterkeit, hatte sie es genannt.

»Ich habe Böses gesehen.« Jetzt war seine Hand in meinem

Haar. Ich neigte ihm den Kopf zu, um zu sehen, ob mir das gefiel. Wenn nicht, konnte ich ihm immer noch die Hand abreißen. »Du bist alles andere als böse.«

Ich genoss das Gefühl seiner Hand in meinem Haar. Es war noch angenehmer als das Streicheln auf meinem Arm. Sein Körper würde sich noch besser anfühlen. Das wusste ich, weil er recht hatte – ich hatte gelegentlich durch ihre Augen gesehen, wenn sie ihr Fleisch mit ihm geteilt hatte.

»Du darfst gehen«, sagte ich und schnippte mit den Fingern in Yonahs Richtung. »Oder du darfst bleiben. Wie dem auch sei, er wird mir jetzt Vergnügen bereiten.«

Der Dämon murmelte etwas, das mich nicht interessierte. Dann ging er. Ian lachte – ein leises sinnliches Geräusch, das mich überraschenderweise genauso erreichte wie seine Berührung.

»Na, du freches, kleines, halbgöttliches Luder?«

Ich presste meinen Mund auf seinen, bevor er noch etwas sagen konnte. Ja, sehr angenehm. Seine Zunge fühlte sich noch besser an, und sein Körper weckte Empfindungen, von denen ich mehr haben wollte. Ich hatte bei so etwas bislang nur zugesehen. Jetzt wollte ich es fühlen.

Ich stieß ein missbilligendes Zischen aus, als er meine Hände festhielt, bevor ich ihn von seiner überflüssigen Hose befreien konnte.

»Ich enttäusche dich ja nur ungern«, murmelte er. »Aber wir dürfen das nicht tun.«

»Warum?« Um zu sehen, ob ich mir sein Interesse nur eingebildet hatte, packte ich seinen Schwanz. Härter als ein Eisblock. Das war sicher kein Hindernis. »Du willst es.«

Wieder lachte er, diesmal klang es etwas rauer. »Oh, ich will es die ganze Nacht und bis nächste Woche, aber deine Vampirhälfte hätte etwas dagegen, darum wird es nicht passieren.«

»Du hast gesagt, ich *bin* sie«, widersprach ich. Das Gefühl, abgelehnt zu werden, gefiel mir nicht. »Fang mit dem Beischlaf an!«

Er strich mir das Haar zurück, dann glitt sein Daumen über meine Lippe. Irgendwie ging mir diese Berührung unter die Haut. *Zauberer.*

»Das bist du«, sagte er sanft. »Eines Tages wird sie das begreifen, aber jetzt sieht sie sich noch als zwei getrennte Persönlichkeiten. Sie täuscht sich, aber bis sie das merkt, darf ich deine Einladung nicht annehmen. Also noch mal, ich bedaure, aber das wird nicht passieren.«

Dann küsste er mich und endete mit einem kleinen Biss, fest genug, dass ein Tropfen Blut aus meiner Lippe trat, den er mit der Zunge auffing. Auch das gefiel mir, was seine Ablehnung umso frustrierender machte.

»Jetzt«, sagte er heiser, »zeig ihr, dass sie sich in dir täuscht, indem du ihr freiwillig die Kontrolle zurückgibst.«

Ich schob ihn von mir und hatte das Gefühl, von einem Feind erstochen zu werden, den ich weder sehen noch vernichten konnte. So musste sich Verrat anfühlen. »Sie wird mich wieder einsperren.«

»Für eine Weile«, gab Ian zu. »Ihr wurde beigebracht, ihre andere Hälfte zu fürchten, aber was man gelernt hat, kann man auch wieder verlernen. Außerdem«, seine Stimme wurde tiefer, »ist der Käfig nur eine Illusion. Du bist immer da, stimmt's? Wenn sie dich befreit, befreit sie eigentlich nur sich selbst.«

Ein Seufzen löste sich von meinen Lippen. Wenn er das wusste, warum wusste sie es dann nicht? Ich erwog, seinen Rat zu ignorieren, doch mit jedem Streicheln seiner Hände wuchs ihre Kraft. Bald würde sie hervorbrechen, es sei denn, ich hielt mich fern von ihm.

Wollte ich das? Ich spannte den Kiefer an.

Nein. Das wollte ich nicht. *Zauberer.*

»Also gut«, sagte ich und ließ sie aufsteigen.

30

Ich schnellte nach vorn, als würde ich zurück in die Kontrollposition geschleudert. Einen Moment lang konnte ich Ian nur anstarren. Seine Hände waren noch in meinem Haar, und er war mir so nah, dass ich seine Körperwärme spürte. Er war noch von dem anstrengenden Überlebenskampf unter Yonahs gefährlichem Zauber erhitzt.

»Du hast es ihr ausgeredet«, sagte ich schließlich ungläubig.

Ian verzog den Mund zu einem wissenden Lächeln. »Nein. Ich habe es *dir* ausgeredet.«

Schlagartig begriff ich, dass er wahrscheinlich recht hatte. Ich hatte Jahrzehnte schrecklicher Traumata hinter mir, als Tenoch mich gerettet hatte, und er hatte eisern darauf bestanden, dass ich meine andere Hälfte wegschloss, weil sie zu gefährlich wäre. Ich hatte vor allem Angst, vor dem Tenoch Angst gehabt hatte, darum hatte ich diesen Teil mein Leben lang gemieden. Es war nicht schwer, sich vorzustellen, dass mein Trauma in Kombination mit unablässiger Selbstentfremdung zur Abspaltung des Teils meiner Identität geführt hatte, den mein geliebter Sire fürchtete.

Falls dem so war, brauchte ich künftig eine Menge Therapie. Aber zuerst …

»Funktioniert der Zauber?«, fragte ich und versuchte, meine Wut darüber zu verdrängen, dass Yonah Ian hätte umbringen können. Mit dieser Wut rollte ich meiner anderen Hälfte quasi den roten Teppich aus … oder dem Teil von mir, den ich lieber als meine andere Hälfte bezeichnete, obwohl er das eigentlich gar nicht war? Bei den Göttern, war das verwirrend.

Wenn Ian etwas von meinem inneren Kampf ahnte, kommentierte er es nicht. Er nahm nur meine Hand und streckte den anderen Arm aus. Das Horn flog herüber, um sich um seinen Bizeps zu wickeln wie eine große Armspange aus den 1980ern.

»Finden wir es heraus«, sagte er.

Der Zauber, der in seinem Körper eingeschlossen war, führte uns aus dem Wohnzimmer und hinunter in den Keller des Hauses. Wir waren nur wenige Türen von dem Zimmer entfernt, in dem wir uns vorhin aufgehalten hatten, als Ian stehen blieb und eine andere Tür öffnete. Dort befanden sich Yonah, Ereshki und Katsana, und nur Yonah schien nicht überrascht, uns zu sehen. Er warf Ian einen sarkastischen Blick zu.

»Das ging deutlicher schneller als erwartet.«

Ian ignorierte die Anspielung auf seine vermeintliche sexuelle Ausdauer. »Das beweist, wovor ich dich gewarnt habe«, sagte er. »Dieser Zauber hat Dagons Kraft zu Ereshki zurückverfolgt. Wieso sollte er nicht auch einen benutzen, um sie und die anderen zu suchen, auf die er es abgesehen hat?«

»Es beweist auch, dass Ereshki die Wahrheit sagt«, entgegnete Yonah. »Sie erinnert sich nicht an Ariel oder ihre früheren Verbrechen. Sie ist eine der Seelen, die Dagon in sich gehortet hat, sonst hätte sie keine Spuren von Dagons Kraft in sich, die der Zauber jetzt gefunden hat.«

Es widerstrebte mir zutiefst, dass ich dem Dämon zustimmen musste. Vielleicht konnte ich Ereshki nicht glauben, nach dem, was sie mir angetan hatte, aber Zauber logen nicht. Die Frage war, was hieß das für mich? Und die vielen anderen, die nur mich hatten, die sich für sie einsetzte? Sollte diese Ereshki für die Verbrechen ihres früheren Ichs bezahlen? Oder war die Frau, die vor mir stand, quasi unschuldig, weil man diese Ereshki all ihrer Erinnerungen beraubt hatte?

Ich rang noch mit mir, als Ian sagte: »Es beweist ebenfalls Ariels Version der Ereignisse, darum werden wir jetzt gehen und Ereshki mitnehmen.« Seine Stimme klang gefährlich sanft, ganz offensichtlich hatte *er* keine Gewissensbisse.

Ereshki brach in Tränen aus, und ihr Weinen berührte einen Platz in meinem Herzen, den ich in Bezug auf sie für tot gehalten hatte. Auch Yonah warf ihr einen mitfühlenden Blick zu. Dann starrte er Ian an.

»Nicht akzept…«

Er brachte das Wort nicht zu Ende. Der Boden hob sich, dann erschien ein Riesenriss, der sich augenblicklich mit Meerwasser füllte. Ehe ich überhaupt reagieren konnte, reichte mir das Wasser bis zum Knie.

Silver! Wenn ich ihn nicht hier rausbrachte, würde er ertrinken! Ich stürzte aus dem Zimmer, dann duckte ich mich, weil Yonah mit Ereshki in den Armen über mich hinwegflog. Richtig. Sie war wieder ein Mensch, darum konnte sie ertrinken.

Ich flog den Flur hinunter und achtete nicht auf Ians Rufe, dass ich stehen bleiben solle. Als ich unser Zimmer erreichte, war das Wasser bereits höher als bis zum Türknauf gestiegen. Ich trat die Tür auf, als ein heftiges Beben zahlreiche Risse durch die Decke trieb. Silver flog wie eine Kanonenkugel heraus. Jetzt war nur noch der Bereich um meinen Kopf trocken. Ich drückte Silver an mich und bemühte mich, über der Wasserlinie zu fliegen. Als es erneut über mir krachte, blickte ich besorgt zur Decke. Was für eine Katastrophe sich auch gerade ereignete – ein Erdbeben vielleicht? –, es hörte sich an, als würde jeden Moment das Dach einstürzen.

»Ian!«, rief ich, als ich ihn im Gang mit dem schnell steigenden Wasser und den sich unheilvoll vermehrenden Dachtrümmern nicht sah.

Ich meinte, seine Stimme weiter vorn gehört zu haben, war mir aber nicht sicher. Das Wasser stand jetzt so hoch, dass ich nicht mehr fliegen konnte, und hindurchzuwaten, während ich Silvers Nase über das Wasser hielt, dauerte zu lange. Weitere krachende Geräusche bewiesen das. Uns blieben nur noch Sekunden, bis die gesamte Eingangshalle einstürzen würde.

Ich schrie Silver zu: »Halt die Luft an!«, betete, dass er mich verstand, und tauchte unter Wasser, wobei ich ihn an mich drückte.

Ich hielt einen Arm vor mich, um eventuelle Trümmer zur Seite zu schieben, während ich so schnell schwamm, wie ich konnte. Mit einem Arm schützte ich Silvers Kopf. Ich kämpfte gegen die aufsteigende Panik an, als ich es sogar durch das rauschende Wasser erneut krachen hörte. Noch mehr Trümmer stapelten sich vor mir auf und versperrten mir den Weg. Silver konnte sterben, und wo war *Ian?* Vampire konnten nicht ertrinken, aber er konnte unter etwas feststecken, während das Haus über ihm zusammenbrach und ihn womöglich zerquetschte …

Etwas Hartes rammte mich und riss mich nach oben. Ich

dachte, ich hätte einen Körper neben mir gespürt, dann spürte ich nur noch Schmerz von den zahlreichen Erschütterungen und dem Lärm, gegen den die vorherigen Geräusche lächerlich gewesen waren. Als ich wieder sehen konnte, blickte ich durch einen roten Blutschleier.

Ein roter Ian drückte mich an sich, während er mit uns aus dem Haus flog, das mit erschreckender Schnelligkeit in sich zusammenstürzte. Ein roter Silver hustete Wasser, während Blut aus seinen durchnässten Federn tropfte. Dann landeten wir auf rotem Sand, als Ian uns am Strand absetzte, der von den Nachbeben wankte.

»Wie hast du mich zwischen all den Trümmern gefunden?«, stieß ich keuchend hervor.

»In Silvers Halsband ist ein Peilsender«, antwortete er. »Den habe ich ihm in dieser Villa in Athen untergeschoben.«

Ich würgte an einem Lachen. »So hast du mich in den Ruinen von Mykene gefunden.«

»Ich werde dich immer finden«, schwor er und gab mir einen leidenschaftlichen Kuss.

Weitere Nachbeben erschütterten den Boden und unterbrachen unseren Kuss. Bei den Göttern, *das Haus*, darin hatten sich Hunderte Leute befunden, als die Mauern eingestürzt waren! Wie viele waren entkommen? Wie viele waren noch dort gefangen?

Ich setzte Silver ab. »Bleib«, sagte ich zu dem Simargl. Dann fasste ich Ians Hand. »Wir müssen zurück und helfen!«

Etwas wie ein Schnauben entfuhr ihm. »Ich wusste, dass du das sagst.«

Wir flogen zurück zum Haus, wobei ich mir das Blut aus

den Augen wischte und Ian etwas brummte, das ich wegen des Winds, des unablässigen Krachens von Beton und der Schreie der Leute nicht verstehen konnte. In der kurzen Zeit, die es gedauert hatte, zu Yonahs Haus zurückzukehren, war von seiner vierstöckigen Villa kaum mehr als ein Stockwerk übrig, und das Meer rauschte durch einen riesigen Graben, der von den Trümmern des Hauses bis zur nachtdunklen Brandung führte.

Ian landete neben einer Vampirgruppe, die dort im Schutt grub, wo sich das Poolgelände befunden hatte. Der Pool war unter großen Trümmern begraben, und es gab ein tiefes Loch, das die Reste des Hauses zu verschlingen schien. Gerade wollte ich zu Ian gehen, als neue Schreie mich zu dem Teil zogen, in dem sich im zweiten Stock der Balkon befunden hatte.

»Du übernimmst den Teil, ich diesen!«, schrie ich.

Der Balkon war auf den Boden gestürzt und hatte jeden zerquetscht, der unglücklicherweise darunter gestanden hatte. Der Geruch von Blut und Tod war überwältigend, aber dem Stöhnen und den Schreien nach zu urteilen gab es auch einige Überlebende. Ich räumte die Teile des ehemaligen Balkons zur Seite und achtete sorgsam darauf, sie auf den Sand hinter mir zu werfen anstatt dorthin, wo weitere Leute verschüttet sein konnten.

»Ich komme!«, rief ich und grub und räumte noch schneller. Schon bald rutschte mir ein großes Stück Geländer aus den inzwischen blutigen Händen, doch sie würden wieder heilen. Wenn ich mich nicht beeilte, hatten Verschüttete keine Chance.

Jemand Großes, Schweres landete neben mir. Yonah, dessen Flügel nicht zu sehen waren, räumte mit unbeirrbarer Entschlossenheit, die ebenso groß war wie meine Verzweiflung, Trümmer zur Seite.

»Halt«, sagte er zu meiner Überraschung. »Das kann ich erledigen, aber nur du kannst das Meer aufhalten. Dräng die Wellen aus dem Graben zurück, Ariel. Sofort, oder wir erreichen die Überlebenden nicht mehr rechtzeitig.«

»Ich kann *etwas* Wasser lenken, aber ich kann nicht einen Teil des Meeres zurückhalten!«, protestierte ich.

»Dann tu, was du kannst!«, lautete Yonahs ungeduldige Antwort, bevor er verschwand und begann, sich unter den Trümmern hindurchzugraben.

Ich war immer noch wütend auf Yonah, aber er hatte recht. Die größte Gefahr für die sterblichen Überlebenden war jetzt das Meer. Vielleicht verstieß es gegen die Regeln der Leviathane, das Wasser zu manipulieren, aber ich konnte die mögliche Gefahr für mein Leben nicht höher bewerten als den sicheren Tod der festsitzenden Menschen, wenn ich nichts tat.

Ich hob die Hände und schickte meine Sinne aus, um das rauschende Wasser in dem Schutt unter Yonahs Haus zu suchen. *Außerdem,* dachte ich grimmig, *hat dieser Teil des Meeres das Gelände unerlaubt betreten. Ich schicke es nur zurück.*

Ich schloss die Augen. Sehen würde mir nicht helfen. Nur meine anderen Sinne, und ich lenkte sie zu dem Wasser unter den Ruinen, bis ich spürte, wie seine Energie in mir pulsierte. Dann schlang ich meine Kraft um diese Energie und zog, ich zog das Wasser aus den unzähligen Rissen, die es ausfüllte, während ich zugleich das ständig nachfließende Meer in dem Hauptgraben zurückzudrängen versuchte.

Doch sofort wurde ich von überwältigender Kraft überflutet, die meinem Willen nicht gehorchte. *Lauf!,* drängte ein ursprünglicher Teil von mir. *Lauf oder stirb!*

Zugleich griff meine andere Natur durch die Stäbe ihrer Zelle. Sie war nicht nur unerschrocken, sie wurde von all der unkontrollierbaren Energie ringsum angezogen.

Ich dachte nicht nach. Ich ergriff ihre Hand und zog.

31

Als meine andere Hälfte schließlich die Kontrolle wieder aufgab, hatten die Vampire, Ghule und Dämonen unter den Überlebenden die größten Risse mit einigen Trümmern des Hauses gestopft. Die behelfsmäßige Reparatur würde auf Dauer nicht halten, und es floss noch immer Meerwasser durch die Risse, aber es war nicht mehr das sintflutartige Strömen, das mich zuvor mit seiner Kraft überwältigt hatte.

Ich war so erschöpft, dass ich mich nicht einmal aufsetzen konnte, und beobachtete, wie die blutenden Überlebenden am Rand der Ruinen warteten. Einige weinten, andere beteten laut, dass ihre Liebsten aus den Trümmern des eingestürzten Hauses geborgen wurden. Ich konnte keine Herzschläge in den Ruinen hören, aber ich hoffte, dass das an dem Lärm der Retter lag, die sich durch den Schutt gruben. Ich wollte ihnen helfen, aber noch schien ich mich nicht bewegen zu können.

Als etwas Schäumendes, Tiefblaues aus dem Meer aufstieg, hielt ich es einen Moment lang für eine Riesenwelle. Dann merkte ich, dass sich Leviathane aus dem Wasser erhoben. Natürlich kamen sie aus der Brandung direkt auf mich zu, doch ich hatte noch nicht einmal genügend Energie, um Angst zu haben. Alles, was ich denken konnte, war: *Ihr habt ja ganz schön lange gebraucht.*

Dann schob sich eine zerrissene schwarze Hose in mein Sichtfeld. Ich ließ den Blick an ihr nach oben gleiten und sah einen muskulösen, hellen Rücken und durchnässtes rotbraunes Haar. Ian hob den Arm, und das Horn, das um ihn gewickelt war, stieß in die Luft, als würde es aus Muskeln bestehen.

»Als ihr das erste Mal ihr Leben bedroht habt, habe ich das als Missverständnis abgetan, aber jetzt ist mir alles egal«, sagte er in lautem, munterem Ton. »Also, wenn sich irgendeiner von euch wasserdurchtränkten Mistkerlen in ihre Nähe wagt, schiebe ich euch dieses Horn so weit in euren Hintern, dass Poseidon persönlich Hämorrhoiden bekommen wird!«

Sollten das die letzten Worte sein, die ich hörte, wären sie zumindest denkwürdig.

»Das wird nicht nötig sein«, stellte eine glatte Stimme fest.

Ich weiß nicht, warum ich dachte, es wäre Yonah. Weil ich zumindest ein paar seiner Leute gerettet hatte, hoffte ich, der Dämon würde sich gegebenenfalls für mich einsetzen. Aber der Mann, der in mein Sichtfeld trat, hatte keine Glatze, sondern langes weißes Haar, und seine Haut … *Wow,* dachte ich verwirrt.

Er steckte in einem eleganten Smoking, doch tiefe Risse in dem Stoff gewährten Blicke auf seine Haut, die im einen Moment so blass war wie das Mondlicht, das aufs Meer schien, und im nächsten tiefblau mit Silber durchwirkt. Es war, als würde man zusehen, wie sich Licht im Wasser ausbreitete, und jetzt wusste ich auch, woran mich sein Haar erinnerte: an die Gischt des Meeres bei heftigem Sturm.

»Der Herrscher der Leviathane«, murmelte ich. Ich hatte ihn

zwar nicht gesehen, als meine andere Natur die Kontrolle übernommen hatte, aber ich hatte ihn gespürt, darum erkannte ich ihn jetzt wieder.

Ian drehte sich um und stellte sich zwischen den Fremden und mich. »Na, so was!«

Ich ließ mich von Ians lässigem Ton nicht in die Irre führen. Seine Aura war hochexplosiv. Eine Warnung, die so deutlich war wie das tödliche Horn, das jetzt auf den großen, weißhaarigen Herrscher der Leviathane gerichtet war.

»Wie gesagt, das wird nicht nötig sein«, erwiderte der Fremde. Bei diesen Worten verschmolzen die Leviathane wieder mit dem Meer.

Ian entspannte sich jedoch nicht. »Soll ich dir jetzt dankbar sein, oder hast du deine Meereshunde zurückgepfiffen, weil du dich selbst mit Ariel anlegen willst?«

»Ariel?« Die Lippen des Herrschers zuckten, und er blickte an Ian vorbei zu mir. Da merkte ich schließlich, dass er ohne diese Haut wie ein ganz normaler attraktiver junger Mann aussähe. »Ausgerechnet du hast dich nach einer fiktiven Meerjungfrau benannt?«

Ich sammelte Energie, um zu antworten. »Mein Sire hat mir den Namen gegeben, Jahrtausende bevor das Buch geschrieben wurde, aber die Ironie ist mir nicht entgangen.«

Wieder schmunzelte er. Dann sah er zu Ian zurück. »Ich will ihr nichts tun.« *Aber wenn, könntest du mich nicht aufhalten,* sagte sein nun harter Blick.

Ians Lächeln brachte mich dazu, mich aufzusetzen. Dasselbe Lächeln hatte ich gesehen, kurz bevor Ian sich in einen brutalen Kampf geworfen hatte, bei dem er gestorben war.

»Ich könnte etwas Hilfe gebrauchen«, sagte ich, um Ian abzulenken. Das war nicht gelogen. Mein Körper fühlte sich wie ein nasser Lumpen an, und jetzt schritt Yonah mit ausgebreiteten Flügeln auf uns zu. Das konnte nichts Gutes bedeuten.

»Ich habe den Bann aufgehoben, meine Leute und ich brechen auf«, verkündete Yonah und schien mit dem Herrscher der Leviathane zu sprechen. Bei dieser Erklärung hörten alle derart unvermittelt auf zu arbeiten, und die neue Stille wirkte geradezu unheimlich. »Ich gebe dir unseren neuen Aufenthaltsort durch, wenn es sicher ist«, fuhr Yonah fort und schien wieder allein mit dem Leviathan zu sprechen.

Sie packten sich an den Oberarmen – die altmodische Version des Händeschüttelns. Da Yonah nicht sofort Wasser spuckte, waren dem Anführer der Leviathane offenbar nicht dieselben Grenzen wie seinen flüssigen Kollegen gesetzt, die einen mit nur einer Berührung ertränkten.

»Sichere Reise, Yonah«, sagte er mit seiner tonlosen Stimme.

»Dir auch, Indus«, erwiderte der ehemalige Dämonenprinz.

Indus. Der Name eines Flusses, nicht weit entfernt von meiner Heimat im antiken Mesopotamien. Zufall? Oder hatte die Wiege der Zivilisation wesentlich mehr hervorgebracht, als mir bewusst war?

Ereshki lenkte mich ab, indem sie zu unserem Trümmerhaufen humpelte. »Bitte«, sagte sie. »Bitte, Yonah, lass mich nicht zurück!«

»Die Regeln besagen, dass nach einem Angriff nur die vertrauensvollsten Mitglieder zu einem neuen Zufluchtsort gebracht werden«, antwortete Yonah in harschem Ton. »Du bist das jüngste Mitglied, darum kann ich dir am wenigsten trauen.

Auch wenn es diese Regel nicht gäbe, dieser Ort war fünfhundert Jahre lang ein sicherer Hafen, doch kaum einen Monat nach deiner Ankunft macht ein Erdbeben die halbe Insel platt, obwohl es hier weit und breit keine Verwerfungslinie gibt. Nein! Da war Schwarze Magie im Spiel. Das spüre ich, was heißt, dass er«, er deutete mit dem Finger auf Ian, »recht hat. Dein Feind hat dich hier aufgespürt, und ich darf nicht zulassen, dass er dich auch dort aufspürt, wo wir hingehen.«

Ereshki versuchte, sich an ihn zu klammern, doch Yonah schob sie fort. Sie sank verzweifelt schluchzend auf die Knie, was eine schmerzhafte Erinnerung in mir wachrief. Ich wusste, wie sich derart große Verzweiflung anfühlte. Das wünschte ich niemandem, selbst ihr nicht.

»Wie kommen deine Leute von hier fort?«, fragte Ian und ignorierte Ereshkis Tränen. »Wie du vielleicht weißt, ist unser Flugzeug nicht länger funktionsfähig, darum könnten wir eine Mitfahrgelegenheit gebrauchen.«

»Nicht mit mir«, erwiderte Yonah knapp. »Du kannst nach Hilfe rufen, wenn du ein funktionierendes Handy findest. Oder fliegen. Oder schwimmen. Die Leviathane werden ebenfalls bald weg sein. Nachdem der Bann aufgehoben ist, kann ich jetzt all meine Leute von hier fortteleportieren, auch jene, die noch unter den Trümmern gefangen sind. Aber das heißt auch, dass die Insel fortan vollkommen ungeschützt ist.«

Mit diesen Worten ließ Yonah eine Stoßwelle voll Energie los. Sie schleuderte Ian zurück und musste mich ebenfalls umgeworfen haben, denn als ich die Augen öffnete, waren nur noch Ian, Ereshki und ich da.

Ereshkis Schluchzen verwandelte sich in lautes Heulen, als sie merkte, dass Yonah sie tatsächlich zurückgelassen hatte. Dann rappelte sie sich hoch und rannte, aber schon bald stolperte sie über ein Trümmerstück und stürzte.

»Ich kümmere mich gleich um dich«, murmelte Ian, dann erhob er die Stimme. »Silver! Komm her, mein Freund, wir brechen auf!«

Ich war erleichtert, als ein grauer Streifen auf uns zuflog. Dann sah ich, wie Ian Ereshki zu uns teleportierte und vor mir absetzte. »Mach schnell – wir müssen weg, bevor die Insel von Yonahs Feinden gestürmt wird.«

Ich brauchte einen Moment, dann begriff ich. Ereshki ebenso. Sie schluchzte wie verrückt und sah mich voller Verzweiflung an.

Sie erwartete keine Gnade, und ich schuldete ihr sicher auch keine. Dagon hatte mir nicht nur den Hals aufgeschlitzt und dann behauptet, er habe mich von den Toten zurückgeholt, wenn ich später ins Leben zurückkehrte. Nein, Dagon besaß schauspielerisches Talent und hatte ehrgeizige Ziele, die er rücksichtslos verfolgte. Je länger das Leiden, je grotesker die Methode der Exekution … desto gottgleicher wirkte Dagon, wenn ich von den Toten zurückkehrte, und umso mehr Macht erhielt er von seinen Anhängern.

Und ich hatte Ereshki so sehr geliebt, dass ich Dagon *angefleht* hatte, mich an ihrer Stelle zum Objekt seiner Grausamkeiten zu machen. Als er es tat, war ich um ihretwillen erleichtert. Bis zu dem Tag, an dem Tenoch mich gerettet hatte, dachte ich, Ereshki würde mich auch wie eine Schwester lieben. Doch an jenem letzten Tag erholte ich mich schneller von einer Schlacht, als meine Peiniger ahnten, und ich hörte, wie Ereshki mit Fenkir und Rani darüber lachte, wie leicht sie mich getäuscht hatte. Sie war keine hilflose Gefangene. Nein, Ereshki war Dagons willige, von ihm gezeichnete Gefolgsfrau und nur dazu da gewesen, mich zu täuschen, damit ich Dagon treu blieb.

Das herauszufinden schmerzte mehr als alles, was Dagon mir angetan hatte.

Jetzt sollte ich endlich meine Rache bekommen. Das *brauchte* ich, nicht nur für mich, sondern auch für all die anderen Opfer. Doch obwohl meine Hände zitterten, weil ich mich so sehr danach sehnte, sie zu erwürgen, konnte ich es nicht. Die Ereshki, die mich und all die anderen hintergangen hatte, war nicht hier. Nur diese, und sie konnte sich nicht an ihre zahlreichen Verbrechen erinnern.

Wenn ich diese Ereshki umbrachte, würde das keine Gerechtigkeit bringen. Es würde noch nicht einmal meine Rachegelüste befriedigen. Es wäre grausam um der Grausamkeit willen, darum konnte ich es nicht. Wenn ich es tat, wäre ich nicht viel besser als das Monster, das Ereshki damals gewesen war, und ich *war* besser, verdammt! Sie hatte mir viel genommen, aber das würde sie mir nicht nehmen.

»Ich bringe sie nicht um«, sagte ich.

Ian zuckte die Schultern. »Wenn du zu müde bist, übernehme ich es.«

»Nein.« Meine Stimme klang hart wie Stahl. »Wir nehmen sie mit.«

32

Ich hatte mich bislang noch nie mit jemandem beim Teleportieren gestritten, und ich kann es auch nicht empfehlen. Jedes Mal, wenn ich etwas sagte, das Ian nicht hören wollte, sauste er mit uns blitzschnell weitere hundert Kilometer über das weite Meer. Dazwischen flogen wir. Oder, genauer gesagt, Ian flog, wobei er Silver, Ereshki und mich mitschleppte, weil ich zu schwach war, mich selbst zu transportieren, ganz zu schweigen, noch jemand anderen.

Noch nie hatte ich eine derartige Litanei an Flüchen in verschiedenen Sprachen gehört wie in den Stunden, die er mit uns flog, uns teleportierte, dann ausruhte und wieder von vorne begann, bis wir endlich Land erreichten – die Küste von Santa Monica in Kalifornien. Einige Male rechnete ich damit, dass Ian Ereshki irgendwo zurückließ, damit sie ertrank, doch trotz seiner unmissverständlich geäußerten Einwände, nahm er sie mit. Am Ende war ich mir nicht sicher, ob er meinen Wunsch respektierte oder meine kühle Behauptung ihn überzeugt hatte, dass Ereshki für uns lebend mehr wert war.

So kam es, dass wir vier in das erstbeste prächtige Strandhaus stolperten, das wir entdeckten, nachdem wir die letzten hundert

Meter an die Küste geschwommen waren. Es stand nicht leer, aber ein paar Blitze aus Ians Augen genügten, und das Paar mittleren Alters war nur zu glücklich, uns als ihre Überraschungsgäste zu bewirten. Dämonen konnten keine Privathäuser betreten, es sei denn, sie wurden eingeladen, zudem war es mitten am Tag, sodass wir für die nächsten Stunden sicher waren.

Dankbar nahm ich einen großen Schluck aus dem Handgelenk des Mannes, während seine Frau Ereshki fragte, ob sie etwas essen wollte. Zu meiner Überraschung ging Ian direkt zum Telefon des Ehepaars und wählte.

»Crispin«, sagte er kurz darauf. »Es ist etwas Wichtiges passiert. Wir müssen uns heute Nacht in meinem Lieblingshaus treffen, und ich weiß, du hast sie gern bei dir, aber was immer du tust, bring *nicht* das Mädchen mit.«

Ich hörte Bones durchs Telefon schnauben. »Du weißt, dass Cat es nicht akzeptieren wird, wenn ich sie zurücklasse …«

»Nicht *das* Mädchen«, unterbrach Ian.

Es folgte angespanntes Schweigen, dann sagte Bones: »Bis heute Abend«, und legte auf.

Ich war neugierig. Bat Ian endlich seine Freunde, ihm dabei zu helfen, Dagon zur Strecke zu bringen?

Ian legte das Telefon weg. Dann streckte er sich auf dem Sofa aus, ohne Rücksicht darauf zu nehmen, dass er immer noch klatschnass war. Ereshki zog sich so weit vor ihm zurück, wie es der Raum mit dem Meerblick zuließ. Ich bemerkte, dass sie auf die Tür zur Terrasse schielte, von der aus eine Treppe zum Strand hinunterführte, als ob sie abschätzte, ob sie diese schnell genug erreichen konnte.

»Mit uns bist du sicherer als allein. Um zu bekommen, was

er will, wird Dagon dich zerfleischen.« Ich konnte sie nicht guten Gewissens umbringen, aber ich würde sie auch nicht verhätscheln. »Wir werden dich nur grob behandeln und dich gefangen halten. Sei klug, Ereshki. Beides ist besser als der Tod.«

»*Er* will mich immer noch umbringen«, sagte sie mit zitternder Stimme.

Ians Grinsen bestätigte ihre Vermutung.

»Das wird er nicht«, antwortete ich und ignorierte Ians herausfordernd gehobene Augenbraue. »Du bist der perfekte Köder. Dagon hat offenbar einen Weg gefunden, dich aufzuspüren. Dass Yonahs Unterschlupf auf der Insel zerstört wurde, ist der Beweis dafür. Wir sind weniger als zwölf Stunden vor dem Erdbeben eingetroffen, und einen so starken Zauber anzuwenden, dauert deutlich länger, darum muss Dagon *dir* dorthin gefolgt sein. Nicht uns. Aber Dagon ist nicht im Vollbesitz seiner Kräfte. Außerdem überkommt ihn lähmender Schmerz, sobald er sich Ian nähert. Also werden wir ihm eine Falle stellen, der er nicht entkommen kann.«

Wir hatten das Überraschungsmoment auf unserer Seite und den Zauber, mit dem mein Vater Ian belegt hatte, aber das würde nicht genügen.

»Warum schadet es ihm, wenn er in Ians Nähe kommt?«, fragte Ereshki im selben Moment, in dem Ian in gefährlich seidigem Ton sagte: »Sprich weiter.«

Ich erstarrte. Hatte ich ihm das noch nicht erzählt? Ians finsterer Miene nach offenbar nicht. Ich seufzte.

»Mein Vater hat dich mit einem Zauber belegt, der nur aktiviert wird, wenn Dagon in deine Nähe kommt. Du hast erlebt, was passiert ist, als Dagon in unser Date im Freizeitpark geplatzt ist. Er ist schreiend in die Knie gegangen.«

Die Erinnerung wärmte mir das Herz, aber Ian trommelte derart fest mit den Fingerspitzen auf die Armlehne des Sofas, dass Flocken von der Füllung in die Luft flogen.

»Bislang dachte ich, dass Vlads Hexe von Frau mich mit dem Fluch belegt hat, mich in eine Frau zu verlieben, die auf Monogamie besteht, wäre das Schlimmste, was ich je gehört habe.« Ians Ton klang künstlich fröhlich. »Ich muss überhört haben, dass das Objekt meiner Begierde außerdem noch jede Menge nervige Bedenken und einen übertriebenen Beschützerinstinkt hat, der zu wiederholten Selbstmordgedanken führt!«

Offenbar hatte ich nicht genug von dem reichen Ehemann getrunken, sonst hätte ich vielleicht verstanden, wovon Ian sprach. »Ist das deine Art zu sagen, dass du nicht monogam leben willst?«

Ein Beistelltisch segelte durchs Fenster. Glas splitterte, und die Ehefrau stieß einen ängstlichen Schrei aus, in den Ereshki einstimmte. Ian war bei mir, ehe ich etwas sagen konnte, und grub seine kräftigen Finger in meine Schultern.

»Nein.« Seine Stimme war nur mehr ein Knurren. »Es ist meine Art zu sagen, dass ich nicht glauben kann, dass du mir wochenlang aus dem Weg gegangen bist, um mich angeblich zu schützen, und dich dadurch in große Gefahr gebracht hast. Denn *mich* hat man mit einem Bann belegt, der Dagon abwehrt!«

»Ich habe nicht an die Gefahr für mich gedacht«, blaffte ich, und meine Erschöpfung wandelte sich in Wut. »Ich habe überhaupt nicht viel nachgedacht, was ich dir immer wieder zu erklären versuche. Ja, ich habe mich falsch verhalten, aber wenn du *meine* Leiche in den Armen hältst, kannst du gern so cool und vernünftig reagieren, wie du willst. Bis dahin, verzeih mir, dass ich nicht total logisch und mit kühlem Kopf reagiert habe, nachdem ich *deine* in meinen Armen gehalten habe!«

»Wir sollten aufbrechen«, sagte der Ehemann und verließ das Zimmer. Ereshki war offenbar seiner Meinung. Sie machte Anstalten, ihm zu folgen, bis Ian zischte: »Hiergeblieben!« Seine Augen blitzten.

Daraufhin erstarrten alle.

War Ereshki jetzt genauso empfänglich für Gedankenkontrolle wie normale Menschen? Oder war sie erstarrt, weil sie Angst hatte, Ian noch wütender zu machen? Ich hatte keine Zeit, es herauszufinden. Ian schloss die Augen und holte tief Luft, als wollte er sich fassen.

»Nein«, sagte er in scharfem Ton. »Ich hätte auch nicht vernünftig oder mit kühlem Kopf reagiert, wenn ich dich tot in den Armen gehalten hätte. Also, gibt es noch etwas, was du vergessen hast, mir zu sagen?«

Ich sah ihm durchdringend in die Augen, und meine Wut verflog so schnell, wie sie gekommen war. Es lag zu viel Gefühl in seinem Blick. Oder war es das, wovor mein Bruder mich gewarnt hatte? Sah ich nur, was ich sehen wollte? Ertrank ich in demselben Treibsand wie so viele andere und bildete mir ein, dass Ian mehr für mich empfand, als es tatsächlich der Fall war?

»Nein«, erwiderte ich heiser. Was Ian für mich empfand oder nicht empfand, mussten wir ein anderes Mal klären. Jetzt ging es erst mal ums Überleben. »Das ist das letzte meiner Geheimnisse, glaube ich.«

Ein sarkastisches Lächeln umspielte Ians Lippen. »Das hoffe

ich, aber ich wäre nicht überrascht, wenn das nicht stimmt. Nun«, er wandte sich an unser stummes Publikum, »Mr. und Mrs. Reich, ladet ein Dutzend der reichsten Dreckskerle ein, mit denen ihr befreundet seid. Ich weiß nicht, wie es meiner lieben Frau geht, aber ich sterbe vor Hunger.«

33

Mr. und Mrs. Reich, wie Ian sie ironisch genannt hatte, hatten einige wohlhabende – und wohlschmeckende – Freunde. Einer von ihnen besaß sogar einen Firmenjet. Das ersparte uns den Ärger, Ereshki durch die Sicherheitskontrolle am öffentlichen Flughafen zu bringen. Momentan mochte sie durch vampirische Gedankenkontrolle beeinflussbar sein, aber das konnte sich ändern. Wer wusste, welche von Dagons Kräften sie in sich aufgenommen, aber noch nicht gezeigt hatte, oder welche, von denen sie vielleicht selbst noch nichts wusste.

Wir ließen die reiche Truppe mit weniger roten Blutkörperchen und der Erinnerung zurück, dass sie den Firmenjet an »Freunde« ausgeliehen hatten. Das verschaffte uns ein oder zwei Tage Zeit, bis der Mogul sich Ians Zwang entzogen hätte und nach seinem Flugzeug fahndete. Wir machten es ihm leicht, es zu finden, indem wir es am White Plains Airport in New York stehen ließen, dann nahmen wir ein Taxi nach Manhasset.

Ein Blick genügte, um zu verstehen, warum Ian es als sein Lieblingshaus beschrieben hatte. Es war so groß wie Yonahs weitläufige Villa, doch Ians drei Balkone waren nicht mit blühenden Pflanzen, sondern mit diversen Schnitzereien geschmückt. Es überraschte mich nicht, dass Ians Geschmack das ganze Spektrum vom Fantastischen bis zum Erotischen abdeckte. Ich betrachtete einen Wasserspeier aus Stein, auf dem Frauen, Männer und Satyre herumtollten – oder waren es Zentaur? –, dann scheuchte Ian Silver, Ereshki und mich hinein. Es war gerade Abend geworden, sodass Dämonen wieder frei herumschwirren konnten. Wie schnell konnte Dagon Ereshki finden? Oder Ian, wenn Dagon auf die gleiche Weise nach der Kraft in Ian suchte, wie wir es mit dem Zauber taten? Wir würden es bald erfahren. Ich hoffte nur, dass wir dann vorbereitet waren.

Ich hatte kaum Zeit, die kunstvollen Holzarbeiten an den Wänden der großen Halle zu bewundern, als wir hörten, wie ein Wagen vorfuhr. Ich erstarrte, obwohl ich wusste, dass Dagon sich von einem anderen Dämon herteleportieren lassen würde, wenn er uns überfallen wollte. Dagon würde nicht mit dem Wagen vorfahren und beim Aussteigen die Autotür zuschlagen. Als ich hörte, wie etwas leiser eine zweite Tür geschlossen wurde, entspannte ich mich.

»Cat und Crispin«, sagte Ian. »Ausnahmsweise pünktlich. Nehmt sie mit«, forderte er einen der zwei Vampire auf, die in die Halle kamen, dann schob er Ereshki zu ihnen. »Passt gut auf sie auf und unterschätzt sie nicht. Sie ist kein normaler Mensch.«

Bei diesen Worten zog Ian die Doppeltüren auf, ehe das Paar, das auf das Haus zukam, klopfen konnte. »Wir haben ein Dämonenproblem, darum werdet ihr sicher verstehen, warum ich euch *nicht* einlade hereinzukommen«, begrüßte er sie.

Bones – dessen Geburtsname Crispin war, der aber nur von

Ian so genannt wurde – warf Ian einen scharfen Blick zu und betrat mit seiner Frau Cat das Haus. Cats rote Locken waren noch in diesem grässlich trostlosen Braunton gefärbt, und Bones' Haar war noch immer so lang, dass es die Hälfte von seinem Gesicht verbarg, aber ihre Aura ließ die Luft knistern. Als sie ohne zu zögern über die Schwelle traten, löste sich meine Anspannung noch etwas mehr. Kein Dämon konnte ein Privathaus betreten, wenn er nicht ausdrücklich eingeladen war, darum war es nicht Dagon mit einem anderen Dämon, die uns mit einem Glamourzauber täuschen wollten.

Im nächsten Moment merkte ich, dass ich mich zu früh entspannt hatte. Etwas Großes, Dunkles schlug dumpf und mit solcher Kraft im Vorgarten auf, dass das Wasser aus dem daneben liegenden Steinbrunnen schwappte. Diverse Sirenen schrillten los, doch über den Lärm hörte ich Ians Fluchen … und verstand, als die große, dunkle Gestalt augenblicklich von diversen Scheinwerfern auf dem Dach angestrahlt wurde.

Mencheres.

»Keine Sorge, ich werde auch nicht auf eine Einladung warten«, sagte Ians Sire und schritt zum Haus.

Ian bedachte Bones mit einem bösen Blick. »Wie gemein von dir, Crispin.«

Bones' Augenbrauen schossen nach oben. »Wie du sagen würdest, Ian, Rache.«

Ich folgte Ian ins Wohnzimmer und kämpfte mit Erinnerungen an das letzte Mal, als ich seine engsten Freunde getroffen hatte. Wir hatten uns ihnen als liebestrunkene Frischvermählte vorgestellt. Das hatten sie uns damals zwar nicht abgekauft, sich mit ihren Zweifeln jedoch zurückgehalten, Todesdrohungen gegen mich eingeschlossen. Jetzt wurde es eindeutig ernst.

»Ich weiß, warum du deine Seele verkauft hast«, sagte Mencheres, kaum dass Ian die Rauchglastüren zum Wohnzimmer hinter sich geschlossen hatte.

»Ausgerechnet jetzt habe ich kein Heroin mehr«, murmelte Ian. Dann ging er zu einer Kristallkaraffe, die in einem Regal stand, und schenkte sich ein großes Glas einer dunklen bernsteinfarbenen Flüssigkeit ein.

Mencheres starrte ihn an, dann richtete er seine dunklen Augen auf mich. Das Gewicht seines Blicks fühlte sich an, als würde ich Schicht für Schicht von dicken Ketten gefesselt. Dann sah er zu Silver, der herüberflog und an den Beinen des ehemaligen Pharaos schnüffelte.

»Silver«, sagte Ian tadelnd.

»Er riecht meine Dogge«, antwortete Mencheres mit sarkastischem Blick. »Wobei keins meiner Haustiere Flügel besitzt.«

»Wer will noch einen Whisky?«, fragte Ian, ohne darauf einzugehen. »Du sicher, Crispin. Cat? Veritas?«

»Ich nehme einen«, sagte ich nachdenklich. *Und ich wünschte, du könntest ihn mit ein bisschen Dämonenblut aufpeppen.*

Ian reichte mir ein Glas, das genauso voll war wie seins, dann gab er ein halb gefülltes Glas Bones und setzte sich in den Sessel neben meinen.

»Vlad oder Leila haben also endlich mein Geheimnis ausgeplaudert«, sagte Ian in lockerem Ton.

»Falsch«, entgegnete Mencheres in dem gleichen künstlich freundlichen Ton. »Beide haben sich geweigert, es mir zu erzählen, aber Vlad hat gesagt, ich sollte mir mein falsches Exekutionsvideo mal genauer ansehen. Das habe ich getan. Du bist fast nicht mehr im Bild, aber nachdem Vlad mir angeblich den Kopf wegschießt, kommst du mit einem Messer auf ihn zu. Vlad sagt: ›Nicht‹, und du sagst: ›Oh, ich werde dich nicht umbringen. Das überlasse ich Mencheres.‹ Dann ist das Video zu Ende.«

Ich war an jenem Tag nicht dabei gewesen, aber ich wusste, was als Nächstes passiert war: Ian hatte das Tattoo herausgeschnitten, das Dagon davon abgehalten hatte, ihn zu finden. Und Dagon war gekommen.

»Jetzt verstehe ich endlich, was du meintest.« Die Freundlichkeit verschwand aus Mencheres' Stimme, und sie wurde zu einem heiseren Krächzen. »Du hast geschworen, mich zurückzubringen, damit ich meinen Tod selbst rächen kann, und es gibt nur einen Weg, das zu tun: Du hast deine Seele verkauft.«

»Nur dass du nicht tot warst.« Ian klang unbeschwert, als ob er für sein selbstloses Handeln nicht mit Elend, Tod und Schlimmerem bezahlt hätte. »Das hat Dagon mir erzählt, nachdem unsere Wette galt, und dabei laut gelacht.«

Der Schmerz hatte sich so tief in Mencheres' Gesichtszüge gegraben, dass er trotz seines faltenfreien schönen Gesichts einen Moment genauso alt aussah, wie er war. »Ich verspreche dir, dass ich das wieder in Ordnung bringe.«

»Das musst du nicht.«

Bei diesen Worten riss Mencheres den von Kummer gebeugten Kopf nach oben. Ian fuhr fort und deutete in meine Richtung. »Meine Frau steckt voller Überraschungen. Dass ich von meiner Schuld gegenüber Dagon frei bin, nachdem sie mich von den Toten zurückgeholt hat, ist nur eine davon.«

»Wie?«, platzten Cat und ihr Mann ungläubig heraus. Mencheres wirkte zu überrascht, um etwas zu sagen.

»Auf dieselbe Weise wie alles andere«, sagte ich und hoffte, dass meine vage Aussage genügte. »Abrakadabra-simsalabim.«

Schließlich fand Mencheres seine Stimme wieder. »Magie kann Haut oder Knochen neues Leben einhauchen, aber sie kann nicht eine Seele aus dem Jenseits zurückholen und wieder in den Körper zurückbringen. Das kann nur ein Handel mit einem Dämon vollbringen … oder vielleicht ein Dämon selbst.«

Abscheu zeichnete sich auf Cats Gesicht ab. Bones' harte Miene verriet, dass er dasselbe vermutete.

»Beleidigt mich nicht«, blaffte ich, bevor ich merkte, dass ich mit dieser Bemerkung selbst meinen Halbbruder beleidigte. »Wobei nicht alle Dämonen böse sind«, stellte ich richtig. »Außerdem bin ich« – *die Tochter der Verkörperung des Flusses zwischen Leben und Tod,* um es mit den Worten meines Dämonenbruders zu sagen – »etwas anderes«, endete ich.

»Ein Halbgott«, sagte Ian mit derselben Beiläufigkeit, mit der er ihnen Whisky angeboten hatte.

Mencheres warf mir einen Blick zu, der nicht ganz überrascht war. Bones jedoch stand auf.

»Dein Haar.« Er wich doch tatsächlich vor mir zurück, dann fing er sich und blieb stehen.

Ian verdrehte die Augen. »Im Ernst, Crispin? Benimm dich deinem Alter gemäß.«

Cat drückte es knapper aus. »Was zum Teufel, Schätzchen?«

Bones setzte sich wieder, und ein flüchtiger Ausdruck von Scham erschien auf seinem Gesicht. Dann verhärtete sich seine

Miene erneut, und seine Aura brannte, als würde er sich wappnen. »Dein Haar.« Jedes Wort war ein Vorwurf.

»Du bist unhöflich«, zischte Cat ihm zu, dann sagte sie lauter zu mir: »Ich finde deine Strähnchen cool. Zugegeben, ich bin Buckeye-Fan, und Blau und Gold sind die Farben von Michigan, aber …«

»Sie ist kein Michigan-Fan, Kätzchen«, unterbrach Bones. »Erinnerst du dich an den Todesengel, von dem ich dir erzählt habe? Als ich einen Blick auf seine wahre Gestalt erhascht habe, war sein Haar genau wie ihrs.«

Cat fielen fast die Augen aus dem Kopf. »Und ich dachte, ich hätte eine beschissene Familie«, keuchte sie und sah mich mit einer Mischung aus Faszination und Furcht an. »Wow.«

Plötzlich hatte ich das Gefühl, von der Luft erdrückt zu werden; eine Warnung von Mencheres. »Ariel, Tochter von Aken«, sagte er mit leiser, voller Stimme, als er mich mit meinem richtigen Namen ansprach. »Ist Ian wirklich von seiner Seelenschuld diesem Dämon gegenüber befreit?«

Endlich etwas, das ich ohne zu zögern und ganz klar beantworten konnte. »Ja.«

»Sie hat mich auch heimlich von einem Geist überwachen lassen *und* mich mit einem Zauber belegt, der jede bösartige Magie wie einen Bumerang von mir abprallen lässt und zu seiner Quelle zurückschickt«, sagte Ian, woraufhin Mencheres mich das erste Mal aufrichtig anlächelte. »Doch das hat alles nichts damit zu tun, warum ich Cat und Crispin hergerufen habe«, fuhr er fort. »Ich habe gerade herausgefunden, dass Timothy lebt.«

»Mein Freund Timothy?« Sofort warf Cat Bones einen vorwurfsvollen Blick zu. »Du hast mir nicht gesagt, dass du ihn für tot gehalten hast!«

»Hab ich auch nicht«, begann Bones in verzweifeltem Ton und hielt inne, als er Ians Gesicht sah. »Du meinst doch nicht …?«

»Doch, in der Tat«, erwiderte Ian grimmig. »Ich habe ihn selbst gesehen, als ich das hier gestohlen habe.« Er deutete auf die Beule unter seinem Ärmel. Richtig, sie hatten das Horn noch nicht gesehen. »Und ihr werdet nicht raten, warum er sich all die Jahre vor uns versteckt hat.«

»Ach, du meinst, *deinen* Freund Timothy aus der Zeit, als ihr alle noch Menschen wart«, schaltete sich Cat ein. »Wenn er lebt, ist das toll!«

Bones warf Ian einen prüfenden Blick zu, dann wandte er sich an sie: »Wenn es schön wäre, dass Timothy noch am Leben ist, hätte Ian nicht darauf bestanden, uns diese Nachricht persönlich zu überbringen.« An Ian gewandt sagte er nur: »Was hat Timothy getan?«

Ian lehnte sich seufzend zurück. »Das, was er konnte. Erinnerst du dich, dass Timothy gegangen ist, weil er Kain gesucht hat? Er und die Sekte, der er sich angeschlossen hat, glauben, ihn gefunden zu haben, oder vielmehr Kains Gebeine. Wichtiger ist, dass sie glauben, diese Gebeine könnten wieder zum Leben erweckt werden, wenn man ihnen das Blut eines Mischlings aus Mensch, Vampir und Ghul zu trinken gibt.«

Plötzlich explodierten Lichtblitze in Form von verzerrten Gestalten um Cat, während zugleich ein überirdisches Jaulen ertönte, sodass ich mir am liebsten die Ohren zugehalten hätte. Genauso schnell war es wieder vorbei, und Cat war nur noch von dem künstlichen Schein der dezenten Zimmerbeleuchtung umgeben, und Silvers zufriedenes Knurren, mit dem er sich neben Mencheres' Füßen niederließ, war das einzige Geräusch im Raum. Ich sah mich verwundert um, weil niemand anders bemerkt zu haben schien, dass Cat einen Moment lang von tödlichen Geistern umgeben gewesen war.

»Will dein alter Freund meine Tochter ausbluten?«, zischte sie.

»Wenn er von ihr wüsste, ja«, antwortete Ian unumwunden. »Zugegeben, Timothy hat mich nicht umgebracht, als er die Chance dazu hatte, aber ich würde mich bei einem Fanatiker nie auf die Freundschaft verlassen, und Timothy ist jetzt fanatisch.«

Bones nahm Cats Hand. »Dann hoffe ich, dass wir ihn nie wiedersehen«, sagte er und klang unvermindert gefährlich, obwohl er leiser sprach. »Und? Was ist dieses Ding, das du ihm gestohlen hast?«

Ich stand auf; ich musste nicht sehen, wie Ian die bemerkenswerten Fähigkeiten des Horns vorführte. Ich hegte noch immer einen Groll gegen die Reliquie, weil sie Ian den Kopf weggeblasen hatte und ihn beinahe getötet hätte.

»Ich sehe nach Ereshki«, sagte ich, als Ian sein Kaschmirjackett auszog. Ian war morgens im Strandhaus nur in einer zerrissenen Hose angekommen, doch Mr. Reich hatte dieselbe Größe, woraufhin Ian seinen Kleiderschrank geplündert hatte. Ich nahm es ihm nicht übel. Dank Mrs. Reich trug ich jetzt Kaschmirpullover und Freizeithose.

»Ich komme mit«, sagte Cat zu meiner Überraschung.

Wir waren schon unterwegs zur Tür, als Mencheres mir plötzlich den Weg versperrte. Ich spannte mich an, doch er nahm mich lediglich in die Arme.

Ich war fassungslos. Selbst wenn wir uns überaus wohlgesonnen waren, Mencheres und ich waren keine Umarmer. Erst als Mencheres mit vor Gefühl bebender Stimme »Danke« flüsterte, begriff ich, warum er das getan hatte.

Ians wegen. Natürlich. Wir liebten ihn beide.

»Sehr gern.« *Obwohl ich es nicht für dich getan habe …*

Mencheres ließ mich los. »Seit ich dich kenne, Veritas, habe ich dich entweder als Verbündete bewundert, als Gleichgesinnte respektiert oder bin dir als Gegnerin mit Vorsicht begegnet. Jetzt ist es mir eine große Ehre, dich als Tochter in meine Familie aufzunehmen.«

Ians schiefes Grinsen sagte: *Ich hab es dir doch gesagt.*

Ich war gerührt, durfte jedoch nicht zeigen, wie sehr, ohne Gefühle preiszugeben, die Ian noch nicht erwiderte. Darum überspielte ich meine tieferen Gefühle mit einem ironischen Lächeln.

»Das ist lieb von dir, Mencheres, aber da ich über hundert Jahre älter bin als du … werde ich nicht ›Dad‹ zu dir sagen.«

Er lachte. Ebenso alle anderen, wodurch unterging, wie anrührend der Moment für mich war. Zumindest dachte ich das. Aus dem Augenwinkel bemerkte ich, dass Cat mir einen wissenden Blick zuwarf. War sie nur sehr aufmerksam, oder waren alle meine Bemühungen vergeblich, weil mir meine Gefühle für Ian deutlich ins Gesicht geschrieben standen?

Ich wollte es nicht herausfinden. »Ereshki«, sagte ich, als wollte ich sie daran erinnern, wohin ich ging. »Wo ist sie?«

»Frag meine Wachen«, antwortete Ian. »Sie zeigen es dir.«

Ich sah zu Cat und wünschte, ich hätte eine Ausrede, ihr jetzt aus dem Weg zu gehen. »Kommst du noch mit?« *Bitte sag Nein …*

»Ich folge dir auf dem Fuße«, sagte sie mit einem flüchtigen Lächeln.

Mist.

34

Mein Plan war, jedes Gespräch mit Cat zu vermeiden, indem ich möglichst schnell eine von Ians Wachen fand, die mich zu Ereshki brachte. Wir hatten jedoch kaum das Wohnzimmer verlassen, als Cat mich auch schon durch die offizielle Halle in eins der vielen Zimmer dahinter zerrte.

»Die Bibliothek«, rief sie aus, als habe sie noch nie zuvor eine gesehen. »Das letzte Mal, als ich hier war, wäre Ian fast getötet worden!«

Sie zerrte weiter an meinem Arm, damit ich ihr folgte. Ich blickte sehnsuchtsvoll zu der Glaskuppel über der Eingangshalle. Wenn ich Cat durch sie hindurchschleuderte, würde sie kapieren, dass ich keine Lust hatte, mich von ihr wie ein aufmüpfiges Kleinkind durch die Gegend zerren zu lassen. Doch das wäre vielleicht etwas übertrieben gewesen. Und vermutlich unhöflich.

Also ließ ich mich von ihr in die Bibliothek führen – ein eindrucksvoller zweigeschossiger Raum, dessen Wände von Tausenden alter und neuer Büchern gesäumt waren. In einem anderen Bereich wurden unter Glas Schriftrollen verwahrt. Ich hätte stundenlang Bücher studieren können, doch Cat schien mehr an dem einzigen Kunstwerk im Raum interessiert zu sein, einem Haufen Knochen, die zu einem Mosaik des australischen Hinterlands geformt waren.

»Ich kann nicht glauben, dass Ian es wieder zusammengesteckt hat«, staunte sie. »Es ist zerbrochen, als ich es ihm vor Jahren an den Kopf geworfen habe.«

Sie wollte eindeutig, dass ich mich nach diesem Kampf erkundigte, darum tat ich ihr den Gefallen. »Warum hast du es nach ihm geworfen?«

»Um abzulenken. Er hatte mich gerade an die Wand geschleudert, und ich war entschlossen, ihn zu töten, auch wenn mich seine Kraft überrascht hat.« Sie sah mich verschmitzt an. »Aber Ian hat meinen Herzschlag gehört, und wie alle Vampire hat ihn das Geräusch eingelullt und ihn glauben lassen, ich wäre deutlich zarter, als ich wirke. In einem Kampf unterschätzt zu werden, ist der beste Vorteil überhaupt.«

Es war höflich, sich weiter mit ihr zu unterhalten. Außerdem machte sie mich neugierig. »Warum wolltest du ihn unbedingt umbringen?«

»Es war mein Job.« Sie legte den Kopf schief. »Ich stand früher auf der Beobachtungsliste der Gesetzeshüter, du müsstest also wissen, dass ich für die Regierung gearbeitet habe. Ich habe Vampire getötet, die wahllos Menschen umgebracht haben. Damals dachte ich, Ian wäre einer von denen, denn mein Chef hatte mich auf ihn angesetzt. Erst später habe ich herausgefunden, dass mein Chef persönliche Gründe hatte. Ian hatte den Bruder meines Chefs zum Vampir gemacht, und kurz darauf hat dieser Motherfucker von einem frischgebackenen Reißzahn fast die ganze Familie meines Chefs ausgelöscht.«

Jetzt wusste ich, von wem sie sprach, und wie treffend, diesen Vampir als »Motherfucker« zu bezeichnen.

»Du sprichst von deinem Vater Max.« Cats ehemaliger Chef war also ihr Onkel väterlicherseits. Das hatte ich bislang nicht gewusst.

»Ja«, sagte sie in härterem Ton. »Außerdem hat Max, gleich nachdem er die Reißzähne bekommen hat, mit meiner Mutter angebandelt, und da er erst kurze Zeit untot war, hatte er noch brauchbares Sperma. Um die Sache noch schlimmer zu machen, hat Max direkt anschließend meiner Mutter weisgemacht, er wäre ein Dämon. Weißt du, wie es ist, ständig Angst vor dir selbst zu haben, weil man dir erzählt hat, dass deine eine Hälfte böse sei?«

Ich zuckte zusammen, dann verfluchte ich mich zusammen mit meiner viel zu sensiblen Begleiterin. Ich dachte, Cat hätte mich nur hergeschleppt, um sich mit einem lange zurückliegenden Kampf zu brüsten, doch eigentlich wollte sie mich auf einen inneren Konflikt ansprechen, von dem sie gar nicht wissen dürfte, dass ich ihn hatte.

»Ich habe dein Gesicht gesehen, als Ian uns erzählt hat, was du bist.« Ihre Stimme wurde weicher. »Keine Sorge, die anderen haben es nicht bemerkt. Dazu hätten sie es selbst erlebt haben müssen, das haben sie nicht. Aber ich.«

Wenn ich plötzlich nackt ausgezogen worden wäre, hätte ich mich nicht entblößter fühlen können. Bei Ian hatte ich dieses Gefühl oft gehabt, aber ihm vertraute ich, die Frau vor mir kannte ich hingegen kaum. Wieder einmal schlüpfte ich in die Rolle der Gesetzeshüterin, als könnte sie mich schützen.

»Ich weiß nicht, wovon du sprichst.« Zu meiner Erleichterung klang meine Stimme kühl und beherrscht.

Sie schnaubte. »Blödsinn. Du kannst dich kaum beherrschen, und das verstehe ich. Ich dachte, ich hätte es schwer, weil ich einige Jahrzehnte lang verbergen musste, was ich bin. Du hast es Tausende von Jahren verborgen und dich als gesetzestreuer Vampir-Cop ausgegeben. Dass du dich verliebt hast und Ian dann fast verloren hättest, hat das Fass zum Überlaufen gebracht, stimmt's?« Wieder ein allzu wissender Blick. »Zweimal dachte ich, Bones wäre gestorben, und ich bin beide Male total ausgetickt. Egal, für wie taff du uns hältst, ein derartiger Verlust geht einfach zu tief, um damit klarzukommen, oder?«

Jedes Wort durchdrang meinen Schutzwall schneller, als ich ihn wieder aufbauen konnte. Und dabei war sie noch nicht fertig.

»Ich weiß nicht, wie du Ian von den Toten zurückgeholt hast, aber ich wette, es hat alle Kraft von dem Teil in dir gefordert, den du bislang verborgen hast. Man kann diesen Geist nicht wieder in die Flasche zurückholen, nachdem man ihn einmal freigelassen hat. Das weiß ich noch aus der Zeit, in der ich meine Vampirseite bekämpft habe. Das Gruseligste war, wie sehr es mir gefallen hat, dieser Kraft nachzugeben, als ich sie endlich losgelassen habe ... und allen alles von mir gezeigt habe.«

»Was bist du, der Mischlingsflüsterer?«, zischte ich, zu verunsichert, um mich weiterhin hinter meiner gesetzestreuen Vampir-Cop-Persönlichkeit zu verstecken, wie Cat sie genannt hatte.

Ihre dunkelgrauen Augen leuchteten grün. »Ich nicht, aber nach all der Zeit solltest *du* es sein. Dass du es nicht bist, bedeutet, dass dir jemand gesagt hat, deine andere Hälfte sei schlecht, als du jung genug warst, es zu glauben. Ich weiß nicht, wer das war ...«

»Hör auf«, befahl ich erschrocken, als mir Tränen in die Augen stiegen. Wie hatte sie mich so schnell zum Weinen gebracht? Oder hatte ich es selbst getan? War ich immer noch so außer mir, wie sie es mir unterstellte?

»Aber wenn du ihr so lange geglaubt hast, musst du der Person vertraut haben«, fuhr sie in schneidendem Ton fort, obwohl Mitgefühl in ihren Augen lag. »Du musst sie geliebt haben. Nur jemand, den man liebt, kann einen so sehr und so lange verwirren. Meine Mutter hat mich eindeutig beschissen, aber sie hat sich getäuscht, genau wie der, der dich gefühlsmäßig fertiggemacht hat …«

»Du hast ja keine Ahnung!«

Ich schrie, und mein Sichtfeld färbte sich unheilvoll dunkel. Sollte sie mich ruhig auseinandernehmen, aber ehe ich zuließ, dass sie meinen Sire niedermachte, würde ich ihr das Blut entziehen und darin baden.

»Tenoch hat sich nicht getäuscht. Er wäre nie zu dem skrupellosesten Kriegsherrn übergelaufen, bevor er gestorben ist, hätte er nicht *gewusst*, wie gefährlich dieser Teil von mir war. So gefährlich, dass jemand ebenso Gefährliches mich aufhalten muss, wenn ich diese Hälfte jemals freilassen sollte!«

Meine Wangen fühlten sich nass an. Ich dachte, es wären meine eigenen Tränen, bis ich Tropfen aus Cats Augen fliegen sah und dann weitere kleine Spritzer auf meiner Haut spürte. Ich hatte keine Tränenflüssigkeit aus ihr ziehen wollen, aber das hatte ich getan, und ihre gerötete Haut ließ vermuten, dass ihr Blut ebenfalls gegen ihren Willen an die Oberfläche stieg.

Ich fuhr herum und schloss fest die Augen, während ich versuchte, meine andere Natur zurückzudrängen, ehe ich in Cats

Blut badete. *Geh weg, geh weg, geh weg!*, wiederholte ich wie ein Mantra.

Es genügte nicht.

Verzweifelt sandte ich meine Sinne aus zu dem Brunnen vor Ians Haus. Dann schleuderte ich meine Wut ins Wasser, anstatt gegen die Frau, die durch jahrhundertealten Schorf gestoßen war, um mühelos in meiner tiefsten Wunde zu bohren. Ich spürte, wie das Wasser kochte, bevor es so schnell zufror, dass der abrupte Temperaturwechsel die Steine zerbersten ließ. Das Geräusch des explodierenden Brunnens war so laut, dass es das Krachen der Bibliothekstür übertönte, als Bones sie aufstieß.

»Was ist hier los?«, fragte Bones. »Ich habe in diesem Raum einen deutlichen Energieschub gespürt.«

Ich drehte mich um, direkt hinter Bones stand Ian. Cat starrte mich noch immer an, aber zumindest war sie nicht verletzt. Auch nichts anderes im Raum. Der einzige Schaden war entstanden, als Bones die Tür gegen die Wand geschleudert hatte.

Gut. Ich hatte mich rechtzeitig gefangen.

»Oh, das war nur ich, ich bin absolut *nicht* gefährlich«, sagte ich in heiterem Ton. »Also, ich glaube, ich sehe mal nach unserer Gefangenen, danke.«

Ich wäre gegangen, wäre nicht im nächsten Moment einer von Ians Wachmännern ins Zimmer gestürmt. Er war blutüberströmt, und ich dachte zunächst, ich hätte vielleicht doch nicht all meine Wut auf den Brunnen gelenkt. Doch als ich ihn keuchen hörte, besann ich mich.

»Sie ist entkommen!«

»Wie?«, fragte Ian und drängte sich bereits an ihm vorbei.

Der Wachmann lief hinter Ian her. Ich ebenfalls, und so hörte ich die Antwort der Wache.

»Das wissen wir nicht! Im einen Moment war sie noch an den Stuhl gekettet. Im nächsten waren wir alle drei voll Blut, und sie war weg!«

»Lös den Alarm aus«, befahl Ian. »Wir müssen sie finden!«

»Spürst du nicht, wo sie ist?«, fragte ich ihn überrascht.

Ian kniff die Lippen zusammen. »Nein.«

Der Zauber, den Yonah bei Ian angewandt hatte, besaß eine ziemliche Reichweite. Auch wenn Ereshki irgendwie entkommen war, konnte sie in so kurzer Zeit nicht *derart* weit gekommen sein.

Ian führte uns hinunter in einen robusten Betonraum, der aussah wie eine neue Gefängniszelle für Vampire. Die Tür war so dick, wie mein Unterarm lang war, und es gab keine Fenster. Der Raum hätte mehr als genügen müssen, um Ereshki festzuhalten, aber der Stuhl, der am Boden verschraubt war, war leer, nur die schweren Ketten waren noch da.

Ian beugte sich neben dem Stuhl nach unten, dann richtete er sich so abrupt wieder auf, dass er ihn fast aus der Verankerung riss. »Was ist das?«

Die zwei blutüberströmten Wachen warfen sich einen schuldbewussten Blick zu, dann antwortete der Schwarzhaarige: »Stift und Papier.«

Der Blick, mit dem Ian sie bedachte, hätte sie in die Knie zwingen und um Gnade wimmern lassen müssen. »Warum habt ihr ihr das gegeben?«

»Sie hat gejammert, sie wolle unbedingt einen Abschiedsbrief schreiben«, sagte der andere Wachmann in gebeugter Haltung, als spürte er bereits die Schläge, die ihn erwarteten. »Wir haben nur ein Handgelenk gelockert. Ihre Arme und Beine waren noch in Ketten. Was kann ein Mensch mit nur einer Hand, Papier und Stift tun?«, fügte er verteidigend hinzu.

Ich schloss die Augen. *Aber Ian hat meinen Herzschlag gehört,* hatte Cat von ihrem ersten Kampf erzählt. *Und wie alle Vampire hat ihn das Geräusch eingelullt und ihn glauben lassen, ich wäre deutlich zarter, als ich wirke.*

Ian hatte seine Wachen vor Ereshki gewarnt. Sie hatten jedoch nicht auf ihn gehört, und das hatte sie zu ihrem Vorteil genutzt. Aber wie?

Ich nahm das Papier, das Ian mit der Hand umklammerte. Dann biss ich die Zähne zusammen, bis mein Kiefer knackte, als ich die Symbole erkannte. »Sie hat einen Ohnmachts- und Teleportierzauber angewandt.«

Darum konnte Ian sie nicht länger spüren. Der Teleportierzauber mochte nur einmal funktionieren, doch das genügte, um sie weit genug von hier fortzubringen.

Ian holte lautstark Luft. »Das konnte sie nicht wissen, wenn ihre Erinnerungen sich auf ihr Leben als Bäuerin vor tausend Jahren in Mesopotamien beschränkt hätten.«

Er hatte recht. Und darüber hinaus erforderte ein Teleportierzauber viel Praxis *und* mächtige Zauberverstärker wie magische Edelsteine, um ihn zu verankern. Ereshki hatte nur Stift und Papier gehabt. Selbst wenn sie sich mit Magie dieses Kalibers auskannte, hätte sie sie nicht ausführen können, es sei denn …

Wieder gingen mir Cats Worte durch den Kopf. *In einem Kampf unterschätzt zu werden, ist der beste Vorteil überhaupt.*

Plötzlich wusste ich, wie sie es gemacht hatte, und meine Wut ließ auf der Stelle jedes Wasserrohr im Haus platzen. »Diese *verdammte Schlampe!*«

Ian wirkte besorgter, weil ich zu zittern begann, als wegen des Wassers, das plötzlich aus den Wänden vor der Zelle trat. »Was ist los?«

»Sie war nie eine der wiederauferstandenen Seelen.« Ich bekam kaum die Worte heraus, so wütend war ich, dass Ereshki mich schon wieder getäuscht hatte. »Dein Zauber hat bei ihr nur scheinbar funktioniert, weil sie tatsächlich etwas von Dagons Kraft in sich hat. Und zwar, seit Dagon sie markiert hat, als sie ihm ihre Seele verkauft hat. Aber anders als bei dir, hat Dagon diese Schuld nie eingefordert. Das musste er gar nicht. Die ganze Zeit war Ereshki als Dienerin mit dämonischem Brandzeichen an seiner Seite!«

35

Nachdem Ian seine Freunde und Angestellten angewiesen hatte, sich zu verziehen, scheuchte er mich nach oben. Privates dämonensicheres Haus hin oder her, hier waren wir nicht mehr geschützt. Wir hatten gesehen, was mit Yonahs Insel passiert war. Jetzt wussten wir nicht mehr, ob es Dagons oder Ereshkis Werk gewesen war. Dagons Kraft war in Tausenden von Jahren in ihr gewachsen und hatte sie dabei so jugendlich erhalten wie an dem Tag, an dem ich sie kennengelernt hatte.

Ich sollte es eigentlich tröstlich finden, dass ich nicht allein auf Ereshkis Nummer als wiederauferstandene Seele mit Amnesie hereingefallen war. Sie hatte auch einen äonenalten ehemaligen Dämonenprinzen hereingelegt. Doch das tröstete mich nicht. Yonah hatte nicht gewusst, wozu Ereshki fähig war. Ich schon, doch ich hatte es abgelehnt, sie zu töten, als Ian mir die Chance dazu gegeben hatte.

Wie viele Leute würden jetzt deswegen sterben?

Der Gedanke belastete mich so sehr, dass ich einen Moment brauchte, bis ich bemerkte, dass Ian mich in ein Schlafzimmer geschoben hatte. Es war ein riesiger Raum mit umwerfenden weißen Holzarbeiten an den Wänden. In sie waren Gemälde von

Michelangelo und Edvard Munch eingelassen, die eigentlich in ein Museum gehörten. Chippendale-Sofas aus dem achtzehnten Jahrhundert waren um einen modernen Kamin aus zerstoßenem Glas gruppiert, und in dem darüber liegenden Oberlicht befand sich eine Glasmalerei, das aussah, als wäre es direkt aus dem Vatikan gestohlen worden.

Doch das Beeindruckendste in dem Raum war das Bett. Es sah aus wie aus einem riesigen Baumstamm geschnitzt, mit einem Baldachin, der locker dreimal so hoch war wie ich. Nackte Nymphen zierten das kuppelartige Dach. Weitere prächtige Schnitzereien zogen sich an den erhabenen Seiten nach unten und endeten in Gargoyles, aus deren aufgespannten Flügeln dicke türkisfarbene Seide floss. Verschmitzt aussehende Cherubim hockten auf den Pfosten am Fußende und hielten die mit Quasten versehenen Enden des Stoffs über dem Boden. Nicht dass die Quasten Gefahr liefen, den Boden zu berühren. Das Bettgestell war fast einen Meter hoch und mit derart vielen aufwendigen Schnitzereien versehen, dass es mich an die Dekoration auf einer Hochzeitstorte erinnerte.

»Mein Schlafzimmer«, sagte Ian und deutete mit einer lässigen Geste auf den wundervollen Raum. Dann hob er eine Braue. »Das hast du nicht erwartet, oder?«

»Es sei denn, hinter einer dieser Wände verbirgt sich ein Sexkerker, nein«, erwiderte ich unumwunden.

Er stieß ein amüsiertes Grunzen aus. »Dieses Zimmer ist zum Rückzug und zum Schlafen gedacht. Für derlei Aktivitäten habe ich andere Räumlichkeiten.«

Darauf wollte ich wetten. Wäre ich anderer Stimmung gewesen, hätte ich die vielleicht ebenfalls erkunden wollen. Doch vor

Wut und erdrückenden Schuldgefühlen hätte ich diese Wände am liebsten eingerissen und mich übergeben. Selbst Ians perverseste Seite würde daran wohl kaum Gefallen finden.

Außerdem waren die Gegenstände in diesem Zimmer viel zu selten und wertvoll, als dass ich sie in einem Ausbruch fehlgeleiteter Rachgier zerstören durfte.

Silver kam ins Zimmer geflogen, landete und schmiegte sich an meine Beine, als wäre er eine Hauskatze und kein himmlisches Wesen. Er versuchte stets, mich zu trösten, wenn ich aufgelöst war.

Ich tätschelte ihn einen Moment lang für seine Bemühungen, dann sagte ich: »Warum sind wir noch hier, warum brechen wir nicht auf?«

»Wir brauchen Ausrüstung«, erwiderte Ian und drückte einen Knopf unter dem Kamin aus zerstoßenem Glas. Eine verborgene Wand kam zum Vorschein, doch dahinter verbarg sich kein geheimes Sexzimmer. Stattdessen fuhren Schubladen heraus und brachten Waffen, zwei schwarze Taschen, Kampfanzüge und diverse leuchtend bunte Steine zum Vorschein.

Doch halt, das waren keine Steine, wie ich bemerkte, als mich eine Kraftwelle wie eine unsichtbare Ohrfeige traf. Es waren magische Edelsteine. In den richtigen Händen waren sie tödlicher als die Messer, Schwerter, Beile, Hammer und diversen Waffen, die Ian in den anderen Schubladen verwahrte.

»Nimm dir, was dir gefällt«, sagte er und begann, seine Auswahl in eine der schwarzen Taschen zu packen.

Ich trat zu den Messern. Wenn man nicht wusste, wie Dämonenknochen aussahen, könnte man meinen, sie wären aus Elfenbein gefertigt. Auf der Rückseite der hellen Messer glänzte

Stahl, und die Griffe waren zum Anfassen und nicht zum Werfen gemacht. Das war gut. Wenn ich Ereshki umbrachte, wollte ich es nicht aus der Ferne tun. Ich wollte ihr nah sein. Ian schob eins der größeren Messer aus Dämonenknochen in eine Scheide und warf es dann in seine Tasche.

»Woher hast du so viele Dämonenknochen?«

Er warf mir einen sarkastischen Blick zu. »Du hast eine Menge davon in dem alten Vergnügungspark zurückgelassen.«

Richtig. Cat hatte gesagt, dass sie die Knochen entsorgen würde. Vermutlich hatte sie zuvor Ian welche gegeben. Klug von ihr.

Ian packte noch sechs Handfeuerwaffen, zwei Automatikgewehre und ziemlich viel Munition ein. Dann steckte er zwei Kampfanzüge und eine verschlossene Aktentasche in die zweite Tasche. Schließlich fegte er eine gelbe und eine blaue Vase vom Sims und schleuderte sie gegen den Kamin.

Das war auch eine Methode zu zeigen, dass man einer chinesischen Vase aus dem achtzehnten Jahrhundert überdrüssig war. Doch dann sah ich einen großen, glitzernden Diamanten zwischen den Glasscherben. In der Mitte war er tiefblau, doch jede der fein geschliffenen Rauten, die sie umgaben, funkelte.

Ian schüttelte die Scherben von dem Diamanten. Dann streckte er ihn mir mit einem nicht zu deutenden Ausdruck hin. »Sieht nicht so aus, als wäre er es wert, dass ein Dämon Jahrzehnte hinter ihm herjagt, oder?«

Jetzt wusste ich, was das für ein Stein war. Seinetwegen hasste Dagon Ian so sehr. Ian hatte den Dämon benutzt, um nah genug an den Stein heranzukommen und ihn zu stehlen. In Anbetracht der Größe kannte ich außer Ian noch einige Leute, die für den Besitz des Diamanten den Zorn eines Dämons riskiert hätten.

»Er sieht aus, als hätte ein Sternenlicht den schönsten Teil des Meeres in sich aufgenommen«, murmelte ich und nahm den Diamanten in die Hand.

Kaum hatte der Stein meine Hand berührt, keuchte ich. Von dem Kraftschub, der mich augenblicklich durchfuhr, fühlte sich mein Arm taub an, bis sogar meine Zähne von der puren Kraft schmerzten.

»*Darum* hast du ihn Dagon damals gestohlen, als er versucht hat, dich zu verführen!«

Es war nicht bloß Gier gewesen, weil der Diamant auf dem Menschenmarkt Millionen eingebracht hätte. Der wahre Wert des Edelsteins lag jenseits der vielen Karat. Er war so kraftvoll, dass ich mich kaum auf den Beinen halten konnte, und am meisten beeindruckte mich, dass ich das erst gespürt hatte, als ich ihn berührt hatte. Ich konnte diesen Stein dem Vampirrat vor die Nase halten, und keiner würde merken, dass es ein magischer Gegenstand war, solange sie ihn nicht in die Hand nahmen.

»Ja.« Ians Stimme klang gefährlich weich. »Irgendwie passend, dass wir ihn jetzt benutzen, damit er uns hilft, Dagon zu töten, findest du nicht?«

Ich wusste nicht, wie er das genau anstellen wollte, aber angesichts der vielen Zauber, die ein Gegenstand mit derart starker magischer Energie bewirken konnte, gab es eine Menge Optionen. Und wir brauchten jede Hilfe, die wir kriegen konnten, nachdem ich königlich versagt und Ereshki am Leben gelassen hatte.

»Ja«, war alles, was ich sagte, und reichte ihm den Diamanten zurück.

Er hob angesichts meiner kurzen Antwort eine Braue, sagte jedoch nichts, sondern warf den blauen Diamanten in die zweite Tasche und zog den Reißverschluss zu.

Es klopfte an der Tür, obwohl sie offen stand. Ich drehte mich um. Mencheres stand mit angespannter Miene im Türrahmen.

»Lass mich dich auf dieser Reise begleiten, Ian. Ich will dir helfen, dieses Wesen zu vernichten, das dir so viel genommen hat.«

Seufzend drehte Ian sich um. »Danke, aber Dagon weiß, was du mir bedeutest. Deshalb wird er mit allem, was er hat, auf dich losgehen. Du magst jeden lebenden Vampir besiegen können, aber gegen einen Dämon, der die Zeit anhalten kann, kannst du nicht gewinnen.«

»Wenn er kopflos ist, schon«, sagte Mencheres finster.

Ian schnaubte. »Denkst du, das habe ich nicht schon versucht? Dagon ist entweder immun gegen telekinetische Zauber, oder er kann sie mit irgendetwas abwehren. Nein. Wenn du mitkommst, bringst du mich nur in Gefahr, weil Dagon dich umbringen und dann meine Reaktion zu seinem Vorteil nutzen wird.«

»Was ist mit mir?« Bones erschien hinter Mencheres, sein schwaches Lächeln stand im Gegensatz zu seinem tödlichen Blick. »Ich habe schon mit anderen Dämonen gekämpft und gesiegt. Lass mich mitkommen.«

Ian schnaubte amüsiert. »Du brauchtest meine Hilfe, um diesen Dämon zu erlegen, hast du das schon vergessen?«

»Hast du vergessen, dass ich jahrzehntelang ein untoter Auftragskiller war?«, gab Bones zurück. »Verrottete Kerle umzubringen ist meine Spezialität.«

»Ich möchte ja nicht beleidigend sein, Crispin, aber Veritas ist ein unsterblicher Halbgott, und ich besitze sowohl Magie als auch Dämonenkräfte. Wenn wir das nicht ohne deine Hilfe schaffen, schaffen wir es mit deiner auch nicht.«

Ian dachte immer noch, ich könnte wieder auferstehen, wenn ich stürbe? Ich öffnete den Mund, um das richtigzustellen, schloss ihn dann jedoch wieder. Warum ihn mit dieser Information belasten? Es würde ihn nur ablenken, wenn er sich wegen meiner neuen Sterblichkeit sorgte, darum war es besser, wenn er nichts davon wusste.

»Außerdem«, fuhr Ian fort. »Wenn du stirbst, wird Cat aus Kummer Amok laufen, dabei getötet werden, und dann wird eure Tochter von Justina und *Tate* großgezogen.« Ian schüttelte sich, als würde er sich gruseln. »Das kannst du einem unschuldigen Mädchen nicht antun. Das ist unmenschlich.«

»Wenn du meine Hilfe nicht akzeptierst, weil ich dich liebe, dann nimm sie an, weil ich sie dir schuldig bin.« Bones' Stimme wurde tonlos. »Nicht nur, weil du uns wegen meiner Tochter gewarnt hast. Wenn du mich nicht vor zweihundert Jahren in einen Vampir verwandelt hättest, wäre ich jetzt nicht hier, und ich schulde dir vor allem etwas, weil ich dich verraten habe.«

»Ach, das.« Ian winkte ab. »Darüber bin ich hinweg, weil das Schicksal, wie meine Frau zu sagen pflegt, eine rachsüchtige Schlampe ist.«

Bones hob die Brauen. »Wie bitte?«

Ian hob mit einer Hand die zwei Taschen hoch. »Ich meine,

ich verstehe, warum du es getan hast. Als Cat dich verlassen hat, bist du verrückt geworden, und als du sie schließlich gefunden hast, hast du geglaubt, ich wäre eine Gefahr für sie. Darum hast du alles getan, um sie zu schützen. Damals war ich ziemlich bedient, aber jetzt«, Ian grüßte ihn mit den Taschen, »sage ich: Gut gemacht! Bei unseren Lieben dürfen wir kein Risiko eingehen.«

Bones starrte Ian an, dann richtete er den Blick ganz langsam auf mich. »Bei Luzifers heißen Hoden«, keuchte er. »Du hast bei Ian das Unmögliche geschafft. Wenn ich es nicht mit eigenen Augen gesehen hätte, würde ich es nicht glauben.«

Wussten seine Freunde nicht zu schätzen, wer Ian war? »Ich habe nichts getan. Ian ist aus sich heraus so ehrenwert.«

»Das habe ich nicht gemeint«, hob Bones an, doch Ian unterbrach ihn, indem er laut nach Silver pfiff.

Silver flog herüber und landete auf Ians Arm. Dann zog Ian mich an sich und sagte: »Ich weiß euer Angebot zu schätzen, meine Freunde. Wirklich. Aber ich kann es nicht annehmen, und uns bleibt keine Zeit zu diskutieren. Wir müssen alle hier weg, bevor die Dämonen in diese Party platzen, also bis zum nächsten Mal, Leute!«

Mit diesen Worten verschwamm alles zu weißem Rauschen, als Ian uns teleportierte.

36

Als das Teleportieren endete und nicht mehr alles um mich herum verschwamm, befanden wir uns in einem neuen Haus. Vor den weiß gerahmten Fenstern waren ein Holzsteg, ein Strand und nachtdunkle Wellen zu sehen. Es war ein Raum mit einem Kamin und bequem wirkenden Wildledersofas, mit offenen Holzbalken an der Decke und Dielenfußboden.

»Mencheres' Cottage in den Hamptons«, erklärte Ian und warf die Taschen auf eins der Sofas. »Er wird nichts dagegen haben. Im Winter ist diese Gegend so gut wie verlassen, darum haben wir hier keinen Ärger mit neugierigen Nachbarn.«

Abgesehen davon, dass wir geschützt waren, weil wir uns in einem Privathaus befanden, wirkte auch der unablässige salzige Nebel als natürlicher Dämonenschutz. Darüber hinaus bot mir das Meer einen unendlichen Vorrat an wassergetriebener Energie. Ian ging ganz eindeutig kein Risiko ein.

»Es ist toll«, sagte ich und setzte Silver ab. Sofort flog er auf das Sofa und kuschelte sich in die weich aussehenden Kissen. Innerhalb von Sekunden hatte er die Augen geschlossen. Offenbar war ich nicht die Einzige, die genug von diesem Tag hatte.

Ian kam zu mir und strich mir das Haar aus dem Gesicht, doch sofort verfingen sich seine Finger darin. Teleportieren war die Hölle für eine Frisur. Mein Haar würde weniger zerzaust aussehen, wenn man mich mehrmals auf den elektrischen Stuhl gesetzt hätte.

»Nichts davon ist *toll*, Veritas.«

Seine Hand blieb in meinem Haar, während in seinem Blick eine Empathie lag, die ich nicht ertrug. Ich hatte einen Kloß im Hals und schluckte. Dieses Mitgefühl verdiente ich nicht. Nicht nachdem ich so dermaßen versagt und mich erneut von Ereshki hatte hereinlegen lassen. Ich hatte uns beide in noch größere Gefahr gebracht, und dabei war sie zuvor schon lebensbedrohlich gewesen.

»Ich sollte einen neuen Schutzzauber anwenden«, sagte ich und wandte mich ab, um ins Nachbarzimmer zu gehen. Es war ein Wintergarten, und in anderer Stimmung hätte ich die Glaswände und die strahlend weiße Verkleidung geliebt. Jetzt verabscheute ich sie, weil mir von allen Seiten mein Spiegelbild entgegensah. Immer noch besser, als auszuhalten, dass Ian kein bisschen wütend auf mich war, obwohl ich es so verdiente – und brauchte –, um mit der Ungeheuerlichkeit meines Versagens klarzukommen.

Ehe ich den nächsten Schritt getan hatte, trat Ian vor mich.

»Veritas«, setzte er an.

Ich packte ihn und riss seinen Kopf zu meinem herunter. Dann sprang ich hoch und schlang meine Beine um seine Taille. Wenn ich Ian nicht aus dem Weg gehen konnte, konnte ich zumindest dafür sorgen, dass er nicht in Redelaune war.

Er fing mich auf und hielt meine Hüften fest, dann küsste er mich heiß und sinnlich. Ich saugte an seiner Zunge und grub meine Reißzähne hinein, bis ich den Kupfergeschmack von seinem köstlichen Blut schmeckte. Er wand die Hüften und trieb ein himmlisches Ziehen durch meine Lenden. Jetzt war ich ebenfalls total abgelenkt.

»Ich werde dich überall beißen«, keuchte ich und zog meine Reißzähne über seine Unterlippe, um die rubinfarbenen Tropfen aufzusaugen, die daraus hervorquollen.

»Ach ja?«, knurrte er, löste meine Beine von seiner Taille und sank auf die Knie, während er weiter meine Hüften festhielt. Er presste seinen Mund zwischen meine Beine und atmete aus, bis sein heißer Atem meine Kleidung durchdrang.

Ein erlesenes Ziehen brachte mich dazu, seinen Kopf zu packen und an mich zu pressen. Er lachte, und auch diese Vibration reizte meinen pulsierenden Körper, der mehr von ihm spüren wollte. Ich versuchte, den Reißverschluss meiner Hose zu öffnen, damit er besser an mich herankam, doch er hielt mich zurück, lachte wieder und verstärkte seinen Griff, während er ein weiteres Mal tief und quälend ausatmete.

Als er am Ende zubiss, stieß ich einen Schrei aus. Meine Hose verhinderte, dass er mit seinen Reißzähnen meine Haut durchbohrte, doch er übte so geschickt Druck mit ihnen aus, dass er Wellen der Lust durch meinen Körper spülte. Seine Reaktion auf meinen Schrei war heiße Lava, genauso erotisch, als hätte er meine nackte Haut verbrannt. Mit zitternden Händen klammerte ich mich an sein Haar. Mein Begehren war jetzt derart wild, als hätte ich mich in ein Raubtier verwandelt, und dabei hatte er mir noch nicht einmal die Hose ausgezogen.

Das würde er auch so schnell nicht tun. Ich erkannte es an

dem sinnlichen, aufreizenden Funkeln in seinen Augen, kurz bevor er erneut den Mund senkte. Ein weiteres langes heißes Ausatmen zusammen mit weiterem quälendem Reiben, und ich erschauerte. Nein, er würde mich reizen, bis ich vor Lust den Verstand verlor, und so wundervoll das normalerweise war, ich konnte nicht warten. Ich wollte ihn jetzt sofort.

Ich schloss die Augen und konzentrierte mich auf den Teil von ihm, den ich tief in mir spüren wollte. Dann legte ich meine Kraft um das lange, starke Glied und zog sanft daran.

Als er überrascht die Luft einsog, spürte ich es im ganzen Körper.

»Was tust du?«, fragte er mit erstickter Stimme.

Ich lächelte, ohne die Augen zu öffnen, und zog erneut sanft mit meiner Kraft. Warum war ich darauf noch nie gekommen? Erektionen entstanden dadurch, dass sich der Penis mit Blut füllte. Ich konnte das Blut an die Oberfläche rufen, bis Ian überempfindlich war und sich schon die leichteste Berührung seiner Hose anfühlte, als würde ich seinen Schwanz in den Mund nehmen.

Oder meine Reißzähne über seine Spitze gleiten lassen, wenn ich mich darauf konzentrierte, die Kraft noch gezielter einzusetzen und etwas stärker zog …

Ian stieß einen heiseren Schrei aus, sein Griff verstärkte sich, meine Hose riss und der Stoff um meinen Hüften gab nach.

Ich hörte auf. »Zu viel?« Er stand auf Schmerz, aber das hatte ich noch nie gemacht, darum hatte ich vielleicht zu fest gezogen …

Er riss meine Hose auf und vergrub den Mund zwischen meinen Beinen. Ein überwältigendes und nicht enden wollendes Feuerwerk explodierte in mir, und alles andere trat in den Hintergrund. Als der letzte Orgasmus verebbt war und ich wieder denken konnte, lag ich mit zerrissenen Klamotten auf dem Rücken, und Ian richtete sich zwischen meinen gespreizten Schenkeln auf. Er hatte sich ebenfalls von seiner Kleidung und dem Horn befreit. Durch das Fenster fiel Mondlicht herein und umfing seinen Körper, als wollte es ebenfalls mit ihm Liebe machen. Seine Haut war fast so bleich wie die ätherischen Strahlen und ließ meine Schenkel dagegen deutlich dunkler wirken. Als er sich vorbeugte und meinen Körper mit seinem bedeckte, schlang ich sie um seine Hüften.

Schließlich stützte er sich ab und füllte mich mit einem festen Stoß aus. Ich rang um Atem. Die Lust war so intensiv, dass ich meine Nägel in seinen Rücken grub und überwältigt die Augen schloss.

»Nicht«, sagte er mit heiserer Stimme. »Öffne die Augen.«

Ich tat es und sah, wie sich seine definierten Muskeln anspannten, dann trieb ein weiterer tiefer Stoß noch mehr Glückseligkeit durch meinen Leib. Ich sah in sein Gesicht. Seine Lippen waren lustvoll geöffnet und voller, nachdem er mich mit ihnen gerade mehrmals zum Höhepunkt gebracht hatte. Seine leuchtenden smaragdgrünen Augen waren von dunklen Brauen umrahmt, und sein rotbraunes Haar strich bei jedem Stoß, der meine Nerven zum Knistern brachte, über seine Wangen. Er war der Inbegriff von Schönheit.

»Ich komme schon, wenn ich dich nur ansehe«, keuchte ich.

In seinem leisen Lachen schwang alles mit, was mich so süchtig nach Ian machte. »Noch nicht, aber bald. Du hast doch nicht etwa gedacht, dass ich dich so davonkommen lasse? Ich werde mich dafür rächen, dass du mir mit der unverschämten Seite deiner Kraft feuchte Hosen gemacht hast!«

Ich schmunzelte. »Ach was.«

Als er erneut die Hüften bewegte, konnte ich vorübergehend keinen klaren Gedanken mehr fassen. »… mir gefallen«, hörte ich ihn irgendwo sagen. »Genau, wie dir das gefallen wird.«

Er löste die linke Hand von mir und wandte einen komplexen, aber schnellen Zauber an. Als er fertig war, verschwammen seine Konturen für einen Moment, dann löste sich ein zweiter Ian von seinem Körper, während der echte Ian mich angrinste.

»Was?«, fragte ich ungläubig.

Ein Grinsen ließ Ians Gesicht erstrahlen, das sich dann auf dem zweiten, leicht schimmernden Ian wiederholte, der jetzt hinter mich glitt.

»Ein vorübergehender Verdoppelungszauber«, sagte Ian und zog mich hoch auf seinen Schoß. So machte er Platz für den zweiten Ian, der begann, mir den Rücken zu streicheln. »Er gehorcht meinen Wünschen und tut alles, was ich will.«

Das bewies er, indem er mich küsste, während seine zweiten Hände über die Teile meines Körpers wanderten, um die sich die des echten Ian nicht bereits kümmerten. Bald küsste er mich auch mit seinem zweiten Mund und verstärkte die Lust, die von seinen unablässigen Stößen bereits schwindelerregend war.

Wenn ein Ian unersättlich war, waren zwei unerbittlich und auf köstliche Art überwältigend. Nichts anderes existierte mehr, denn nichts anderes kam an dem Trommelfeuer der Lust vorbei. Als ich schließlich gegen ihn sank, zu befriedigt, um mich zu bewegen, stieß Ian ein amüsiertes Knurren aus und schnippte auf komplizierte Art mit den Fingern.

Sein Doppelgänger verschwand. Mit letzter Kraft ließ ich mich auf den Rücken sinken und zog ihn auf mich. Seine grünen Augen leuchteten so intensiv, dass sie mich beinahe blendeten, doch seine Miene war es wert, dass ich die Augen offen hielt.

Wenn ich die Zeit hätte anhalten und mir einen Moment dafür hätte aussuchen können, in dem ich für immer verweilen wollte, wäre es dieser gewesen. Nicht wegen des Rausches, mit dem mich dieser völlig unerwartete Dreier überwältigt hatte, sondern wegen des Ausdrucks, der jetzt in Ians Augen lag. Bei seinem Anblick erfasste mich eine Gefühlswoge, die nichts damit zu tun hatte, dass er mich festhielt und seinen Rhythmus beschleunigte.

Vor Ian hatte ich nie gewollt, dass mich irgendjemand so ansah. Ich hatte zu viele Geheimnisse; geliebt zu werden und jemanden so nah an mich heranzulassen, war gefährlich. Doch als ich in Ians Augen schaute, wollte ich das, was ich in ihnen zu sehen glaubte, mehr als ich jemals etwas gewollt hatte.

Zugleich hatte ich schreckliche Angst, dass ich nur *meine* Gefühle auf ihn projizierte.

Ein weiterer Stoß lenkte mich ab, und meine Muskeln zogen sich lustvoll zusammen. Ich gab mich hin und ließ meine Angst von der Ekstase vertreiben. In diesem Moment gehörte Ian mir, und ich ihm. Aus vielen Gründen war die Zukunft unsicher, darum sollte das für den Moment genügen.

37

Mencheres' Haus verfügte über vier Schlafzimmer. Keins von ihnen hatten wir benutzt, darum holte Ian einfach das Bettzeug aus einem und wickelte uns dort, wo wir lagen, darin ein. Wir waren zurück in das Zimmer mit dem Blick aufs Meer gegangen. Der Kamin wurde mit Gas betrieben, doch trotz des etwas beißenden Geruchs verbreitete er eine angenehme Wärme.

Silver schlief über uns auf dem Sofa. Das arme Ding hob kaum den Kopf, als wir wieder zurückkamen. Später würde ich die Küche nach Gemüse für ihn durchsuchen, aber jetzt wollte ich mich noch ein paar Minuten an Ian kuscheln.

Er hatte Kopfkissen mitgebracht, aber mein Kopf ruhte auf seinem Arm, während seine freie Hand meine Schulter liebkoste. Ich strich über die Stelle auf seinem Arm, um die normalerweise das Horn gewickelt war. Er hatte es irgendwann im Wintergarten abgenommen, ich hatte es gar nicht bemerkt.

»Ich habe Glück, dass das Horn nicht mit Gewalt reagiert hat, als ich es berührt habe«, überlegte ich. »Sonst wäre mein Hirn jetzt überall im Wintergarten auf dem hübschen Holzboden verteilt.«

Ian schnaubte. »Ich hatte es neulich abends bei Yonah an, als wir es zusammen auf der Toilette getrieben haben, oder war das erst gestern?«

»Nach all dem Teleportieren und den vielen Zeitzonenwechseln kann ich mich nicht erinnern«, erwiderte ich.

»Ich auch nicht, aber entweder mag dich das Horn oder es weiß, dass du nicht versuchst, es mir zu stehlen. Darum tut es dir vermutlich nichts, wenn du es berührst.«

»Vermutlich Letzteres«, sagte ich und fügte trocken hinzu: »Es ist offensichtlich eine besitzergreifende kleine Reliquie, die jedem den Schädel wegpustet, der sie seinem aktuellen Besitzer wegzunehmen versucht.«

Wieder lachte Ian, diesmal klang es ein bisschen grimmig. »Ich werde nie die Kopfschmerzen vergessen, die es mir verursacht hat, und da hatte es schon beschlossen, dass es mich genug mochte, um bei mir zu bleiben.«

Ich erinnerte Ian nicht daran, dass es nicht ausschlaggebend für die Entscheidung des Horns gewesen war, dass es Ian »mochte«. Ashael hatte gesagt, dass es nur von purer Kraft und der Aussicht darauf, diese zu vergrößern, angezogen wurde. Wenn dem so war, verstand ich, warum es sich von Ian angezogen fühlte. Als Vampir war er bereits weitaus mächtiger als der Durchschnitt gewesen, was er bewiesen hatte, als er unseren ersten Kampf gewann. Aber als Vampir, der sehr geschickt mit taktiler Magie war *und* noch zusätzlich über die Kraft verfügte, die er von Dagon aufgenommen hatte? Ich hatte keine Ahnung, wie weit Ians Fähigkeiten reichten.

Ziemlich weit, schien die Wahl der Reliquie zu sagen.

»Ich wollte vorhin nicht lauschen.« Ian wurde ernst, was nun folgte, würde mir vermutlich nicht gefallen. »Aber du hast geschrien. Es war kaum zu überhören, warum du glaubst, dass Tenoch Vlad vor seinem Tod zum Vampir gemacht hat.«

Ich erstarrte und rückte von ihm ab, merkte jedoch erst, dass ich mich bewegt hatte, als ich anstelle seines Körpers kühle Luft fühlte. Eher würde ich mir alle Zähne ziehen, anstatt darüber zu reden. Nein – ich würde mir lieber alle Zähne ziehen, sie herunterschlucken und sie dann mit einem scharfen Haken aus meinem Magen angeln, anstatt darüber zu reden.

Aber ich wäre vorhin fast zusammengebrochen, als Cat es nur erwähnt hatte. Wie viel davon hatte Ereshki mitangehört? Wenn sie irgendetwas davon belauscht hatte, würde sie es Dagon erzählen, und ich konnte es mir nicht leisten, dem Dämon eine derart mächtige Waffe gegen mich zu geben. Das bedeutete, dass ich darüber reden *musste*. Manchmal war ein scharfes Messer der einzige Weg, die Entzündung aus einer Wunde zu schneiden.

»Ich weiß nicht, was du von Tenoch gehört hast.« Ich klang schroff. Wenn ich darüber sprach, musste ich es so kühl wie möglich tun. »Viele reden über seine Macht, aber mehr als alles andere war Tenoch ein guter Mann, der sich viel um andere gesorgt hat. Zum Teil hat ihn das ins Grab gebracht. Man kann sich nicht so um andere kümmern, ohne dass es einen belastet.«

»Mencheres hat immer geglaubt, dass mehr hinter Tenochs Tod steckte als nur ein Hinterhalt von marodierenden Ghuls.« Ian klang sachlich, als wüsste er, dass mich alles andere überforderte.

Ich nickte hastig. »Mencheres hat recht. Die Ghuls, die Tenoch umgebracht haben, haben nur zu gern geglaubt, dass sie ihn überwältigt hätten, weil sie in der Überzahl waren. Ich wusste jedoch, genau wie Mencheres, dass Tenoch trotzdem hätte entkommen können. Abgesehen von seiner unglaublichen Kraft war Tenoch telekinetisch *und* pyrokinetisch. Wenn er gewollt hätte, hätte er ihnen abwechselnd die Köpfe abreißen und sie explodieren lassen können …«

Ian sprach das aus, wozu ich mich nicht überwinden konnte. »Stattdessen hat Tenoch sich von den Ghuls umbringen lassen.«

»Und das, nur zwei Wochen nachdem er den bösesten Menschen zum Vampir gemacht hatte.« Ich stieß ein Lachen aus, das genauso kaputt klang, wie ich mich bei der Erinnerung daran fühlte. »Die ersten Jahrzehnte habe ich zu sehr getrauert, um mich zu fragen, warum Tenoch als letzte Tat Vlad zum Vampir gemacht hat. Dann entwickelte Vlad Kräfte, die er nur haben konnte, wenn Tenoch bei seiner Verwandlung den Rest von Kains Vermächtnis in ihn hatte fließen lassen. Da wusste ich, dass Tenoch Vlad dazu bestimmt hatte, mich notfalls umzubringen.«

»Vielleicht hat Tenoch den Rest von Kains Vermächtnis auf Vlad übertragen, weil er wusste, dass er es bald nicht mehr brauchen würde?«

Ich warf Ian einen Blick zu, den er nicht verdiente. »Dann hätte er es auf mich übertragen können, aber das hat er nicht. Damals nicht und auch nicht Tausende von Jahren davor.«

Ian stemmte sich auf den Ellbogen hoch. »Du sprichst davon, dass Tenoch Mencheres diese Kraft gegeben hat, nachdem er Mencheres zum Vampir gemacht hat.«

Ich nickte knapp. »Kurz nachdem Tenoch mich in einen Vampir verwandelt hatte, kam es zu … einem Zwischenfall mit meinen anderen Fähigkeiten. Es hat ihn erschreckt, was ich getan habe, aber er liebte mich zu sehr, um mich umzubringen. Darum ließ er mich schwören, diesen Teil von mir stets wegzusperren, und hinterließ Kains Vermächtnis Mencheres.« Ich stieß ein freudloses Lachen aus. »Mencheres sollte mich umbringen, falls ich meinen Schwur breche und meine andere Hälfte die Macht übernehmen sollte. Mencheres wusste das nicht, aber ich habe es immer gewusst.«

Über Ians Gesicht flog ein wütender Ausdruck, dann sagte er in sorgsam kontrolliertem Ton: »Hat Tenoch dir das erzählt?«

In mir regte sich Abwehr, und ich setzte mich auf. »Du verstehst das nicht. Was du von meiner Kraft gesehen hast, ist nur ein Bruchteil dessen, wozu ich fähig bin. Tenoch hat seine Entscheidung nicht leichtfertig getroffen. Er hat an das allgemeine Wohl gedacht …«

»Das allgemeine Wohl.« Ians Stimme troff vor Verachtung. »Ich müsste lange nachdenken, um eine derart absurde Ausrede dafür zu finden, dass er dich sinnlos hat leiden lassen.«

»Vielleicht«, sagte ich. »Tenoch war jedoch davon überzeugt. Ich … ich dachte, er hätte aufgehört, sich vor mir zu fürchten, weil wir so viel zusammen durchgemacht hatten. Dann ist er gestorben, und Vlad zeigte Kräfte, die er nicht von selbst haben konnte.« Ich versuchte zu lachen, aber es kam als ersticktes Schluchzen heraus. »Tenoch muss gedacht haben, Mencheres allein könnte mich nicht zur Strecke bringen. Nachdem seine erste Frau ihn verlassen hat, ist Mencheres in eine tiefe Depression gefallen und hat sich gegen ihn gewandt. Darum hat Tenoch seine letzte Macht auf Vlad übertragen und sich zwei Wochen später von einer Horde Ghuls umbringen lassen.«

Und ich war außer mir vor Trauer, schlechtem Gewissen und

heftigen Schuldgefühlen gewesen, nachdem ich alles durchschaut hatte.

»Kein Wunder, dass du von deinen anderen Fähigkeiten als anderer Person sprichst.« Ians Stimme klang sanft. »So hast du den Schmerz abgespalten, als du ihn nicht mehr ertragen konntest.«

Früher hätte ich widersprochen. Jetzt schloss ich die Augen. »Vielleicht.«

»Tenoch war trotzdem ein verdammter Idiot.«

Ich öffnete gerade noch rechtzeitig die Augen, um zu sehen, dass mein Sichtfeld schwarz wurde. Ian zuckte nicht vor meiner Wut zurück, die er ebenso sehen wie riechen musste.

»Er mag gute Absichten gehabt haben, aber wie Millionen von Eltern, die ihre Kinder wegen Dingen ablehnen, die sie nicht verstehen, hat sich Tenoch getäuscht. Du bist genau so, wie du sein sollst, und es ist Tenochs Fehler, dass er das nie bemerkt hat.«

Vor Angst verspannten sich meine Muskeln, bis es sich anfühlte, als würde ich von innen verprügelt. »Du hast nicht gesehen, was ich getan habe …«

»Als neuer Vampir, der mit unglaublich scharfen Sinnen und Gefühlen zurechtkommen muss, die zweifellos die Fähigkeiten deiner anderen Natur aktiviert haben?« Ian gab einen verächtlichen Laut von sich. »Das muss ich nicht sehen. Ich weiß auch so, dass du nicht gleich zum Monster wirst, das man töten muss, weil es die Kontrolle über seine übernatürlichen Kräfte verliert. Ja, deine Kraft kann gefährlich sein, aber dasselbe kann man von deiner Vampirseite sagen. Oder von deiner menschlichen, wenn du sie einsetzt.«

»Tenoch hätte nie zu derart extremen Maßnahmen gegriffen, wenn er nicht gewusst hätte, dass es die einzige Möglichkeit ist!«

Das hatte ich mir im Laufe der Jahrhunderte unzählige Male gesagt. Sonst wäre ich daran zerbrochen, dass Tenoch in mir eine so große Bedrohung gesehen hatte, dass er mich umbringen lassen wollte, wenn er starb.

»Angst kann Leute dazu bringen, schreckliche Dinge zu tun. Selbst denen, die sie lieben, tun sie Schreckliches an«, erwiderte Ian sanft. »Das weißt du. Du kannst dich nur nicht überwinden, es dir in Bezug auf Tenoch einzugestehen. Du hast das Gefühl, illoyal zu sein, und das ist erst der Anfang. Wenn du einsiehst, dass Tenoch im Unrecht war und nicht du, musst du dich damit auseinandersetzen, dass du eine Hälfte von dir in einen Käfig gesperrt hast. Und das nur, um die Ängste eines Mannes zu lindern, der dich eigentlich bedingungslos hätte lieben müssen. Das ist nämlich die verdammte Aufgabe von Eltern.«

»Er hat mich geliebt! Er wusste nur, dass man meiner anderen Hälfte nicht trauen kann ...«

»Blödsinn«, sagte Ian scharf. »Er hat sich nie die Mühe gemacht, das herauszufinden. Er hat deinen Vater gesehen, sich vor Angst in die Hose gemacht und sich dann überlegt, dass etwas derart Mächtiges böse sein muss. Darum hat er sich wieder in die Hose gemacht, als er bei dir dieselbe Kraft wahrgenommen hat. Was du getan hast, war aber kein bisschen böser als das, was ein frisch verwandelter Vampir im Blutrausch tut. Sind die auch alle böse?«

»Nein, aber ...« Verdammt, jetzt verwirrte er mich!

»Nein ist richtig. Sie sind nur untrainiert. Das warst du auch, und anstatt dir beizubringen, deine Macht zu lenken, hat Tenoch dich dazu gebracht, sie zu fürchten und zu unterdrücken.«

»Weil ich Leuten *geschadet habe*«, zischte ich.

»Hatten sie es verdient?«, entgegnete er. »Ich wette, ja, denn als deine andere Natur sich nach meinem Tod losgerissen hat, hast du keinen Unschuldigen angegriffen. Stattdessen hast du die Dämonen erlegt, die versucht haben, uns umzubringen, und du hast deinen äonenalten Wunsch nach Rache an Dagon aufgegeben, um mich von den Toten zurückzuholen. Immer wenn diese Hälfte von dir seither das Steuer in die Hand genommen hat, hast du mich beschützt, mich angemacht – mein Favorit – *oder* Dutzende von Menschen davor bewahrt, unter einem zusammengestürzten Haus zu ertrinken. Sag mir, was daran böse ist.«

Nun ja … objektiv betrachtet konnte ich das nicht. Aber wenn Ian recht hatte, hatte Tenoch mich schlicht dafür bestraft, dass ich existierte. Und der Mann, der mich gerettet, beschützt und geliebt hatte, konnte doch nicht einen derart kolossalen Fehler begangen haben. Oder doch?

Nein. Ian hatte nicht gesehen, was Tenoch damals gesehen hatte, als Vampire von einer rivalisierenden Bande mich entführt hatten, um Tenoch zur Zusammenarbeit zu zwingen. Was ich getan hatte, hatte dazu geführt, dass Tenoch sich für den Rest seines Lebens vor mir gefürchtet hatte. Wie konnte ich das ignorieren?

»Du ignorierst die Tatsache, dass ich diese guten Taten tun *wollte*«, sagte ich mit tonloser Stimme. »Was passiert, falls ich etwas Schreckliches tun will, wenn meine andere Hälfte die Kontrolle hat?«

Ian schnaubte. »Dann hat die Person, der du das antun willst, es sicher verdient. Du hast noch nicht einmal deinen zweitschlimmsten Feind umgebracht, weil du dachtest, sie hätte sich nicht mehr an ihre grausamen Taten erinnern können. Ich hätte Ereshki mit Vergnügen abgeschlachtet, und ich verfüge nicht über deine angeblich so bösartige zweite Natur. Und schieb das ja nicht auf Dagons Kraft in mir. Ich weiß, wozu ich ohne sie fähig bin.«

Jedes Argument hämmerte gegen die Mauern, hinter denen ich lange meine Zweifel, meine Verletzungen und meine Wut verborgen hatte. Ich hatte Tenoch nicht immer alles geglaubt, wenn es um mich ging. Es war mir nicht richtig erschienen, dass alle anderen ihren Charakter durch ihr Handeln formen konnten, ich hingegen akzeptieren musste, dass ich fehlerhaft zur Welt gekommen war. Doch wie Ian richtig vermutete, hatte ich das Gefühl, den Boden unter den Füßen zu verlieren, wenn ich mich fragte, ob Tenoch sich getäuscht hatte. Dass ich Tenoch geglaubt hatte, war die Grundlage fast all meines Handelns gewesen. Wenn ich von diesem Glauben abließ, wie sollte ich dann jemals wieder Halt finden? In vielerlei Hinsicht war es leichter, Tenoch weiter zu glauben, als mich mit der Möglichkeit auseinanderzusetzen, dass mein ganzes Leben auf einer Lüge basierte, die mir der von mir so geliebte Sire erzählt hatte.

»Das ist etwas anderes«, sagte ich, um meine aufgewühlten Gefühle zu überspielen.

Er seufzte. »Ist es nicht. Zu meiner großen Verzweiflung bist du eine der edelsten Personen, die ich kenne. Wenn du egoistischer wärst, hättest du dich nicht von mir ferngehalten, nachdem ich von den Toten zurückgeholt worden war. Du hättest auch nicht die kleine Schlampe verschont, die wir jetzt finden müssen, und du hättest nicht eine Hälfte von dir so gut weggesperrt, dass du fast eine gespaltene Persönlichkeit entwickelt hast. Du bist unglaublich *selbstlos,* was einer der Gründe ist, warum ich dich so gern festhalte, um dich zu befriedigen, ehe ich mich von dir berühren lasse«, fügte er spontan hinzu. »Du bist so daran gewöhnt, dich an die letzte Stelle zu setzten, dass ich es genieße, dich zum Höhepunkt zu bringen, bevor ich in dich eindringe.«

So musste sich eine emotionale Achterbahnfahrt anfühlen. Gerade war ich noch verzweifelt wegen seines schmeichelhaften, aber falschen Bilds von mir, und im nächsten Moment blickte ich auf seinen Mund und dachte an all die Arten, mit denen er mich damit befriedigt hatte.

»Du machst mich verrückt«, sagte ich schließlich, innerlich zu aufgewühlt für eine geistreichere Bemerkung.

Er lachte. »Danke gleichfalls. Leila hat mich geradewegs verflucht, als sie mir befohlen hat, mich in jemanden wie dich zu verlieben.«

»Gut, dass Leila keine echte Hexe ist, sonst hätte dieser Fluch vielleicht gehalten«, murmelte ich, ohne nachzudenken.

Er legte den Kopf schief. »Wie meinst du das?«

Ich hatte das nicht ansprechen wollen. Nach allem, worüber wir gesprochen hatten, wollte ich sicher nicht auch noch Ians nicht vorhandene Gefühle für mich thematisieren. »Vergiss es.«

Er trat näher und durchbohrte mich mit seinem gnadenlosen Blick. »Weich mir nicht aus. Was meinst du?«

Mist, warum nicht?, dachte ich verzweifelt. Ich würde Jahre brauchen, um alles zu verarbeiten, was er über mich gesagt hatte. Warum sollte ich ihm nicht auch etwas zu denken geben?

»Ich meine, dass du mich *nicht liebst.*« Ich straffte die Schultern. »Das ist okay«, fügte ich hinzu. »Es ist immer noch alles ziemlich frisch zwischen uns, auch wenn die letzten Monate sich wie Jahre anfühlen und … Warum lachst du?«, fragte ich, als ich sah, wie er sich vor Lachen ausschüttete.

»Weil du vielleicht atemberaubend im Bett bist, aber *so* atemberaubend nun auch wieder nicht«, stieß er zwischen zwei Lachern hervor.

Wut durchfuhr mich. »Was soll das denn heißen?«

Sein Lachen verblasste, und seine Miene wurde ernst. »Fragst du das wirklich? Aber du hast mir doch erzählt, dass du dich an meine letzten Worte erinnerst.«

Ich spürte einen schmerzhaften Stich, der mich zwang, den Blick abzuwenden. »Ja. Du, äh, hast gesagt, dass du mich hättest lieben können.«

»Nein, das stimmt nicht.«

Mein Blick sprang zu ihm zurück. »Wie bitte?«

»Du hast mich falsch verstanden«, sagte er und riss mir das Herz heraus. Die ganze Zeit hatte ich mich an die Hoffnung geklammert, dass eines Tages aus dem Konjunktiv Realität werden könnte, und die ganze Zeit hatte ich mich getäuscht?

»Nicht wirklich überraschend«, fuhr er fort, ohne darauf zu achten, dass er mich fertig machte. »Meine eine Gehirnhälfte war von vorn bis hinten von einem Knochenmesser durchbohrt, die andere zur Hälfte. Nicht gerade einfach, sich da noch verständlich auszudrücken, oder?«

Ich atmete ein und hielt die Luft an, um nicht zu schreien.

»Was hast du dann gesagt?«, schaffte ich, mit ruhiger Stimme zu fragen.

Er schloss den Zwischenraum, den ich zwischen uns geschaffen hatte. »Nicht ›können‹. Ich bin dir nicht über Gottes grüne Erde überallhin gefolgt und habe mich dann vor dem verdammten Vampirrat als verheirateter Mann geoutet, weil ich dich hätte lieben können. Ich habe es getan, weil meine tatsächlichen letzten Worte lauteten: ›Ich hätte dir sagen sollen, dass ich dich liebe.‹«

Ich wurde so starr, dass es mir vorkam, als hätte ich meine Fähigkeit genutzt, die Zeit anzuhalten. Ich wusste, dass ich etwas sagen sollte, aber ich war zu überrascht … und zu ängstlich, dass das hier irgendwie nicht wirklich passierte. Ich hatte es mir zu sehr gewünscht, als dass es real sein konnte.

Er riss mich schmunzelnd an sich. »Hast du mich diesmal richtig verstanden? Oder musst du es noch mal hören?« Er senkte den Mund. »Ich hätte dir sagen sollen, dass ich dich liebe«, sagte er an meinen Lippen. »Ob du Veritas, die Gesetzeshüterin bist, oder Ariel, die Vampirhexe, oder die unheimliche halbgöttliche Tochter des Todes. Ganz egal. In all deinen Erscheinungen, in jeder Gestalt: Ich *liebe dich.*«

Dann versiegelte er meine Lippen mit einem Kuss, bei dem ich froh war, dass ich saß, denn andernfalls hätte er mich umgehauen. Die nächsten Stunden hörte er nicht auf, mich zu küssen, doch dazwischen gelang es mir, ihm dasselbe zu sagen.

»Ich liebe dich auch.«

38

Ich wollte Mencheres' Strandhaus nie mehr verlassen. Dies würde ab jetzt für mich immer der Ort sein, an dem ich das wahre Glück entdeckt hatte – abgesehen von meinen inneren Konflikten wegen Tenoch und meiner anderen Hälfte. Im Grunde dachte ich schon darüber nach, wie ich Mencheres dieses Haus abkaufen konnte, als das Wasser, das ich mit meinen Händen geschöpft hatte, auf einmal schimmerte und eine vertraute weibliche Stimme erklang: »Ariel.«

Ich war so verblüfft, dass ich das Wasser fallen ließ und vom Waschbecken zurückschreckte. Da Ian gegangen war, nachdem wir ausgiebig und äußerst lustvoll zusammen geduscht hatten, war ich allein im Bad. Ich wollte mir die Knoten aus dem vom Sex zerzausten Haar kämmen und mir die Zähne putzen. Gerade war ich dabei, mir den Mund auszuspülen, als das Wasser in meinen Händen plötzlich mit Ereshkis Stimme zu sprechen begann.

Entweder hatte ich einen psychotischen Schub, oder Ereshki versuchte tatsächlich, mit mir über das Wasser zu kommunizieren. Die Chancen standen fünfzig-fünfzig.

Es war sinnlos, darüber nachzudenken. Ich fing das Wasser

aus dem noch geöffneten Hahn mit den Händen auf und wartete.

Keine Stimmen, kein seltsames Schimmern. Also doch ein psychotischer Schub. Ich seufzte. Nun ja, ich hatte fast fünf Jahrtausende ohne einen überstanden. Vermutlich war das überfällig. Es könnte schlimmer sein. Ich hatte gehört, dass Schriftsteller so etwas ungefähr alle zehn Jahre bekamen.

»Ariel«, sagte eine Stimme, dann erschien Ereshkis schimmerndes Bild in dem Wasser in meinen Händen. »Lass mich nicht wieder fallen«, fügte sie hinzu. »Dieser Zauber ist ziemlich anstrengend.«

Ich schleuderte ihr wässeriges Bild nur aus dem Grund nicht gegen den Spiegel, weil ich neugierig war, warum sie es wagte, Kontakt zu mir aufzunehmen.

»Sorry«, sagte ich sarkastisch. »Ich wollte dich nicht *überanstrengen.* Du sollst putzmunter sein, wenn ich dich in Stücke reiße.«

Sie lachte. Der Anblick der fröhlichen Lachfältchen um ihre Augen traf mich wie ein körperlicher Schlag. Als ich ein Mensch gewesen war, war dieser Anblick eine der wenigen Freuden in meinem Leben gewesen. Jetzt machte er mich so wütend, dass meine Hände zitterten.

»Es überrascht mich, wie brutal du geworden bist«, bemerkte sie. »Ich hatte keine Ahnung, dass du mir gleich an die Gurgel gehst, als du mich zum ersten Mal gesehen hast. Ich dachte, du würdest mich immer noch wie eine Schwester lieben. Hätte ich gewusst, dass du von meinem doppelten Spiel damals, als du Dagon gehörtest, weißt, wäre ich dir niemals in diesen Waschraum gefolgt.«

»Ich habe Dagon nie gehört«, spie ich aus. »Aber du hast ihm gehört, seit wir uns kennengelernt haben, und jeden einzelnen Moment danach.«

Ich sah den Ansatz ihrer Schulter, als sie damit zuckte. »Als ich jung war, gab es viele Hungersnöte. Ich wollte nicht an Hunger sterben wie der Rest meiner Leute. Dagon bot mir eine Alternative.«

Eine »Alternative«? So nannte sie es, dass sie Dagon geholfen hatte, Hunderte von Männern, Frauen und Kindern umzubringen, die anders als ich *nicht* von den Toten zurückkehrten, nachdem man sie ihm geopfert hatte? Ich wünschte, ich könnte Ereshki jetzt greifen. Ich würde das Leben aus ihr herauspressen und dabei die ganze Zeit lächeln.

»Warum nimmst du Kontakt zu mir auf? Dieser Zauber ist zu kompliziert, als dass du ihn nur benutzen würdest, weil du dich hämisch freust.«

Sie setzte ein weiteres Lächeln auf, das sodann verblasste. »Mir war nicht klar, wie stark du bist, bis ich gesehen habe, wie du das Meer zurückgehalten hast. Dagon hat mir erzählt, du könntest Blut und Körperflüssigkeiten aus Körpern ziehen, aber das …«

»Das ist das Mindeste, was ich mit dir anstellen werde«, sagte ich freundlich.

»Darum wende ich mich an dich.« Ihre Stimme klang jetzt leicht gereizt. »Ich will nicht, dass du mich umbringst. Mach mit Dagon, was du willst, aber lass mich in Ruhe.«

Ich brach in schallendes Gelächter aus. »Ich hatte ja keine Ahnung, dass du so lustig bist, Ereshki! Bitte erzähl mir noch einen Witz.«

Selbst auf der gekräuselten Wasseroberfläche sah ich, wie ein eisiger Ausdruck in ihre klaren braunen Augen trat. »Dagon hat schon lange geahnt, dass Ashael ein Geheimnis hat. Wie amüsant würdest du es finden, wenn ich Dagon sage, dass Ashael euch zu Yonah gebracht hat? Oder dass ihr zwei ›viel gemeinsam‹ habt, wie du Yonah erzählt hast?«

Ich erstarrte. Wenn sie das tat, würde Dagon es verbreiten, und Ashael würde von den anderen Dämonen gejagt werden, weil er dem meist Gesuchten die Treue gehalten hatte. Hinzu kam die Vermutung, dass Ashael kein »echter« Dämon war, woraufhin er von jeder Spezies, die Mischlinge fürchtete, zum Tode verurteilt werden würde. Und das waren alle Spezies.

Mist.

Ein wissender Ausdruck schlich sich auf Ereshkis Gesicht. »Habe ich mir doch gedacht, dass dir dieser gut aussehende Dämon etwas bedeutet. Ich war zu weit entfernt, um zu hören, was gesprochen wurde, aber du hattest wohl um Ashaels Leben gefleht, als dein Geliebter ihn gleich nach eurer Ankunft bei Yonah bedroht hat.«

Verdammt! Diese Szene hatte sich direkt vor Yonahs Haus abgespielt. Da es verspiegelte Fenster hatte, wusste ich nicht, ob uns jemand beobachtet hatte. Bei mindestens einer Person war das offenbar der Fall gewesen.

»Du musst überrascht gewesen sein, mich zu sehen«, bemerkte ich.

Wieder zuckte sie mit den Schultern. »Da noch nicht. Ich habe dich erst später erkannt. Es war schließlich ziemlich lange her.«

Aus irgendeinem Grund machte mich das wütender als alles,

was sie bislang gesagt hatte. Wenn man ein Jahrzehnt lang dabei geholfen hat, jemanden zu quälen und zu ermorden, musste man ihn doch wenigstens *erkennen!*

Plötzlich stand Ian im Türrahmen, doch mit einem energischen Kopfschütteln hielt ich ihn davon ab hereinzukommen. »Du bietest mir also an, über Ashael zu schweigen, wenn ich dich nicht erledige, so wie du mieses Ungeziefer es eigentlich verdienst«, fasste ich in harschem Ton zusammen. »Und wieso sollte ich dir glauben, dass du diesmal ehrlich bist?«

Sie hob eine Augenbraue. »Ich habe es satt, Dagons Befehle auszuführen. Bei meinem letzten Auftrag, als ich Yonahs Insel zerstören sollte, damit er sich hinterher damit brüsten kann, bin ich fast draufgegangen, wie du weißt. Aber wenn du ihn umbringst und mich verschonst«, wieder erschienen Lachfältchen um ihre Augen, »bin ich frei. Ist das ehrlich genug?«

War sie derart hinterlistig und egoistisch? Natürlich. Das wusste ich besser als irgendjemand sonst. Aber ich traute ihr nicht. Doch das hieß nicht, dass sie mir nicht nützlich sein konnte.

»Versüß mir dein Angebot. Sag uns erst, wo sich Dagon aufhält.«

»Er teilt mir nicht mit, wo er sich aufhält«, schnaubte sie. »Wenn er was von mir will, benutzt er Brandzeichen, um mich zu finden.«

»Dann sag mir, wo *du* bist, damit ich ihn auf diese Weise finden kann.«

Sie warf mir einen überaus weltgewandten Blick zu und erinnerte mich daran, dass sie genauso lange auf der Welt war wie ich. »Damit du mich umbringen, dich neben meinem Skelett auf die Lauer legen und auf Dagon warten kannst? Wohl kaum.«

Ich grinste sie boshaft an. »Einen Versuch war's wert.«

Ihr Bild begann zu verblassen. »Der Zauber ist bald aufgebraucht. Akzeptiere meine Bedingungen, Ariel. Im Gegensatz zu Dagon werde ich nicht versuchen, dich umzubringen. Wenn du mich umbringst, würdest du also nur deinen Stolz befriedigen. Ist dir das mehr wert als Ashaels Leben?«

Ja!, wollte ein Teil von mir schreien. Ich wünschte, es wäre meine andere Hälfte, doch nein. Ich war für alle Empfindungen verantwortlich.

Ich stieß einen Seufzer aus. Schließlich zischte ich mit vor Wut zusammengebissenen Zähnen: »Sag niemandem etwas von Ashael, und ich verspreche dir, dass ich dich niemals töten werde, Ereshki.«

Das Letzte, was ich sah, war ihr Lächeln. Für jeden anderen würde es wie das sorglose Grinsen einer hübschen, orientalisch aussehenden Frau in ihren Zwanzigern aussehen. Für mich war es Gift, das durch meine Adern floss.

Ich warf das Wasser ins Waschbecken, dann drängte ich mich wortlos an Ian vorbei. Ich konnte seine Vorwürfe jetzt nicht ertragen; vielleicht würde er mich auch drängen, mich nicht an mein Wort zu halten. Ich wusste schon, warum Ereshki kein Fitzelchen meiner Ehre verdiente, aber wenn ich nur Wort hielt, wenn es leicht war, war mein Wort genauso wenig wert wie ihrs.

Aufgewühlt rannte ich aus dem Haus und auf den Strandweg. Die Sonne war aufgegangen und wärmte mit ihren hellen Strahlen das kühle Holz unter meinen Füßen. Ich lief über den

Steg, dann über den Sand und blieb erst stehen, als ich die eisigen Wellen erreichte.

Es überraschte mich nicht, dass Ian zu mir trat. Ich hatte einen Morgenrock an, der im taillenhohen Wasser um mich schwebte, er hingegen trug nichts außer einem seltsam zufriedenen Lächeln im Gesicht.

»Was ist?«, fragte ich. »Willst du mir sagen, wie recht du damit hattest, dass ich auf geradezu dumme Weise ehrenhaft bin?«

»Keineswegs«, erwiderte er fröhlich. »Ich stelle mir die ganze Zeit vor, wie ich Ereshki danken werde.«

»Ihr danken?«, wiederholte ich ungläubig.

Sein Lächeln verwandelte sich in ein Grinsen, das an Kälte mit dem eisigen Wasser konkurrieren konnte. »Ich wusste zuerst nicht, wie ich sie umbringen soll, ohne dich um deine wohlverdiente Rache zu bringen. Das Problem hat sie jetzt erledigt, darum werde ich mich auf jeden Fall bei ihr bedanken, ehe ich diese kleine Schlampe abschlachte.«

Ich begann zu lachen, was ich mir nur wenige Momente zuvor nicht hatte vorstellen können. Doch das war wirklich lustig, auf eine Das-Schicksal-ist-auf-deiner-Seite-Weise.

Ereshki war freigekommen, weil Ians Wachen sie fälschlicherweise unterschätzt hatten. Jetzt hatte sie denselben Fehler bei Ian begangen. Ereshki dachte, sie wäre sicher, weil *ich* geschworen hatte, sie nicht umzubringen? Sie sollte erst sehen, wozu Ian fähig war.

»Plötzlich habe ich gute Laune«, sagte ich.

»Ich auch«, antwortete er, und sein Grinsen wurde raubtierhaft. »Nachdem sie Kontakt zu dir aufgenommen hat, kann ich jetzt auch fühlen, wo sie ist.«

39

Der Schleier, der meine Umgebung verschwimmen ließ, löste sich schwindelerregend abrupt auf – eine Eigenschaft des Teleportierens, an die ich mich allmählich gewöhnte. Wir waren nach Dummerston in Vermont gefahren, hatten unseren Wagen jedoch an einer Tankstelle stehen gelassen, um uns den Rest des Wegs zu teleportieren. Jetzt hielt Ian einen halben Kilometer von dort entfernt, wo er Ereshki gefühlt hatte.

Wir blieben am Rand der Route 30 stehen. Auf der schmalen Nord-Süd-Straße befanden sich kaum Autos, obwohl um diese Uhrzeit die meisten von der Arbeit nach Hause fuhren. Doch dieser Teil von Dummerston wirkte, als hätte er schon seit Jahrzehnten zur Rushhour keine Staus mehr gesehen. Ich holte ein Fernglas aus Ians Tasche und richtete es auf den Punkt, auf den er zeigte.

Wegen der winterlichen Jahreszeit waren viele Bäume kahl und gewährten mir freie Sicht auf eine dreistöckige weiße Lodge mit einem rostfarbenen Zaun. Rechts und links davon standen zwei Schuppen, doch die Lodge, hinter der ein Berg aufragte, bildete das Hauptgebäude. Ein verblasstes Schild davor verkündete, dass dies einst ein Skigebiet gewesen war, doch die leeren

Hänge und die Abwesenheit von Beleuchtung und Skilifts ließ vermuten, dass dies schon viele Jahre zurücklag.

Es wäre allerdings möglich, dass sich dort jemand aufhielt, das konnte ich nicht beurteilen. Die Fenster, die ich sah, waren alle mit Brettern vernagelt.

»Ich kann nicht hineinschauen, und es ist zu weit entfernt, als dass ich einen Herzschlag hören könnte«, erklärte ich Ian und ließ das Fernglas sinken.

»Ereshki ist da drin«, sagte er mit absoluter Sicherheit.

Dann hatte sie ihren Unterschlupf gut gewählt. Die einstige Lodge befand sich fernab von irgendwelchen Flüssen, und als ich meine Sinne aussandte, um im Boden nach Wasserreservoirs zu suchen, schrie mir die gähnende Leere, die mir entgegenschlug, »*Ausgetrocknet!*« entgegen. Es lag noch nicht einmal Schnee, obwohl es mitten im Winter war.

»Vermutlich war ihr die Reise in die Sahara zu weit«, sagte ich nur halb im Scherz. Nach dem Erdbebenzauber bei Yonah, dem Teleportierzauber, um aus Ians Haus zu fliehen, und dem Wasserzauber, mit dem sie zu mir Kontakt aufgenommen hatte, verfügte Ereshki vermutlich über keine Energie mehr, um weiter als nach Vermont zu reisen. Ob sie seit Tausenden von Jahren von einem Dämon gezeichnet war oder nicht, das war auch für sie eine Menge Magie.

Ian schnaubte grimmig. »Wenn sie leben will, sollte sie einen weiteren Teleportierzauber anwenden.«

»Wahrscheinlich hat sie keine Energie mehr«, antwortete ich.

Seine Augen blitzten raubtierartig. »Dann wird es einfach.«

Wenn dem so war, wäre es die erste einfache Sache für uns,

seit wir uns vor Monaten zusammengetan hatten. Aber man sollte die Hoffnung schließlich nie aufgeben.

»Suchen wir irgendwo Schutz«, sagte er und hievte unsere schweren Taschen hoch.

Wir wählten einen umgestürzten Baum auf der anderen Seite der Route 30 als Versteck. Er war hundert Meter weiter von dem Haus entfernt, zudem versperrte uns das umgebende Immergrün den Blick, doch Ian versicherte mir, er könne spüren, wenn Ereshki das Haus verließe. Ich hatte auf dem Parkplatz vor dem Haus keinen Wagen gesehen, aber Ereshki könnte hinten einen versteckt haben. Oder sie könnte wie wir ihren Wagen woanders stehen gelassen haben – vorausgesetzt, sie war in diesen Teil von Vermont gefahren. Sie könnte sich auch direkt hierher teleportiert haben, nachdem sie uns entkommen war. Das war erst gestern gewesen, auch wenn es mir viel länger vorkam.

»Bereit?« Ians lockerer Ton stand im Widerspruch zu dem neuen Knistern in seiner Aura, als er mir einen Beutel mit magischen Steinen reichte.

Ich sah ihm fest in die Augen und nahm ihm den Beutel ab. »Mehr als bereit.«

Ereshki hatte gesagt, wenn ich wüsste, wo sie sei, würde ich sie umbringen und neben ihrem Skelett auf Dagon lauern. Das war eine gute Idee, das musste ich ihr lassen. Ich änderte nur die Reihenfolge der Ereignisse.

Wir warteten, bis es so dunkel war, dass nur Vampire oder Dämonen noch etwas sehen konnten. An diesem Straßenabschnitt standen keine Straßenlaternen, und die Außenbeleuchtung des Hauses war schon lange erloschen, sodass die Gegend schwarz war. Nur hin und wieder schoss ein Scheinwerferkegel durch die Dunkelheit. So geschützt begannen Ian und ich, die Steine im Umkreis der ehemaligen Lodge zu verteilen. Ian legte seine auf die fünf Spitzen des Fünfzacks, ich meine auf die fünf Eckpunkte des inneren Pentagramms. Ich konnte mich nicht teleportieren, darum trug ich für den Fall, dass ich entdeckt wurde, meinen üblichen Glamourzauber. Ereshki hatte mich immer nur in meiner wahren Gestalt gesehen, darum würde sie mich nicht erkennen, wenn ich als schlanke, blonde Gesetzeshüterin auftrat.

Als wir unsere Steine verteilt hatten, zogen wir einen magischen Kreis um das gesamte Pentagramm, dann gingen wir zurück zu unserem Versteck. Dort begann ich den doppelt umschlossenen Bereich mit Magie zu füllen und ließ mir Zeit, damit der Zauber nur für die erfahrensten Zauberer spürbar war.

»Fertig«, sagte ich nach über einer Stunde.

Wieder flammte Ians Aura auf. »Also, wir warten, bis Dagon Ereshkis Dämonenzeichen nutzt, um sie zu finden.«

Ereshki hatte gesagt, dass sich Dagon bei ihr persönlich auf den neuesten Stand brachte, wenn er wollte. Nach allem, was passiert war, würde er sich ganz sicher informieren wollen. Ich hoffte nur, dass er es in den achtzehn Stunden, seit Ereshki geflohen war, nicht schon getan hatte.

»Wenn wir Glück haben, dauert es nicht lange, bis du sie umbringen kannst«, sagte ich und versuchte, optimistisch zu bleiben.

»Auf keinen Fall.« Blitzschnell nahm Ians Stimme die tödliche Schärfe einer Messerklinge an. »Sie hat über das *gelacht,* was sie dir angetan hat. Jede Sekunde, die sie noch lebt, ist zu viel.«

Selbst bei Gedichten, die man für mich geschrieben hatte, war mir nicht so warm ums Herz geworden.

»Du kümmerst dich um sie, ich übernehme Dagon«, sagte ich leise. »Wir bringen das zu Ende, und wenn wir die ganze Woche hier sitzen müssen.«

Er grinste, und seine Miene wechselte von der des Racheengels wieder zu seiner normalen, fröhlichen Arroganz. »Hoffentlich dauert es nicht so lange. Meine Eier sind schon zu Eiswürfeln gefroren.«

Bei Männern landete man immer irgendwann bei den Genitalien. »Die tauen auch wieder auf«, gab ich trocken zurück und packte die Taschen zu Ende aus.

Eine halbe Stunde später hatten wir die Kampfanzüge angezogen, die Ian mitgebracht hatte, Dämonenmesser in die Scheiden an unseren Gürteln geschoben und andere Waffen an unseren Armen und Beinen befestigt. Dann kauerten wir hinter den Resten des abgestorbenen Baums und warteten.

Mit hoffnungsvollem Blick beobachtete ich die untergehende Sonne, auch wenn es bereits das dritte Mal war, dass ich den Sonnenuntergang zusammengekauert von dem Baum aus verfolgte. Die Dunkelheit bot eine neue Chance, dass Dagon eintreffen könnte. Es würde noch ewig dauern, bis der Dämon sich an die modernen Zeiten anpasste und Ereshki per Textnachricht kontaktierte anstatt persönlich.

Da wir beide mehr als sonst aßen, um unser Energielevel zu halten, gingen unsere Blutvorräte zur Neige. Außerdem erhielten wir Nachrichten von Ians Leuten, dass Silver »schlecht gelaunt« sei. Ich hatte ihn nur ungern zurückgelassen, aber eine

Observierung war nichts für ein Haustier. Und ich durfte nicht riskieren, dass Silver verletzt wurde, wenn Dagon – hoffentlich – kam und der Kampf begann.

»Bist du sicher, dass Ereshki immer noch da drin ist?«, fragte ich, ich konnte nicht anders. Die ganze Zeit hatte sie nicht einmal das Haus verlassen, um Essen oder Wasser zu besorgen.

Ian bedachte mich mit einem unheilvollen Blick. »Zum dritten Mal, seit wir mit dieser Observierung begonnen haben, *ja*.«

Er gab sich keine Mühe, seine Gereiztheit zu verbergen, aber ich fragte mich allmählich, ob Ereshki uns ausgetrickst hatte. Wir waren nie nah genug an die Lodge herangekommen, um uns davon zu überzeugen, dass Ereshki dort drin war. Wir hatten nicht das Risiko eingehen wollen, entdeckt zu werden. Konnte sie ein Objekt mit Dagons Kraft durchtränkt und dort gelassen haben, um uns von ihrer Spur abzulenken? Sie wusste, dass Ian den Zauber in sich trug, mit dem er Dagons Kraft aufspüren konnte. Darum hatte sie vielleicht trotz meines Versprechens, sie nicht umzubringen, Vorkehrungen getroffen, um nicht gefunden zu werden.

Einige Stunden später war ich so überzeugt von dieser Theorie, dass ich meine Freundin Leah heraufbeschwören wollte. Der Geist konnte die Lodge unerkannt betreten, um zu überprüfen, ob sich Ereshki dort befand. Warum hatte ich daran nicht schon vor Tagen gedacht? Wenn Ereshki uns ausgetrickst hatte, konnte sie jetzt schon Kontinente entfernt sein.

Auf einmal spannte sich Ian an, und seine Aura knisterte vor derart viel Energie, dass es mir vorkam, als wäre ich von einem Bienenschwarm gestochen worden. Erwartungsvoll packte ich seinen Arm.

»Ist es Dagon? Ist er hier?«, flüsterte ich.

»Ja«, antwortete Ian ruhig und gefährlich.

Ich warf die Decke von uns. Dann standen wir leise auf. Ich umfasste eins meiner Messer aus Dämonenknochen und sah Ian in die Augen. Das letzte Mal, als wir Dagon angegriffen hatten, war Ian gestorben. Ganz gleich, was passierte, das würde ich diesmal nicht zulassen.

Ian sah mich mit einem Blick an, den ich nicht zu deuten wusste, und reichte mir den funkelnden blauen Diamanten. Die Magie, die meinen Arm emporkroch, war so stark, dass es schmerzte, aber wir brauchten alles von ihr. Ich schloss die Faust um den Diamanten, und Ian umschloss meine Faust mit seiner Hand.

»Dieses Mal siegen wir«, sagte er, als hätte er meine Gedanken gelesen.

»Dieses Mal siegen wir«, wiederholte ich. *Ganz gleich, was auch passiert.*

Sein Griff um meine Faust verstärkte sich, dann verschwamm die Umgebung.

Kurz darauf war meine Sicht wieder klar, und wir befanden uns in einem Zimmer im ersten Stock der Lodge. Es war leer bis auf ein paar Bänke, Spinde und einen Tresen, an dem sich vermutlich früher die Skifahrer angemeldet hatten. Jetzt bedeckten Graffiti die Wände, und auf den krummen Holzdielen lag Müll herum. Der Gestank nach altem Urin, Fäkalien und Abfall war kaum zu ertragen.

Doch dahinter nahm ich den schwachen Duft von Flieder und Lavendel wahr. Ereshkis Duft. Ian hatte recht, sie *war* hier, vermutlich im zweiten Stock. Als ich noch einmal einatmete, nahm ich den schärferen Geruch von Schwefel wahr. Und sie war nicht allein. Ian hatte auch damit recht. Dagon war hier.

Ich ging ans andere Ende des Raums, dann blickte ich zu Ian. Er überprüfte die Koordinaten, die er in seine Smartwatch eingegeben hatte, und nickte bestätigend – ich stand in der Mitte unseres Pentagramms.

Ich beugte mich hinunter, räumte den Abfall weg und schlug den blauen Diamanten so fest in den Boden, dass die Diele ein Loch bekam. Die daraufhin explodierende Magie ließ den Müll in alle Richtungen fliegen.

Ich spürte, wie die Magie die Steine auf den fünf Spitzen des Pentagramms suchte und sie aktivierte. Dann suchte sie die fünf Steine in dem Kreis um das Pentagramm und erfüllte auch diese. Doch der Kreis ließ nicht zu, dass die Magie seine Grenzen verließ, darum raste sie mit der Geschwindigkeit von tausend Hochgeschwindigkeitszügen zu dem blauen Diamanten zurück. Ich fühlte sie kommen, duckte mich und machte mich bereit.

Die Bretter, mit denen die Fenster vernagelt waren, wurden nach innen gesprengt. Holzsplitter und die restlichen Fensterscheiben prasselten auf mich herab, bevor die Magie meinen ganzen Körper erfasste, mich nach oben und gegen die Decke schleuderte. Ian wurde so heftig zurückgeworfen, dass er eine Reihe Spinde von der Wand riss. Mein Kopf klingelte, mein Körper schmerzte, und durch den Schleier aus Müll, der wie das hässlichste Konfetti der Welt durch die Luft wirbelte, konnte ich kaum etwas sehen – doch trotz allem stieß ich einen heiseren Schrei aus.

»Jetzt hab ich dich!«

Die Magie, die uns von den Füßen gefegt hatte, verhinderte jetzt, dass irgendjemand das Pentagramm betreten konnte, das das gesamte Haus und einen Teil des Grundstücks umgab – das war entscheidend, um Dagon davon abzuhalten, Dämonen zur Verstärkung herbeizurufen. Doch der Kreis um das Pentagramm herum war die eigentliche Falle. Es hielt jeden davon ab, seine Grenzen zu übertreten, bis die Sonne durch den blauen Diamanten schien, der jetzt wie ein verlassenes Spielzeug auf dem vermüllten Boden lag. Niemand kam herein, niemand kam hinaus. So oder so, unser Krieg mit Dagon endete heute Nacht.

Ian befreite sich von den Spinden, um nach mir zu sehen. »Mir geht's gut«, versicherte ich ihm, obwohl sich mein Arm wie gelähmt anfühlte, weil ich den Diamanten gehalten hatte, als die Magie durch ihn hindurchgeströmt war.

»Dann schnappen wir uns den Mistkerl.« Ians Stimme troff praktisch vor Blut. »Der Zauber, mit dem dein Vater Dagon belegt hat, müsste ihn in die Knie zwingen, nachdem ich ihm hier so nah bin …«

»Von wegen in die Knie zwingen«, zischte eine vertraute Stimme.

Wir drehten uns um.

Dagon stand oben an der Treppe, die vom zweiten Stock in dieses Zimmer führte. Seine blauen Augen leuchteten böse, und sein hellblondes Haar wurde von Resten eines Zaubers durcheinandergewirbelt, doch er befand sich nicht auf den Knien. Allerdings stützte er sich schwer auf Ereshki, und sie sah nicht gerade aus, als würde sie gern als Krückenersatz dienen. Sie wirkte erschöpft. Was immer sie in den letzten drei Tagen getrieben hatte, hatte seinen Tribut gefordert.

»Was willst du mit diesem Zauber erreichen?«, fuhr Dagon in dem schlangenhaften Ton fort.

»Stell dir mal vor, die Türen hier wären verschlossen«, erwiderte ich voller Zufriedenheit.

Ian strahlte den Dämon an. »Ich habe den blauen Diamanten, den ich dir gestohlen habe, benutzt, um den Zauber zu festigen.«

Dagon wirkte nicht verängstigt, als er hörte, dass er mit uns eingeschlossen war. Hoffentlich war das Selbstüberschätzung und nicht etwas Unheilvolleres.

Immerhin wirkte Ereshki verunsichert, ein schwacher Trost. »Du hast dein Versprechen gebrochen«, sagte sie. »Dagon hat es vorhergesehen.«

»Er hat sich getäuscht«, erwiderte ich. »*Ich* werde dich nicht umbringen, Ereshki. Ian hat allerdings andere Pläne.«

Ians Lächeln trieb einen eiskalten Schauer über meine Haut, obwohl es Ereshki galt, nicht mir. Wenn der Tod ein Vorspiel genoss, bevor er zum letzten Akt kam, würde es mit diesem Lächeln beginnen.

»Wollen wir, Süße?«, schnurrte er ihr zu.

Ereshki erschauerte, und Dagon stieß hervor: »Wir sind alle hier gefangen, solange euer Zauber vorhält, also wenn du mich willst, hier bin ich!«

Er forderte mich auf, ihn anzugreifen. Auf keinen Fall durfte ich etwas tun, wozu Dagon mich provozierte, also blieb ich, wo ich war. Ian hielt es offenbar ebenfalls für eine Falle. Er legte mir eine Hand auf den Arm.

»Rühr dich nicht«, sagte er durch zusammengebissene Zähne. »Ich spüre, dass hier etwas entsteht …«

Ich ließ meine zweite Natur frei; auf sie vertraute ich mehr, was auch immer der Dämon vorhatte. Kraft durchströmte mich und verdunkelte meinen Blick, während meine anderen Sinne geschärft wurden. Ich lenkte diese Kraft auf Dagon und suchte nach jedem Tropfen Flüssigkeit in seinem Körper. Dann schloss ich meine Kraft um sie und riss. Wenn er so dehydriert war, dass er sich nicht mehr rühren konnte, konnte er uns nichts antun.

Als großer roter Schwall platschte Dagons Körperflüssigkeit auf den Boden, was ich eher spürte als sah. Das Krachen, das ich anschließend hörte, war Dagon, der auf den Boden sackte, Ereshki konnte die Last seines Gewichts nicht länger halten. Dann hörte ich mehrfach ein befriedigendes Rumsen auf der Treppe, weil Dagon offenbar die Stufen hinunterfiel.

Mir blieb nur ein kurzer Moment, um das Geräusch zu genießen, dann traf mich Dagons Magie mit solcher Wucht, dass alle meine Sinne ausgeschaltet wurden.

40

Ich öffnete die Augen und stellte fest, dass ich dort zusammengesackt war, wo zuvor meine Vampirhälfte gestanden hatte. Ich richtete mich auf und merkte etwas überrascht, dass mein gesamter Körper schmerzte. Ich konnte jedoch keine Wunden entdecken, keine offensichtliche Ursache für den Schmerz.

Ian lag auf der anderen Seite des Raums und berührte mit seinem ausgestreckten Arm fast Dagon, der sich als zusammengesunkenes Häufchen am Fuß der Treppe befand. Ich packte mein Knochenmesser und ging auf den Dämon zu, wurde jedoch von einer unsichtbaren Wand aufgehalten. Höllischer Schmerz durchfuhr mich, und um mich leuchtete ein Kreis auf, der sogleich wieder verschwand und nur die krummen Holzdielen und den Müll zurückließ.

»'ieh mich …on ihm … weg«, keuchte Dagon.

Ereshki eilte die Treppe hinunter und warf wachsame Blicke zu Ian, während sie um ihn herumtrat. Er schien bewusstlos zu sein, doch sie achtete sorgsam darauf, ihn nicht zu berühren, während sie Dagons Arm packte und ihn von ihm fortzog. Sie hielt sich auch von mir fern und machte einen großen Bogen um mich, als sie den Dämon zum Eingang der Lodge zerrte.

»Weit genug?«, fragte sie vor Erschöpfung stöhnend.

»Vor…erst.«

Ich versuchte, jegliche Flüssigkeit aus Dagon herauszuziehen, die noch in seinem Körper war, doch ich spürte, wie meine Kraft gegen die Wände des mich umgebenden Kreises prallte. Der Kreis hielt nicht nur mich in seinen unsichtbaren Grenzen gefangen, sondern auch meine Kräfte.

»Schlau«, sagte ich. Meine Vampirnatur jaulte, vermutlich ihre Art der Zustimmung.

Dagon lächelte und öffnete die heftig gesprungenen Lippen, weil er nicht mehr genügend Blut im Körper hatte, bluteten sie nicht. Dann murmelte er etwas, das ich nicht verstand.

»Gib dir keine Mühe zu reden, bis du so weit geheilt bist, dass du dich wieder verständlich ausdrücken kannst. Sieht aus, als hätte ich genug Zeit zu warten.«

Dagon hob den Mittelfinger. Das war unmissverständlich. Dann wurde ich von Lichtblitzen aus seiner Brust geblendet. Nach ein paarmal Blinzeln waren die Blitze verschwunden, und ich konnte wieder sehen.

Die Haut des Dämons war jetzt wieder so hydriert und lebendig wie bei einem jungen Mann voller Lebenssaft. Er tastete nach seinen Lippen, als wunderte er sich über ihre volle Glätte, dann lächelte er mich mit jungenhaftem Charme an, als ob mich das von dem neuen, widerlichen Funkeln in seinen Augen ablenken würde.

»Wie klinge ich jetzt?«

Zur Antwort schleuderte ich meine Kraft auf ihn. Ich traf die Wände, die daraufhin zu leuchten begannen. Im selben Moment wurde mein gesamter Körper erneut von derart lähmenden Schmerzen ergriffen, dass ich mir am liebsten die Knochen aus dem Leib gerissen hätte, weil sie sich anfühlten, als hätten sie Feuer gefangen. Meine Vampirhälfte jaulte ebenfalls vor Schmerz auf. Und vor Wut.

Das ist nicht hilfreich!, hörte ich sie zischen.

Meinte sie etwa, sie könnte es besser? Von mir aus! Ich war schließlich nicht diejenige, die auf die schlaue Falle des Dämons hereingefallen war. Sollte sie doch sehen, wie sie mit den Folgen klarkam. Zumindest hatte sie das verdient.

Das ist ganz allein deine Schuld, dachte ich und zog mich in den Käfig zurück, den sie vor langer Zeit für mich geschmiedet hatte.

Keuchend wurde ich auf den geistigen Fahrersitz zurückgeschleudert, woraufhin Dagon breit grinste. Hass flutete meinen Körper zusammen mit dem Schmerz, der meine himmlische Natur dazu gebracht hatte, sich einen Tag freizunehmen. Ich unterdrückte mein nächstes Keuchen und stieß stattdessen einen Fluch aus.

»Wie zum Teufel bist du so schnell geheilt?«

Dagon legte freundlich den Kopf schief. »Hab meine letzte Zusatzseele verbrannt. Ist doch klar. Die anderen habe ich benutzt, um Ereshki genug Magie für diese Fallen zu liefern. Was denkst du, was sie die letzten drei Tage gemacht hat? Die Kreise sind miteinander verbunden und wurden aktiviert, als sie mit meinem Blut in Berührung kamen. Ich wusste, dass du nicht widerstehen könntest, mir das Blut zu entziehen, und ich habe mich nicht getäuscht.«

Am liebsten hätte ich vor Verzweiflung geschrien, aber das würde ihn nur noch mehr freuen. Ich musste einen Weg aus dieser Lage finden. Und zwar schnell, bevor Dagon genug von seiner hämischen Freude hatte und uns umbrachte.

»Deine Zusatzseelen?« Ich schnalzte missbilligend mit der Zunge. »Hast du deine Schulden eingesammelt, bevor sie ungültig wurden, um so schnell an so viele zu kommen?«

»Nein, du dumme Schlampe«, erwiderte er weiter in heiterem Ton. »Während du eifrig um den Globus gekreist bist, um nach den anderen wiederauferstandenen Seelen zu suchen, habe ich ihre neuen Körper aufgerissen und mir die Kraft zurückgeholt, die sie mir gestohlen haben. Ihre Seelen zurückzuerlangen war genauso einfach. Um eine sehr originelle Art der Folter zu beenden, lassen die Leute sich auf alles ein.«

Ich schloss die Augen. Diese armen Leute. »Du hast von Anfang an einen Zauber eingesetzt, um deine Kraft in ihnen aufzuspüren.«

Als er schnaubte, öffnete ich die Augen wieder. »Das musste ich nicht. Sie sind aus ihren Gräbern auferstanden, und weil ich sie umgebracht habe, wusste ich, wo sie begraben waren. Den Ghul in Mykene habe ich dir nur als Falle gelassen. Was denkst du, wer das Video von ihm hochgeladen hat, in dem er auf Altgriechisch schreit?«

Verdammt, verdammt, verdammt! Warum hatte mein Vater mir die Aufgabe übertragen, die anderen Wiederauferstandenen zu suchen, wenn Dagon praktisch eine Karte von ihren Aufenthaltsorten hatte? Hatte mein Vater das nicht gewusst? Oder war es ihm bei seiner gleichgültigen Art egal gewesen, dass Dagon einen Riesenvorteil hatte, während ich eine unendliche Ansammlung falscher Internetspuren durchgehen musste?

»Jetzt ist er der Einzige, der noch übrig ist«, sagte Dagon mit einem Blick auf Ian, was mich veranlasste, den stärksten Zauber gegen die Wände um mich zu schleudern, den ich kannte. Sie glühten bernsteinfarben von oben bis unten, als stünde der Kreis in Flammen, dann zwang mich der lähmende Schmerz in die Knie.

Es waren nicht aller guten Dinge drei.

»Mach nur weiter«, sagte Dagon anerkennend. »Jedes Mal, wenn diese Wände mit Magie in Berührung kommen, löst du den Abwehrmechanismus aus. Ich bin älter als die Menschheit, und ich hatte über einen Monat Zeit, meine Rache zu planen, darum versichere ich dir, ich habe an alles gedacht. Du musst dich nicht als Versagerin fühlen«, fügte er spöttisch hinzu. »Du bist dem Ziel, mich umzubringen, näher gekommen als irgendjemand anders vor dir. Vor ein paar Wochen in diesem Freizeitpark hatte ich tatsächlich Angst.« Dann wurde seine Stimme schmeichelnd. »Ian und du habt mich in eine Falle gelockt, indem ihr gerade genug Spuren von meinem Findezauber in dem Simargl hinterlassen habt, damit ich euch folgen konnte. Diesmal habe ich diesen wunderbaren Zauber in Ian benutzt, um euch beide zu Ereshki zu locken, nachdem sie Kontakt zu dir aufgenommen hatte. Passend, findest du nicht?«

Nein, aber ich schaute lange genug zu Ereshki, um ihr spöttisches Lächeln zu sehen. »Endlich stirbst du, Mädchen.«

In unserem letzten Gespräch hatte sie mich Ariel genannt. Jetzt war ich »Mädchen« – der einzige Name, den Dagon und die anderen Peiniger mir gegeben hatten.

»Oh, sie wird noch nicht sterben«, sagte Dagon mit offensichtlichem Genuss. »Ein schneller Tod ist zu einfach. Nein, sie hat mir genommen, was ich geliebt habe – meine Kraft –, darum werde ich ihr nehmen, was sie liebt. Und sie kann nichts dagegen tun, nur zusehen und schreien.«

Mit bösartiger Freude in den klaren braunen Augen sah Ereshki zu Ian. »Wie wirst du ihn umbringen?«

Dagon beugte sich zu ihr, als würde er ihr ein Geheimnis verraten, richtete den Blick jedoch auf mich, als er sagte: »Das wirst du schon sehen.«

Ian stöhnte und lenkte meine Aufmerksamkeit zu ihm zurück. Er drehte sich auf den Rücken und hielt sich schützend eine Hand vor die Augen, als werde er von etwas geblendet. Dann sprang er auf, die eine Hand am Knochenmesser, während er mit der anderen einen taktilen Zauber auf den ihn umschließenden Kreis schleuderte. Der Kreis glühte, und ein deutlich größerer Kreis als meiner leuchtete auf, dann ergriff mich erneut heftiger Schmerz und mein eigener Kreis leuchtete ebenfalls auf. Der unvermittelte, gnadenlose Schmerz zwang mich erneut in die Knie, dann verwandelte sich mein Keuchen in Würgen, und aus meinem Mund lief Blut.

Dagons Lachen klingelte in meinen Ohren und übertönte, was Ian sagte. Ich hörte nur das Ende: »... reiße dir die Eingeweide raus und verschenke sie auf einer Party!«, ehe ich von einem weiteren Schwall Blut aus meinem Mund abgelenkt wurde. Es fühlte sich an, als hätte Dagon eine Kettensäge in mich teleportiert.

»Oh, vergaß ich, den anderen Aspekt der Kreise zu erwähnen?«, fragte Dagon höhnisch. »Eine Berührung oder Magie löst den Abwehrmechanismus aus, aber nur in *deinem* Kreis, Mädchen! Ian könnte sich womöglich befreien, wenn er einen starken Zauber anwendet. Aber dann stirbst du, und dein Vater ist nicht mehr da, um dich wiederauferstehen zu lassen.« Dagon wedelte drohend mit dem Finger. »Welche Variante werden wir erleben? Wirst du zusehen, wie er stirbt? Oder wirst du zusehen, wie er dich umbringt, um sich zu befreien? So oder so wirst du leiden, bevor du stirbst, und ich *gewinne*.«

Ians Blick sprang zu mir, in seinen Augen lag Unglaube und unbeschreibliche Wut. »Sag mir, dass dieses Arschloch lügt und du *nicht* vergessen hast, mir zu erzählen, dass du nicht mehr unsterblich bist!«

Ich spuckte einen Mund voll Blut aus, dann antwortete ich. »Ich wusste doch, dass ich was vergessen habe«, sagte ich und lachte schrecklich gekünstelt. Als ich sodann in Ians Augen sah, erfasste mich Schmerz ganz anderer Art. »Wenn du dich retten kannst, tu es. Er wird mich nicht am Leben lassen, egal, was aus dir wird.«

»Oh, das stimmt«, erwiderte Dagon fröhlich. »Und wenn Ian sich aus diesem Kreis befreit, wird er froh sein, wenn er noch genug Energie übrig hat, um vor uns wegzulaufen. Also glaub nicht, dass er dich rächen wird.«

Ian sah ihn derart hasserfüllt an, dass mir das Blut in den Adern gefror. Es war, als hätte er die Wut von allen, die vor ihrer Zeit umgebracht worden waren, gesammelt und richtete sie auf Dagon. Tatsächlich erstarb das Grinsen des Dämons unter diesem stummen Angriff heißer Wut, doch dann fasste er sich, und das arrogante Grinsen kehrte zurück.

»Oder ich sehe zu, wie du jetzt stirbst, Junge. Das wäre auch lustig.«

Daraufhin erhoben sich aus dem Müll, der den Boden in Ians Kreis bedeckte, zwei Kreaturen. Ian sprang zur Seite und zückte weitere Waffen. In der Zeit, die die Gestalten brauchten, um sich von dem Müll zu befreien, hatte Ian bereits diverse Salven auf die zwei abgefeuert.

Er traf sie, doch die Kreaturen, die sich aus den Müllbergen erhoben, verloren keinen Tropfen Blut. Vielmehr wurden sie unglaublich schnell größer. In der Zeit, in der Ian seine Waffen wegsteckte und Silbermesser auf ihre Köpfe schleuderte, waren sie von Hunde- auf Pferdegröße angewachsen. Das Metall durchbohrte ihre Schädel, die an Löwen erinnerten, wenn Löwen Hörner hätten. Dann fielen die Messer jedoch einfach herab, ohne sichtbaren Schaden an den Wesen zu hinterlassen. Federn wuchsen auf ihren Körpern und ließen nur die kahlen, löwenähnlichen Köpfe und die menschenähnlichen Hände und Arme frei. Dann entfalteten sich auf ihren Rücken zwei Flügel.

Ungläubig verfolgte ich die Verwandlung. Diese Kreaturen waren in meiner Kindheit in Steinmauern gehauen gewesen, aber ich hatte nicht gewusst, dass sie *real* waren. Als Dagon meine Reaktion sah, lachte er.

»Du erkennst sie wieder! Anzus wurden von den alten Sumerern als Dämonen betrachtet, aber wie sollen primitive Menschen unbedeutendere Gottheiten auch nennen? Sie sind noch seltener als Simargls, du wirst also die Mühe zu schätzen wissen, die es mich gekostet hat, sie herzuschaffen. Sie haben mich zwei Seelen das Stück gekostet.«

Einer der Anzus bäumte sich auf und schlug mit den Klauen seiner riesigen menschenartigen Hand nach Ian. Ian sprang zurück und prallte gegen die Wände des Kreises. Daraufhin wurde der Abwehrmechanismus ausgelöst und traf mich mit der Wucht eines Autounfalls. Ich bekam keine Luft mehr, und alle meine Knochen brachen. Taumelnd mied ich es, die Wände meines deutlich kleineren Kreises zu berühren, denn ich wollte nicht von einem weiteren Schwall Abwehrmagie getroffen werden.

Ian warf einen besorgten Blick in meine Richtung. Diesen Moment nutzte der andere Anzu, um sich schneller auf Ian zu stürzen, als dieser ausweichen konnte. Bis auf den Bereich, wo Ian eine kugelsichere Weste trug, schlug der Anzu überall seine Krallen in seinen Leib. Ians Blut spritzte an die Wände des Kreises. Selbst von diesem zarten Kontakt spürte ich innere Stiche. Dann schleuderte Ian das Wesen zur Seite. Es prallte gegen die Umrandung des Kreises und löste dadurch das Gefühl eines weiteren Kettensägenangriffs in mir aus.

Ein paar quälende Momente lang sah ich nichts als Blut. Es spritzte mir aus Augen, Mund und Nase und stammte von inneren Verletzungen, gegen die ich mich weder verteidigen noch schützen konnte. Als der Schmerz nachließ, befand ich mich auf dem Boden, gefährlich nah am Rand meines eigenen Kreises. Ian schrie meinen Namen. Ich sah auf und beobachtete, wie er ein Messer aus Dämonenknochen durch das eine Auge des Anzus bohrte, ohne dass es irgendeine Wirkung hatte.

»Zerstör den Kopf«, krächzte ich und hoffte, dass die alten Mythen stimmten.

Ian flog nach oben, um einem Angriff des zweiten Anzus auszuweichen und ließ seinen Dreizack in dem ersten zurück. Der erste Anzu riss ihn heraus und zertrümmerte den Dreizack mit seiner riesigen Hinterpfote.

Ian schoss wieder nach unten und landete mit derartiger Wucht auf dem Rücken des Anzus, dass er jedem anderen

Wesen das Rückgrat gebrochen hätte. Der Anzu geriet jedoch noch nicht einmal aus dem Gleichgewicht. Er flog in dem Kreis herum, bockte wie wild und schlug wütend gegen die Wände und den anderen Anzu, um Ian von seinem Rücken zu werfen. Zwischen den Schmerzattacken von den wiederholten Berührungen der Kreiswände sah ich, dass Ian sich festhielt … und sein längstes, größtes Messer durch den Schädel des Anzus bohrte.

Als der Anzu sich das Messer mit einer seiner menschenähnlichen Hände aus dem Schädel riss und sich dann hinunterbeugte und Ian so heftig gegen die Kreiswände rammte, dass ich seine Knochen brechen hörte, stieß ich die Luft aus. Anschließend hörte ich nichts mehr bis auf meine eigenen Schreie. Die Abwehrreaktion des Kreises auf diese gewaltige Erschütterung riss mich innerlich in Stücke.

Als ich wieder etwas anderes wahrnahm als Schmerz, hörte ich als Erstes Dagons Lachen. Dann wich das Blut aus meinem Sichtfeld. Ich sah, wie Ian, der jetzt deutlich stärker blutete, sich von dem Anzu fernzuhalten versuchte und zugleich die Wände des Kreises mied. Er musste herausgefunden haben, dass ihre Berührung die Ursache meiner lähmenden Schmerzen war.

»Habe ich vergessen zu erwähnen, was ich an Anzus am liebsten mag?«, fragte Dagon bösartig und voller Genugtuung. »Keine angefertigte Waffe kann ihnen etwas anhaben.«

41

Dagons hämische Freude konnte ich ertragen, und ich konnte es ertragen zu sterben. Aber eines ertrug ich nicht: Ian noch einmal sterben zu sehen.

»Nutze deine Magie, um da rauszukommen, Ian!«

Mein heiserer Schrei brachte Ereshki zum Lächeln. Das war mir egal. Wenn Ian die Anzus überlebte, verfügte er über ausreichend Magie, um sich aus dem Kreis zu befreien. Dann musste er nur noch am Leben bleiben, bis die ersten Sonnenstrahlen im Morgengrauen durch den blauen Diamanten schienen, und er konnte sich aus der Lodge teleportieren. Wegen des Zaubers, mit dem mein Vater Ian belegt hatte, konnte Dagon ihn nicht direkt angreifen, und ich konnte mir nicht vorstellen, dass Ereshki genügend Energie dazu hatte. So sah sie nicht aus. Die Basis für Dagons Falle zu schaffen, schien sie all ihre Reserven gekostet zu haben.

»Nein«, stieß Ian hervor und erhielt dafür von einem der Anzus einen blutigen Schlag in die Seite. Diese Kerle waren schnell. Eine kurze Ablenkung genügte.

Dagon grinste schief. »Mal sehen, wie lang seine Treue anhält, wenn die Anzus sich an seinem Fleisch gütlich tun.«

Ereshkis Lächeln verstärkte sich. Verzweiflung und Wut schüttelten mich.

Sie hat über das gelacht, was sie dir angetan hat, hatte Ian vorhin gesagt. *Jede Sekunde, die sie noch lebt, ist zu viel.*

Ich spannte den Kiefer an, bis er knackte. Ereshki *hatte* schon viel zu lange gelebt. Und Dagon ebenso. Ich hätte sie in dem Moment umbringen sollen, in dem ich sie bei Yonah erkannt hatte, und ich hätte Dagon umbringen sollen, sobald ich ihn in dem Freizeitpark in Paris gesehen hatte. Doch das hatte ich nicht getan. Jetzt würde Dagon weiter morden und Seelen verdammen, und Ereshki würde ihm weiter dabei helfen. Unzählige weitere Personen würden leiden und sterben, angefangen mit mir. Aber Ian musste nicht der Nächste sein.

»Wenn ich sterbe, werde ich einen Weg finden, zu dir zurückzukommen«, schwor ich in dem verzweifelten Versuch, ihn umzustimmen. »Mein Vater hat gesagt, ich hätte die Macht zur Wiederauferstehung in mir. Nutz deine Magie und befrei dich aus dem Kreis! Wenn ich sterbe, komme ich zu dir zurück!«

Eine Lüge, von der ich mir von ganzem Herzen wünschte, sie wäre wahr. Vielleicht *wurde* sie wahr, wenn ich es mir nur fest genug wünschte. Ich konnte es nicht wissen. Beim Wiederauferstehen gab es keinen zweiten Versuch. Wenn es nicht funktionierte, war es aus.

»Ja, befrei dich und bring sie dadurch um!«, drängte Dagon; sein Grinsen war so feist, dass seine Lippen hätten platzen müssen. »Sie soll als Letztes sehen, wie du ihr Leben opferst, um dich zu retten.«

Ians Gesicht war blutüberströmt, und als er lächelte, bildeten seine blitzweißen Zähne einen scharfen Kontrast zu dem Rot.

»Keine angefertigte Waffe kann diesen Kreaturen etwas anhaben? Danke für den Tipp.«

Dann riss er die äußere Schicht seines Kampfanzugs herunter, während er zugleich außer Reichweite der Anzus flog. Ein dicker mit Waffen gefüllter Gürtel prallte von einem der Anzus ab und fiel auf den Boden, dann die zwei Automatikgewehre, die Ian sich auf den Rücken geschnallt, und die Silbermesser, die er an den Unterarmen befestigt hatte. Dagon beobachtete ihn neugierig mit schiefgelegtem Kopf.

»So schnell gibst du auf? Wie langweilig.«

Zur Antwort riss sich Ian das Hemd vom Leib. Dagon starrte einen Moment auf den blassen, muskulösen Körper, dann entdeckte er die dunklen Bänder um Ians Oberarm und kniff die Augen zusammen.

»Was ist das?«

Ian grinste ihn böse an. »Das wirst du gleich sehen.«

Helle aber zarte Hoffnung flackerte in mir auf. Über Dagons grausame Art, mich gefangen zu halten, hatte ich das von den Göttern geschaffene Horn ganz vergessen. Es war nicht von Menschen gefertigt. Konnte die antike Reliquie zwei Anzus zur Strecke bringen?

Ich sog lautstark die Luft ein, als Ian auf den Anzu zuflog, der mit seinen weiten Flügeln nach ihm schlug. Kurz bevor Ian mit ihm kollidierte, schoss sein Arm nach vorn, und das Horn ebenfalls. Es bohrte sich in das offene Raubtiermaul des Wesens. Das warf sie beide zu Boden, Ians gesamter Arm verschwand im Schlund der Kreatur. Sie schlugen so fest auf den Boden auf, dass er bebte. Mein Herz setzte aus. Nichts geschah. Genau wie zuvor hatte der Anzu keinen Schaden genommen.

Ian stieß den Arm weiter nach vorn. Die dunkle Spitze des Horns glitt durch den Rücken des Anzus wie das Messer eines Metzgers durch ein zartes Stück Fleisch. Es machte auch nicht vor dem Kopf des Anzus halt. Noch ein brutaler Stoß und zwei knochige Hälften fielen zur Seite, während aus der Mitte dicke blaue Flüssigkeit hervorquoll. Der Anzu zuckte, dann blieb er reglos liegen.

Dagons elfenbeinfarbene Gesichtsfarbe wirkte blasser als sonst. Dann stürzte er sich schreiend auf Ians Kreis und schlug auf die Mauer ein. Doch derselbe Zauber, der Ian und mich gefangen hielt, schloss auch den Dämon aus. Allerdings reagierte Ians Kreis, wenn er von außen berührt wurde, mit derselben Abwehrtechnik. Ich klappte zusammen, noch mehr Blut verschleierte meinen Blick und würgte mich, während meine Organe sich anfühlten, als würden sie explodieren und in Flammen stehen.

»Stirb, stirb, stirb!«, schrie Dagon.

Es kam mir vor, als würde ich sterben. Das war Dagons Ziel. Ein Körper konnte nur ein gewisses Maß an Leid ertragen, ob er über die heilenden Kräfte eines Vampirs verfügte oder nicht.

Dann drang Ians Stimme durch den erbarmungslosen Schmerz zu mir. »Veritas!«

Verdammt, noch eine Ablenkung konnte Ians letzte sein! Mit größter Mühe brachte ich mich in eine sitzende Position, womit ich sagen wollte: *Kümmere dich nicht um mich!* Ich war nicht diejenige, die mit einem Anzu in einem Kreis gefangen war.

Wie ein Mantra wiederholte Dagon immer wieder: »Stirb!«, und schlug auf den Kreis ein, und jeder Schlag erschütterte mich. Wieder sah ich nur Rot und schmeckte nichts als Blut. Ich wusste nicht, wie mein Körper überhaupt derart viel Blut enthalten oder so viel Schmerz produzieren konnte. Es machte mich verrückt, und ich griff nach allem, was mir helfen konnte.

Ich zerrte meine andere Natur aus ihrem Käfig und schrie erleichtert auf, als sie an meiner Stelle an vorderster Front stand und mir eine kurze Verschnaufpause gönnte. Der Schmerz ließ etwas nach, und ich sah alles mit ihrem deutlich distanzierteren Blick. Sie erhob sich aus Blut und Eingeweiden, die ich hervorgewürgt hatte, um Ian anzusehen.

Ich fühlte mich an Ashaels einzigartige Spionagemethode erinnert. Alles war in Rot getaucht und ließ den Kampf zwischen Ian und dem verbliebenen Anzu mehr wie einen blutgetränkten Albtraum wirken, nicht wie die Realität.

Der Anzu zerrte an Ians Schulter und riss mit den Reißzähnen ganze Fleischfetzen heraus, dann schlug er Ian gegen die unsichtbare Wand des Kreises. Der darauf in mir explodierende Schmerz war so heftig, dass ich das Brennen sogar durch meine andere Hälfte hindurch spürte. Als es nachließ und ich wieder sehen konnte, war Ians rechte Schulter fort, sein Arm hing nur noch an einigen Bändern, und der Anzu kam auf ihn zu, um einen weiteren Biss zu nehmen.

Ich schrie und hörte, wie das Echo von den Lippen meiner anderen Hälfte widerhallte. Sie fühlte sich nicht mehr so abgespalten von mir, darum konnte ich sie auch nicht länger als Schutzschild benutzen. Der Schmerz hatte uns zu eng verbunden. Oder vielleicht waren wir beide bei dem Anblick des Anzus, der brutal die Zähne in Ian hieb, vor Angst erstarrt. Sein riesiges Maul schloss sich erneut um Ians Schulter und riss an der offenen Wunde. Ians rechter Arm fiel zu Boden. Dann krümmte er sich unter dem Gewicht des Anzus, als der Anzu sich erneut auf ihn stürzte und dabei mit den Flügeln schlug, um die Wucht seiner Schläge noch zu verstärken.

Dagon brüllte siegessicher und hörte auf, von außen auf Ians Kreis einzuhämmern. Ereshki lief nach vorn und klatschte vor Freude in die Hände. Ian ging unter dem gewaltigen Anzu in die Knie. Sein Blut spritzte auf die Wände des Kreises und trieb weitere Messerstiche durch mich, als ich Ian auf den Knien sah.

Der Anzu bäumte sich auf, um einen weiteren großen Biss zu nehmen.

Ian drehte sich um und schlidderte auf dem vom Blut rutschigen Boden an dem herabhängenden Kopf des Anzus vorbei. Dann stieß er ihm das Horn derart gewaltsam ins Maul, dass die Spitze sich durch den Kopf des Anzus und in die Wand des Kreises bohrte.

Der Schmerz zerriss mich, doch darunter spürte ich ein Knacken, das den Schmerz für einen himmlischen Moment ausschaltete.

Als ich aufsah, steckte die Spitze des Horns noch immer in der den Kreis umschließenden Wand, die jetzt von einem Spinnennetz aus Rissen durchzogen war und dadurch zum Teil sichtbar wurde.

»Nein«, flüsterte Dagon. »Das ist nicht möglich!«

Doch das war es. Brachiale Gewalt und Magie hatten dem Kreis keinen einzigen Riss zugefügt, doch das Horn konnte ihn irgendwie beschädigen. Und wenn es ihn beschädigen konnte, konnte es ihn auch zum Einsturz bringen.

Ian schob mit dem Fuß den toten Anzu zur Seite, dann das blaue Blut, das sich mit großen Mengen von seinem roten mischte, stand auf und musterte konzentriert den Riss.

»Nutz das Horn, um den Kreis zu durchbrechen!«, rief ich, die Hoffnung wirkte wie ein Adrenalinschub. »Es ist anders als die Magie. Der Riss, den du geschaffen hast, hat den Schmerz ausgeschaltet!«

»Nein!«, schrie Dagon und schlug jetzt mit aller Macht gegen die Wände. Ereshki lief zu ihm, um ihm zu helfen. Ihr gemeinsamer Angriff riss brutal an mir, doch darunter spürte ich ein neues, stärkeres Knacken, das kurz den Schmerz ausschaltete.

»Es funktioniert!«, krächzte ich, als mein Hals frei von Blut war, sodass ich sprechen konnte. »Hör nicht auf!«

Und das tat er nicht. Ich spürte jeden Faustschlag, mit dem Ian die Wand bearbeitete, da meine Knochen langsamer brachen und sich das Auflösen meiner Organe nicht mehr ganz so schmerzhaft anfühlte. Bald konnte ich Ian zwischenzeitlich durch das Blut erkennen, das mir nicht mehr so lang die Sicht versperrte.

Ian hatte das Horn wie einen Schlagring um die Hand gewickelt und hämmerte mit dem Mut der Verzweiflung auf die Wand ein. Risse ließen den gesamten Kreis vom Boden bis zur Decke sichtbar werden und erinnerten an gesprungenes Glas. Dagon und Ereshki schlugen jetzt auf meinen Kreis ein, anstatt auf Ians, und die Wut in Dagons Gesicht wirkte wie Balsam für meinen unendlichen Schmerz.

Dagon wäre nicht so wütend, wenn Ian nicht siegen würde.

»Hör nicht auf!«, wiederholte ich, ehe mein Sichtfeld und mein Mund sich erneut mit Blut füllten. Ich hatte das Gefühl zu ertrinken, doch das war unmöglich. Vampire mussten nicht atmen, um zu leben.

Dann spürte ich faule verdorbene Magie durch den Schmerz

pulsieren. Dagon und Ereshki hatten aufgehört, mit körperlicher Kraft auf meinen Kreis einzuschlagen, sie traktierten ihn jetzt mit schwarzer Magie. Der Kreis reagierte mit aller ihm zur Verfügung stehenden Abwehr. Bald konnte selbst das unablässige Hämmern von Ians Faust nichts mehr dagegen ausrichten. Ich ertrank nicht, ich tauchte dem Tod entgegen.

»Veritas!«

Ians Stimme drang durch die Strudel, die mich nach unten zogen. Ich versuchte, den Kopf zu heben, doch er war zu schwer.

»Antworte mir, Veritas!«

Der scharfe Ton von Ians Stimme war nichts verglichen mit den Erschütterungen in meinem Körper. Dagon und Ereshkis Magie war zu stark. Mit meinem Körper ging es zu Ende. Ich wusste nicht, wie sehr Ian den Kreis beschädigt hatte, oder ob es genügte, und ich konnte nicht die Augen öffnen, um nachzusehen. Mir fehlte die Kraft.

»Wenn du nicht antwortest, werde ich aufhören, auf diesen Kreis einzuschlagen und mich töten lassen!«

Verflixt und zugenäht. War es denn zu viel verlangt, dass er sich *nicht* schon wieder für mich umbringen ließ? Bei mir bestand zumindest die Chance, dass ich nach meinem Tod zurückkehrte. Bei Ian nicht, aber hielt ihn das davon ab, mir mit seinem Tod zu drohen? Natürlich nicht.

»Veritas, ich meine es ernst!«

Ich konnte immer noch nicht sprechen oder sehen, aber ich brachte all meine Energie auf, um einen Finger zu bewegen. Es war der Mittelfinger, und ich zeigte damit in die Richtung, aus der Ians Stimme kam.

Ein harsches Lachen ertönte, dann sagte er: »Gut. Ich bin

fast durch die Wand, aber es hat mich ziemlich viel Energie gekostet. Wenn ich es geschafft habe, musst du bereit sein, denn Dagon wird dich angreifen. Hörst du? Du darfst nicht in deinem Blut liegen bleiben.«

Meinte er, ich würde in meinen pürierten Eingeweiden herumliegen, weil es die neueste Mode war? Wenn ich ihm beide Mittelfinger hätte zeigen können, hätte ich es getan.

»Womit auch immer du vor all den Jahren Tenoch eine Heidenangst eingejagt hast, du musst es wieder tun«, fuhr Ian zu meinem Entsetzen fort. »Dieser Teil ist zu tief in dir begraben, als dass ihm ein Zauber etwas anhaben könnte. Er wartet schon sehr lange in dir darauf freizukommen. Jetzt musst du es zulassen.«

In meinem Kopf blitzte Tenochs Gesicht auf. Es war nichts, woran ich mich gern erinnerte, sondern das, was ich am meisten zu vergessen versuchte. *Der schockierte Ausdruck, mit dem er auf die Leichen gestarrt hatte, die neben dunklen Pfützen um mich herum lagen, und noch schlimmer, die Abscheu in seinen Augen, als er von ihnen aufsah und mich anstarrte …*

»Nein«, krächzte ich, vor lauter Entsetzen schaffte ich es zu sprechen.

»Doch«, stieß er hervor. »Ich werde nicht zulassen, dass Tenochs Angst dich das Leben kostet. Und meinst du, Dagon wird nach dir aufhören? Willst du, dass ich diese Mauern nur niederreiße, um von diesem Mistkerl abgeschlachtet zu werden?«

Mit jedem Wort schlug er weiter auf den Kreis ein. Und mit jedem Schlag verschaffte er meinem geschundenen Körper Erleichterung, doch wie viel Kraft hatte es Ian gekostet, weiter auf diese magische Grenze einzuhämmern? Hatte er überhaupt noch Energie übrig?

Ich tastete in mir nach den verbotenen Teilen meiner anderen Hälfte. Ja, die Kraft war noch da, aber genügte sie? Oder schlimmer, war sie womöglich zu stark? Ian hatte recht, diesen Teil hatte ich so lange unterdrückt, dass ich keine Ahnung hatte, wie er reagierte, wenn ich ihn freiließ.

»Kann … es nicht kontrollieren«, stieß ich hervor.

»Das musst du auch nicht.« Ein Schrei und lauter Krach erschütterten mich bis ins Mark. »Ich vertraue dir, allen deinen Teilen. Du wirst mir nicht wehtun, und du könntest niemals etwas tun, das mich abschreckt. Lass los, Veritas! Jeden Teil von dir!«

Ich spürte, wie die Risse in der Wand wuchsen. Bald würde sie einstürzen, und Dagon würde sich mit aller Kraft, die ihm zur Verfügung stand, auf uns stürzen. Er musste Ian noch nicht einmal nahe kommen, um ihn zu töten. Es genügte, wenn er ihm eine Silberkugel ins Herz jagte, und Ian hatte Automatikgewehre mit Silbermunition auf den Boden geworfen.

Ereshki mochte körperlich und mit ihrer Magie am Ende sein, aber auch sie konnte Ian mit einer dieser Waffen umbringen, und wenn Ian in so schlechter Verfassung war, wie er es andeutete, konnte er sie vielleicht nicht aufhalten.

Aber wäre es nicht schlimmer, den dunkelsten Teil in mir heraufzubeschwören? Tenoch hatte so sehr daran geglaubt, dass er nicht nur einen, sondern *zwei* Mörder beauftragt hatte, mich auszuschalten, wenn ich ihn je wieder freiließe. Meine andere Natur hatte Ian bislang nie etwas angetan, aber wenn ich auch ihre dunkelste Seite freiließ, würde sie dann mit dem Mord an Dagon aufhören? Oder würde sie auch Ian töten?

Sie hat Tenoch nicht getötet.

Dieser Gedanke blitzte in meinem Kopf auf und ließ neue Hoffnung in mir keimen. Als ich vor so langer Zeit den dunkelsten Teil meiner Kraft freigelassen hatte, hatte ich nur die Vampire umgebracht, die mich entführt hatten. Nicht den Sire, den ich liebte. In der schlimmsten Situation, vor der Tenoch sich bis zu seinem Tod gefürchtet hatte, hatte ich ihn immer noch beschützt.

Hatte Ian recht? War meine Kraft nur so böse, wie ich es zuließ?

»Veritas, jetzt!«, schrie Ian.

Wie sollte ich mich in *diesem Augenblick* zwischen tausend Jahren von Tenochs Konditionierung und Ians Behauptung, er habe unrecht, entscheiden? Doch nichts zu tun, war auch eine Entscheidung. Die Wände des Kreises stürzten ein. Wem sollte ich glauben? Dem Sire, der mich mein ganzes Leben gekannt hatte? Oder dem Mann, den ich liebte, der mich aber erst ein paar Monate kannte?

Verdammt, warum musste ich mich zwischen diesen beiden entscheiden? Hatte ich keine Kontrolle über mich, selbst über meine furchteinflößendsten Seiten? Auch Dämonen hatten einen freien Willen! Warum sollte das bei mir anders sein?

Mein Vater hatte sich entschieden, in verbotenen Gefilden zu fischen und dabei Ashaels Mutter und später meine Mutter geschwängert. Er hatte sich auch entschieden, seine Position als Wächter des Jenseits aufzugeben, um Ian zurück ins Leben zu bringen, nachdem ich ihn darum angefleht hatte. Wenn das furchteinflößendste Wesen, dem ich je begegnet war, sich gegen seine Natur entscheiden konnte, dann konnte ich es auch!

Und ich entschied, *nicht* zuzulassen, dass Dagon oder Ereshki Ian etwas antaten. Ganz gleich, welche beängstigende Gestalt diese ganz und gar kompromisslose Kraft annahm, oder was ich tun musste, um sie hervorzuholen.

»Ian«, keuchte ich. »Wenn du frei bist, schnapp dir Ereshki und entfern dich so weit von mir, wie es das Pentagramm zulässt.«

»Was zum Teufel redest du da?«, schnauzte er, doch dann hörte ich ein lautes Rumsen, das sogar meinen Schmerz übertönte. Ian war durch die Wand gebrochen. Dagons wütendes Brüllen bestätigte es.

»Was ich tun werde, könnte alles in der direkten Umgebung mit sich reißen!«, sagte ich. Nachdem die Wand eingestürzt war, hatte ich wieder genügend Kraft, um zu schreien. »Du darfst nicht in der Nähe sein, also nimm Ereshki und verschwinde!«

Dann griff ich in mein Innerstes und tastete nach dem Käfig, der meine andere Hälfte gefangen hielt. Doch diesmal öffnete ich nicht nur die Tür oder zog sie heraus. Keine halben Sachen mehr.

Ich zertrümmerte den gesamten Käfig.

42

Mein Blickfeld verdunkelte sich, als ich spürte, wie sich meine andere Hälfte erhob. Doch zum ersten Mal in über viertausend Jahren wich ich nicht aus, um mich von ihr zu distanzieren. Ich umarmte sie und spürte erschrocken, wie zugleich Hitze und eisige Kälte in mir aufstieg, als beide Hälften miteinander verschmolzen. Noch schockierender war, dass sie im selben Augenblick nicht mehr »sie« war. Es gab einfach nur noch mich, und das war viel mehr ich als jemals zuvor.

»Ian«, stieß ich zwischen Erschütterungen hervor, die sich anfühlten, als würde ich jeden Augenblick explodieren, mir jedoch keine Schmerzen bereiteten. Und mit einer Kraft, die ich nie zuvor empfunden hatte. »Wenn du mich liebst, vertrau mir und *geh.*«

Ich meinte ihn murmeln zu hören: »Fünf Minuten. Mehr bekommst du nicht«, aber sicher war ich mir nicht. Ich spürte jedoch, wie er aus dem Raum fegte, und ein erstickter Schrei deutete daraufhin, dass er Ereshki mitgenommen hatte.

Ich hatte mein Versprechen gehalten, Ereshki nicht selbst zu töten.

Doch was Dagon anging …

Ich öffnete die Augen und sah in Dagons eiskalte blaue Augen. Genau wie vermutet hatte sich der Dämon eine von Ians Waffen geschnappt und zögerte nicht, sie zu benutzen. Ich wurde mit Silberkugeln bombardiert und von ihnen zurückgeschleudert, doch mein Herz war durch die kugelsichere Weste geschützt.

Ich rollte mich hinter den Tresen, an dem einst Skigäste abgefertigt worden waren, und rechnete damit, dass jeden Moment eine weitere Salve durch die hölzerne Barrikade schlug. Doch das geschah nicht. Stattdessen hörte ich schnelle Schritte, die sich rasch entfernten.

Er lief vor mir weg.

Ich rappelte mich auf die Füße hoch. Der Zauber, der die Kreise gesichert hatte, sorgte dafür, dass ich langsamer als üblich heilte, aber ich *heilte*. Also ignorierte ich das ungewöhnliche Gefühl von Schlappheit und setzte ihm nach. Da das Pentagramm noch aktiv war, konnte Dagon nicht weit kommen.

Ich fand ihn am Ende der Sternspitze oben auf dem Kamm, wo er mit einer Hand auf den Zauber einschlug, der ihn am Fortkommen hinderte. In der anderen Hand hielt er ausgerechnet sein Handy und schrie »Jetzt, jetzt, jetzt!« hinein.

»Hast du nicht aufgepasst, als Ian und ich sagten, dass niemand vor Morgengrauen das Pentagramm verlassen oder sich hineinteleportieren kann?«

Er fuhr herum, und seine jungenhaften Gesichtszüge waren von Hass entstellt. »Halt dich von mir fern.«

»Fernhalten?«, wiederholte ich und schloss den Abstand zwischen uns. »Aufhören? Nicht? Bitte? Wie oft hast du diese Worte gehört? Ich erinnere mich, dass sie dich nur amüsiert haben … und dich vielmehr zu noch grausameren Taten angetrieben haben.«

»In deinem Zustand kannst du mich nicht besiegen«, fauchte er, und es klang eher verzweifelt als selbstsicher. »Du kannst ja kaum gehen!«

Da hatte er recht. Ich war nicht annähernd genug geheilt, um gegen ihn kämpfen zu können, und da Ian nicht in seiner Nähe war, war er in wesentlich besserer Verfassung als zuvor. In einem Faustkampf würde Dagon gewinnen. Darum würde ich nicht die Fäuste benutzen.

»Stimmt«, erwiderte ich. »Aber ich bin die Tochter meines Vaters.«

Ich ließ die Kraft, die ich bislang nur einmal benutzt hatte, durch mich hindurchrasen. Als sie überfloss, sah ich Dagon auf eine Weise, auf die ihn kein Vampir sehen konnte.

In widerwärtigen Wellen strömte Dunkelheit aus ihm hervor, selbst der Boden, auf dem er stand, war davon beschmutzt. Nicht ein Lichtschimmer war zu sehen. Anders als die meisten Leute, die schreckliche Taten begangen hatten, war Dagon nicht von grausamen Umständen getrieben worden oder hatte eine verdrehte Vorstellung davon, was das Beste für die Welt war. Nein, Dagon wusste genau, wer er war und was er tat, und er hatte an beidem eine finstere Freude gehabt.

Ich besaß meine eigene Dunkelheit, die aber von der anderen Seite des Jenseits gespeist wurde und nicht aus dem Dreck von unzähligen widerlichen Taten bestand. Ich ließ sie wie eine Wolke hinter mir aufwallen, bevor sie sich zu meinen Füßen sammelte und auf Dagon zukroch. Als er es sah, sprang er zurück, aber die Grenze des Pentagramms ließ ihm keinen Fluchtweg.

»Was machst du?« Seine sonst so selbstsichere, grausame oder amüsierte Stimme klang jetzt klagend. »Hör auf! Bitte, hör auf!«

Ich ignorierte sein Jammern, genau wie Dagon unzählige Male ähnliche Bitten ignoriert hatte. Zumindest würde jedem, der ihn um Gnade angefleht hatte und der nicht erhört worden war, endlich die lang überfällige Gerechtigkeit widerfahren.

»Nein«, sagte ich, und meine Stimme dröhnte, wie ich es noch nie gehört hatte. Sie klang wie die meines Vaters, wenn er wütend war. »Du bist verurteilt.«

Ich ließ jedes Stück dieser überirdischen Kraft in Dagon fließen. Sie wand sich nicht um das Wasser und das Blut, das seine Haut so prall und rosig wie die eines jungen Mannes aussehen ließ. Sie drang weiter vor und schlang sich um seinen widerlichsten Teil.

Seine Seele.

Als ich sie packte und an ihr zog, schrie Dagon auf. Einen Augenblick lang gab es zwei Dagons: den Körper, aus dem der Dämon bestand, und eine durchscheinende Kopie, die sich in meinem Griff wand. Ich zog erneut, und seine Seele brach durch seine Haut und ließ sie verschwimmen. Die Dunkelheit um mich verflüssigte sich und sank in Tiefen, die bis ins Jenseits reichten.

Das hatte Tenoch gesehen, als seine Feinde mich damals entführt hatten, damit er sich ihren Forderungen beugte. Tenoch war noch nicht so mächtig gewesen, dass nur wenige sich mit ihm anzulegen wagten. Und als neuer Vampir hatte ich mich nicht gegen Tenochs ältere, stärkere Gegner verteidigen können. Aber wieder der Gnade der Gnadenlosen ausgeliefert zu sein, hatte eine heftige posttraumatische Belastungsstörung ausgelöst und die dunkelsten meiner Fähigkeiten hervorgebracht. Tenoch war dazugekommen, als ich meinen Entführern die Seelen herausgerissen hatte, woraufhin er auf ewig Angst vor mir gehabt hatte.

Jetzt war Dagon an der Reihe, Angst zu haben. Ich verstärkte meinen Griff um seine Seele und machte mich bereit, sie herauszureißen.

»Veritas«, keuchte eine erschrockene Stimme. »Was machst du da?«

Diese Frage hätte ich von Ian erwartet. Mir zu sagen, dass ich das Schlimmste tun sollte und es dann tatsächlich zu *sehen*, waren zwei verschiedene Dinge. Aber es war nicht Ians Stimme. Sie war weiblich und sprach Mandarin.

Ich drehte mich um und stellte fest, dass tatsächlich Xun Guan hinter mir stand, so nah, wie das Pentagramm es zuließ. Sie war nicht allein. Nicht weniger als vier Ratsmitglieder waren bei ihr, flankiert von zwei Gesetzeshütern und sechs Dämonen.

Ich stieß ein schnaubendes Lachen aus und drehte mich wieder zu Dagon um. »Das war der Anruf, den du gemacht hast? Du hast deine Dämonen die Gesetzeshüter und ein paar Ratsmitglieder herteleportieren lassen?«

Dagons Grinsen kehrte in all seiner grausamen Überheblichkeit zurück. »Ja, und«, er hob die Stimme, damit unsere Beobachter ihn deutlich hören konnten, »ich weiß, dass Dämonen so etwas normalerweise nicht beim Vampirrat einreichen, aber ich würde gern offiziell Klage erheben.«

43

Ich sah mich noch einmal um und überzeugte mich davon, dass ich auch wirklich nicht halluzinierte. Wie konnte Dagon es wagen, die Polizei zum Kampf eines Dämonen gegen die Tochter des Todes zu rufen! Er war wirklich ein Arschloch.

»Veritas!« Haldams Stimme hallte donnernd wie ein Schuss durch die Luft. Natürlich hatte Dagon dafür gesorgt, dass der offizielle Sprecher des Rats unter den Anwesenden war. »Was hat das hier zu bedeuten?«

»Lass mich gehen, und du kannst ihnen erzählen, was du willst«, zischte Dagon jetzt so leise, dass die anderen es nicht hören konnten. »Bring mich um, und alle sehen, was für eine schreckliche Verräterin du bist.«

Ich hatte oft Angst davor gehabt, dass mir eines Tages ein kleiner Fehler unterlief und ich erwischt wurde. Es stellte sich heraus, dass meine Ängste nicht groß genug gewesen waren. Man konnte es wohl kaum als *kleinen Fehler* bezeichnen, wenn Schwaden von Dunkelheit aus mir herausflossen und sich um Dagon wanden, während Magie die Luft knistern ließ und der Blick aus meinen silberfarbenen Augen durch die Dunkelheit glitt. Das war wohl eher ein Kardinalfehler.

Doch seltsamerweise hatte ich keine Angst. Vielleicht kam diese eiskalte Ruhe von meiner neuerdings mit mir verschmolzenen Natur, die sich gegen die emotional labilere Vampirseite durchsetzte. Vielleicht lag es daran, dass ich tief im Inneren immer gewusst hatte, dass dieser Tag irgendwann kommen würde, und dass er nun da war, fühlte sich irgendwie befreiend an.

Dagons Augen funkelten böse. »Du kannst dich bei Ian bedanken, dass ich deine Vampiridentität entdeckt habe. Hätte er den Rat nicht verklagt, als du ihn verlassen hast, hätte ich womöglich Monate gebraucht, um zu begreifen, dass die Schlampe, die ich suche, und diese ehebrecherische Gesetzeshüterin namens Veritas ein und dieselbe Person sind.«

Als ob er ihn heraufbeschworen hätte, erschien Ian. Das war das erste Mal, dass ich ihn sah, seit wir uns aus den Kreisen befreit hatten, und ich war entsetzt.

»Hat ganz schön viel Energie gekostet«, hatte er über das Durchbrechen der Wand gesagt. Das beschrieb nicht annähernd den Schaden, den die Aktion hinterlassen hatte. Sein abgetrennter rechter Arm ragte nur noch als Stumpf aus seiner Schulter, der linke hingegen war nur rohes Fleisch, und das Horn war noch immer um seine Knöchel geschlungen, als wäre es mit den Knochen verwachsen. Die linke Schulter hing nur noch an einigen Sehnen am Schlüsselbein, und sein ganzer Körper wirkte irgendwie geschrumpft, als hätte er im Kampf gegen die Wand alle Energie aufgebraucht. Was noch schlimmer war – er schien nicht zu heilen.

Bitte lass ihn nur viel Blut benötigen. Oder Zeit, bis die verheerende Wirkung des Zaubers nachlässt. Bitte, lass ihn nicht dafür bezahlen, dass er mich gerettet hat!

Wie auch immer sein Körper aussah, Ian selbst hatte sich nicht verändert. »Wer hat die verfluchten Cops gerufen?«

»Dagon«, antwortete ich und sah mich nach dem Dämon um.

Seine Seele mochte gleich hinter seinem Gesicht wabern, doch sie ließ sein Lächeln nicht weniger bösartig wirken. Eher noch mehr.

»Vor langer Zeit hast du mir all meine Kraft geraubt und mich um meine Position gebracht«, sagte er in schmeichelndem Ton. »Nimm jetzt meine Seele, und du wirst wissen, wie sich das anfühlt, Veritas. Und du wirst es bereuen.«

Noch nie hatte er mich mit Namen angesprochen. Ich war immer nur das »Mädchen« für ihn gewesen. Jetzt sprach er meinen Namen aus, als wäre er ein Fluch.

Ich drehte mich zum Rat um. Wenn ich mir große Mühe gab, wäre ich vielleicht fähig zu tun, was Dagon gesagt hatte, und eine Ausrede nach dem Motto »Es ist nicht, wonach es aussieht« zu erfinden. Ich könnte behaupten, meine silbernen Augen und die Dunkelheit, die hinter mir waberte, seien die Folge eines Zaubers, mit dem Dagon mich verhext hätte. Ich könnte auf die toten Anzus verweisen und auf alles, was sie Ian angetan hatten, um zu beweisen, wozu der Dämon fähig war.

Ich könnte mir eine schlauere Verteidigungsstrategie ausdenken. Wenn ich Dagon nicht umbrachte, könnte ich sie davon überzeugen, dass das, was sie sahen, nicht von einem verbotenen Mischling und illegaler Magie stammte ...

Darum hatte er von seinen Gefolgsleuten einige Mitglieder des Vampirrats sowie eine Handvoll Gesetzeshüter herteleportieren lassen. Es war seine letzte Chance.

»Wenn du mich umbringst, verlierst du alles, was du dir in den vielen Jahren deines Lebens aufgebaut hast«, wiederholte Dagon, als wäre ich zu dumm, die Folgen selbst abzuschätzen.

»Veritas, erklär mir das!«, befahl Haldam.

Dagons Augen leuchteten raubierartig. »Ja, erklär es ihm oder beweise, was du zweifellos bist …«

Ich riss seine Seele heraus. Bei dem Verlust der sich windenden, durchscheinenden Form klappte Dagons Körper zusammen. Als sie es sahen, wichen die Ratsmitglieder und Gesetzeshüter erschrocken zurück. Dann rangen sie nach Luft, als ich Dagons stumm kreischende Seele direkt vor mein Gesicht hielt.

»Du kommst nicht noch einmal davon«, sagte ich. »Egal, was mich das kostet: Du. Bist. Erledigt.«

Dann warf ich seine faule, stinkende Seele in die Dunkelheit, die zu meinen Füßen waberte, und übergab dem neuen Wächter des Jenseits – wer auch immer das jetzt war, nachdem mein Vater gefeuert oder von seinem Posten entlassen worden war – einen weiteren Passagier. Sollte er ihn in die meist gefürchtete Abteilung des Totenreichs bringen.

Es herrschte entsetztes Schweigen. Ich nutzte es, um mich zu konzentrieren und meine Kraft zurückzuziehen. Zu meiner Überraschung ging das ganz leicht, ohne das Ringen, das meine früheren Begegnungen mit meiner anderen Natur begleitet hatte. Die Dunkelheit, die sich um mich gesammelt hatte, verschwand ebenfalls und brachte den trockenen, harten Winterboden zum Vorschein. Und als ich mich umdrehte, sah ich, dass meine Augen jetzt smaragdgrün leuchteten, nicht silbern.

Die Dämonen sahen schockiert, was ich getan hatte, und teleportierten sich. Vermutlich war ihnen Dagon nicht wichtig genug, um ihn zu rächen, oder sie wussten, dass sie für den Versuch mehr sein mussten. Wie dem auch sei, was ich getan hatte, würde sich herumsprechen. Wenn in der Dämonenwelt nicht ohnehin schon ein Kopfgeld auf mich ausgesetzt war, würde das auf jeden Fall jetzt passieren.

Das war okay. Wenn sie mich fanden, würde ich bereit sein.

Haldam war der Erste, der seine Stimme wiederfand. Sie zitterte, aber man musste ihm zugutehalten, dass aus seinen Worten keine Angst sprach. »Nehmt sie fest!«

Ian spannte die noch verbliebenen Muskeln an. Ein Panther, bereit zum Sprung. Am Horizont kündigte sich die aufgehende Sonne an. Schon bald würden die Grenzen des Pentagramms unwirksam werden. Ian konnte uns unmöglich teleportieren, darum machte er sich offenbar bereit zum Kampf.

»Nicht, Ian!«

Er hielt inne, und auf seinem Gesicht zeichneten sich Wut und Unglauben ab. »Du denkst, ich lasse zu, dass die dich festnehmen?«

Daraufhin zückten alle Gesetzeshüter eine Waffe. Seine Drohung hätte nicht deutlicher sein können. Doch in seinem derzeitigen Zustand konnte ein Kampf gegen sie Ians Tod bedeuten.

Ich könnte meine Fähigkeiten nutzen, um sie zu überwältigen, aber sie verdienten es nicht, dass ich ihnen die Seelen herausriss. Außerdem war ich mir nicht sicher, ob ich mich bremsen und ihnen nur Blut und Körperflüssigkeiten entziehen könnte. Die Kraft lauerte zu dicht unter der Oberfläche, erpicht, wieder freigelassen zu werden. Wenn ich sie schon so bald wieder losließ, wer wusste, was passierte?

»Du *wirst* zulassen, dass sie mich festnehmen, Ian«, sagte ich, als mir eine Idee kam. »Ruf mich später, wenn du an einem sicheren Ort bist.«

Er brach in schallendes Gelächter aus. Dann schwang er herum, um wütend das neueste Ratsmitglied anzustarren, das vor sich hin murmelte: »Später wirst du nicht mehr am Leben sein.«

»Ian!« Als ich die Todesdrohung in seinen Augen sah, erhob ich die Stimme. Ich durfte aus diversen Gründen nicht zulassen, dass er den Rat angriff. »Ich habe gesagt, wenn du an einem sicheren Ort bist, *ruf mich*.«

Die tödliche Wut verschwand aus seinen Augen, und ich seufzte erleichtert auf. Gut, er hatte verstanden. Dann wandte ich mich an den Rat.

»Ich fordere eine offizielle Verhandlung, ehe irgendeine Strafe verhängt wird. Angesichts meines jahrtausendelangen Dienstes ist es das Mindeste, was ich erwarten kann.«

»Sie hat recht«, sagte Hekima, obwohl in ihrem Blick keine Hoffnung lag, dass die Strafe aus irgendetwas anderem als aus dem Tod bestehen könnte. »Wir werden in Athen zusammenkommen, wo alle elf von uns anwesend sein werden. Bis dahin, Veritas, stehst du unter Arrest. Einer von euch, nehmt sie fest.«

»Ihr werdet ein paar Minuten warten müssen«, antwortete ich ruhig. »Die Grenze um dieses Gebiet weicht erst im Morgengrauen.«

Natürlich überprüften sie das. Dann standen sie auf der anderen Seite der Grenze und tauschten verlegene Blicke.

Ian trat zu mir. Ich nahm seine Hand und zuckte zusammen, weil ich nur Knochen fühlte. *Bitte, lass ihn heilen,* dachte ich wieder.

Er musste meine Sorge spüren, denn er verzog den Mund. »Ich habe schon Schlimmeres überstanden, oder zumindest hat man mir das erzählt.«

Es war tatsächlich das zweite Mal, dass er an meiner Seite gekämpft hatte und fast nur noch ein Skelett von ihm übrig war. »Die Ehe erweist sich als schädlich für deine Gesundheit«, erwiderte ich mit einem brüchigen Lachen.

»Das soll bei einem Vampir schon was heißen«, scherzte er. Dann erstarb seine Fröhlichkeit, und er erklärte mit brutaler Genugtuung: »Ereshki ist tot.«

Dass er es geschafft hatte, sie in seinem Zustand zu töten, war bemerkenswert. Andererseits hatte mich Ian immer überrascht – und jeden, der es wagte, ihn zu unterschätzen.

»Gut«, war alles, was ich sagte.

Die Sonne ging auf. In wenigen Momenten würde sie durch die eingeschlagenen Scheiben der Lodge scheinen, den blauen Diamanten berühren und die Grenzen des Pentagramms lösen.

»Ich liebe dich«, flüsterte ich und griff erneut seine Hand.

Er drückte sie, und das Horn knackte, als hätte es sich in nichts als einen trockenen Zweig verwandelt, nachdem das Einreißen der Wände seine gesamte Kraft gefordert hatte.

»Ich dich auch, meine kleine, bald ehemalige, Gesetzeshüterin.«

Im nächsten Moment spürte ich, wie der Zauber in sich zusammenfiel. Von dem Pentagramm wehte eine Brise herüber, als die kräftige Magie wie eine Kerze ausgeblasen wurde. Die Ratsmitglieder und Gesetzeshüter spürten es ebenfalls. Sie verlagerten ihr Gewicht und setzten dann vorsichtig einen Fuß über die unsichtbare Linie, die sie zuvor abgehalten hatte.

Ians knochige Hand verstärkte den Griff um meine. Für einen Augenblick verschwammen die Bäume, die Lodge und die Berghänge. Dann hörte es abrupt wieder auf, und er stieß einen Fluch aus.

»Ich schaff es nicht, Süße.«

Ich bezweifelte nicht, dass er sich nicht teleportieren konnte. Ich wusste noch nicht einmal, wie er sich überhaupt noch auf den Beinen halten konnte.

»Bleib weiter wachsam«, flüsterte Ian so leise, dass ich ihn kaum hören konnte, obwohl er direkt neben mir stand. »Ich bin mir nicht sicher, aber ich glaube, ich spüre, wie Yonahs Zauber aktiviert wird.«

Ich sah ihn überrascht an. Eins der Ratsmitglieder oder einer der Gesetzeshüter trug Spuren von Dagons Kraft in sich? Nein. Keiner von ihnen würde Beziehungen zu einem Dämon pflegen, geschweige denn, sich von ihm markieren lassen. Der Zauber in Ian musste aufgrund seines schlechten Zustands irgendwie einen Kurzschluss erlitten haben.

Oder … konnte Dagon seine Leute angewiesen haben, einen Teil des Rats und ein paar Gesetzeshüter herzubringen, weil er nicht nur hoffte, dass sie ihn retten würden? Konnte einer von ihnen tatsächlich ein geheimer Gefolgsmann sein?

»Die Grenze ist offen«, sagte Haldam mit einer ungeduldigen Geste in Richtung Gesetzeshüter. »Nehmt sie fest.«

Die Gesetzeshüter sahen erst sich an, dann zögernd zu mir. Nach allem, was sie gesehen hatten, schien keiner erpicht darauf zu sein, als Erster einen Versuch zu wagen.

Xun Guan war diejenige, die die Linie überwand, die zuvor von dem Pentagramm geschützt gewesen war. Ihre Miene wirkte schmerzerfüllt, doch ihre Schritte waren fest, als sie mit einem Paar Handschellen auf mich zukam.

»Treulos bis zum Schluss«, sagte Ian voller Verachtung und fing sich dafür einen derart scharfen Blick ein, dass er bluten müsste.

»Das ist dein Werk«, herrschte Xun Guan ihn an. »Ohne dich wäre nichts von alledem passiert.«

»Da täuschst du dich, Xun Guan«, erwiderte ich. »Ian hat mich nicht zu dem gemacht, was ich bin. Ich war diese Person schon lange, bevor ich ihn getroffen habe. Er hat mir nur geholfen, es zu akzeptieren.«

Wieder erschien ein schmerzvoller Ausdruck auf ihrem hübschen Gesicht. »Dann hast du mich die ganze Zeit angelogen.«

Vielleicht hinderte mich meine neuerdings stets anwesende andere Natur daran, die Scham zu empfinden, die Xun Guan offenbar von mir erwartete. Meine andere Hälfte schien zu derartigen Gefühlen nicht fähig zu sein. Oder vielleicht verschaffte mir mein neuer Zustand die Überzeugung, dass ich mich nicht zu schämen brauchte.

»Du solltest dich eher darüber aufregen, dass ich in einer Welt gelebt habe, die mich gezwungen hat zu verbergen, was ich bin«, erwiderte ich. »Ich bin anders, aber das heißt nicht, dass ich falsch bin. *Niemand ist falsch.* Was falsch ist, sind Gesetze, die Leute wie mich dazu zwingen, ihre wahre Natur zu verbergen, nur weil andere zu engstirnig oder zu ängstlich sind, um uns in Frieden zu lassen.«

Ein laszives, stolzes Lächeln erschien auf Ians Lippen, doch Xun Guan starrte mich ungläubig an. Hekima schloss die Augen und schüttelte den Kopf, was man als Bedauern deuten könnte.

Sie war eins der wenigen Ratsmitglieder, die dagegen gestimmt hatten, Cats Tochter zum Tode zu verurteilen.

»Das ist genug«, stieß Haldam jedoch hervor. »Du wirst die Chance bekommen, zu der Klage Stellung zu nehmen, es sei denn, du verzichtest auf eine volle Anhörung und willst, dass deine Strafe sofort verhängt wird?«

Der Laut, den Ian von sich gab, brachte mich dazu, so fest seine Hand zu packen, dass ich sie brechen hörte. »Nein«, sagte ich und ließ ihn los, um Xun Guan meine Handgelenke hinzuhalten. »Ich fordere eine offizielle Gerichtsverhandlung. Wir sprechen uns später, Ian. Geh jetzt, bitte.«

Er warf erst mir einen verzweifelten Blick zu, dann einen noch verzweifelteren auf sich selbst, als würde er stumm den Zustand verfluchen, in dem er sich befand und der ihn daran hinderte, uns von hier zu teleportieren.

Dann verließ Ian zum zweiten Mal innerhalb von einer Stunde gegen seinen Willen den Ort des Geschehens.

44

Ian wandte sich nicht zurück zur Lodge, um den kostbaren Diamanten zu holen, sondern ging in den Wald. Ich folgte ihm mit dem Blick, bis er hinter dem dichten Immergrün verschwand. Dann wandte ich mich wieder dem Rat zu.

Haldam starrte in die Richtung, in die Ian gegangen war, und strich sich über den langen Bart. »Vielleicht sollten wir ihn nicht einfach so gehen lassen. Er sollte sich auch vor Gericht verantworten.«

Ich sah das höchste Mitglied des Rats auf eine Weise an, die ihn einen Schritt zurückweichen ließ. »Das *willst* du nicht.«

»Veritas ist die Einzige, die gegen unsere Gesetze verstoßen hat«, sagte Hekima, trat vor Haldam und schirmte ihn damit vor meinem Blick ab. »Es gibt keinen Grund, ihren Ehemann zu verhören«, fuhr sie fort. »Nach allem, was wir wissen, ist er hier, weil er versucht hat, sie aufzuhalten.«

Ich unterdrückte ein Schnauben. Ich hatte Hekima immer gemocht, und sie half, so gut sie es unter diesen Umständen konnte. Das respektierte ich und wies sie darum nicht daraufhin, dass Ian keinerlei Respekt vor dem Gesetz hatte und noch weniger vor Leuten, die sich sklavisch daran hielten.

»Ich weiß deine Weisheit zu schätzen, Hekima«, erwiderte ich.

»Die Gefangene hat ab jetzt zu schweigen!«, dröhnte Haldam. Und zu den anderen sagte er: »Hat jemand ein Handy? Wir müssen unseren Transport von hier organisieren und die anderen Ratsmitglieder kontaktieren, um sofort eine Gerichtsverhandlung einzuberufen.«

Er hatte es offenbar eilig, mich hinzurichten. Konnte er derjenige sein, bei dem Ian Dagons Kraft gespürt hatte?

Andererseits hatten Haldam und ich uns noch nie sonderlich gemocht. Jetzt hatte er allen Grund, mich zu verachten. Von allen Ratsmitgliedern hatte er sich am lautesten gegen Mischlinge verschiedener Spezies und Anwender von Magie ausgesprochen. Man musste schon besonders kaltherzig sein, um ein Kind zum Tode zu verurteilen. Bei Cats Tochter hatte Haldam genau das getan und für ihren Tod gestimmt, ohne wie andere Ratsmitglieder auch nur so zu tun, als würde er zögern.

Vielleicht zeigte ich Haldam, wie es war, im Schnellverfahren hingerichtet zu werden. Es wäre so leicht, in ihn hineinzugreifen und ihm die Seele herauszureißen …

Ich schüttelte rasch den Kopf, als wollte ich diesen Gedanken geradezu physisch vertreiben. Das war die Gefahr beim Verschmelzen mit meiner anderen Hälfte, die ich so lange geleugnet hatte. Jene Hälfte mochte nicht böse sein, aber sie verfügte über dieselbe grenzwertig soziopathische Logik, die es meinem Vater erlaubt hatte, Leute ohne ein Zeichen von Bedauern ins Jenseits zu befördern. Dieser Teil gehörte jetzt ganz zu mir, und es war noch untertrieben zu sagen, dass er mein Urteil beeinflusste, was richtig und was falsch war.

Haldam mochte aufgrund seiner gnadenlosen Taten den Tod tatsächlich verdienen, doch das hieß nicht, dass ich mich zu seinem Scharfrichter ernennen durfte. Wenn ich alle dem Tod übergab, bei denen ich und nur ich allein es für richtig hielt, wäre ich bald grausamer als der Rat zu seinen schlimmsten Zeiten.

Zudem würde ich die Ängste, die der Rat in Bezug auf Personen wie mich hatte, nur bestätigen, auch wenn ich wohl kaum alle Mischlinge repräsentierte, geschweige denn alle Personen, die Magie anwandten. Und ich würde unweigerlich am Ende Leute umbringen, die den Tod nicht verdient hatten. Niemand war sicher vor Fehlern, am wenigsten ich.

»Beleg sie mit dem Netzzauber, Xun Guan«, befahl Haldam, als habe er irgendwie gespürt, dass ich mit dem Verlangen rang, ihn hinzurichten. »Sie ist viel zu wenig … eingeschränkt.«

Xun Guan zog die Mundwinkel nach unten, holte jedoch einen mit Magie gefüllten Edelstein aus ihrem Gürtel. Vor langer Zeit hatte ich ihr erklärt, sie solle immer einen bei sich tragen. Sie hatte meinen Rat befolgt. Dann sprach sie in der Originalsprache den Zauber, der Schicht für Schicht eine klebrige, unzerstörbare Substanz um mich legte, als würden mich Riesenspinnen in ein Netz spinnen.

Trotz allem war ich stolz. Ich hatte ihr diesen Zauber vor einigen Jahrhunderten in ihrer Ausbildung beigebracht, als alle Gesetzeshüter Verteidigungsmagie lernen sollten. Die meisten anderen Gesetzeshüter hatten einen derart komplexen Zauber nicht anwenden können, Xun Guan schon. Jetzt führte sie ihn perfekt aus. Es war nicht ohne Ironie, dass Ian und ich zu heiraten gezwungen gewesen waren, als ich das letzte Mal in diesem Zauber gefangen gewesen war.

War das erst zwei Monate her? Es fühlte sich so viel länger an.

»Fertig«, sagte Xun Guan zu Haldam.

Er nickte knapp, hielt jedoch so weit wie möglich Abstand zu mir, ohne dass es auffiel. Er musste sich keine Sorgen machen. Ich würde ihn nicht umbringen, auch wenn mehr als nur ein kleiner Teil von mir noch immer davon überzeugt war, dass er es verdient hatte. Stattdessen hüllte ich mich in den Netzzauber, als wäre er eine warme Decke.

Jetzt konnte ich nichts tun außer zu warten, und so lange konnte ich es mir auch bequem machen.

Vermont im Winter war nicht gerade ein Hotspot für Vampire, darum dauerte es über zwei Stunden, bis die Verstärkung des Rats eintraf. Sie bestand aus drei Vollstreckern und zwei weiteren Gesetzeshütern, die ihre Positionen um die Lodge einnahmen. Man hatte mich vor über einer Stunde in die Lodge getragen und neben einem der zerstörten Kreise fallen gelassen. Nur die Brandspuren auf dem Boden erinnerten noch an die Kreise.

Nun ja, das und die zwei toten Anzus in Ians ehemaligem Kreis.

Die Anzus sorgten für ziemliches Aufsehen, was ich den Ratsmitgliedern nicht verübeln konnte. Schließlich sah man nicht jeden Tag die Überreste von zwei Wesen aus der Nähe, von denen man gedacht hatte, sie wären nur Legende. Die Anzus wurden angestoßen, durchbohrt und untersucht, dann erfolgte die Anweisung, sie für weitere Untersuchungen nach Athen zu bringen.

Ich blieb, wo man mich fallen gelassen hatte, und tat, als

würde ich dösen. Wenn Ian nicht den Verdacht geäußert hätte, dass einer hier Spuren von Dagons Kraft in sich trug, hätte ich womöglich wirklich geschlafen. Aber er hatte mich angewiesen, wachsam zu bleiben, darum tat ich nur so, als würde ich schlummern, um zu sehen, ob das jemand ausnutzte. Es war eine Menge los, Ratsmitglieder organisierten den Transport, setzten kurzfristig eine Gerichtsverhandlung an und orderten zusätzliche Security für meinen Transport. Währenddessen notierten Gesetzeshüter die noch vorhandenen Spuren von Magie, sammelten die Steine an den zentralen Stellen des Pentagramms ein und sorgten dafür, dass wir nicht von neugierigen Menschen gestört wurden.

Bei all dem Trubel konnte jemand versuchen, sich hinter mich zu schleichen und mir ein Silbermesser ins Herz zu stoßen, wenn Dagon hier tatsächlich einen heimlichen Verbündeten hatte. Sollte das passieren, würde derjenige merken, dass ich eine kugelsichere Weste unter meinem schwarzen Shirt trug, und ich würde herausfinden, dass der Findezauber in Ian doch nicht gestört war.

Doch bislang ignorierten mich alle bis auf Xun Guan, die mich mal wütend, mal traurig und mal wie eine Betrügerin ansah.

Es tat mir leid, dass ich sie verletzt hatte, aber ich hatte nicht aus freien Stücken gelogen, sondern um zu überleben. Vampire verachteten die Menschen oft für ihre Bigotterie, aber im Grunde waren wir nicht besser. Wir unterdrückten einander nur aus anderen Gründen.

»Der Hubschrauber kommt innerhalb der nächsten Stunde«, verkündete Hekima auf der anderen Seite der Lodge. »Er bringt uns zum Flughafen, wo ein vollgetanktes Flugzeug auf uns wartet.«

»Gut.« Haldams Stimme troff vor Ekel. »Ich kann den Gestank in dieser Bruchbude nicht …«

Seine Stimme verhallte. Ich öffnete ganz die Augen, die ich zuvor nur einen Spalt geöffnet hatte, um zu sehen, was ihn ablenkte. Dann rappelte ich mich erstaunt in eine sitzende Position hoch.

Die Luft hatte sich golden gefärbt. Anders konnte ich den dichten Schimmer nicht beschreiben, der jetzt jede Ritze der blutverschmierten, vermüllten Lodge erfüllte. Wenn meine Hände frei gewesen wären, hätte ich sie durch den goldenen Schleier geschwungen, um zu sehen, ob der herrliche Schimmer sich über meine Haut legte, doch ich konnte nur mühselig krabbeln.

Hekima tat es für mich. Nein, der strahlende Schimmer, der aussah, als wäre eine Wolke voller Goldstaub sanft explodiert, blieb nicht an ihrer Haut haften. Er bedeckte auch nicht ihr Haar oder ihre Kleidung. Er mochte so dicht sein, dass er den Raum vernebelte, aber irgendwie war er nicht materiell, sodass man ihn berühren konnte.

Haldam wandte sich an mich. »Hör sofort auf!«

»Das bin ich nicht«, antwortete ich wahrheitsgemäß.

»Wer dann?«, fragte er.

Ja, wer? War das ein Zauber von Ian? Er war der Einzige, der wusste, dass wir hier waren, abgesehen von den Dämonen, die geflohen waren. Doch Ian war nicht in der Verfassung gewesen, einen solchen Zauber anzuwenden, und die Dämonen ließen keinen merkwürdigen Goldstaub in einen Raum fließen, bevor sie angriffen. Angriffe von Dämonen waren brutal. Nicht funkelnd.

Nun fielen Lichttropfen in den dichten goldenen Schleier. Sie hingen in der Luft und sahen aus wie winzige Sterne an einem goldenen Himmel.

Hekima schnappte nach Luft.

Xun Guan wies die übrigen Gesetzeshüter an, den Rat zu schützen. Schon bald konnte ich die Ratsmitglieder hinter den Vampiren, die hastig ihrem Befehl gehorchten, nicht mehr sehen. Derweil erschienen mehr sternähnliche Tropfen in dem goldenen Schleier.

Wenn das Ian war, war es sein bislang eindrucksvollster Zauber.

Ein Lichtstrahl, der schnell wie ein Blitz, aber doppelt so hell war, schoss in den Raum. Ich schloss die Augen, weil er mich blendete, und senkte den Kopf, da das noch nicht genügte. Als das Leuchten, das durch meine geschlossenen Augen drang, nachließ und ich spürte, dass mich das Licht nicht mehr blendete, öffnete ich die Augen und sah die dunklen Umrisse von etwas Großem, Breitem vor dem mit goldenen Sternen übersäten Himmel.

Dieses Etwas bewegte sich direkt auf mich zu.

Ich machte meine Kraft bereit, um sie gegen die Gestalt zu schleudern, sollte diese nicht Ian sein. Das konnte ich noch nicht sagen. Dann ließ das Blenden nach, und ein muskulöser Mann mit nacktem Oberkörper kam zum Vorschein, dessen breite goldene Flügel über den Boden strichen, als er sie hinter dem Rücken zusammenfaltete. Seine Haut hatte einen intensiven Honigton, das Haar war rabenschwarz, und seine Augen schimmerten in der Farbe von frisch geprägten Goldmünzen.

Seine Gesichtszüge waren ebenfalls beeindruckend, und zum ersten Mal begriff ich, was *Gotteslästerung* bedeutete. Niemand anders als die höchste Gottheit sollte so schön sein dürfen.

Aber es war nicht Ian, darum sandte ich meine Kraft aus, um seinem Körper die Flüssigkeit zu entziehen, falls er einen drohenden Schritt auf mich zu machen sollte … doch meine Kraft sprang über ihn hinweg und bewegte sich auf die Vampire zu, die sich um die Ratsmitglieder hinter ihm drängten.

Was war das?

Ich versuchte es noch einmal, wieder vergeblich. Nach einem dritten vergeblichen Versuch merkte ich, was das Problem war. Meine Kraft sprang über ihn hinweg, weil dieser Mann keinen Tropfen Blut oder Körperflüssigkeit in sich hatte.

Das war unmöglich. Alle Wesen bis auf Geister hatten entweder das eine oder das andere, und er war kein Geist. Das zeigte sich, als er die Hand ausstreckte und Xun Guans unzerstörbaren Netzzauber so locker von mir nahm, als würde er einen Fussel entfernen. Anschließend befreite er mich mit nur einem Blick von den Handschnellen.

»Wer bist du?«, fragte ich und wich vor ihm zurück.

»Phanes«, antwortete er in einem vollen Bariton.

Ich wich noch weiter zurück. »Was ist ein Phanes?«

Auf seinem Gesicht erschien ein überraschter Ausdruck. »Nicht was. *Wer*. Ich heiße Phanes. Wieso kennst du mich nicht?«

»Moment«, erwiderte ich und kramte in meiner Erinnerung. Nein, an dieses Gesicht würde ich mich erinnern, ganz zu schweigen von den goldenen Flügeln. »Wir sind uns noch nie begegnet.«

»Stimmt«, sagte er. »Das letzte Mal, als ich deine Kraft gespürt habe, warst du nicht mehr da, als ich eintrat.«

Das letzte Mal…

»Wie lang ist das her?«, fragte ich vorsichtig.

Er machte eine wegwerfende Handbewegung. »Vier- oder fünftausend Jahre.«

Mir gefror das Blut in den Adern. Er meinte nicht meine Fähigkeit, Flüssigkeiten herauszuziehen. Er meinte, dass ich Seelen einsammeln konnte. Wenn er das fühlen konnte und sein Körper frei von Blut und Wasser war, konnte er… konnte er so etwas wie mein Vater sein?

Er sah nicht aus wie mein Vater. Mein Vater hatte keine Flügel oder goldfarbenen Augen, und wenn der Wächter des Reichs der Toten aufgetaucht war, waren vorher sicher keine goldenen Wolken erschienen. Phanes sprach ein Griechisch, das man vor Tausenden von Jahren gesprochen hatte.

Gab es in der griechischen Mythologie nicht einen niederen Gott namens Phanes? Wenn dem so war, bedeutete sein Name »Strahlen«, was den mit goldenen Sternen erfüllten goldenen Nebel erklären würde, der seiner Ankunft vorausgegangen war. Das erklärte allerdings nicht, warum Phanes überhaupt hier war.

»Warum sollte ich dich kennen, wenn wir uns noch nie begegnet sind?«

Phanes lächelte. Eine Schar weißer Tauben, die sich mit sonnenbeschienenen Flügeln in den Himmel erhoben, hätte nicht reizender sein können. »Weil deine Kraft dich als Kind des ewigen Flusses ausweist, der diese Welt mit der anderen verbindet. Schon lange vor deiner Geburt wurdest du mir als meine Braut versprochen.«

Als was? Fuck!

Ich öffnete den Mund, um ihm zu sagen, was ich davon hielt, doch ein enormes inneres Reißen erforderte all meine Aufmerksamkeit. Im nächsten Moment löste sich der goldschimmernde Raum auf, in dem sich die Ratsmitglieder hinter den sichtlich aufgewühlten Gesetzeshütern zusammendrängten, und ich wurde weggezogen, ohne dass ich mich dagegen wehren konnte.

Ian rief mich.

45

Das Nächste, was ich sah, waren der große Kamin und die weiß gerahmten Holzfenster von Mencheres' Haus in den Hamptons. Ian befand sich auf dem Boden vor ebenjenem Kamin, wo er mit meinem Blut die Symbole gezeichnet hatte, um mich herbeizurufen.

»Ian!«

Er sprang mit einer geschmeidigen Bewegung auf, die im Widerspruch zu seinem immer noch erschreckend mitgenommenen Körper stand. Dann zog er mich an sich. Ich erwiderte seine Umarmung, wagte jedoch nicht, ihn zu fest zu drücken, und hoffte erneut, dass Ruhe, Zeit und jede Menge Blut die schrecklichen Wunden heilen würden.

»Darf ich schon rauskommen?«, fragte ungeduldig eine vertraute Stimme.

»Nein«, antwortete Ian, während ich überrascht von ihm abrückte.

»Ist Ashael hier?«

Ian lächelte angespannt. »Ich durfte kein Risiko eingehen. Damit der Rat uns nicht findet, konnte ich dich erst herbeirufen, als ich weit genug entfernt war. Außerdem konnte ich kein

Auto anhalten und die Strecke fahren, weil in der Gruppe vielleicht ein Verbündeter von Dagon ist. Außerdem wollte ich dich nicht zu lange in ihrer Obhut lassen. Darum habe ich mich in die nächste Bar getraut und dort auf Ashaels Wohl getrunken, um zu sehen, ob er reagiert.«

Obwohl er Ian nicht mochte, hatte mein Bruder geantwortet. Ashael musste Ian herteleportiert haben, was bei dem hellen Sonnenschein und der Nähe zum Meer gefährlich gewesen sein musste. Ashael musste auch hier in diesem Haus Schmerzen haben. Vor der Sonne mochte er hier drin geschützt sein, doch ich konnte das Salz von der Gischt in seinem Haar riechen. Es fühlte sich für ihn an, als kratzten Messer über seine Haut.

»Danke«, sagte ich mit brüchiger Stimme.

Ich hörte Ashael leise und voller Ironie grunzen. »Für meine kleine Schwester tu ich doch alles.«

Ian ließ mich los, damit ich ein paar Flaschen Wasserstoffperoxid auf den Symbolen verteilen konnte, die er gezeichnet hatte. Als die Flüssigkeit mit ihnen in Kontakt kam, zischte und blubberte sie und löste mein Blut sorgfältiger auf als Bleiche. Vampire wissen, wie man Blutspuren beseitigt. Obwohl von den Symbolen nichts mehr zu sehen war, zog Ian den dicken Teppich heran und legte ihn auf die Stelle.

Ich war gerührt. Ich hatte Ian das Geheimnis anvertraut, wie er mich herbeirufen konnte, und er sorgte dafür, dass es sicher bei ihm blieb.

Schließlich zog Ian die Vorhänge zu und sperrte die Sonne aus. »Wenn sie einverstanden ist, kannst du jetzt reinkommen«, sagte Ian und sah mich mit gehobener Augenbraue an.

»Ja«, erwiderte ich.

Was ich fragen musste, war wichtiger als mein noch vorhandener Groll, weil Ashael Ian das Horn hatte holen lassen. Wenn Ashael das nicht getan hätte, wären wir immer noch in Dagons Kreisen gefangen. Oder tot. Ashaels scheinheiliger Trick hatte uns das Leben gerettet.

Ashael trat ein. Er steckte in einem tiefblauen Seidenpyjama, trug sogar dazu passende Pantoffeln. Es war offensichtlich, was er getan hatte, als Ian ihn gerufen hatte. »Sorry, dass wir dich geweckt haben«, sagte ich zu Ashael. Und zu Ian: »Wir stecken in größeren Schwierigkeiten, als du ahnst.«

Ian schnaubte. »Ich stecke in Schwierigkeiten, seit mein Vater mir den Mord an meinem Bruder angehängt hat, damit ich anstelle seines rechtmäßigen Erben ins Gefängnis gehe. Für dich mag es neu sein, auf der Flucht zu sein, Süße, für mich nicht. Mach dir keine Sorgen.« Er schenkte mir ein flüchtiges, gerissenes Grinsen. »Ich kenne die besten Orte, um dem Gesetz zu entkommen. Du wirst dich wie im Urlaub fühlen. Es wird dir gefallen.«

»Dass ich auf der Flucht bin, ist plötzlich meine geringste Sorge«, sagte ich und wunderte mich über die Ironie.

Ich hatte so sehr versucht zu vermeiden, dass man meine wahre Natur entdeckte. Jetzt schien mir der Zorn des Vampirrats, der Vollstrecker und Gesetzeshüter trivial.

Ian zog die Augenbrauen hoch. »Du meinst Dagons potenzielle Verbündete in den höchsten Reihen der Vampirgerichtsbarkeit? Vorausgesetzt, ich habe meine Teleportierfähigkeit nicht für immer verloren, schaue ich kurz vorbei und überprüfe, ob das, was ich gefühlt habe, tatsächlich eine Spur von Dagons Kraft bei einem von denen war oder nicht.«

»Das meine ich auch nicht«, entgegnete ich.

Jetzt hatte ich seine ganze Aufmerksamkeit. »Was dann?«

Ich wandte mich an meinen Bruder. »Du bist doppelt so alt wie ich, und du weißt viel mehr über unseren Vater als ich. Also … hast du schon mal davon gehört, dass man mich vor meiner Geburt möglicherweise mit einem alten griechischen Gott mit goldenen Flügeln namens Phanes verlobt hat?«

»Fuck! Was?«, platzte Ian heraus.

»Genau das hab ich auch gedacht«, sagte ich bar jeder Ironie. »Und?«, drängte ich Ashael, der blass geworden war.

»Wie hat er dich gefunden?«, fragte Ashael mit erstickter Stimme. »Unser Vater hat dich verhüllt, damit keine der anderen Gottheiten oder Halbgötter dich spüren kann!«

»Noch etwas, das ich heute zum ersten Mal höre, aber das ist momentan nicht so wichtig«, sagte ich durch zusammengebissene Zähne. »Stimmt das? Dieser Phanes, was immer er auch ist, denkt, ich wäre ihm als Braut versprochen?«

»Nur über meine Leiche«, blaffte Ian.

»Das ist genau, was Phanes fordern wird, sobald er hört, dass Veritas dich geheiratet hat«, erwiderte Ashael finster.

Teufel, nein. »Auf keinen Fall. Niemand hat zu bestimmen, wen ich heirate, schon gar nicht vor meiner Geburt!«

Ashael warf mir einen alarmierten Blick zu. »Unabhängigkeit mag in dieser Welt ein Gut sein, nicht aber in himmlischen Gefilden. Darum hat unser Vater versucht, uns vor denen zu schützen.«

Ich durfte mich nicht zu dir bekennen, hatte mein Vater mir vor langer Zeit gesagt. Ich hatte angenommen, dass es unter Seinesgleichen tabu war, eine Sterbliche zu schwängern, und dass er sich darum zu seinem eigenen Schutz von mir ferngehalten hatte. Oder dass seine Gefühle nicht tief genug waren, um mich so sehr zu lieben, dass er sich zu mir bekannte. Wenn Ashael recht hatte, gab es zwingendere Gründe.

Ich nahm Ians Hand. Wieder erwies sich alles, was ich für wahr gehalten hatte, als falsch oder zumindest als sehr, sehr unvollständig. Aber ich hatte Dagon überlebt und endlich all jenen Gerechtigkeit widerfahren lassen, denen er und Ereshki geschadet hatten. Und der Mann, den ich liebte, war an meiner Seite. Das war unendlich viel mehr, als ich noch vor einem Monat hatte sagen können.

Vielmehr hatte ich mein ganzes Leben gebraucht, um an diesen Punkt zu gelangen, also würde ich auch irgendwie einen Weg finden, diese neuen Herausforderungen zu überstehen – sei es ein Verbündeter der Dämonen unter den Ratsmitgliedern, sei es die Flucht vor der Dämonen- und Vampirwelt oder ein goldumnebelter kleiner Gott, der meinte, ich wäre seine Braut.

War *ich* etwa auf einmal die Optimistin? Liebe machte wirklich die seltsamsten, wunderbarsten Dinge mit einem.

Ich verstärkte meinen Griff um Ians Hand, und er drückte sie – ein stilles Versprechen, dass wir uns dem gemeinsam stellen würden. Dann stieß ich einen Seufzer aus.

»Du musst mir alles erzählen, was ich nicht über die Welt unseres Vaters weiß, Ashael, und zwar sofort. Ich weiß nicht, wie viel Zeit uns bleibt, bis Phanes mich findet, aber wann immer das sein wird, wir müssen vorbereitet sein.«

Danksagungen

Wenn es so wirkt, als dankte ich in jedem Buch immer wieder denselben Leuten, liegt das daran, dass mich immer dieselbe Gruppe über die Ziellinie zieht. Wie könnte ich mich dafür NICHT stets aufs Neue bedanken? Und erwartet auch nicht, dass ich etwas an der Reihenfolge ändere. Abraham Lincoln hat einst gesagt: »Ich bin oft auf die Knie gegangen, weil ich der tiefen Überzeugung war, dass mir keine andere Wahl blieb.« Wenn ich keine andere Wahl hatte, und selbst wenn ich wütend oder arrogant war, hast DU mich nicht im Stich gelassen, Gott. »Danke« ist ein viel zu kleines Wort.

Wie üblich geht ein riesiges Dankeschön an meine großartige Lektorin Erika Tsang, meine wundervolle Agentin Nancy Yost, die wunderbare Pamela Jaffee, Caroline Perny, Kayleigh Webb, Nicole Fischer und den Rest des hart arbeitenden Teams bei Avon Books. Ich danke meinen lieben Freundinnen Ilona Andrews und Melissa Marr, die mich ermutigt und mich früh mit ihrer wertvollen Kritik unterstützt haben. Unendlicher Dank und Liebe gilt meinem Ehemann Matthew, meinen Schwestern Jinger und Jeanne, meinem Vater Bill, meinen zahlreichen Nichten und Neffen, meiner Großtante Dottie und allen anderen

Familienmitgliedern, die sich unzählige Male anhören mussten: »Ich kann nicht, ich muss die Deadline halten!«

Und vor allem danke ich euch, meinen Lesern! Ich habe es schon früher gesagt und werde es wieder sagen: Ohne euch erzähle ich nur mir selbst Geschichten. Durch euch werden diese Geschichten, Charaktere und Welten so viel mehr. Mit jedem Leser, der die Seiten aufschlägt, führen sie ein eigenes Leben. Die Autorin Charlaine Harris hat einmal gesagt: »Ein Hoch auf Bücher, den preiswertesten Urlaub, den man haben kann.« Ich stimme ihr voll und ganz zu. Darum fühle ich mich so geehrt, meine Bücher mit euch zu teilen, liebe Leser. Ich hoffe, ihr genießt den kleinen »Urlaub« mit ihnen.

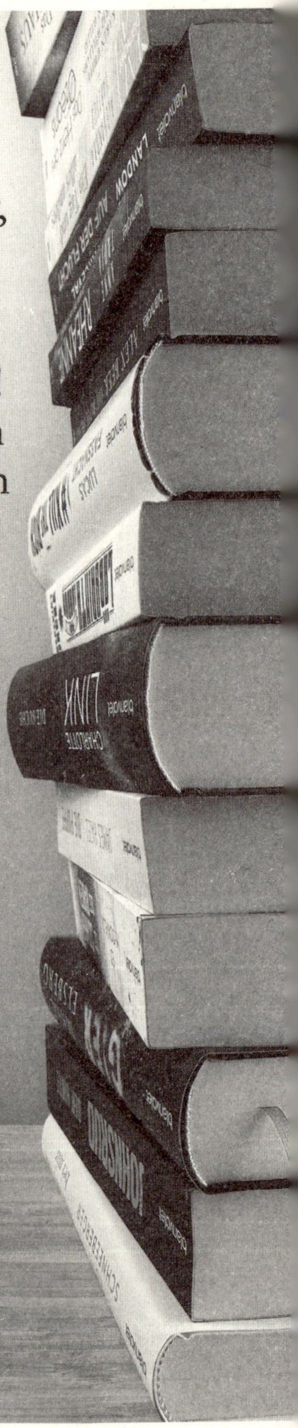